insel taschenbuch 5041
Emma Cowell
Die Sommer mit ihm

Der kleine griechische Küstenort Methoni mit seinen leuchtenden Farben ist genau das, was Sophia jetzt braucht. Nach dem Tod ihrer Mutter und dem Ende einer langjährigen Beziehung lassen das idyllische Dorf und die warmherzigen Menschen sie aufatmen. Genau wie ihre Mutter früher, die Sommer für Sommer herkam, um zu malen. Doch Sophia ist nicht nur hier, um das türkisblaue Wasser der herrlichen Strände, die Olivenhaine und das lebensfrohe Treiben in den Tavernen zu genießen. Sie ist auf der Suche nach einem Gemälde ihrer Mutter, das hier entstanden, jedoch verschollen ist. Zusammen mit dem geheimnisvollen Theo und ihrer Vermieterin Christina findet sie erste Antworten. Doch mindestens genauso viele neue Fragen tun sich auf – nicht zuletzt: Birgt Methoni auch für sie eine Chance auf Glück und Liebe?

Mit *Die Sommer mit ihm* erzählt Emma Cowell eine lebensbejahende, wunderbar romantische Geschichte, in der sie griechische Urlaubsatmosphäre und eine aufrichtige Suche nach Trost und Geborgenheit feinfühlig zusammenbringt.

Emma Cowell ist eine britische Schriftstellerin. Nach einer Karriere als Schauspielerin und BBC-Moderatorin hat sie zum Erzählen von Geschichten im Schreiben gefunden. Sie lebt mit Mann und Hund in Cornwall und lernt in ihrer Freizeit Griechisch, um ihre Leidenschaft für das Land wachzuhalten, in dem sie ihre Romane spielen lässt. www.emmacowell.com

EMMA COWELL

Die Sommer mit ihm

Roman

Aus dem Englischen von
Karin Dufner

INSEL VERLAG

Die englische Originalausgabe erschien 2022 unter dem Titel
One Last Letter From Greece bei Avon Books,
einem Imprint von Harper Collins Publishers.

Für meine geliebte Mum

Klimaneutral
Druckprodukt
ClimatePartner.com/14438-2110-1001

Erste Auflage 2024
insel taschenbuch 5041
Deutsche Erstausgabe

Umschlaggestaltung: zero-media.net, München
Umschlagabbildungen: FinePic®, München
Satz: Dörlemann Satz, Lemförde
Druck: CPI books GmbH, Leck
Printed in Germany
ISBN 978-3-458-68341-4

www.insel-verlag.de

Die Sommer mit ihm

KAPITEL 1

März, London

Ich habe die letzten Sachen für sie herausgesucht und der jungen Frau, die sie herrichten soll, die nötigen Anweisungen hinterlassen. So reglos, glatt und kalt konnte ich sie mir nicht noch einmal ansehen.

Inzwischen habe ich meine tapferste Miene aufgesetzt und mich auch in modischer Hinsicht für die Beerdigung meiner Mutter und den anschließenden Empfang gerüstet. Auf dem kurzen, traurigen Gang zum Rednerpult nehme ich alles wie durch einen Nebel wahr. Die Umrisse vertrauter Gesichter und Farben blitzen auf, als habe jemand einen sonderbaren Filter über den Raum gelegt. Innerlich fühle ich mich, als würde ich gleich zerfließen, und ich komme mir in meinem Partykleid lächerlich vor. Meine Aufmachung ist so unpassend, dass sie schon wieder passend ist. Es ist eine Tragödie, dass meine Mutter mit nur neunundfünfzig Jahren sterben musste. Dennoch habe ich die Gäste gebeten, nicht in Schwarz zu kommen. Erst gestern rief mich eine Bekannte an, um zu fragen, ob Dunkelblau wohl farbenfroh genug sei, und wollte meinen Rat zur Auswahl eines Schals hören.

Meine Mutter war ein Ausnahmemensch und wird immer einen Platz in unseren Herzen haben.

In ihren Schränken ruhen so viele extravagante Kleider, Taschen und Schuhe, untrennbar verbunden mit den Momenten, die wir gemeinsam verbracht haben. In die Stoffe sind Erinnerungen eingenäht wie Etikette mit den Pflegehinweisen. Mums Garderobe wird stets meine Schatzkiste sein, überquellend von liebevollen Gefühlen.

Ein Strahl Frühlingssonne durchdringt die Buntglasscheibe

und haucht einen Kuss in Technicolor auf die rosafarbenen Lilien, die den Deckel von Mums Holzsarg schmücken. Ich halte meine Trauerrede, in der ich Hunderten von Leuten Dinge sage, die sie eigentlich noch nicht hören wollen, obwohl sie sie bereits wussten.

»Meine Mutter war wie ein Regenbogen. In der ganzen Welt bekannt für ihre strahlenden Farben. Auf der Leinwand wie im Leben. Lippenstifte in allen Rottönen, leuchtend bunte Kleider, Ohrringe aus funkelnden Edelsteinen. Sie war wie ein perfekt farblich abgestimmter Regenbogen.«

Ich fange die Blicke meiner engsten Freundinnen und Freunde auf, die mir Mut machen weiterzusprechen. Mitfühlend hochgezogene Augenbrauen von Tiff, meiner Geschäftspartnerin. Ein aufmunterndes Zwinkern von meinen Freundinnen Sarah, Abi und Brittany. Schließlich wandern meine Augen zu Tasha, wo sie für den Rest meiner Rede verharren. Ihr Lächeln feuert mich an, während ich Satz für Satz auf den Abschied zusteuere.

Als ich an meinen Platz zurückkehre und zwischen meine beste Freundin und ihren Mann Angus in die Kirchenbank rutsche, spüre ich Tashas warme Hand in meiner. Wenn die beiden nicht links und rechts von mir säßen und, unterbrochen von ihrem eigenen Schniefen, Taschentücher weiterreichen und mich tröstend tätscheln würden, würde ich das hier nicht überstehen.

Als wir uns erheben und das Lied anstimmen, dessen Text ordentlich in der Gottesdienstordnung ausgedruckt ist, starre ich nur stumpf auf die Seite. Darauf folgen Lesungen, und einige wichtige und angesehene Angehörige der Kunstwelt – zum Beispiel der Geschäftsführer von Sotheby's, ein Mann mit extravagantem Auftreten, und ein bedeutender Kunstkritiker – halten Abschiedsreden. Doch die Worte sausen durch den Raum, ohne das Schild aus Entsetzen und Verständnislosigkeit, das mich umgibt, zu durchdringen. Ich höre nur mit halbem Ohr hin und stelle fest, dass einige Gäste leise in sich hineinlachen oder sich diskret (in manchen Fällen auch nicht so diskret) die Nase putzen.

Erinnerungen leuchten vor meinem geistigen Auge auf, und der Text des Liedes, den ich als Abschluss des Gottesdienstes ausgesucht habe, sorgt dafür, dass mir die Tränen sturzbachartig übers Gesicht strömen. Es kann einfach nicht wahr sein, das passiert doch alles nicht wirklich.

Das fahle Licht brennt mir in den Augen, als ich aus dem Krematorium in Chelsea trete. Ich bin nicht sicher, wie ich mich verhalten soll. Warte ich darauf, dass alle auf die trauernde Tochter zukommen und von Erinnerungen und Anekdoten erzählen, die ihre Anwesenheit rechtfertigen sollen? Oder gehe ich voran zum Haus und fordere sie auf, mir zu folgen?

»Komm schon her, du.«

Ich spüre, wie die Geborgenheit vermittelnden Arme meiner Kindheit sich um mich schließen, und schaue in Tashas große, blaue tränennasse Augen. Meine Schwester, wenn nur die Sache mit den Eltern nicht wäre, witzeln wir immer. Wir waren schon im Kindergarten beste Freundinnen, und sie ist mein Rettungsanker, seit ich denken kann.

Tasha nimmt meine Hände. »Sie …« Sie hält inne, ihr Kinn beginnt zu zittern. »Sie wäre so stolz auf dich. *Ich* bin stolz auf dich, Soph. Es war eine wunderschöne Trauerrede. Mumma Lyns wäre begeistert gewesen.«

Ihr Arm legt sich um meine Schulter, und ich dränge die Tränen zurück, als wir über den Kiesweg aufs Auto zusteuern. Es fühlt sich alles an, als hätte ich den Kopf unter Wasser. Der Rest der Welt driftet an mir vorbei, ohne dass ich es richtig wahrnehme. Ich werde von meinen liebsten Freundinnen umarmt und geküsst und sie bieten mir Abendessen, Mittagessen und ein offenes Ohr an. Ihre Trauer ist ebenso tief wie meine. Mum wurde von so vielen Menschen geliebt. Doch ich werde jäh in die Gegenwart zurückgeholt und erstarre. Er ist da und versperrt mir den Weg. In diesen Schuhen kann ich nicht schneller gehen, um ihm auszuweichen.

Robert, mein Ex. Diese Begegnung ist nicht geplant. Er hat hier nichts zu suchen. Wie ein riesiges Friedhofsgespenst wogt er auf mich zu.

Tasha, die meine Panik spürt, umfasst meinen Arm fester.

»Hallo ... äh ... Soph«, stammelt er und beugt sich vor, um mich auf die Wange zu küssen. »Es tut mir so leid ... du weißt, wie gern ich Lyndsey hatte ... und auch wie sehr sie dich geliebt hat.« Während er Tasha knapp zunickt, wandert mein Blick zu der Gottesdienstordnung in seiner Hand. Vom Deckblatt strahlt mir das Gesicht meiner Mutter entgegen. Darunter steht in eleganter Kursivschrift: *Lyndsey Anna Kinlock.*

Als mir Roberts vertrauter Geruch in die Nase steigt, krampft sich mein Magen zusammen. Ich spüre den Abdruck seiner Lippen auf der Wange wie ein Brandzeichen.

»Danke«, flüstere ich mühsam.

Tasha versucht, mich in Richtung Auto zu lotsen. Dabei wirft sie Robert einen Blick zu, der *Wehe, wenn du es wagst* besagen soll. Doch er packt mich am Arm. Sofort zucke ich zusammen, eine instinktive Reaktion.

»Soph, ich muss mit dir reden. Es ist wichtig.«

Ich schaue ihm in die Augen. Die knospenden Bäume hinter ihm umrahmen sein Gesicht wie ein Kranz aus züngelnden Schlangen, und sein hellblondes Haar hebt sich vom dunstigen Frühlingshimmel ab. Ich kann nicht antworten. Es ist sowieso zwecklos. Er setzt ohnehin immer seinen Willen durch.

»Ich glaube nicht, dass das eine gute Idee ist. Und komm bloß nicht auf den Gedanken, uns zum Haus zu folgen, Robert«, schaltet Tasha sich ein, wohl wissend, dass ich wahrscheinlich nachgeben und mich auf ein Gespräch mit ihm einlassen würde.

Doch ich habe ihm nichts mehr zu sagen, zumindest nichts, was wir nicht schon mehrfach durchgekaut hätten. Meine Tränen habe ich schon vor Monaten aufgebraucht, und ich empfinde keine Liebe mehr für ihn. Mitleid und Zorn ja, aber ganz sicher nicht die große Liebe, an die ich anfangs geglaubt habe. Außerdem habe ich Angst. Ich verabscheue die Frau, die ich durch ihn geworden bin. Das, wozu er mich gemacht hat. Reste des eingeschüchterten Mäuschens von damals sind bis zum heutigen Tag vorhanden. Und dafür hasse ich ihn.

»Das geht dich nichts an, Tasha. Halt dich da raus. Ich habe ein Recht darauf, der Verstorbenen die letzte Ehre zu erweisen und allein mit Sophie zu sprechen«, herrscht Robert sie an. Der Mut droht mich zu verlassen.

Ich will, dass dieser Tag ganz allein Mum gehört. Doch ich sehe schon, wie die anderen uns umkreisen, neugierig, ob es wohl zu einer Szene kommen wird. Was will er hier?

Tasha lässt sich von ihm nicht einschüchtern. »Falls du diesen Moment für passend hältst, bist du noch durchgeknallter, als ich gedacht habe. Verschwinde einfach. Tu einmal in deinem jämmerlichen Leben das Richtige. Du hast kein Recht, mit Sophie zu sprechen, nicht nach dem, was war.«

»Es reicht. Bitte hört auf. Alle beide.« Ich mache mich los und marschiere, so anmutig ich kann, zu meinem schwarzen Lincoln Town Car.

Tasha war noch nie ein Fan von Robert. Und das mit gutem Grund.

Der Empfang vergeht wie in einem Nebel. Inzwischen hat sich die fröhliche Trauergemeinde zerstreut. Ich bin allein. In Mums Haus knarzen die Erinnerungen, und es herrscht eine gellende Leere. In der Nähe scheinen Rotkehlchen zu zwitschern, und oft landet eines neben mir. Manchmal ist es, als trüge die Brise den Hauch ihres Parfüms heran – aber ist sie das wirklich oder nur etwas, an das wir Trauernde uns klammern, um uns zu trösten? Ich will nur wissen, ob sie in Sicherheit ist. Der Alkohol scheint heute bei mir nicht zu wirken, was am Adrenalin und am Schock liegen muss. An einem gewöhnlichen Tag wäre ich schon vor vier Gläsern umgekippt.

Ich bemerke, dass ich die Treppe hinaufgehe.

»*Up the winding wooded hill to Bedfordshire before the nine o'clock horses come*«, zitierte Mum stets aus *Sleepytown*, einem Einschlafbuch für Kinder, um mich als kleines Mädchen ins Bett zu locken. Bei ihr war alles ein Spiel.

Wie von einem unsichtbaren Faden gezogen, finde ich mich schließlich in ihrem Schlafzimmer wieder. Die Bettdecke ist zerwühlt, als sei sie hastig aufgestanden und würde später zurückkommen, um sie glattzustreichen. Ich fühle mich wie eine Spionin. Vor der verspiegelten Tür ihres begehbaren Kleiderschranks bleibe ich stehen und betrachte mich.

Mein Gesicht ist verschwollen und wirkt mit seinen tief eingegrabenen Sorgenfalten wie eine Fratze. Die grauen Augen, die ich von Mum geerbt habe, sind gerötet. Die Locken sind mir aus dem Haarband gerutscht und ähneln nun dem zotteligen braunen Ende eines Schultagspferdeschwanzes.

Als ich auf die Spiegeltür drücke, öffnen sich die Scharniere in meine Richtung. Ihre Fingerabdrücke überziehen noch das Glas wie verschmierte Spinnweben. Vom Geruch meiner Kindheit angelockt, betrete ich den Kleiderschrank meiner Mutter. Geborgenheit, Wärme und Liebe. Sie sind in die Stoffe eingesickert und umgeben mich. Der Duft nach Parfüm, Wäsche und Leder. Handschuhe, Gürtel, Jacken. Chiffon, Staub, Seide. Elegante Cocktailkleider, auffällige Abendroben, Taft, Satin, Perlenstickerei. Kristalle funkeln, Pailletten reflektieren. Ich reflektiere.

Blutrot. Kanariengelb. Tintenblau …

Ein Regenbogen im Schrank.

Nagelneu, noch mit Preisschildern. Raschelnde Zellophanhüllen von der Reinigung. Dazu Lieblingsstücke aus zweiter Hand … *Liebe.*

Stangenweise Kleider. Holzkleiderbügel. Haken. Ösen. Reißverschlüsse.

Eine Sammlung Broschen und alter Ohrclips in einer französischen Keksdose. Ich schiebe sie hin und her, lasse sie zuschnappen, schließe die Augen.

Eine Erinnerung, als ich in einem Federhut und mit Pumps, viel zu hoch und zu groß für meine winzigen Füßchen, ertappt wurde. Ihr Gelächter. Mein Gesicht, beschmiert mit Lippenstift und Lidschatten, ungeschickt aufgetragen auf meine zarte Kinderhaut. Ich wurde jedes Mal hier erwischt, wenn ich mich, eingekuschelt zwischen Röcke, versteckte, denn das Klappern von Metallhaken auf Kleiderstangen verriet mich.

»*Meet me on the corner of close and soon …*«, sang sie das Lied von Harry Connick, schmiegte die Lippen in mein Haar und schnupperte den Geruch von Gras, Sonne und Schweiß. Beim Anblick der unvermeidlichen hässlichen Grasflecke auf weißer Lochstickerei schnalzte sie missbilligend mit der Zunge. Inmitten dieser leeren Hüllen erscheint mir die Aufgabe überwältigend, das alles aussortieren zu müssen.

Das schaffe ich nicht, nicht heute, ja, vielleicht nicht für lange Zeit. Als ich mich zum Gehen wende, stoße ich mit dem Fuß an einen Schuhkarton. Der Deckel rutscht herunter, und Fotos mit eingerollten Ecken fallen heraus. Ich sammle den Haufen ein und mache die Tür zu diesem Einkaufsparadies ganz fest zu … für den Moment.

Nachdem ich mir aus den Resten der angebrochenen Flaschen ein letztes Glas Wein eingeschenkt habe, lege ich den schiefen Fotostapel auf den leeren Esstisch. Alle Spuren des Tages sind fort. Mit Ausnahme eines Behälters mit meiner Lieblingssüßigkeit, Rocky Road, dieser köstlichen Mischung aus Schokolade, Marshmallows, Nüssen und anderen Zutaten, mit Liebe zubereitet von meiner Kollegin Tiff. Da es heute kein Abendessen gibt, werde ich mich wohl damit begnügen müssen. Für die Verpflegung beim Empfang zu sorgen, war mein Weg, etwas Nützliches zu diesem Tag beizutragen, anstatt mich nur, gestützt von wohlmeinenden Händen am Ellbogen, von einer Etappe zur nächsten führen zu lassen. Meine Mitmenschen zu bekochen, ist bei mir gleichzeitig Berufung und Beruf. Und so ist es mir gelungen, diesem grauenhaften Anlass etwas Positives abzuringen, indem ich all meine Gedanken auf das Essen richtete. Doch selbst meine leidenschaftliche Liebe zum Kochen hat gelitten, und mein Appetit hat mich im Stich gelassen. Die Abfälle sind in Mülltüten verpackt. Alles ist gespült und weggeräumt. Die Inhaberin eines Catering-Service zu sein, hat den Vorteil, Zugriff auf Hunderte von Tellern, Gläsern, Besteckteilen und Tassen zu haben. Mittlerweile befinden sich die Sachen in Stapelboxen im Flur des Hauses, das ich nun allein bewohne.

Ich bin im letzten September hier eingezogen, nachdem ich mich von Robert getrennt hatte. Kurz darauf bekam Mum die Diagnose, und so wurde ich zur Pflegerin und Fürsorgerin meiner sterbenden Mutter. Zu Hause. Nur hier fühle ich mich geborgen. Als wäre ich wieder im Mutterleib; in einer Höhle, ganz nah bei ihr.

Ich betrachte die alten, vergilbten Polaroids und die winzigen, überbelichteten Abzüge, die ich aus Mutters Wandschrank mit nach unten gebracht habe. Eingefangene Augenblicke gelebten Lebens. Als diese Bilder entstanden sind, war ich vermutlich noch sehr klein, denn ich erinnere mich an keine dieser Szenen. Auf einigen ist Dad zu sehen. Ich bin bereits älter als es mein Vater je gewesen ist. Er starb, als ich drei war, und so bin ich im reifen Alter von sechsunddreißig ein Jahr älter als er damals. Ich fühle mich zu jung, um Waise zu sein. Die Vorstellung, dass Mum allein war, fand ich immer schrecklich, doch ich wusste, dass sie einmal eine große Liebe erlebt hatte, die ihrer Seele Kraft gab. Die Romantikerin in mir kann das nachempfinden, auch wenn ich stets den Hauch von Trauer, eine stille Sehnsucht nach etwas spürte, das für sie unwiederbringlich fort war. Sie schien stets an den einen zu denken, den sie geliebt und verloren hatte. Es war das einzige Thema, über das sie nie offen mit mir sprach, obwohl wir uns sonst alles anvertrauten. So wurde Dad zur mythischen Gestalt meiner Kindheit, zu einer Figur in einer meiner Gutenachtgeschichten.

»Erzähl mir von Dad«, bettelte ich, und Mum ließ sich erweichen und schilderte mir glanzvolle Vernissagen, das schillernde Leben in Londons Künstlerszene und die gemeinsamen Abenteuer vor meiner Geburt. Doch ihre Trauer erwähnte sie nie. So blieben die zwei in meinen Gedanken das verliebte Hippiepärchen, das sorgenfrei mit dem Rucksack durch die Welt gondelte, bevor ich auf der Bildfläche erschien. Später reiste Mum nur noch aus beruflichen Gründen, aber es waren einsame Reisen.

Meine Gedanken und ein zufällig ausgewähltes Foto treffen sich, als ich Mum an einem Strand sehe. Lachend. Strahlend im Sonnenschein. So lebendig.

Ich frage mich, wo sie nun ist … im Himmel oder wieder in

einem glücklichen Moment wie diesem. Mum und ich sehen einander sehr ähnlich. Wenn man ein Foto von mir mit Mitte zwanzig neben eines von ihr aus dieser Zeit legt, möchte man meinen, es handle sich um ein und dieselbe Person. Wilde braune Locken, herzförmiges Gesicht, alles identisch. Ich trinke einen stärkenden Schluck sauren Wein und wende mich dem nächsten Foto im Stapel zu.

Eine weiße Feder liegt darauf. Es heißt, eine weiße Feder sei ein Zeichen für die Gegenwart eines Geistes. Ich bin da zwar nicht so sicher, doch mein Körper straft meine ketzerischen Gedanken Lügen, denn ich bekomme eine Gänsehaut. Will Mum mir sagen, dass sie hier ist? Meine zitternden Finger haben Mühe, nach der zarten weißen Feder zu greifen. Dann lasse ich sie wieder los. Flach und stoßweise atmend beobachte ich, wie sie abwärts schwebt und auf einem anderen Foto landet. Als ich sie beiseitewische, sehe ich einen traumhaften, von uralten Klippen umrahmten Strand. Felsen mit einer Burgruine säumen die Bucht. Ich spüre die Wärme und Geborgenheit, die dieser Ort verströmt. Meine Angst und mein Frösteln sind wie weggeblasen. *Methoni, Griechenland: mein Himmel auf Erden*, steht auf der Rückseite.

Ich trinke noch einen Schluck und entdecke hinter den Fotos ein größeres, zusammengefaltetes Blatt, dessen Ecken an den Seiten herausragen. Als ich es glätte, breitet sich vor mir Schritt für Schritt eine Farbenpracht aus. Es muss die Fotokopie eines der Bilder meiner Mutter sein, nur dass ich es noch nie zuvor gesehen habe. Es stammt eindeutig von ihr, leicht zu erkennen an der Verwendung der Farbpigmente und am Pinselstrich. Es ist ein Seestück. Ein Felsen ragt aus dem unberührten Strand, eine einsame Männergestalt geht über den Sand auf den vorderen Bildrand zu. Der Blick des Mannes ist auf mich gerichtet. Die Pünktchen dort, wo ich seine grünen Augen in seiner kräftigen Silhouette vermute, kann ich gerade noch ausmachen, als er zielstrebig weiter voranschreitet. Ich erschaudere. Seine Entschlossenheit scheint mir trotz der schlechten Qualität der Kopie förmlich entgegenzuspringen.

Das Gemälde ist wunderschön. Ich frage mich, wo das Original sein mag. Als ich das Blatt umdrehe und nach Hinweisen suche, stoße ich auf einen Satz, hingekritzelt in Mums Handschrift: *Das Schicksal hat uns vereint und getrennt, Methoni V.*

Wie geheimnisvoll. Ich wusste nichts von der Existenz dieses Bildes. Mir fällt die Unterhaltung mit einem Kunstkritiker bei der Beerdigung ein. Der kräftig gebaute Mann, der mit gespitzten Lippen sprach, sagte etwas über eine *Methoni*-Reihe und ein verschollenes fünftes Bild. Er fügte hinzu, es seien einige Fälschungen im Umlauf, aber wäre es nicht wundervoll, wenn man das echte Gemälde aufspüren könnte? An den Rest seiner Ausführungen kann ich mich nicht erinnern, denn mein Verstand ist von einem Nebel erfüllt, der sich einfach nicht lichten will.

Methoni. Ich bewege das Wort in meinem Mund hin und her. Es klingt fremdländisch und exotisch. Mum widmete sich jeden Sommer ihrer Arbeit. Während die Ferien im Frühling und im Herbst uns beiden gehörten, verbrachte sie die Sommer zwei Monate auf Reisen, malte und ließ sich inspirieren. Meistens in Griechenland. Es könnte sich also um eine ihrer Skizzen handeln, die nicht weiterentwickelt wurden. Allerdings sieht das Bild nicht aus wie ein Entwurf, dazu wirkt es zu fertig.

Es zieht mich sofort an. Die Hitze der Sonne scheint ebenso echt zu sein wie das funkelnde Licht auf den Wellen und der körnige Sand. Aber wer ist der Mann? Ich betrachte die Gestalt noch einmal gründlicher. Der Mann ist eigentlich nur ein verschwommener Umriss, bis auf seine Augen, und auch die sind nur schwer zu sehen. Vielleicht geheimnisse ich zu viel in dieses Bild hinein und klammere mich an einen Strohhalm. Ob Arabelle, Mums Agentin, mehr weiß? Ich schicke ihr sofort eine Textnachricht:

Ich habe hier etwas, das du dir anschauen musst. Sofort. Können wir uns morgen treffen?

Falls es wirklich dieses sogenannte verschollene Bild ist, glaube ich, dass ich einen Anspruch darauf habe. Es erscheint mir falsch, dass ein Werk von ihr, verloren oder unentdeckt, womöglich irgendwo herumliegt. Ich will alles von ihr einsammeln, festhalten und das Gedenken an sie für immer bewahren. Je besser mir das gelingt, desto weniger schmerzlich wird der Abschied für mich sein. Ganz bestimmt.

Arabelle beantwortet meine Nachricht und schlägt mir vor, am nächsten Vormittag zur ihr ins Büro zu kommen. Sicher weiß sie, was es mit diesem Bild auf sich hat, und vielleicht sogar, wo ich es finden kann. In Mums Atelier ist es nicht, so viel steht fest. Ich empfinde das überwältigende Bedürfnis, diesem Ort nah zu sein und mich in die Pinselstriche fallen zu lassen. Ich muss es haben. Die Sehnsucht ist plötzlich nicht mehr auszuhalten. Wenn es verschwunden ist, kann ich es suchen. Die Aufgabe ist so gewaltig, dass sich der schwere Bleigürtel um mein Herz ein wenig hebt. Es könnte mein Weg sein, um diese wild aufgetürmte und schier unüberwindbare Wand aus Trauer zu überwinden und ein Ziel, eine Richtung zu finden. Zum ersten Mal seit Mums Tod lächle ich.

Mein Himmel auf Erden.

Ich halte die Fotokopie hoch und mustere die Szene. Wo, um alles in der Welt, hat sie dieses Bild versteckt?

KAPITEL 2

Das Bild lässt mich nicht mehr los, sogar in meinen Träumen werde ich in diese Strandszene versetzt. Die zerknitterte Fotokopie fest in der Hand, sitze ich tags darauf in Arabelles Empfangsbereich. Während ich mich mit einem Nicken für das mitfühlende Lächeln bedanke, das ihre Assistentin ab und zu in meine Richtung schickt, habe ich ein schlechtes Gewissen. Wieder habe ich geschlafen, obwohl Mum tot ist. Ohne mit dem Herzen bei der Sache zu sein, arbeite ich meinen Alltag ab, und ich fühle mich dabei wie beim Synchronschwimmen in flüssigem Zement. Die Vorstellung, in meinem Alter keine Eltern mehr zu haben, ist für mich schlichtweg unmöglich. Außerdem erscheint es mir ungehörig zu lachen. Eigentlich schäme ich mich dafür, dass es mich noch gibt.

Am Ende hielt ich ihre Hand, bis die Schwester vom Pflegedienst sanft meinen Griff löste. Es gab keinen dramatischen biblischen Lichtstrahl, keinen grausigen Todeskampf – das Leben hörte lautlos und fast unbemerkt auf. Und nun, da alle rituellen Verrichtungen erledigt sind, liegt es an mir, dem Geschehenen einen Sinn zu geben. Die Suche nach diesem Bild könnte mir helfen, mich durch dieses neue Kapitel meines Lebens zu manövrieren. Ich brauche das. Ich hatte mich verirrt und in eine ziellose Monotonie verstrickt. Nun aber habe ich einen Plan, etwas, für das ich mich einsetzen kann. Etwas, das mir Kraft gibt und an die Stelle meiner Hoffnungslosigkeit tritt.

Mums Bilder hängen zusammen mit den Werken von Arabelles anderen Klienten an den Wänden. Farben prägen den Raum und scheinen in ihren Rahmen zu pulsieren. Ich kann die tränennassen Augen nicht von einem Bild abwenden. *Sie geht fort* – ein Tribut an Mums Lieblingslied von den Beatles, entstanden in der Zeit, als ich wegging, um zu studieren. Die Gestalt der Mutter, die in die Ferne greift, während die Gestalt, die mich verkörpern soll, verschwindet, strahlt so viel Schmerz aus. Man kann den Wind fast spüren, der die Blätter aufwirbelt, die Böen, die ihr langes Haar fliegen lassen.

Jede Bewegung meiner Augen wird von einem traurigen Herzschlag begleitet. Ich kann noch nicht fassen, dass sie nie wieder eine leere Leinwand in einen strahlenden, von Gefühlen vibrierenden Moment verwandeln wird. Und dennoch ist die Stimmung des Bildes an der Wand ganz anders als die der Kopie in meinen schweißnassen Händen. Ich senke den Kopf und suche das geheimnisvolle Gemälde wieder nach Hinweisen ab, die ich deuten kann. Doch bis auf die Notiz auf der Rückseite ist da nichts, was mich weiterbringen würde. Ich verspüre den verzweifelten Drang, tatsächlich vor diesem Bild zu stehen und es zu berühren. So als könnte es mir etwas mitteilen oder den Kreis meiner Trauer schließen.

Ich werde aus meinen Grübeleien gerissen, als sich im Wartebereich plötzlich eine Tür öffnet. Arabelle tritt ein und umarmt mich wortlos. Wie immer ist sie makellos elegant und trägt einen marineblauen Bouclérock und ihre üblichen Pfennigabsätze. Ihr blondes Haar ist formvollendet frisiert.

Arabelle gehört zu den stets wunderbar zurechtgemachten Frauen, neben denen ich mich ohne jeden Grund verschlampt fühle. Dass ich es heute überhaupt geschafft habe, mich anzuziehen, grenzt an ein Wunder; mehr als Jeans und eine Seidenbluse hätte mich überfordert. Obwohl ich versucht habe, meine Haare zu bändigen, sträuben sich die braunen Locken sicher in alle Richtungen. Arabelle sieht mich kopfschüttelnd an. Ihre nachgezogenen Augenbrauen heben sich voll Anteilnahme.

»Es kommt mir so unwirklich vor, es ist nicht tatsächlich passiert, oder? Die Beerdigung gestern war *magnifique*, aber irgendwie irreal.« Auch ihr sanfter französischer Akzent kann die gnadenlose Wahrheit nicht abmildern.

Sie geleitet mich in ihr Büro und bestellt in barschem Befehlston Kaffee, worauf ihre Assistentin gehorsam loseilt. Dann lehnt Arabelle sich in ihrem riesigen Ohrensessel aus Leder zurück und kommt zum Geschäftlichen.

»Also, es gibt eine Menge zu tun. Schließlich bist du die Begünstigte ihres Testaments und jetzt Eigentümerin aller Sammlungen, an denen nun natürlich noch mehr Interesse herrscht. Es stehen einige Entscheidungen an, doch wir wollen nichts überstürzen. Außerdem hatte ich Anfragen von sämtlichen großen Museen. Das MOMA in New York steht schon in den Startlöchern. Aber auch das kann warten, *chérie*.«

All das scheint so unwirklich. Als unterhielten wir uns in einem anderen Universum über eine andere Person. Ich beuge mich vor und schiebe ihr die Kopie über den Schreibtisch zu, denn ich bin noch nicht in der Lage, mich verbal an dem Gespräch zu beteiligen. Als sie danach greift, heben sich ihre rot-metallic lackierten Nägel vom Papier ab. Sie entfaltet es langsam, und ein überraschtes Lächeln breitet sich auf ihrem Gesicht aus. Sie schnappt nach Luft.

»Du hast es gefunden, Sophie. Das ist es! Obwohl ich es nie selbst gesehen habe, erkenne ich es sofort. Das geheimnisvolle *Methoni*-Bild.« Aufgeregt lachend, streicht sie die Knicke im Papier glatt. »Du weißt, dass darum so eine Art Legende entstanden ist, ein mysteriöses Werk, über das alle sprechen, ohne dass es je ein Mensch zu Gesicht bekommen hat. Obwohl es einige Fälschungen gab, hat deine Mutter kein Wort darüber verloren, sodass sich weiter Gerüchte um dieses Gemälde ranken. Sie hat es mir zwar einmal beschrieben, aber sich nie weiter dazu geäußert. Mir hat jemand sogar schon viel Geld dafür geboten. Stell dir nur vor, dieser Mensch wollte eine hohe sechsstellige Summe für ein Bild bezahlen, ohne es überhaupt zu kennen. Manche Leute sind einfach verrückt.«

Ihre Assistentin bringt ein Tablett mit zwei dampfenden Espressi, stellt sie anmutig vor uns ab und entfernt sich demütig und im Rückwärtsgang. Arabelle hebt eine dünne E-Zigarette an die Lippen, womit sie gegen sämtliche Arbeitsschutzgesetze verstößt. Das schwarze Stäbchen bildet einen Kontrast zu ihrem scharlachroten Lippenstift. Dann lässt sie den Blick über das Bild schweifen und hält es sich erst nah und dann ein Stück entfernt von sich.

Ich will unbedingt mehr erfahren. Vor Neugier kann ich kaum noch still sitzen.

»Ich habe es in einem Stapel Fotos entdeckt. Schau dir an, was auf der Rückseite steht.«

Stirnrunzelnd dreht sie das Bild um und lacht prustend auf.

»Für eine gradlinige Frau wie deine Mutter ist das sehr *mystérieuse*, aber das war sie immer, wenn sie von diesem Ort sprach. Das magische Methoni. Sie sagte, dort habe sie ihre besten Bilder gemalt. Methoni sei ihre wahre Liebe. Endlich haben wir es: *Methoni V.*«

Es versetzt mir einen Stich, und meine Augen füllen sich mit Tränen. Warum hat sie nie mit mir über diesen Ort geredet, wenn er ihr so viel bedeutet hat? Ich wünschte, wir wären zusammen hingefahren. Wenn sie jedes Jahr eine Weile verreiste, um zu arbeiten, sagte sie stets, nur so könne sie sich auf ihre Bilder konzentrieren. Mich störte das nicht, denn ich verbrachte die Sommerferien mit Tasha im Haus ihrer Großmutter in Südfrankreich, wo es mir sehr gefiel. Nun jedoch habe ich fast den Eindruck, dass Mum mich von Methoni fernhalten wollte.

»Weißt du, wer der Mann ist? Mein Vater ist es, glaube ich, nicht …« Ich hoffe, wenigstens auf eine meiner vielen Fragen eine Antwort zu bekommen.

»*Non*, keine Ahnung.« Sie zuckt die Achseln. »Ich weiß nur, dass sie fünf Bilder von Methoni gemalt hat. Vier hängen in Privatsammlungen irgendwo auf der Welt. Doch das fünfte … das ist dieses hier. Möglicherweise ist es noch in Griechenland. Aber es ist sehr *spéciale*. Schau nur, vielleicht ist es ja ihr schönstes. *Difficile* festzustellen, da die Kopie sehr schlecht ist. Das Original hat noch niemand gesehen. Nicht einmal ich.«

Arabelle gibt mir das Blatt zurück. Ihre Augen funkeln. Als ich die verschwommenen Pinselstriche erneut betrachte, kann ich kaum fassen, dass die Hand meiner Mutter dieses unbekannte Bild gemalt hat. Arabelle sprudelt förmlich über vor Begeisterung.

»Wäre es nicht *merveilleux*, es zurückzubekommen? Es zu finden. Es wäre das Gespräch des Jahrhunderts. Eine Entdeckung, die die Kunstwelt erschüttern würde. Das Rätsel um Methoni endlich gelöst!« Sie beugt sich vor und stützt die Hände auf den Schreibtisch. »Vielleicht solltest du hinfahren.«

»Aber das Bild könnte überall sein, Arabelle. Natürlich würde ich es nur zu gern sehen. Ich denke ständig daran …«

»Sophie, du musst dieses Bild suchen. Ja, es wäre in ihrem Sinn, diese fünf Bilder wieder zu vereinen, damit alle sie bewundern können. Wir könnten zu Ehren der *Methoni*-Reihe eine wundervolle Ausstellung veranstalten. Um das Werk der ganzen Welt zu zeigen. Ich glaube, das ist die Aufgabe, die das Schicksal dir auferlegt hat, ein Auftrag von deiner Mutter. Spüre das verschwundene Bild auf, damit wir sie auf die gebührende Weise feiern können. Außerdem schieben wir damit allen Fälschungen, die nun nach ihrem Tod *encore* auftauchen werden, einen Riegel vor.«

Arabelle rollt mit den Augen. Ich falte das Papier ordentlich zusammen und verstaue es in meiner Tasche.

»Glaubst du wirklich, ich könnte es finden? Ich weiß gar nicht, wo ich anfangen soll.«

»Ah!«, ruft Arabelle. Sie greift zum Smartphone und schreibt eine E-Mail-Adresse auf einen Block. »Es gibt da einen Sammler, der auf dem griechischen Festland wohnt, ganz in der Nähe von Methoni, wie ich glaube. Er heißt Tony Giovinazzi und besitzt zwei der fünf *Methoni*-Bilder. Außerdem hat er gute Verbindungen. Vielleicht wäre das ein guter Anfang. Und wenn du das verschollene Bild findest, wird er es sicher für viel Geld kaufen. Er ist schon seit Jahren hinter der gesamten Reihe her. Du musst es einfach tun. Doch ich bestehe darauf, dass du mich anrufst, sobald du es in Händen hältst, *chérie.*«

Ich weiß, sie meint es gut. Doch sie denkt nur in Schlagzeilen und Pfundzeichen. Ich hingegen habe andere Gründe. Ich will nicht, dass jemand anderer das Bild bekommt. Aber falls irgendwo da draußen ein Stück von Mum ist, muss ich es haben.

KAPITEL 3

Wir haben eindeutig Geisterstunde, und ich kann nicht schlafen. Ich liege im Bett und starre in die Dunkelheit, während sich meine Gedanken überschlagen. Also beschließe ich, aufzustehen und ein wenig im Netz zu recherchieren. Vielleicht finde ich ja weitere Hinweise auf die *Methoni*-Bilder. Außerdem könnte ich den Mann kontaktieren, den Arabelle mir genannt hat. Seit ich weiß, dass es sich tatsächlich um ein Bild und nicht nur um die Fotokopie eines Entwurfs handelt, kann ich an nichts anderes mehr denken.

Ich werde immer weiter in einen Kaninchenbau aus Informationen über das kleine griechische Dorf Methoni hineingezogen. Die Esszimmerlampen malen grotesk in die Länge gezogene Schatten an die Wände, und der Bildschirm des Laptops beleuchtet mein Gesicht. Draußen auf der New Kings Road halten Lastwagen quietschend an den Ampeln. Die Bremsen von Bussen zischen, und Taxis fahren ratternd vorbei. Meine Hand schwebt über der Maus, während ich die Bilder eines friedlichen Paradieses auf mich wirken lassen. Es zieht mich derart in seinen Bann, dass der nächtliche Lärm Londons allmählich schwindet. Die fehlerhafte Übersetzung des Begleittexts bringt mich zum Schmunzeln: *Katze springt jede Ecke von Dorf, es wartet, zu begeistern und entspannen Sie.* Ganz gleich, was das bedeuten mag, es klingt himmlisch.

Eine kleine Zweizimmerwohnung mit Meerblick in den Hügeln über Methoni ist zu vermieten. Fast kann ich das Meerwasser riechen und die salzige Brise spüren. Ich stelle mir vor, dass ich auf der Terrasse sitze, etwas Kaltes trinke und zuschaue, wie die Sonne über diesem uralten Paradies untergeht. Die Wohnung ist ab ersten April für drei Wochen frei. Das ist schon in drei Tagen … soll ich?

Vielleicht hat Arabelle ja recht. Ich muss diejenige sein, die dieses Werk von Mum entdeckt. Diese Mission ist ihr Vermächtnis an mich. Tiff kann in der Firma die Stellung halten. Sie war mein Fels in der Brandung, seit ich vor sechs Monaten kürzertreten musste, um Mum zu pflegen. Außerdem hat sie darauf bestanden, dass ich mir so viel Zeit nehme, wie ich brauche. Also werden drei Wochen mehr kein Problem sein. Obwohl ich die Gründerin von *Sophie's Kitchen Catering* bin, sind wir eher gleichberechtigte Partnerinnen als Chefin und Angestellte. Ich weiß, sie wird einverstanden sein und darauf bestehen, dass ich fahre. Es ist wirklich ein Glück, dass ich sie habe. Ich kaue an meinen Nagelhäuten herum, eine nervöse Angewohnheit, die ich erst seit kurzem habe und die mir gewiss ein tadelndes Zungeschnalzen von Mum einhandeln würde.

Eigentlich müsste ich dringend hier bleiben. Aber ich weigere mich, in einem Mausoleum zu hausen, die Vergangenheit zu pflegen wie die sprichwörtliche alte Jungfer und mein restliches Leben dem zu widmen, was einmal gewesen ist. Also kann ich gar nicht anders, als nach Methoni zu fahren. Fast habe ich das Gefühl, dass ich nicht richtig trauern kann, solange ich weiß, dass irgendwo da draußen noch ein fehlendes Stück von Mum ist.

Ich lehne mich zurück und zwinge mich, klar zu denken und die Situation emotionslos zu sehen. Ich bin Single. Ich bin in Trauer. Tiff kann sich ums Geschäft kümmern. Was also hindert mich daran zu fahren? Diese Reise könnte genau das sein, was ich brauche. Mir fehlt ein Ziel vor Augen, denn ich habe viel zu lange in einem Schwebezustand der Angst verharrt, meine Mutter gepflegt und das Ende meiner Beziehung mit Robert verarbeitet. Griechenland wäre ein aufregendes Abenteuer, ein Ausflug ins Unbekannte, eine Entdeckungsreise an den Ort, der Mum so viel bedeutet hat. Dazu das Erfolgserlebnis, ihr Bild zu finden. Die Geister der Vergangenheit zerren an mir und wollen, dass ich mich im Gestern suhle. Doch es ist, als forderten dieselben Geister mich auf, das Morgen zu erkunden.

Außerdem bin ich neugierig auf den Mann, den meine Mum im Bild festgehalten hat. Immer wieder kehrt mein Blick zu ihm zurück. Sein Leid schlägt mir aus dem Gemälde entgegen, obwohl ich ihn nicht richtig erkennen kann. Was mag ihn so quälen? Ich lege das Blatt weg, denn allmählich quält es auch mich.

Kann ich es wagen, allein nach Griechenland zu reisen?

»Ja!« Ich beantworte mir meine Frage laut: Ich habe nichts zu verlieren, und es ist genau das, was ich brauche.

Ich beginne meine Suche damit, dass ich eine E-Mail an Tony Giovinazzi schreibe.

Sehr geehrter Mr Giovinazzi,

Arabelle Thoreau, die Agentin meiner Mutter, war so freundlich, mir Ihre Kontaktdaten zu geben. Wie Ihnen sicher bekannt ist, ist meine Mutter, Lyndsey Kinlock, vor kurzem verstorben. Nun versuche ich, ein verschwundenes Bild aufzuspüren, das Ihnen vielleicht ein Begriff ist. Es gehört zu einer fünfteiligen Bilderserie, die meine Mutter in Griechenland gemalt hat. Ich würde die beiden Bilder, die sich in Ihrem Besitz befinden, gern persönlich sehen. Ab dem kommenden Freitag bin ich für drei Wochen in Methoni und würde Sie gern aufsuchen, falls Ihnen das passt. Wenn Ihnen etwas einfallen sollte, das mir bei der Suche nach dem verschollenen Bild helfen könnte, wäre ich für einen Hinweis sehr dankbar. Vielleicht kennen Sie ja auch jemanden, der einen Tipp für mich hat.

Mit freundlichen Grüßen und in der Hoffnung, Sie bald kennenzulernen,
Sophie Kinlock

Ich füge meine Mobilnummer hinzu und klicke auf »Senden«, bevor ich es mir anders überlege. Der Anfang wäre gemacht.

Die Vorstellung, für eine Weile allein zu verreisen, ist sehr verlockend. Ich liebe meine Freundinnen, die sich um mich gekümmert haben, als ich sie brauchte, und das wird auch für immer so bleiben. Allerdings ist mir klar, dass selbst die beste Freundin irgendwann die Geduld mit diesem Trauerkloß verlieren wird, in den ich mich verwandelt habe. Niemand hat Lust auf ständiges Heulen und Zähneklappern. So bequem es auch sein mag, mich an Altbekanntes zu klammern, um mich zu trösten. Robert wäre ebenfalls eine gute Ablenkung von meinem Elend, doch ich würde mir nur neue Probleme einhandeln, wenn ich mich zurück in diese Katastrophenbeziehung flüchte. Es wäre gar keine gute Idee, diese Büchse der Pandora zu öffnen. Wie passend, dass mir ausgerechnet jetzt eine Geschichte aus der griechischen Mythologie einfällt.

Dass Tasha und Robert nach Mums Gedenkgottesdienst auf dem Kirchhof aneinandergeraten sind, hat mich getroffen und tut immer noch weh. Außerdem bin ich verärgert. Mir ist klar, dass Tasha mich nur schützen und die Situation entzerren wollte, aber Robert wird nun noch entschlossener den Kontakt zu mir suchen.

Die Trennung von ihm war der bislang schwierigste und mutigste Schritt meines Lebens. Deshalb vertreibe ich meinen Ex und den zarten Anflug von Sehnsucht nach ihm aus meinen Gedanken. Ich brauche keinen Mann, der mich rettet. Ich bin durchaus in der Lage, mir selbst eine Ritterin in schimmernder Rüstung zu sein. Ich muss mich nur überwinden und ins nächste Kapitel meines Lebens springen.

Ich schaue mir die anderen Fotos von Methoni an, die Mum aufbewahrt hat. Eines wurde bei Mums und meinem einzigen gemeinsamen Besuch dort aufgenommen, im Frühling, als ich fünf

Jahre alt war. Beim Anblick unserer lächelnden Gesichter werde ich kurz von Freude ergriffen. Selbst damals glichen Mum und ich einander wie ein Ei dem anderen. Ihr Haar hat genau dieselbe Beschaffenheit wie meines. Die Meeresluft hatte unsere Locken in korkenzieherartiges Gekräusel verwandelt. Obwohl ich mich nicht mehr bewusst an diese Tage erinnere, ist da etwas, das mich zurück an diesen Ort zieht. Die Sehnsucht, wieder in jene sandigen Fußstapfen zu treten, ist übermächtig. Ich erkenne den Einteiler, den Mum auf dem Foto trägt. Grüne und rosafarbene Blümchen auf schwarzem Grund mit Spaghettiträgern. Ein Originalstück von Biba. Ich hatte es letzten Mai zu einem besonderen Picknick im Clapham Common an. Mum, Robert und ich.

Wir feierten, dass Mum einen gewaltigen Verkauf getätigt hatte. Ein japanischer Sammler hatte sechs ihrer Bilder erworben. Sie war begeistert und bestand darauf, den Erfolg mit gewaltigen Mengen Schampus zu begießen. Es war einer der seltenen sorglos fröhlichen Tage, an denen es auch nach Sonnenuntergang warm bleibt, sodass wir uns nichts überziehen mussten. Im Park wimmelte es von Menschen. Jemand hatte eine Gitarre dabei und fing an zu singen. Ein spontanes Happening.

Gebannt lauschten wir, als Mum uns von den Musikfestivals erzählte, auf denen sie gewesen war. Ich war stolz darauf, wie unbemüht cool und das absolute Gegenteil von spießig meine Mutter war. Alle meine Schulfreundinnen bewunderten sie. Dass sie an weit entfernte, exotische Orte reiste, um dort zu arbeiten, war der Gipfel des Glamourösen. Außerdem war sie berühmt, obwohl wir damals nicht genau wussten, warum. Schließlich spielte sie nicht in einer Band und war in unseren Kreisen kein Promi. Nur die Kunstwelt kannte sie.

An jenem Abend gingen Robert und ich zu Fuß nach Hause, lachten albern und sangen Lieder aus den Siebzigern. Das warme

Wetter und der Champagner sorgten für das so selten vorkommende Gleichgewicht von Zuneigung und zärtlicher Begierde. Es war einer der wenigen guten Tage, an denen seine dunkle Seite sicher weggesperrt war.

Insgesamt waren wir sechseinhalb Jahre zusammen, die meisten davon schön, einige der blanke Horror. Als wir uns kennenlernten, war ich von seinen geschliffenen Manieren und seinem anziehenden Charme fasziniert. Ich verliebte mich in seine Grübchen, seine Anekdoten aus der Welt der Finanzen und seinen Sinn für Humor. Doch hinter seiner lässigen Art und seinem jungenhaft guten Aussehen lauerte ein Narzisst mit einem Hang zu Tobsuchtsanfällen, der sich in den Anfangsjahren aber selten regte. Wenn es allerdings so weit war, kannte er keine Gnade mehr. Zunächst passierte es nur, wenn er betrunken war, was jedoch im Lauf der Zeit immer öfter geschah; nach einem ausgedehnten Plausch mit Kollegen, einem Geschäftsessen oder einem netten Abend mit seinen Kumpeln. Eine Bemerkung zum falschen Zeitpunkt, die er als Kritik missverstand, konnte ihn innerhalb von Sekunden von null auf hundert bringen.

Dann stand mir stundenlanger Terror bevor. Seine Ängste und Komplexe quollen ihm mit Schwaden von Wodkanebel aus dem Mund, und er überhäufte mich mit wirren Tiraden. Manchmal packte er mich so fest an den Handgelenken, dass blaue Flecke zurückblieben. Im Suff brüllte er mich an und warf mir jedes Schimpfwort an den Kopf, das sein beachtliches Vokabular zu bieten hatte. Ich tat, was ich nur konnte, um ihn bloß nicht weiter zu provozieren, und flehte ihn an, mir zu glauben, dass ich ihn aufrichtig liebte. Irgendwann beruhigte er sich dann wieder, und ich lag zitternd vor Angst neben ihm, bis ich ihn schnarchen hörte und wusste, dass der Sturm vorbei war und ich gefahrlos einschlafen konnte.

Den nächsten Morgen verbrachte er unweigerlich damit, alles zu bereuen, sich zu entschuldigen und mich mit abgedroschenen Phrasen um Verzeihung zu bitten. Trotz alledem hielt ich mich nie für ein Missbrauchsopfer, denn schließlich schlug er mich nicht. Inzwischen bin ich klüger.

Zwischen uns spielte sich ein zerstörerisches Verhaltensmuster ein, das irgendwann zur Normalität wurde. Die Scham, weil es mir trotz aller Mühe nicht gelang, ihn zu bessern oder meine Fehler zu erkennen, hatte zur Folge, dass ich verstummte und alles hinnahm.

Wieder werfe ich einen Blick auf meinen Laptop, betrachte die Wohnung auf dem sonnigen Hügel und schiebe meine verworrenen Gedanken beiseite. Etwas zieht mich zu diesem Ort, der Mum so wichtig war, dass sie ihn sogar mehrmals gemalt hat. Ungeduldig und bedrückt trommle ich mit den Fingern auf die Tischplatte. Ich muss versuchen, diese zähe Trauer abzuschütteln und die Vergangenheit loszulassen. Ich werde keine Antworten bekommen, indem ich weiter hier herumsitze.

Die Fotokopie des Bildes und der Mann darauf lösen in mir ein leichtes Unbehagen aus. Er hat etwas Eindringliches an sich, und es ist ihr gelungen, es festzuhalten, obwohl sein Gesicht im Schatten bleibt. Dazu ihr Vermerk auf der Rückseite. Das Schicksal hat *wen* zusammengeführt und wieder getrennt? Meint sie sich selbst und den Mann auf dem Bild?

Es muss jemanden geben, der mir diese Frage beantworten kann. Und ich werde diesen Jemand finden. Ich trage meine Bezahlinformationen ein und buche Wohnung und Flug. Abreise am kommenden Freitag. Ich hole tief Luft und atme meine Bedenken aus.

Dann klicke ich auf »Bestätigen«.

KAPITEL 4

Das Schrillen eines Telefons durchschneidet jäh meine Träume. Als ich wieder voll bei Bewusstsein bin, kann ich mich nicht mehr erinnern, vor wem ich geflohen bin. Meine Träume sind bewegt und lebensecht, außerdem schlafe ich unruhig. Da das Festnetztelefon fast nie läutet, bin ich das Geräusch nicht gewöhnt und wie erstarrt, denn ich weiß, was geschehen wird, wenn das Klingeln aufhört.

Der Anrufbeantworter springt an, und ich höre eine Stimme, die ich im wirklichen Leben nie wieder hören werde. Mum. Ihre Stimme, so rauchig wie meine, löst einen neuen Tränenstrom aus. Jede Silbe ist wie ein Messerstich tief in meine Seele. Mums Stimme ruft ein Echo aus meinem Traum wach. Ich versuche, ihn zurückzuholen und ihn aus dem Nebel der Schlaftrunkenheit zu retten, der mir noch durch die Gedanken wogt. Aber es ist zu spät. Also presse ich die Handballen gegen die Augen und nehme all meine Kraft zusammen, um nicht schon vor Tagesanbruch mutlos zu werden. Der Anrufer legt auf, ich höre das Freizeichen und dann ein Piepen, da keine Nachricht aufgezeichnet wird.

Ich erhasche mehr und mehr Einblicke in die Frau, die ich ohne meine Mutter bin. Sie sind nur flüchtig, doch ich weiß, dass sie bald greifbarer sein werden. Ich bin auf der Suche nach einer neuen Normalität. Wenn ich in Zukunft auf freundliche Nachfragen stets antworte, dass es mir gut geht, wird es irgendwann bestimmt wahr.

Wenigstens habe ich jetzt etwas zu tun, ich muss dringend packen. Drei Wochen Griechenland! Morgen geht es los. Ich bin aufgeregt und froh, eine Aufgabe zu haben, die mich von meinem gebrochenen Herzen ablenkt. Außerdem geht es ja nicht nur um meine Mission, Mums Bild zu finden: Beim Gedanken an die unbekannten Gerichte, die ich in Griechenland entdecken werde, läuft mir schon das Wasser im Mund zusammen. Neue Kochrezepte und als Dreingabe ein funkelndes blaues Meer anstelle von grauem Schmuddelwetter! Auf dieser Reise kann ich Mums Spuren folgen und mich gleichzeitig beruflich weiterbilden, genau wie sie es jeden Sommer getan hat.

Der Gedanke an Methoni macht mir Lust, den Tag in Angriff zu nehmen. Ich ziehe einen zerbeulten Koffer unter Mums Bett hervor und wische die Wollmäuse weg. Der Koffer ist abgewetzt, zerschrammt von zahlreichen Reisen und mit den Überresten halb abgekratzter Aufkleber bedeckt. In diesem Zimmer zu sein, die Luft einzuatmen und das in mich aufzusaugen, was von ihr übrig ist: Für mich ist das die perfekte Partnerschaft von Leid und Trost. Auf Mums Frisiertisch stehen ihre Schminksachen, Cremetiegel und Fläschchen. Es sieht aus, als sei sie nur kurz hinausgegangen. Aber sie kommt nicht zurück.

Wenn ich jetzt mit dem Aussortieren begänne, würde ich das alles endgültig machen. So, als würde ich das Band zwischen uns durchtrennen und unsere Verbindung kappen. Und so weit bin ich nicht. Auch mit der Aufgabe, ihr Atelier auszuräumen, bin ich noch überfordert. Ich habe es durchsucht, um mich zu vergewissern, dass das *Methoni*-Bild nicht doch irgendwo dort versteckt ist. Aber Fehlanzeige.

Das wäre auch viel zu einfach gewesen.

»Mögest du Sonnenschein und Frieden finden und mit furchtbar fetten Oberschenkeln zurückkommen ... Cheers!«

Tashas dämlicher Trinkspruch wird von einer ausladenden Geste begleitet. Ich stoße mit ihr und Angus an. Das indische

Restaurant liegt versteckt in einer Seitenstraße in Fulham und ist eines unserer Stammlokale. Es ist schon seit drei Generationen in Familienbesitz, und in den Jahren, die wir jetzt schon hierherkommen, haben wir zusehen können, wie aus den kleinen Kindern Erwachsene wurden, von denen manche bereits selbst Babys haben. Das sorgt zwar dafür, dass wir uns alt fühlen, doch das Balti dort ist eine Wucht. Wir trinken Tiger Beer – Mineralwasser für Tasha – und häufen Essiggemüse und Relish auf unsere knusprigen Papadams.

»Danke für die ersten beiden Wünsche, nein danke zum dritten«, entgegne ich und nehme mir von der cremigen Gurken-Raita, wobei ich mir fast den Pulli bekleckere.

»Nun, ich finde die Idee prima, Soph«, sagt Angus und legt den Arm um Tashas Stuhllehne. »Falls Madam hier Einwände äußern sollte, ist das der pure Neid. Ich denke, es ist verdammt mutig von dir.«

Er grinst Tasha herausfordernd an, wohl wissend, dass sie darauf anspringen wird.

»Danke für die Unterstützung, mein Liebling«, erwidert Tasha gespielt hochmütig. »Ich kann nicht leugnen, dass ich entsetzlich eifersüchtig bin, weil ich mir diesen Ausflug entgehen lassen muss. Wenn die Hormonspritzen nicht wären, würde ich dich begleiten. Oh, wir wären wie Thelma und Louise, ohne den tragischen Absturz mit dem Auto natürlich. Wir könnten die Olivenhaine nach einem Adonis mit einem Sixpack wie Brad durchkämmen!«

»*Vor* Angelina!«, fügen wir dann im Chor hinzu und fangen an zu lachen.

»Ihr beide denkt wirklich genau gleich, das ist ziemlich beängstigend.« Angus schüttelt amüsiert den Kopf und trinkt einen Schluck Bier. »Ich wüsste niemanden, der euch zusammen aushalten würde.«

»Außer dir, mein Liebling, war Mumma Lyns die Einzige, die uns ertragen konnte. Meine Leute waren zumindest überfordert. Ich glaube, während der Sommerurlaube haben wir meine Mutter noch mehr als gewöhnlich in die Trunk- und Drogensucht getrieben. Natürlich nur in den Pausen zwischen ihren Brüllduellen mit Oma. An einem schauderhaften Tag haben Soph und ich so gekotzt ... weißt du noch? Wir müssen etwa zwölf gewesen sein.«

»Ich erinnere mich daran. Igitt. Wir haben eine Flasche Aperol gefunden und gedacht, es wäre ein französischer Energydrink. Uns war ja so schlecht. Ich glaube, nach der orangefarbenen Kotzorgie haben wir deine Mum für den Rest des Urlaubs nicht mehr gesehen.«

Ich halte mir den Bauch, denn schon beim Gedanken wird mir ein wenig flau.

»Das übliche Verhalten meiner geliebten Frau Mama«, fügt Tasha hinzu, und fast gelingt es ihr, dass man ihr nicht anmerkt, wie schwer ihre Mutter sie gekränkt hat. Doch mich kann sie nicht täuschen. »Man möchte doch wirklich meinen, dass sie wenigstens acht Wochen in meiner Gegenwart hätte schaffen müssen. Aber nein. Sie ist einfach mit irgendeinem Playboy nach Cannes durchgebrannt und hat uns meiner guten, alten, zuverlässigen Oma anvertraut. Zum Glück bin ich wenigstens von Lyndsey richtig bemuttert worden. Der Himmel weiß, was sonst aus mir geworden wäre!«

Sie sieht Angus mit hochgezogenen Augenbrauen an, offenbar eine Aufforderung, sich die Alternative auszumalen.

Tasha hat mit bemerkenswerter Reife schon als Kind ihren Frieden mit ihrer stets abwesenden Mutter gemacht und meine Familie als ihre betrachtet. Und wir haben sie gern bei uns aufgenommen. Melody Barton-Bamber, Tashas Mum, war Model und außerdem Eigentümerin eines beträchtlichen Treuhandfonds.

Gleich nach Tashas Geburt ist sie wieder zur Arbeit gegangen und hat es der Matriarchin, Tashas Großmutter, überlassen, den lästigen Nachwuchs großzuziehen. Doch die hatte zwar besagten Treuhandfonds, aber keine Liebe zu bieten, sodass dies meiner Mutter zufiel; »Mumma Lyns«, wie Tasha sie nannte.

Tasha wurde mit mir zusammen von der Schule abgeholt und mit Speis und Trank versorgt, bevor sie später mit dem Wagen zu ihrer Großmutter gebracht wurde, die im eleganten, grünen Kensington wohnte. Das Haus unterschied sich sehr von unserem viktorianischen Häuschen am ein wenig schäbigeren Ende der Fulham Road. Während der gemeinsamen Stunden in unserem Zweierclub entstand zwischen Tasha und mir ein untrennbares Band. Optisch betrachtet sind wir das absolute Gegenteil voneinander. Tasha entspricht mit ihren langen, blonden Locken und den großen blauen Augen exakt dem Bild einer englischen Rose, während ich brünett wie meine Mutter bin und ihre dunkle Haut und ihr südländisches Aussehen geerbt habe. Tasha hat die Supermodelfigur ihrer Mutter und ist groß und gertenschlank, ich bin eher klein und zierlich.

Auch die meisten unserer Lebensbereiche sind miteinander verwoben. Meine Catering-Firma und Tashas Eventagentur für gehobene Anlässe arbeiten oft zusammen, wenn Bälle und Wohltätigkeitsveranstaltungen ausgerichtet werden müssen. Unsere Fünfer-Clique, zu der auch Brittany, Sarah und Abi gehören, hat Schulzeit und Studium überdauert, obwohl die anderen drei inzwischen Kinder haben. Tasha und ich sind als Einzige kinderlos … das heißt, so lange, bis Tashas Fruchtbarkeitsbehandlung anschlägt. Ich bin zwar auch mit den anderen noch eng befreundet, doch ohne Tasha wäre ich nicht lebensfähig.

»Nun, es ist ein Glück, dass man sich seine Freunde im Gegensatz zur Familie aussuchen kann. Darauf trinken wir!« Angus hebt sein Glas, um uns zuzuprosten. Tasha drückt ihm einen festen Kuss auf die Wange und streicht ihm zärtlich mit dem Finger über die Nase, ein reizender Anblick.

»Oh, ja«, stimmt sie zu. »Auf unsere Freunde, die Familie, die man sich aussuchen kann!«

»Nimmst du schon Hormone? Du klingst ja wie ein Spruch auf einer Glückwunschkarte!« Ich lache.

»Ich werde dich einfach vermissen. Und mit meinen Hormonen ist alles bestens, vielen Dank auch. Was wir heute im Krankenhaus erfahren haben. Ich liebe dich, und hiermit verbiete ich dir, auch nur einen einzigen Tag verstreichen zu lassen, ohne mir zu sagen, wie es dir geht. Ich hoffe, dass du das Bild findest und so schnell wie möglich wohlbehalten zurückkommst.«

Über den Tisch hinweg hält sie mir die Hand hin und wartet darauf, dass ich einschlage.

»Abgemacht«, erwidere ich. Wegen meines anstehenden Abenteuers bin ich so nervös, dass ich ein Flattern im Bauch habe.

»Also lass mich bitte wie immer die praktische Seite bedenken, Soph. Was ist mit der Arbeit? Du hast Tiff den Laden überlassen, weil du Mumma Lyns pflegen musstest. Aber ist es nicht langsam Zeit für dich, wieder in den Sattel zu steigen? Ende Mai veranstalte ich dieses Buch-Event, und ihr übernehmt das Catering. Warum machst du nicht zu diesem Termin weiter? Tiff kann ja das Kommando führen, aber für dich wäre es eine Gelegenheit, langsam in dein altes Leben zurückzukehren.«

Ich seufze und trinke einen Schluck, dankbar, dass sie so pragmatisch ist und mir hilft, meinen Alltag zu organisieren.

»Du hast recht. Es muss sein. Ich habe mit Tiff geredet, und sie ist gern bereit, die Stellung zu halten, bis ich so weit bin. Aber wenn ich einfach zur Normalität übergehe, ist es doch, als hätte ich mich damit abgefunden, dass Mum tot ist.«

»Das ist nur allzu verständlich«, antwortet Angus einfühlsam. »Allerdings habe ich den Verdacht, Tasha will dich nur wieder an die Arbeit scheuchen, damit du auch ganz bestimmt aus Griechenland zurückkommst und uns nicht davonläufst.« Als er in Tashas Richtung nickt, versetzt sie ihm lachend einen Klaps auf den Arm.

»Ich schwöre, dass ich zurückkomme. Und das mit dem Event überlege ich mir. Und jetzt prost euch beiden und dem, was jetzt passiert.« Ich erhebe mein Glas, und wir trinken. »Außerdem war der Arzt heute im Krankenhaus zufrieden mit Tasha.«

»Absolut. Also ist alles bereit, und wir können wie geplant mit den Spritzen anfangen. Danke, dass du dabei warst, Soph. Ich konnte ja leider nicht.«

Angus legt Tasha den Arm um die Schulter. Da er Arzt in der Notaufnahme ist und heute Dienst hatte, war es ihm nicht möglich, Tasha zum Termin zu begleiten. Ich habe ihn gern vertreten.

»Das war doch das Mindeste, was ich tun konnte«, erwidere ich lächelnd. »Ihr beide seid wundervolle Freunde und habt mir so geholfen. Also auf das neue Kapitel unseres Lebens. Für uns alle.«

Während wir einander noch einmal zuprosten, erscheint der Kellner mit einer Wärmeplatte für unseren Tisch und unterbricht das Abschiednehmen. Ich habe sowieso genug von Tränen. Ich muss meine neue Gegenwart finden, und morgen fängt sie an. Hoffentlich.

KAPITEL 5

1. April, in der Luft über London

Es ist unverschämt früh und noch nicht ganz hell. Doch der Morgenkaffee pulsiert schon in meinen Adern und lässt mich jedes Mal aufmerken, wenn sich das Geräusch in den Triebwerken des Flugzeugs ändert. Die Stirn an die Scheibe gedrückt, betrachte ich die Lichter unter mir und beherrsche mich, um nicht vor lauter Nervosität an den Nägeln zu kauen. London verwandelt sich langsam in einen Nebel aus orangefarbenen Pünktchen und verschwindet dann endgültig, als die Wolkendecke mich verschluckt. In eine watteweiße Masse gehüllt, steuere ich dem Flughafen Kalamáta entgegen, im Gepäck einige wenige Fotos und Erinnerungen und meine Hoffnungen und Träume.

Ich male mir aus, wie es ist, in Methoni im Meer zu schwimmen. Boote tanzen auf dem sanft plätschernden Wasser, während ich mich im funkelnden Sonnenlicht aale. Der Geruch nach Salz und Sonnenmilch. Aufregung perlt in mir hoch. Und auch ein wenig bange Erwartung. Ich bin nicht mehr verreist, seit Robert und ich vor drei Jahren zur Feier unserer Verlobung in Rom waren. Danach hat die Arbeit mich aufgefressen, und Mum ist krank geworden, sodass mir keine Zeit für eine Pause blieb. Da konnte Robert noch so oft vorschlagen, wir könnten ja wie der Rest seiner Hedegefonds-Clique einen kostspieligen und exotischen Weihnachtsurlaub in der Karibik verbringen – ich hatte nicht die Möglichkeit, die Firma zuzumachen und zu verschwinden.

Bis heute zwackt es in meinen Waden, wenn ich mich an den Rom-Aufenthalt mit Robert erinnere. Stundenlang marschierten wir durch Straßen und Gassen und schlenderten Hand in Hand den Tiber entlang. In Rom gab es so viel zu sehen, dass meine

Sinne völlig überfordert waren. In einer der Kirchen, auf die wir von unserem Hotelzimmer aus blickten, fand eines frühen Abends ein Konzert statt. Wir lagen im Bett und hörten *Tosca*. Die wundervollen Klänge der Oper wehten durch die geblähten Musselinvorhänge herein, als sich die Arie in luftige Höhen erhob.

Schöne Momente wie dieser tapezierten die Risse zu. In jenem Augenblick dachte ich wirklich, dass er mir nie wieder wehtun würde. Während ich ihm beim Schlafen zusah, begannen die Stare in den Türmen und Türmchen sich zu regen, und ihr Kreischen hallte über ganz Rom. Ich war davon überzeugt, dass die Dinge anders werden, ja, dass er selbst sich ändern würde. Doch das tat er nicht. Ich habe weder die Kraft noch die Lust, diese Zeit noch einmal Revue passieren zu lassen. Nur, dass ich um die Frage nicht herumkomme, ob ich es ihm vielleicht erst möglich gemacht habe, sich so zu verhalten, indem ich es zuließ.

Ich drehe mich ein Stück weiter zum Fenster, entlasse die Gedanken aus meinem Kopf und schicke meine Erinnerungen hinaus in die Wolken unter uns. Ich nehme die Ohrhörer und wähle die griechische Sprachapp auf meinem Smartphone aus, um meinem begrenzten Wortschatz auf die Sprünge zu helfen. Als ich die Augen schließe, rollen die fremden Laute, die Übersetzung der mir vertrauten Vokabeln, in meinem Kopf herum und formen sich in zu Worten.

Guten Morgen ... *Kaliméra* ... Guten Morgen ... *Kaliméra.*

Guten Abend ... *Kalispéra* ... Guten Abend ... *Kalispéra.*

Hallo ... *Jiássas.*

Irgendwann dämmere ich weg.

Das Signal, das ankündigt, dass wir in zehn Minuten landen werden, reißt mich aus dem Schlaf. Ich habe ein Ploppen in den Ohren, als die Maschine zum Landeanflug auf Kalamáta ansetzt. Obwohl sämtliche Nerven in meinem Körper vibrieren, steht ein

Lächeln auf meinen Lippen. Ich recke den Hals und sehe unter uns eine verdorrte Landschaft, auf die wir langsam zu schweben. Irgendwo da unten ist Mums Bild – und ich werde es finden.

»*Jiássas, ti kánete?*«, begrüße ich auf Griechisch den Taxifahrer, der einen Zettel mit meinem falsch geschriebenen Namen hochhält: Sophia Konlick. Das ist fast so gut wie Sophia Kinlock und wird genügen. In der anderen Hand hält er ein Komboloi aus dunklen Perlen. Er lässt es klappernd um sein Handgelenk kreisen, während er mir antwortet.

»*Jiássas ... polí kalá.*« Es folgt ein unverständlicher Wortschwall, den ich unterbreche.

»Es tut mir leid, aber ich spreche nicht wirklich Griechisch. Außer ›hallo‹ und ›mir geht es gut‹ habe ich nichts mitgekriegt. Sprechen Sie Englisch?«

Der gedrungene, bärtige Mann mustert mich mit Knopfaugen und zuckt die Achseln.

»Ja, ein bisschen. Ich dachte, Sie sind Griechin. Sie sprechen gut. Ich bin Jannis. Kommen Sie.«

»*Efcharistó polí* und nett, Sie kennenzulernen, Jannis.«

Froh über meine angeborene Sprachbegabung, bedanke ich mich sehr herzlich für das Kompliment und gestatte ihm, meinen Koffer aus dem kühlen, klimatisierten Flughafengebäude zum Wagen zu ziehen.

Als ich hinaus in die trockene Luft und den Sonnenschein trete, fühle ich mich seltsamerweise, als sei ich zu Hause angekommen. Die angenehm fremdartige Wärme auf meiner Haut weckt, ganz anders als das Grau in Grau und das ewige Aprilwetter in London, meine Lebensgeister. Alles hier ist so klar umrissen wie auf einer Ansichtskarte. Die spitzen, dunstverschleierten Gipfel des Peloponnes, die blau-weiß gestreiften griechischen Flaggen, die vor einem kräftig kobaltblauen Himmel in der schwächlichen Brise flattern. Der Wind wirkt so entspannt, als sei ihm selbst das Wehen zu lästig.

Wir kommen an einigen anderen Taxifahrern vorbei, die rauchend und kartenspielend auf Fahrgäste warten. Der kräftige Geruch von Tabak steigt mir in die Nase, und ich höre den scherzhaften Tonfall der Männer, als einer von ihnen einen Stich macht. Es ist, als hätte ich eine Haut abgestreift. Ich fühle mich unbändig frei und ein wenig aufgedreht. Die Luft, die Wärme, der Geruch, sie alle wirken magisch.

Die kurvigen Straßen werden auf beiden Seiten von Zypressen gesäumt, die hin und wieder den Blick auf ein tiefes Tal freigeben. Fein säuberlich gepflanzte Olivenbäume stehen in Reih und Glied; ihre uralten knorrigen Stämme sind vom jahrzehntelangen Wachstum gekrümmt. Keine schützende Barriere trennt uns vom steilen Abgrund. Trotzdem telefoniert Jannis und lenkt dabei mit einer Hand. Ich schnappe hörbar nach Luft, doch mein Fahrer ist so ins Gespräch vertieft, dass er es nicht bemerkt.

Ich schicke Tasha rasch eine Textnachricht.

Bin gelandet, rufe dich später an. Ich hab dich ganz doll lieb! Xx

Falls ich in den Abgrund stürzen sollte, wird meine letzte Nachricht ihr Trost spenden, während sie mich betrauert.

Auf der Serpentinenfahrt den Berg hinunter kann ich in der Ferne einen silbrig funkelnden Streifen ausmachen. Das Meer! Zum Glück wird die Straße bald breiter, und mein Griff um die Armlehne lockert sich, als wir die kleinen Dörfer durchqueren. In jedem Ort scheint es eine Bäckerei, manchmal auch zwei, sowie mehrere Tankstellen zu geben. Am Straßenrand stehen geparkte oder zurückgelassene Mopeds und zerbeulte Traktoren. Vor den Cafés sitzen Gruppen von Männern, die sich wild gestikulierend unterhalten. Ob sie einander Anekdoten erzählen oder streiten, ist schwer festzustellen.

Beim Anblick des Hinweisschildes hole ich tief Luft: Μεθωνη, Methoni. Es sind nur noch acht Kilometer. Der funkelnde Silberstreifen breitet sich aus und bildet eine gewaltige strahlende blaue Fläche, die bis zum Horizont reicht. Es ist, als befände ich mich auf einer Reise an einen heiligen Ort. Auf einer Mission für meine Mutter. Oder ist es *meine* Mission? Vielleicht ja ein bisschen von beidem.

Vor uns erhebt sich ein hoher Hügel und wirft einen mächtigen Schatten, in dem die kleine Stadt Pylos kauert. Streng geordnete Haine säumen die Straße, Olivenbäume wechseln sich mit Weinreben ab. Außerdem wachsen hier Orangen, Zitronen, Granatäpfel und stachelige Kaktusfeigen. Als wir Methoni erreichen, wird die Straße holperiger. So gern würde ich einen Blick auf die Szene aus dem Bild erhaschen, doch immer versperrt mir etwas die Sicht. Ich frage mich, wie es bei Mutters erstem Besuch vor über dreißig Jahren wohl aussah. Und dann später, als sie immer wieder allein hierherkam. Wie viel mag sich im Lauf der Jahre verändert haben?

Jannis biegt in eine steile Straße ein, die von Bäumen gesäumt zu einem großen weißen Haus führt. Dann dreht er sich zu mir um.

»Hier ist Haus, wo ich Sie lasse.«

Knarzend zieht er die Handbremse, sodass das silberne Kruzifix am Rückspiegel wegen des abrupten Stopps heftig ins Schwanken gerät. Ich gebe ihm eine Handvoll bunter Scheine, der vereinbarte Fahrpreis, und bedanke mich. Dann verschwindet sein Auto, gefolgt von einer Staubwolke, hinter der Hügelkuppe.

Ein Schild mit der Aufschrift »Information« lotst mich auf eine mit braunen Keramikfliesen gekachelte Terrasse. Die Eingangstür wird von riesigen Aloepflanzen in gewaltigen Kübeln gesäumt und besteht aus massivem Mahagoni, das sich vom hübschen, hellen Mauerwerk abhebt. Ein walzenförmiger braunweißer Hund wedelt mit dem buschigen Schwanz und hebt träge den Kopf, um mich zu begutachten. Seine halbherzige Begrüßung fegt abgefallene Olivenblätter über die Terrasse. Als ich an die Tür klopfe, höre ich von drinnen ein Geräusch.

»*Nai, nai, érchomai!*«, ruft eine Stimme.

Ich bin nicht sicher, ob das letzte Wort »komm rein« oder »ich komme« bedeutet, weshalb ich beschließe, zu warten. Rasche Schritte klappern auf dem Boden, und die Tür wird aufgerissen.

Die hoch gewachsene Frau über fünfzig, die einen scharlachroten Kittel mit orangefarbenen Klecksen trägt, begrüßt mich freundlich. Auf dem Kopf hat sie ein rotes, vorn geknotetes Tuch, das ihr den glänzend schwarzen Pferdeschwanz aus dem Gesicht hält. Ihr scharf geschnittenes, spitzes Gesicht erinnert mich an einen Vogel. Sie hat einen Lumpen in der Hand, mit dem sie sich Bröckchen, offenbar Ton, von der Haut rubbelt. Ich lächele sie an und spule meinen im Voraus zurechtgelegten Satz ab.

»*Jiássas, to ónomá mou eínai* Sophie Kinlock ... *écho kánei krátisi ...*« Ich hoffe verzweifelt, dass sie versteht, worum es geht, denn bald bin ich mit meinem Griechisch am Ende.

»*Jiássou*, Sophie. *Kalós írthate*! Willkommen! Ihr Griechisch ist gut, *kalá*. Ja, ja, jetzt sind Sie hier! Ich bin Christina Makos. Es ist ein wunderschöner Tag, die Sonne scheint.« Während sie ihre Freude über das Wetter äußert, rudert sie mit den Armen. »Mein Sohn zeigt Ihnen, wo Sie schlafen. Aléxandre!«

Ich zuckte zusammen, als ihre sanfte Stimme plötzlich den Klang eines Nebelhorns annimmt.

»Sind Sie zum ersten Mal in Methoni?«

»Ich war einmal als Kind hier. Aber damals war ich erst fünf. Deshalb sehe ich es eigentlich zum ersten Mal ... nur dass es ein Wiedersehen ist.«

»Das ist wundervoll. Sie werden sich auf den ersten Blick verlieben! Wenn Sie etwas brauchen, müssen Sie nur fragen. Ich bin meistens hier. Ich oder mein Mann Markos.«

Hinter ihr erscheint ein schlaksiger Jugendlicher, der im Gegensatz zu seiner leuchtend bunt gekleideten Mutter ganz in Schwarz gehüllt ist. Christina verpasst ihm einen angedeuteten Knuff gegen das Ohr, zeigt auf mich und schiebt ihn vorwärts. Als er widerwillig nach meinem Koffer greift, bedanke ich mich. Er reagiert nicht.

»Teenager«, seufzt Christina. »Er spricht nicht mit mir, er spricht nicht mit seinem Vater. Nur mit seinen Freunden redet er. Außerdem ist sein Englisch miserabel. Also gehören Sie auch zum Club der Angeschwiegenen, einverstanden?«

Als sie herzlich auf Kosten ihres Sohnes lacht, scheint er keine Notiz davon zu nehmen. Meinen Koffer hinter sich her ziehend, trottet er los, was einen Wortschwall von seiner Mutter zur Folge hat. Dann wendet sie sich wieder zu mir um und schüttelt in offensichtlicher Verzweiflung über ihren Sohn den Kopf.

»Sie folgen ihm. Ich bin hier, falls Sie mich brauchen. Unten am Hügel gibt es einen Lebensmittelladen. Aber ich habe Ihnen Zutaten für Salat und einen Roséwein aus der Gegend hingestellt. Sie müssen etwas essen, es ist Mittagszeit. Aléxandros hat den Schlüssel.«

Ich danke ihr und hefte mich an die Fersen ihres Sohnes, der den Hügel hinaufmarschiert. Der freundliche Empfang hat mich erleichtert und die Bedenken zerstreut, die ich hatte, weil ich allein hier bin.

Während ich hinter Aléxandros her laufe, betrachte ich die

weite Fläche des Meeres. Felsen ragen majestätisch aus dem Wasser, als habe ein Riese sie hineingeschleudert. Wie sie sich zwischen Meer und Himmel einander zuneigen, wirkt beinahe kampfeslustig. Sie sind die ewigen Hüter der Geschichte; die Geschichten der Liebenden, der Familien und aller, die vor Tausenden von Jahren hierherkamen, sind fast greifbar in den Wind geschrieben. Auch meine Mutter hat dieselben uralten Felsen und Klippen gesehen. Der Gedanke bewegt mich, und kurz bleibe ich stehen, als Gefühle in mir hochsteigen. Mein Blick ruht auf den verwitterten Steinen.

Aléxandros erwartet mich geduldig an einem kopfsteingepflasterten Weg. Mein Häuschen inmitten von Olivenbäumen ist wunderschön schlicht, besteht aus Stein und ist mit den traditionellen geschwungenen Ziegeln gedeckt. Aléxandros schließt die Tür auf und stellt meinen Koffer ab. Dann zuckt er die Achseln. Offenbar ist seine Arbeit getan, denn er trollt sich.

Drinnen ist die Ausstattung einfach und optimal. Die große offene Küche, das Esszimmer und das Wohnzimmer gehen ineinander über. Außerdem gibt es ein Bad und ein Schlafzimmer. Vom Wohnzimmer und vom Schlafzimmer aus führen doppelflügelige Türen auf eine Terrasse. Als ich meine Tasche auf das steif gestärkte weiße Leinen fallen lasse, springt am Fußende des Bettes ein Stapel ordentlich gefalteter Handtücher hoch.

Ich öffne die Läden an den Terrassentüren, lasse Licht ins Haus. Als ich hinaustrete, verschlägt es mir die Sprache. Der Anblick ist im wahrsten Sinne des Wortes atemberaubend. Alle erdenklichen Blautöne, ein kilometerweites Meer und ein unendlicher strahlend blauer Himmel. Überwältigt von dieser Schönheit, halte ich mich am Geländer fest. Kein Wunder, dass Mum diesen Ort als »Himmel auf Erden« bezeichnet und sich inspiriert gefühlt hat, ihn auf Leinwand unsterblich zu machen.

Die Olivenbäume im Garten unter mir sind nicht hoch genug, um mir auch nur einen Zentimeter der Sicht auf dieses Panorama zu versperren. In der Ferne kann ich das Städtchen Pylos an der Landzunge erkennen. Es flirrt in der Hitze, und das Sonnenlicht spiegelt sich in den Fensterscheiben. Die Bucht wird von den Mauern der Burgruine von Methoni gesäumt, die sie wie mit uralten Armen umschließen. Dahinter erstreckt sich der Rest der Welt. Ein Band aus goldenem Sand trennt das Wasser von den Tavernen, an denen ich auf dem Weg hierher vorbeigekommen bin.

Als ich so auf meinem Aussichtspunkt verharre und versuche, mich zu orientieren, bemerke ich die Staubwolke eines Lastwagens, der die Straße entlangrattert und immer leiser wird, je weiter er sich durch das Dorf entfernt. Vom Meer her weht ein leises Motorengeräusch herüber, doch sonst ist fast nichts zu hören. Endlich kann ich wieder durchatmen und meine Lungen vollständig füllen. Ich sauge die warme, salzige Luft in mich auf und lasse sie in jeden vergessenen Winkel meines von Trauer niedergedrückten Körpers strömen. Ein Gefühl der Heilung breitet sich in meinen Adern aus, und Hoffnung sickert in meine Knochen.

Auf der Arbeitsfläche in der Küche steht ein kleiner Weidenkorb mit wundervollem Essen aus heimischer Herstellung: getrockneter Oregano, eine Flasche goldfarbenes Öl, Kalamátaoliven, frischer Kaffee, selbstgebackene Kekse und ein in Papier gewickelter Laib Brot. Im Kühlschrank entdecke ich alle Zutaten, die ich brauche, um meinen ersten echten griechischen Salat zu zaubern. *Choriátiki saláta.*

Einiges Herumgekrame in der schlicht ausgestatteten Küche fördert eine große Schüssel, ein Schneidebrett und ein Messer zutage, und meine Geschmacksknospen erwachen zum Leben. Ich decke den Tisch auf der Terrasse und gönne mir auch ein kleines

Glas gekühlten Rosé. Wie ich so mit meinem kleinen Festmahl und der gewaltigen Aussicht dasitze, komme ich mir schrecklich dekadent vor. Sogar einen einfachen Salat zu machen, kann mich begeistern, so groß ist meine Liebe zum Essen.

Der Wein ist leicht und trocken, die Süße der Paprikaschoten ist die passende Ergänzung zum scharf-cremigen Feta und den fruchtigen Tomaten. Der Oregano verteilt seine erdige Würze im ganzen Salat, und außerdem habe ich noch nie ein Öl mit einem so satten Aroma gekostet. Die abgerundete Note erinnert beinahe an Honig. Genießerparadies pur!

Ich breche Stücke von dem Brot ab, um den goldenen Nektar aufzutunken. Der Geschmack weckt alle meine Sinne. Jeder Bissen bewirkt eine Metamorphose.

Als ich aufwache, sehe ich über mir Holzbalken und einen Ventilator, der sich langsam dreht. Und habe nicht die leiseste Ahnung, wo ich bin. Ich setze mich ruckartig auf, und als sich der Nebel des Tiefschlafs nach der Reise lichtet, fällt es mir wieder ein. Meine Schulter sacken auf die neu entdeckte Entspannungsposition hinunter. Ich habe es nicht nur geträumt. Ich bin wirklich hier.

Der Raum ist in einen orangefarbenen Schein getaucht, und mir wird klar, dass gerade die Sonne untergeht. Ich räkle mich und betrachte vom Bett aus die traumhafte Aussicht jenseits der Terrassentüren. Ganz langsam, als wolle sie sich ein letztes Mal verbeugen, versinkt die Sonne hinter dem riesigen Felsen mitten auf dem Wasser. Alles schimmert goldfarben, wie angehaucht von einer göttlichen Präsenz. Ich knipse ein imaginäres Foto und bewahre es in meinem Gedächtnis. Dann greife ich zum Telefon und schicke Tasha eine Textnachricht.

Danke und gute Nacht, Sonnenschein!
Ich hab dich lieb und rufe dich morgen früh an.
Versprochen. Bin gerade von einem Nickerchen aufgewacht, und alles ist gut! Xx

Das Meer spiegelt die rosafarbenen und violetten Schattierungen des Himmels wider. Tief dunkelblau hebt sich der Umriss des Felsens vor einem strahlenden Feuerball ab, der hinter einer Spitze hervorlugt. Allmählich verstehe ich, warum Mum diesen Ort so geliebt hat. Sie war eine anerkannte Künstlerin, die ihre Kreativität in ihrem Umgang mit Farben ausdrückte. Das erkannte man an ihrer Art, sich zu kleiden, und an ihren Bildern. Und es lässt mir den Umstand, dass sie fort ist, noch stärker bewusst werden. Ich bin froh, dass ich gekommen bin. Nach dem monatelangen Schwebezustand, gefolgt von endloser Unentschlossenheit und gefangen in Alltagstrott und Trauer, fühle ich mich jetzt, als sei Mum hier bei mir. So, als würde sie mir dabei helfen, mich selbst wiederzufinden, während ich ihr Bild finde.

Es gibt so vieles, was ich sie fragen möchte. Doch diese Möglichkeit ist mir geraubt worden. Wenn wir nur mehr Zeit gehabt hätten. Ich würde sie so gern nach dem Bild fragen, denn ich komme mir vor, als müsste ich nach einem ganz bestimmten Sandkorn am Strand suchen. Aber irgendjemand hier muss doch etwas über dieses Bild wissen. Oder es sogar besitzen, wenn ich sehr viel Glück habe.

Vor einem Jahr um diese Zeit hätte niemand gedacht, dass meine Welt auseinanderfallen und mich mit der Aufgabe allein lassen würde, sie wieder zusammenzusetzen. Ich fühle mich wie eine Jugendliche von Mitte dreißig, die ein Haus und einen Katalog bekannter Gemälde geerbt hat. Doch ich würde alles dafür geben, nur noch eine Stunde mit Mum verbringen zu können. Dinge bedeuten mir nichts. Sie können den Verlust nicht wettmachen und den Schmerz nicht lindern, sie sind nichts als leblose Gegenstände. Leere Hüllen. Dennoch gibt man den winzigen Momenten der Zuversicht eine Chance, wenn man sich mit dem beschäftigt, was einfach und doch so wichtig ist. So nahezu unmerklich diese Augenblicke auch sein mögen, ich weiß genau, dass sie da sind.

Unter der Tür wurde ein Stück Papier durchgeschoben. Ein Zettel von Christina:

Falls Sie Lust auf ein Abendessen haben, klopfen Sie um acht bei uns an die Tür. Wir gehen ins Dorf in ein Lokal. Es gibt Musik, ziehen Sie Schuhe zum Tanzen an!
Christina xoxo

Ich freue mich über die Einladung. Gleich wird es dunkel, und ich hatte mir gar nicht überlegt, wie ich ins Dorf kommen soll, ohne mich hier auszukennen.

Musik, Tanzen und Essen, die Heilige Dreifaltigkeit.

Ich stelle mich unter die Dusche und lasse mir heißes Wasser ins Gesicht prasseln und von den Düsen die Kopfhaut massieren. Alle Ängste und Sorgen und die Gedanken an Zuhause werden für den Augenblick weggespült.

Zum ersten Mal seit langer Zeit regt sich eine Erinnerung daran, wie es ist, ich selbst zu sein.

KAPITEL 6

Die Dunkelheit ist bereits über Methoni hereingebrochen, als ich an Christinas Tür klopfe. Der Himmel ist klar, und ein Flugzeug gleitet hoch über mir durch die tintenschwarze Nacht. Die Sterne gehen auf und funkeln wie Edelsteine. So dankbar ich für die Einladung bin, macht sie mir dennoch klar, wie abhängig ich hier von fremder Hilfe bin. Ich muss lernen, meinen Instinkten zu trauen. Christina erinnert mich mit ihrer warmherzigen, ein wenig schrillen und ausgeflippten Art ein bisschen an Mum. Wir haben uns zwar auf Anhieb verstanden, aber ich weiß nichts über sie, und nun werden wir zusammen an einem Tisch sitzen. Ich muss das Abenteuer mit offenen Armen willkommen heißen und mit dem Unsinn aufhören, alles anzuzweifeln und in Frage zu stellen. Was würde Mom in dieser Situation tun?

Nach meiner Trennung von Robert habe ich mich mit der Sorge zermürbt, dass ich nie wieder die Liebe finden würde. Doch Mum hatte folgenden Rat für mich: *»Ein gebrochenes Herz ist die feine Spur des Lebens im Sand. Wer nie einen Verlust erfahren hat, weiß die Liebe nicht zu schätzen. Jede Erfahrung, ganz gleich ob gut oder schlecht, ist eine Lektion. Und es ist deine Aufgabe herauszufinden, was du daraus lernen kannst.«*

Sie war gerade von einem Meditationsseminar zurückgekommen und platzte fast vor Guru-Weisheiten. Tief in meinem Innersten wusste ich, dass Robert nicht meine große Liebe war, so sehr ich mir das auch eingeredet hatte. Und die grausame Art und Weise, auf die mir das Herz gebrochen wurde, ist ein Stück Lebenserfahrung, auf das ich gern verzichtet hätte.

Christina wird von allen begrüßt, denen wir auf der staubigen

Straße ins Dorf begegnen: der Metzgersfrau, einem Bauern, dem Tankwart. In dem Seitengässchen, in das wir einbiegen, gibt es einen Gemischtwarenladen, ein Andenkengeschäft und einige Tavernen mit verrammelten Fenstern. Die Hafenmauer wird ordentlich von Laternen gesäumt. An den Booten leuchten Lämpchen, und immer wieder blinkt an dem großen Felsen ein rotes Licht auf, das Seefahrer vor den Gefahren einer Kollision warnen soll.

Vor dem Schaufenster eines kleinen Supermarkts bleibt Christina stehen. »Das ist Mary Vasilious Laden. Hier gibt es Lebensmittel und alles, was man sonst noch braucht. Sie und ihre Familie leben schon seit vielen Jahren in Methoni. Sie ist eine gute Freundin von mir. Wir waren in der Schule in derselben Klasse. Vor langer Zeit.«

Meine anfängliche Befürchtung, ich könnte mich in Griechenland einsam fühlen, zerstreut sich allmählich, und ich weiß, wie sehr es Tasha beruhigen wird, dass diese wundervolle exzentrische Frau mich unter ihre Fittiche genommen hat. Heute Abend trägt Christina eine auffällige geblümte Tunika über einer Haremshose aus fuchsiaroter Seide. Die weiten Kleidungsstücke umwogen ihre hoch gewachsene, schlanke Gestalt und bauschen sich bei jeder Bewegung wie bunte Segel. Bei dieser Frau fühle ich mich geborgen, obwohl ich sie kaum kenne.

»Als ich ankam, waren Sie voller Tonerde. Sind Sie Töpferin?«

Falls Christina auch Künstlerin ist, kann sie mir vielleicht helfen, das Rätsel zu lösen, das sich um Mums verschwundenes Bild rankt.

Sie lacht. »Ja, ich bin Künstlerin. Sagt man das so, Töpferin? Immer voller Ton von den Skulpturen. Das Licht hier ist magisch, und ich finde in der Landschaft immer etwas, das mich inspiriert … das meine wahre Liebe ist. Und was machen Sie in London?«

»Ich bin Köchin und habe einen Catering-Service. Aber meine Mutter ist auch Künstlerin ... das heißt, sie war es ...« Die Worte durchbohren mich wie ein Messer. Tränen treten mir in die Augen. Ich hole tief Luft, um mich zu fassen. »Entschuldigen Sie, aber ... aber sie ist vor kurzem gestorben.«

Verlegen, weil ich Christina bereits so viel von mir preisgegeben habe, krame ich ein Taschentuch aus meiner Tasche hervor. Wir stehen einander gegenüber. Im nächsten Moment nimmt sie mir das Tuch aus der Hand und tupft die einzelnen Tränen weg, die mir über die Wangen rinnen.

»Du brauchst dich nicht zu entschuldigen. Du bist zu jung für so einen Verlust. Es tut mir sehr leid für dich.«

Ihre Hand auf meiner Schulter holt mich zurück in die Gegenwart. Ich blicke ihr in die freundlichen dunklen Augen und nehme den Trost an, den sie mir spenden will.

»Ich glaube, hier wirst du den Frieden finden, den du in dieser Phase deines Lebens brauchst.«

Ich atme langsam aus und lasse mich von ihr umarmen.

»Danke«, stoße ich hervor.

Ihre mütterliche Zuwendung vermittelt mir Geborgenheit und gibt mir den Mut, mich meinen Ängsten und Unsicherheiten und meiner inneren Anspannung zu stellen. Um mich endlich von ihnen zu befreien.

»Bist du sicher, dass du weitergehen möchtest? Wenn du willst, begleite ich dich nach Hause«, schlägt sie vor.

»Nein! Ganz bestimmt nicht.« Es ist mir entsetzlich peinlich, dass diese wunderbare Frau meinetwegen ihre Planung für den Abend umwerfen würde. Ich lächle sie an. »Ich glaube, Musik und etwas zu essen ist genau das, was ich jetzt brauche.«

Und um ein bestimmtes Bild zu finden, füge ich in Gedanken hinzu. Doch darauf werde ich später zu sprechen kommen. An meinem ersten Tag, will ich einfach nur die Dinge auf mich wirken lassen. Ich muss mich zuerst eingewöhnen, ein sanfter Übergang, bevor ich mich ins Getümmel stürze. Heute zählt nicht, heute war der Anreisetag.

Wortlos stehen wir eine Weile da, bis ich mich wieder gefangen habe, dann setzen wir langsam unseren Weg fort.

Die Ortschaft empfängt mich mit unverfälschter Schlichtheit, ja, sie wirkt auf mich aus der Zeit gefallen. So muss es in ganz Griechenland gewesen sein, bevor der Tourismus dem Land das Griechische ausgetrieben hat. Einige einfache Tavernen, ein schmaler Strand und ein ruhiges Meer; zwischen Lokalen und Ufer eine holperige Straße. Kellner laufen hin und her über den wenig belebten Weg und nehmen die Bestellungen entgegen. Ab und zu kommt ein Moped vorbei, worauf sich die streunenden Katzen unter die Stühle flüchten. Da es erst Anfang April und noch früh in der Saison ist, haben nur wenige Restaurants geöffnet. Die unverkennbaren Klänge von Bouzoukis und das sanfte Plätschern der Wellen an den Strand tragen dazu bei, dass sich meine hartnäckige Trauer ein wenig legt.

Inzwischen ist es kühler geworden. In einer Ecke des Restaurants spielt ein Musikertrio, als wir an einem Holztisch gleich am Strand Platz nehmen. Die schwermütigen Melodien und die griechische Zupfbegleitung sind gerade laut genug, dass einige Gäste leise mitsingen können, stören jedoch nicht die Gespräche. Ein Kellner erscheint mit einer Tischdecke aus Papier, die er mit Metallklammern befestigt. Nachdem er uns einen Brotkorb und Vorspeisen gebracht hat, küsst er Christina auf beide Wangen.

»Das ist mein Neffe Chrístos. Mein Bruder Andreas ist der Wirt. In Methoni haben wir nur Familienunternehmen. Ich möchte dir Sophie vorstellen. Sie wohnt bei uns auf dem Hügel.«

Chrístos reicht mir die Hand.

»*Jiássou*, Chrísto.«

»*Jiássou*, Sophie. *Kalosírthate* in unserem Dorf.«

Er ist genauso nett und gastfreundlich wie seine Tante und hat wie sie tiefbraune Augen und vogelartige Gesichtszüge.

»Heute ist ein guter Abend. Wir haben Musik. Und mein Vater hat als Spezialitäten *kléftiko*, das ist Lamm mit Gemüse, und *bríam*, Schweinefleisch aus dem Ofen, auf der Karte.«

Nachdem er über die Straße in die Taverne zurückgekehrt ist, nehme ich ein Stück Brot und gebe Öl auf ein Tellerchen. Christina zündet erst die Kerze auf dem Tisch und dann eine Zigarette an und zieht genüsslich daran. Als sie mir eine anbietet, nehme ich sie wortlos und versuche, nicht daran zu denken, wie Tasha und Mum über meine gelegentliche Angewohnheit schimpfen.

»Andreas ist Koch wie du! Jeden Morgen um fünf bäckt er dieses Brot. Ich sage ihm, dass er es in der Bäckerei kaufen und ausschlafen soll, aber nein, er will es selbst machen.« Christina reißt ein Stück Brot auseinander und hält es ins Kerzenlicht. »Siehst du, jedes Bröckchen ist mit Liebe gebacken.«

Die zahlreichen Armreifen an ihren Handgelenken klimpern, als sie das Brot in den Mund steckt. Ich stimme ihr zu und tunke ein Stückchen ins süß duftende Öl.

»Ich finde, Essen schmeckt nicht, wenn man beim Kochen schlechte Laune hat. Dein Bruder muss beim Backen unglaublich glücklich gewesen sein. Es schmeckt einfach fantastisch.«

Lachend pustet Christina Rauch in den Himmel.

»Ja, das ist so wahr! Genauso wie beim Malen und Modellieren, da sieht man ebenfalls die Gefühle des Künstlers. Auch Kochen ist eine Kunst, nur mit anderen Zutaten. Wie die Töpferei, nur dass Ton nicht schmeckt!«

Sie bricht in lautes Gelächter aus und winkt ihren Neffen an unseren Tisch. Er bringt uns eine Karaffe Rosé. Christina schenkt ein.

»*Endáxi, Christóphore*, wir nehmen *kolokithokeftédes, tzatzíki, gávros* und *bríam*.«

Das klingt nach ziemlich viel Essen. Frittierte Zucchini, Tsatsiki, Sardellen und gebratenes Gemüse. Obwohl ich vor Hunger fast umkomme, höre ich sofort auf, das mit Liebe gebackene Brot in mich hineinzustopfen, greife nach meinem Weinglas und bedanke mich wortreich bei Christina.

»*Jíamas*, Christina, *evharistó polí*.«

Teller um Teller wird aufgetragen, ein langsamer, nicht versiegender Strom, der alle meine Sinne überwältigt. Alles ist so frisch und lecker, ich hätte nichts dagegen, mich in die Bewusstlosigkeit zu futtern. Gerüche, Geschmack und Geräusche dieses Ortes sickern allmählich in jede Zelle von mir ein und sind Balsam für meine Seele.

Die Musik wird lauter, als ein ziemlich gedrungener Mann erscheint und sich die Hände an einem Geschirrtuch abwischt. Nachdem er das Tuch auf einen Tisch geworfen hat, marschiert er mitten auf die Straße und fängt an, mit den Füßen zu stampfen wie beim Flamenco, bis alle Blicke auf ihm ruhen. Eine langsame, getragene Weise erklingt, worauf er die Arme zum Himmel erhebt, als sei er Atlas und dazu verdammt, das Firmament bis in alle Ewigkeit auf seinen Schultern zu tragen. Mühelos wirbelt er um die eigene Achse, wobei sich seine Knie beugen und strecken. Im nächsten Moment springt er hoch und landet kauernd auf dem Boden.

Die männliche Eleganz seiner Bewegungen, die ausladenden Gesten und sein herrisches Gebaren sind faszinierend, als er hin und her stolziert und seine Geschichte erzählt. Die Musik nimmt Tempo auf. Chrístos kommt mit einem Stapel weißer Papierservietten, die er über dem Mann in die Luft wirft, sodass sie langsam zu Boden schweben und verstreut zu seinen Füßen liegen bleiben.

Die Geste schlägt die Zuschauer in ihren Bann, und bald gesellt sich ein anderer Mann ähnlicher Statur zu ihm. Er ist etwa gleichaltrig, also Anfang sechzig. Der Tanz geht weiter, und beide Männer werden schneller. Die Servietten auf dem Boden erheben sich flatternd, aufgewirbelt von den Füßen der Tänzer. Das Publikum feuert sie an, hebt Hände voller Servietten hoch und jubelt bei jedem Sprung.

Als die Darbietung zu Ende ist, applaudiert Christina lautstark.

»*Brávo, brávo, Andrea, brávo, Grigori*!«

Aha, Andreas, das muss ihr Bruder sein.

Der erste Tänzer kommt an unseren Tisch, wirft seiner Schwester eine Kusshand zu und greift nach einer Serviette, um sich die Stirn abzuwischen.

»Du bist also Sophie. Chrístos hat mir erzählt, dass du bei meiner Schwester wohnst.«

Er ist außer Atem und hat eine dunkle, raue Stimme. Ich erkenne die Familienähnlichkeit in seinem Gesicht.

»Andreas.« Er neigt den Kopf, als wolle er sich verbeugen, und hält mir die Hand hin. »Jetzt müsst ihr tanzen«, verkündet er und zieht uns beide von unseren Plätzen hoch.

Obwohl Widerstand zwecklos ist, spüre ich, wie sich Unsicherheit meiner bemächtigt, so groß ist meine Angst, mich zu blamieren. Denn ganz gleich, was jetzt von mir erwartet wird, ich habe nicht die leiseste Ahnung, wie es funktioniert.

Rasch bildet sich eine Reihe von Menschen, die einander auf Schulterhöhe an den Händen fassen. Andreas geht an die Spitze und schwenkt ein weißes Taschentuch. Als ich Christina ansehe, nickt meine neue Freundin aufmunternd und grinst mich an. Die Musik setzt ein.

In dem verzweifelten Versuch, die Schritte zu verstehen, betrachte ich ihre Füße. Überkreuzen, Schritt, zurück, Schritt, vorne überkreuzen, hinten überkreuzen … ich trete auf den Fuß neben mir.

»*Sygnómi!*«

Pardon. Ich fürchte, das wird heute Abend nicht das letzte Mal sein, dass ich mich bei der Person neben mir entschuldigen muss.

Andreas reicht das Taschentuch seinem Nebenmann und reiht sich am Ende der Schlange ein. So geht es immer weiter, einer nach dem anderen, und meine Angst vor dem Unvermeidlichen verhindert, dass ich wirklich Spaß habe. Zu guter Letzt finde ich mich wirklich an der Spitze der Schlange wieder.

»Wir folgen dir …«, überschreit Christina die Musik.

Mein unbeholfenes Gehüpfe ist nicht von Dauer; sobald ich kann, gebe ich das Taschentuch weiter und flüchte mich hinten in die Schlange.

Erleichtert sehe ich mich um und fange an, mich zu amüsieren. Wer nicht mittanzt, lächelt, klatscht, isst oder unterhält sich. Bis auf einen einzigen einsamen Mann. Stocksteif steht er neben den Musikern und scheint mich mit Blicken zu fixieren. Es ist der Mann von vorhin, der mit Andreas getanzt hat. An seinen Namen kann ich mich nicht erinnern. Er ist attraktiv, und seine Züge wirken wie in Stein gemeißelt. Seine Augen funkeln im Dämmerlicht. Doch auf seinem Gesicht malt sich ein sonderbarer Ausdruck, und er wendet die Augen nicht ab, die nur auf mich gerichtet scheinen. Als ich bemerke, dass ich finster dreinschaue, lächle ich ihm rasch zu. Das Ergebnis ist, dass sich seine Augen ungläubig weiten, fast als erkenne er mich wieder.

Diese Ablenkung sorgt dafür, dass ich wieder jemandem auf den Fuß trete, und mein Vergnügen ist mit einem Schlag dahin. Als ich mich umdrehe, steht er noch immer da, wie gebannt und mit einem Gesichtsausdruck, in dem sich gleichzeitig so viele unterschiedliche Gefühle spiegeln, dass ich das eine nicht vom andern unterscheiden kann. Ist es Erschrecken, Trauer, Furcht …? Er wendet sich ab. Als er eine Zigarette an die Lippen hebt, verbirgt der Rauch kurz sein Gesicht.

Als es langsam wieder aus der sich verziehenden Wolke auftaucht, stelle ich fest, dass er mich noch immer eindringlich mustert. Seine Augen blitzen, und mich überläuft ein kalter Schauder. Habe ich etwas falsch gemacht? Mir irgendeinen schrecklichen Fauxpas geleistet und die Dorfältesten gegen mich aufgebracht? Da ich bei niemandem sonst Anstoß zu erregen scheine, versuche ich, mich auf die Musik zu konzentrieren. Doch immer wenn ich zu dem Mann hinüberschaue, starrt er mich weiter unverwandt an. Mein Unbehagen wächst. Und auch meine Scham, obwohl ich gar nichts verbrochen habe. Das Gefühl löst Anspannung in mir aus und zerrt an meinen Nerven, bis sie vibrieren wie kurz vor einer Panikattacke.

Als die Musik endlich verklingt, alle applaudieren und die Servietten an den Rand der Tanzfläche gefegt werden, riskiere ich erneut einen Blick durch die Menge, die Straße hinauf, in Richtung Strand und hinter mich, und drehe mich um, in der Erwartung, ihn noch an seinem Platz vorzufinden. Aber er ist fort.

Ich eile an den Tisch zurück, um Christina zu fragen, wer der Mann ist, aber auch sie ist verschwunden. Ich kann sie nirgendwo sehen. Auf der Straße stehen die Leute in Grüppchen beisammen und plaudern laut in einer Sprache, die ich nicht verstehe. Wieder fühle ich mich verloren. Das Gesicht des Mannes – sein starrer Blick – löst Panik in mir aus. Wer ist er? Zum ersten Mal seit meiner Ankunft komme ich mir einsam vor und habe ein wenig Angst. Vielleicht hätte ich doch nicht nach Methoni reisen sollen.

»Sophie!«

Ich höre, dass jemand meinen Namen ruft, kann aber in meiner Verwirrung nicht feststellen, woher die Stimme kommt.

»Hier drüben!«

Ich erkenne Christina, die mit ihrem Neffen Chrístos neben dem Restaurant steht. Sie winkt mir heftig zu und bemüht sich, die Menschenmenge zu übertönen. Erleichterung macht sich in mir breit, gefolgt von Verlegenheit, weil ich mich wie eine Idiotin benehme. Wie albern, mich in einen solchen Zustand hineinzusteigern. Ich haste zu Christina hinüber, froh, dass ich nicht allein sein werde, falls der starrende Mann zurückkommt. Wahrscheinlich überreagiere ich so, weil ich schon zu lange auf Reservetank fahre; ich bin völlig erschöpft, und meine Kräfte schwinden. Die Einheimischen machen zwar noch keine Anstalten nach Hause zu gehen, aber ich muss dringend ins Bett.

Christina nimmt mich am Arm.

»Alles in Ordnung, Sophie?« Sie mustert mich forschend und in der richtigen Annahme, dass ich nicht ganz bei mir bin.

»Ja, natürlich, ich bin nur todmüde.« Da die Antwort sie zufriedenstellt, fahre ich fort: »Deshalb gehe ich jetzt. Vielen Dank für den wundervollen Abend. Kann ich die Rechnung übernehmen?«

»Nein, nein«, meldet sich Chrístos zu Wort. »Das ist unser Begrüßungsgeschenk ... von der ganzen Familie. Wir haben beschlossen, dich zu mögen, und wir bestehen darauf.«

»Das ist so nett von euch. Das kann ich doch nicht annehmen«, protestiere ich, gerührt von so viel Großzügigkeit.

»Du musst aber. Und beim nächsten Mal gehen die Getränke auf dich, ja?«, beendet Chrístos diplomatisch die Debatte.

Obwohl es mir unangenehm ist, habe ich offenbar keine andere Wahl.

»Nur, wenn du wirklich sicher bist. Und die nächste Runde übernehme ich ganz bestimmt.«

Meine müden Glieder schleppen sich den Hügel hinauf zu meiner Wohnung. Wenn ich bedenke, dass ich bis auf ein kurzes Nickerchen seit zwanzig Stunden auf den Beinen bin, habe ich erstaunlich lang durchgehalten. Allerdings werde ich das Unbehagen nicht los, das mich nach dem Tanzen ergriffen hat, so schön der erste Teil des Abends auch war. Zikaden zirpen und Olivenblätter rascheln, als ich die steile Steigung hinaufstapfe. Es ist stockfinster, und alle meine Sinne sind angespannt. Ich bleibe stehen, um Luft zu holen, und schaue noch einmal hinüber zum Meer. So beeindruckend und so romantisch, dennoch hat die Magie einen kleinen Dämpfer erhalten. Warum hat dieser Mann mich angestarrt?

Ich habe mich nach Alleinsein und Ruhe gesehnt, nach einer Aufgabe, die mich von meinem Elend ablenkt. Nun habe ich, was ich wollte, bin mir aber nicht mehr so sicher, ob es wirklich das Richtige ist. Ich versuche, das merkwürdige Gefühl beiseitezuschieben, und beschließe, den geheimnisvollen Mann im Dorf unter der Kategorie »komischer Typ« abzulegen.

In der Ferne, hoch oben in den Bergen, grollt Donner. Das Geräusch bricht sich an den Felsen und hallt bis aufs Meer hinaus. Der Mond küsst die Räder der gewaltigen Wolken, die sich an den Gipfeln des Peloponnes zusammenballen. Wieder ein Grollen, diesmal lauter, wie ein unheilverkündender Trommelwirbel.

In der Wohnung nimmt mein Telefon Verbindung zum WLAN auf und fängt sofort an, zu vibrieren und eingegangene Mails anzuzeigen. Seufzend lasse ich mich auf die Matratze fallen. Das Downloaden der Nachrichten dauert eine Ewigkeit. Während sie sich im Cyberspace tummeln, mache ich mich bettfertig. Über meinem Kopf knallt ein Donnerschlag, als das Gewitter den Berg hinunterzieht. Ich zucke zusammen und fixiere mein Gesicht im Badezimmerspiegel, um meine kindische Furcht zu vertreiben. Als ich klein war, hatte ich solche Angst vor Gewittern, dass ich schutzsuchend zu Mum ins Bett kroch. Sie erzählte mir, das seien bloß die Leute im Himmel, die schwere Möbel rückten, also kein Grund, sich zu fürchten. Die Erinnerung bringt mich zum Lächeln. Ich weiß noch, dass in meiner unschuldigen Version des Himmels fliegende Putten Stühle und Tische hin und her trugen und die Wolken verschoben.

Als ich den Kühlschrank öffne, um mir eine Wasserflasche zu holen, stelle ich fest, dass er halb leer ist. Morgen muss ich einkaufen gehen. Wenn ich genug Essbares hier einlagere, wird sich diese Wohnung wie ein Zuhause anfühlen, wie ein Hort der Geborgenheit, sodass ich mir nicht mehr vor lauter Verunsicherung wie ferngesteuert vorkomme. Ich werde mein Ziel erreichen, das weiß ich genau. Dazu muss ich stark und unbeirrbar sein und endlich selbständig werden. Jetzt sind starke Nerven angesagt.

Das Piepen meines Smartphones lockt mich zurück ins Schlafzimmer, wo mir beim Anblick des Displays schlagartig der Mund trocken wird. Ein Schauder läuft mir den Rücken hinunter. Dennoch klicke ich wie willenlos die erste der vielen E-Mails an, die alle vom selben Absender stammen. Eigentlich habe ich damit gerechnet, dass er nicht aufhören würde, mich zu bedrängen, schließlich hat er ein feines Gespür, das ihm sagt, wenn ich verwundbar bin. Dennoch sehne ich mich so sehr nach den Worten eines vertrauten Menschen, dass ich den Fehler machte, die Mail zu lesen.

Von: Robert Lord
Gesendet: 1. April, 21:14
An: Sophie Kinlock
Betreff: Bitte öffnen!

Meine geliebte Soph,

ich wage kaum, mir auszumalen, wie elend Du Dich wohl fühlen magst, doch ich wünschte, Du würdest Dein Leid mit mir teilen. Ich weiß, dass Du meine Nummer und meine Mails blockiert hast. Aber ich will Dich doch nur unterstützen und Dir helfen, diese schwere Zeit durchzustehen.

Ich hatte Deine Mum, die liebe Lyns, sehr gern und vermisse sie so. Nicht auszudenken, wie Du Dich fühlen musst. Ich habe mich daran erinnert, wie wir sie in der Küche zum Lachen brachten. Wir wollten einen Sonntagsbraten machen, und ich habe alles vermasselt. Zum Glück hast Du mit Deinen fantastischen Kochkünsten den Tag gerettet. Wir hatten so schöne Momente als Familie. Zu dritt. Und ich denke oft daran. Sie bedeuten mir viel.

Außerdem denke ich an uns und bedauere es, wie alles geendet hat und wie ich mich verhalten habe. Du hast es nicht verdient, so behandelt zu werden. Aber willst Du wirklich behaupten, dass alles nur schlecht war?

Immer wenn ich balzende Vögel höre, denke ich an uns beide in diesem wunderschönen Hotelzimmer in Rom. Auch die Arie weckt ganz besondere Erinnerungen, und ich höre sie mir oft an.

Gib mir einfach Bescheid, ob alles bei Dir in Ordnung ist. Ich habe gehört, dass Du verreist bist, und verstehe, dass Du dringend Abstand gewinnen und eine Weile weit weg sein wolltest. Wenn Du mich brauchst, musst Du es nur sagen. Dann bin ich sofort bei Dir, ohne Verpflichtungen, einfach nur als Freund. Falls Du mich anrufen möchtest, mein Telefon ist rund um die Uhr eingeschaltet.

Bitte sag mir, wo Du bist. Ich mache mir solche Sorgen. Du kannst Dich nicht vor mir verstecken, und Du weißt, dass ich Dich noch immer liebe.

Für immer Dein,
Robert

Rasch sperre ich mein Telefon und lege es mit dem Display nach unten aufs Bett, um mich daran zu hindern, seine Mail immer wieder zu lesen und sie zu beantworten. Er hat mich ausgerechnet in dem Moment erwischt, als ich anfing, am Ziel dieser Reise zu zweifeln. Und nun kriege ich ihn nicht mehr aus dem Kopf. Mein Herz klopft wie wild, als ich an die verhüllten Drohungen zwischen den Zeilen denke. Ich kenne ihn nämlich zu gut. Ihn, den Meister der Manipulation, den kontrollsüchtigen Zwangsneurotiker.

Ich schlage die Hände vors Gesicht. So kann ich nicht weitermachen. Irgendwie muss ich dafür sorgen, dass dieser Mann endlich aus meinem Leben verschwindet. Ich nehme mein Telefon, lösche sämtliche Mails von Robert und blockiere seine neue Adresse. Dann werfe ich das Gerät wütend aufs Bett. Ich werde nicht zulassen, dass er mich vom Zweck dieser Reise ablenkt. Und der ist und bleibt, dieses Bild zu finden. Fast befürchte ich, dass ich mich lächerlich mache, weil ich so viel in ein Kunstwerk hineingeheimnisse, das ich noch nie gesehen habe. Doch ich glaube, dass alles einen Sinn ergeben wird, wenn ich es erst in Händen halte.

Ich vermisse dich so sehr, Mum.

Heftige Schluchzer erschüttern meinen Körper, und ich weine verzweifelt um alles, was ich verloren habe. Mum, Robert, alles. Mein kleiner Rückzugsort ist nun zum Symbol für alles geworden, was ich zurückgelassen habe. Ich rolle mich zu einer Kugel zusammen, ziehe die Decke um mich wie einen Kokon und durchweiche sie mit meinen Tränen. Ich wünschte, ich wäre zu Hause.

Irgendwann weine ich mich in den Schlaf, und meine Schluchzer sind das Letzte, was ich höre.

KAPITEL 7

Am nächsten Morgen erwache ich, in meine Decke verheddert und quer über dem Bett liegend. Obwohl es sich anfühlt wie mitten in der Nacht, bin ich richtig ausgeschlafen. Ich krame mein Telefon hervor und stelle fest, dass es schon halb neun ist. Trotzdem ist es dunkel im Zimmer. Die Fensterläden sperren das Morgenlicht aus, und ich springe auf, um das zu ändern. Der grelle Sonnenschein blendet mich, als das traumhafte Panorama vor dem Fenster in Sicht kommt. Mein zweiter Tag in Methoni!

Das Unwetter von letzter Nacht hat sich verzogen, als hätte es nie stattgefunden. Kein Wölkchen steht am Himmel. Ruhe senkt sich herab und umschließt meinen Körper wie eine sanfte Umarmung.

Ich beschließe, ins Dorf zu gehen, um einen starken Kaffee zu trinken und Vorräte einzukaufen. Mein erster ganzer Tag in Methoni, und ich muss Pläne schmieden, damit ich Mums Bild aufspüre. Tony Giovinazzi hat sich noch nicht gemeldet. Ich werde bis morgen warten und ihm dann eine freundliche Erinnerungsmail schicken.

Bis auf zwei streunende Katzen, die durchs Gebüsch streifen, liegt der Strand verlassen da. Das Meer schwappt rhythmisch ans Ufer, fast ohne eine Welle zu erzeugen. Es gibt keine sichtbare Flutlinie, keine Haufen aus Seegras und leeren Plastikflaschen, wie sie so viele Strände verunzieren. Ich gehe weiter durch den Sand, vorbei an den Tavernen, wo die Stühle auf den Tischen stehen und die Fensterläden fest geschlossen sind. Stille. Welch ein Gegensatz zu dem Treiben und der Musik von letzter Nacht.

Anscheinend ist das einladende Café mit den pfefferminzgrünen Läden und den Blumenkästen vor den Fenstern das einzige Lokal, das morgens geöffnet hat. Tische und Stühle sind liebevoll in demselben Grünton lackiert. Die Sitzflächen bestehen aus Stroh, dessen unterschiedliche Gelbschattierungen auf wiederholte Ausbesserungsarbeiten hinweisen.

»Kaliméra!«, ruft eine junge Frau mir von der Tür des Cafés aus zu, als ich die Steintreppe vom Strand hinaufgehe.

»Kaliméra!« Ich setze mich an einen Platz mit Blick auf Meer und Strand. *»Ena kafé, parakaló«*, bestelle ich mit unsicherer Stimme. Meine Grammatik ist sicherlich grauenhaft.

Die Frau verschwindet im Inneren des Cafés, was mich hoffen lässt, dass meine Bestellung angekommen ist. Zwei ältere Männer, die am Fenster sitzen, nicken mir zu, und ich erwidere die Geste mit einem Lächeln. Sie trinken Kaffee und haben ein Backgammonbrett mit aufgebauten Steinen zwischen sich stehen.

Als ich aufs Meer hinausschaue, spüre ich, wie sich meine Stimmung weiter hebt und die Niedergeschlagenheit von letzter Nacht verfliegt. Ich schiebe den Gedanken an Robert beiseite, ebenso wie die an den glotzenden Sonderling, und lasse mir die warme Sonne aufs Gesicht brennen. Dann nehme ich die Kopie von Mums Bild heraus und halte sie vor den Strand. Soweit ich feststellen kann, ragt hier kein Felsen aus dem Sand. Das Bild zeigt nicht diesen Strand. Im kristallklaren Licht kann ich sehen, wie undeutlich die Wiedergabe des geheimnisvollen Mannes ist. Er hat keine festgelegten Gesichtszüge und ist nichts weiter als ein dunkler Umriss. Enttäuscht stecke ich das Bild wieder ein. Vielleicht hat das Meer sich den Felsen ja in all den Jahren zurückgeholt, sodass es diese Aussicht gar nicht mehr gibt. Sie könnte nur noch in Mums Werk erhalten sein. Der Himmel weiß, wo ich mit der Suche anfangen soll. Die Kellnerin kehrt mit einer Kaffeetasse und einem kleinen Schälchen mit einem Löffel darin zurück.

»Danke. *Evcharistó.*« Ich ertappe mich dabei, dass ich mich automatisch auf Englisch bedanke, und verbessere mich auf Griechisch.

Sie nickt und geht wieder an die Arbeit.

Das Schälchen enthält ein leuchtend weißes Häufchen Joghurt mit einigen Tropfen goldenem Honig und ein paar gehackten Nüssen. Es sieht sehr lecker aus, auch wenn ich es nicht bestellt habe – wenigstens glaube ich das. Der cremige Joghurt mit dem klebrigen Honig ist die perfekte Ergänzung zu dem bitteren schwarzen Kaffee. Was für ein Luxus, im Frühling ohne mehrere Pulloverschichten draußen sitzen zu können.

Ich mache ein Foto von meiner Kaffeetasse mit dem Meer als Hintergrund und poste es auf meinem Arbeits-Instagramkonto:

@sophieskitchencatering
#frühstücksimpression #köchinaufreisen

Ich schicke das Foto auch an Tasha, bitte sie, mich anzurufen, wenn sie aufgestanden ist, und stecke das Telefon in die Hosentasche.

Ein Fischerboot steuert auf den improvisierten Anlegesteg hinter der Flutmauer am anderen Ende des Dorfes zu. Seevögel unterbrechen ihre Suche nach Leckerbissen, und eine einsame Gestalt an Bord beendet die Reise zum sicheren Hafen. Ein einfacher Akt des Jagens und Sammelns. Und dennoch so gefährlich, sich mit der Natur anzulegen. Ganz gleich, wie viele technische Neuerungen man erfindet, man wird immer einen Menschen, ein Boot und ein Netz brauchen. Ich beobachte, wie der Fischer sein Boot vertäut, große Kisten mit Fisch von Deck hebt und gelenkig die Stufen hinaufläuft.

Das Meer ist so einladend, dass ich nicht mehr an mich halten kann. Nachdem ich den letzten Löffel Joghurt in den Mund geschoben habe, lege ich eine Handvoll Münzen auf den Tisch, kremple die Beine meiner Leinenhose hoch und schlüpfe aus den Flipflops. Dann hänge ich meine Bauchtasche um, springe in den Sand und wate vorsichtig ins Wasser. Es ist zwar kühl, aber nicht so kalt, dass einem die Luft wegbleibt.

Bei jedem Schritt sinken meine Füße ein wenig ein. Jemand gleitet mitten auf der Bucht mit einem Standup-Paddleboard über das spiegelglatte Wasser. Vor mir ragen einige Felsen aus dem Wasser, an deren Spitzen sich die Wellen brechen. Ich wate ein Stück weiter hinaus, um ihnen auszuweichen.

Ich bewundere die majestätische Klippe, die die Bucht umrahmt. Der Turm weit draußen auf dem Meer war einmal Teil der Burg. Wieder einmal fühle ich mich, als streckten sich Tausende von Jahren Menschheitsgeschichte nach mir aus. Die ersten Menschen, die unsere Zivilisation geprägt haben.

Ich denke daran, wie sehr Mum Methoni geliebt hat. Dann versuche ich, mir vorzustellen, wie ich als fünfjähriges Kind hier an diesem Strand im Wasser geplanscht habe. Fast kann ich hören, wie ich kichernd und spritzend am Ufer entlangtollte. Ich empfinde eine Art spirituelle Deckungsgleiche, als ich die unveränderte Meereslandschaft so betrachte, als sähe ich sie mit Mums Augen. So, als zeige sie mir, wohin ich gehen und was ich tun soll. Trotz der Schwere in meinem Herzen empfinde ich es als harmonisch, an einem Ort zu sein, der ihr viel bedeutet hat.

Wie sehr wünschte ich, wir wären zusammen hierhergekommen, als ich schon erwachsen war. Ich habe es oft vorgeschlagen, doch sie schien stets zu zögern. Immer wieder verschob sie die gemeinsame Reise auf »vielleicht nächstes Jahr«. So war es eben. Damals habe ich mir nicht viel dabei gedacht. Das tue ich erst jetzt, seit es zu spät ist.

Ich weiß noch, dass sie sich irgendwann in meiner Kindheit

eine Magen-Darm-Infektion eingefangen hat. Nach ihrer Rückkehr aus Griechenland war sie so krank, dass sie sogar für ein paar Tage ins Krankenhaus musste. Sie tat es als Erschöpfung ab, weil sie auf ihrer Reise so viel gearbeitet habe. Ich musste bei Tasha und ihrer Großmutter bleiben, bis es ihr besser ging. Damals hatte ich den Eindruck, dass Methoni sie krank und traurig machte. Doch als Erwachsene war ich sicher, dass wir beide eine wunderschöne Zeit dort verleben würden. Sie sprach so voller Zuneigung über Griechenland. Doch wenn es dann an die Reiseplanung ging, verschlug es uns in den Ferien im Frühling oder im Herbst stets nach Italien oder nach Frankreich, nie hierher. Ich wünschte, ich wäre beharrlicher gewesen und hätte sie gefragt, warum sie sich weigerte, mit mir einen Ort zu besuchen, der ihr so wichtig war.

Ein plötzlicher Stich in den Fuß lässt mich aufschreien. Es ist ein unbeschreiblicher Schmerz. Als ich nach unten schaue, sehe ich kleine Blutströpfchen, die von meinem Fuß aufsteigen und sich im klaren Meer auflösen. Erneut schreie ich auf und hinke unelegant zurück ans Ufer. Es tut so weh, als würde ich mit einem Speer durchbohrt. Ich setze mich in den Sand und begutachte den Fuß.

Winzige Stacheln stecken in der schmerzhaft pochenden Fußsohle. Was soll ich tun? Ich bin zu weit weg vom Café, um Hilfe herbeizurufen. Als ich eine laute Stimme höre, blicke ich auf. Jemand, ein Mann, läuft über den Strand auf mich zu.

»Bitte. Ich brauche Hilfe. Ich bin von einem ... Seeungeheuer gestochen worden«, verkünde ich, während mir vor Schmerzen Tränen über die Wangen laufen.

Der Mann kauert sich neben mich. Und mir bleibt die Luft weg.

Meine Qualen sind für einen Moment vergessen, als ich in die grünsten Augen blicke, die ich je gesehen habe. Sie haben die Farbe von Absinth oder von Smaragden und werden von langen, dunklen Wimpern gesäumt. Dazu dichtes, schwarzes Haar und ein Hauch von Bartstoppeln an einem markanten Kiefer. Etwas an ihm kommt mir bekannt vor … und dann schießt mir wieder ein Schmerz durch das Bein.

»Die Stacheln nicht anfassen«, sagt er mit starkem Akzent. »Ein Seeigel. Sehr gefährlich, aber lecker.«

Als er mir zuzwinkert, schlägt mein Herz schneller. Es pocht so laut in meinen Ohren, dass er es bestimmt hören kann. Trotz meiner misslichen Lage verfluche ich den Umstand, dass ich bestimmt verlottert aussehe, und bedauere meine Pediküre Marke Eigenbau. Dennoch bin ich dankbar dafür, dass ich nun offenbar von einem griechischen Gott gerettet werde. Trotz des Zustands meiner Zehennägel.

»Von so einem Stich kann man Atemprobleme kriegen. Ist alles in Ordnung?«

Ich habe tatsächlich Atemprobleme, das liegt allerdings nicht an dem Seeigel.

»Mir geht es gut … nur … der Fuß«, stammle ich.

Vorsichtig hält er mit einer Hand meinen Knöchel hoch. Als er eine riesige Pinzette aus der Tasche seiner Jeans zutage fördert, zucke ich erschrocken zusammen.

»Keine Angst. Ich benutze sie bei Fischen und Haken und fürs Boot, aber damit klappt es. Du musst ruhig halten. Es wird wehtun. Entschuldigung.«

Offenbar ist er der Fischer, den ich vor meinem fatalen Ausflug ins Meer beim Entladen der Kisten beobachtet habe. Ich bin nicht sicher, ob der elektrische Schlag seiner Berührung oder die schmerzhaften Stacheln schuld daran sind, jedenfalls fällt es mir ziemlich schwer, die richtigen Worte zu bilden. Sein Blick trifft meinen, und es ist, als sei die Welt ruckartig stehengeblieben. Mein peripheres Sichtfeld verschleiert sich, sodass ich nur noch ihn sehe. Als er langsam schluckt, beobachte ich die Bewegung seiner Kehle, bevor ich ihm wieder in die Augen schaue.

Nach einer Weile lösen sich unsere Blicke voneinander. Er schüttelt den Kopf, um sich auf seine Aufgabe zu konzentrieren. Bilde ich mir dieses Knistern nur ein? Alles in mir schlägt Purzelbäume. Die mir bevorstehende Pinzettenfolter ist eine willkommene Ablenkung. Ansonsten müsste ich mich nämlich mit dem Ansturm der Gefühle beschäftigen, die in mir toben.

»Du hast Glück. Es ist nicht schlimm. Die kriegen wir raus.«

Er hält meinen Fuß auf Augenhöhe und beginnt vorsichtig, die Stacheln herauszuziehen. Seine Berührung ist sacht, und die Vertrautheit lässt mich erschaudern. Ich zucke zurück und atme durch zusammengebissene Zähne ein. Es ist, als bohre mir jemand ein Messer in den Fuß.

Ich beobachte, wie seine Stirn Falten schlägt, während er meine Verletzung versorgt, und betrachte seine ebenmäßigen Züge. Seine Haut ist glatt und hat die Farbe dunkler Bienenwaben. Das weiße T-Shirt betont seine Sonnenbräune. Er ist etwa in meinem Alter, hat dunkle, klar umgrenzte Augenbrauen, und seine Lippen bilden einen ausgeprägten Amorbogen. Wie er so konzentriert die Wangenmuskeln anspannt, verströmt er eine ruhige, sanfte Männlichkeit. Nach einer Weile sieht er mich mit einem breiten Lächeln an.

»Ich bin Theo. Normalerweise ist das nicht meine Methode, Leute kennenzulernen.«

Etwas an seiner Art strahlt eine verführerische Wärme aus, so übermächtig, dass mir wohl die Knie nachgeben würden, wenn ich nicht schon säße.

»Ich bin Soph-ee!«, stoße ich schrill hervor, da er gerade einen ganz besonders langen Stachel entfernt. »Auuuah, das tut so weh … Wie viele sind es denn noch?«

Coolheit vorzuspiegeln, ist unmöglich, und ich könnte mich ohrfeigen, weil ich so trampelig war, ausgerechnet auf ein giftiges Meerestier zu treten.

»Noch einen ... so! Du wirst überleben. Und jetzt besorgen wir uns heißes Wasser und Essig.«

Bevor ich gegen die Nachsorge protestieren kann, nimmt er mich auf die Arme und steuert auf das Café zu. Obwohl ich mich bang frage, ob ich nicht etwa zu viel wiege, stehe ich offenbar so unter Schock, dass ich ganz automatisch die Arme um seinen Hals schlinge. Der Geruch seiner Haut, frisch nach ozonreicher Meeresluft, steigt mir in die Nase. Sein Duft ist berauschend, und mein Körper reagiert so heftig auf ihn, dass ich meinen Pulsschlag überall spüre.

Lautes Klatschen und Johlen reißt mich aus meinen Gedanken.

»*Brávo, Theofile!*«, jubeln die Männer und blicken von ihrem Backgammonbrett auf, um das Spektakel zu beobachten. »*Brávo, brávo!*«

Kichernd vollführen sie einige Gesten, deren Bedeutung ich nur erraten kann. Meine Wangen glühen vor Verlegenheit, und mein verletzter Fuß tut höllisch weh. Als die Kellnerin, die mich vorhin bedient hat, erscheint, gibt Theo ihr ein paar Anweisungen. Mit einem Nicken kehrt sie zurück ins Café, um seine Bitte zu erfüllen, während er mich sanft auf einen Stuhl setzt und sich vor mich hinkauert.

»Lass mal sehen.« Erneut greift er nach meinem Fuß und begutachtet den Schaden. »Das wird schon wieder. Wir baden die Wunde und geben etwas drauf, damit sie sich nicht entzündet. Ein Glück, dass ich dich gefunden habe, Sophie.«

Ein Schauder läuft mir den Rücken hinunter, als er mit griechischem Akzent meinen Namen ausspricht. Es ist wie ein Echo und zerrt an einer Erinnerung, die ich nicht zu fassen bekomme.

»Vielen Dank für die Hilfe. Aber du hättest mich nicht zu tragen brauchen. Ich hätte hüpfen können.«

Hüpfen?!

»Kein Problem. Du bist leicht wie eine Feder und wiegst weniger als eine meiner Fischkisten!«

Normalerweise würde ich es als höchst kränkend empfinden, mit einer Kiste voller toter Fische verglichen zu werden. Doch in diesem Augenblick ist es das Schönste, was je ein Mann zu mir gesagt hat.

Eine große Plastikschüssel mit dampfend heißem Wasser und ein großes Glas mit einer bernsteinfarbenen Flüssigkeit werden vor mich gestellt.

»Metaxa«, verkündet Theo. »*Jiámas* ... gegen den Schock und die Schmerzen.«

Dieser Trinkspruch fasst die letzten Monate meines Lebens recht gut zusammen. Obwohl ich Brandy eigentlich nicht mag, brauche ich etwas, um meine Nerven zu beruhigen und das Pochen in meinem Fuß zu lindern.

»Okay?«, fragt er.

Ich habe den Drink bitter nötig. Das scharfe Brennen in der Kehle treibt mir Tränen in die Augen. Theo stellt meinen Fuß ins heiße Wasser. Ich zucke zusammen, denn die Temperatur ist gerade erträglich. Die Einstichwunden prickeln, als die Hitze ihnen das möglicherweise noch dort lauernde Gift entzieht. Inzwischen ist der Metaxa in meinem Blutkreislauf angekommen, und ich fühle mich ein wenig ruhiger.

»*Endáxi*, gut, lass den Fuß da drin. Ich muss ein Medikament vom Boot holen.«

Er steht auf und läuft über den Sand zu seinem Anlegeplatz. Während ich beobachte, wie Theo am Ufer entlangrennt, lässt das Brennen nach. Ich stoße einen lauten Seufzer aus. Im nächsten

Moment schaue ich verlegen zu den beiden Männern hinüber, um festzustellen, ob sie etwas mitgekriegt haben. Doch sie sind in ihr Spiel vertieft, reden und witzeln und werfen die Würfel mit mehr Schwung als nötig. Als einer von ihnen meinen Blick bemerkt, sagt er etwas zu mir und weist dabei auf meinen langsam garenden Fuß. Da ich glaube, zu verstehen, was er meint, nicke ich nur und zucke die Achseln. Die internationale Zeichensprache.

Inzwischen kehrt Theo über den Sand zu mir zurück. Die Sonne verwandelt seine athletische Gestalt in eine laufende Silhouette. Das muss ich unbedingt Tasha erzählen. Als ich automatisch nach meinem Telefon greife, ist meine Hosentasche leer.

Panik macht sich in meiner Brust breit. Hier, im Ausland, bin ich auf mein Telefon angewiesen. Ich kippe den Inhalt meiner kleinen Tasche auf den Tisch. Sonst ist alles noch da.

Oh, mein Gott, wo ist es?

Ich recke den Hals und schaue hinüber zu dem Tisch, wo ich vorhin gesessen habe. Fehlanzeige. Auch auf dem Boden ist es nicht. Offenbar ist es mir während des ganzen Rummels aus der Tasche gerutscht. Da ragt ein Schatten zwischen mir und der Sonne auf und hält mir mein Telefon hin.

»Das ist deins, richtig? Es lag dort im Sand, wo ich dich gefunden habe.«

Ich drücke mein Telefon an die Brust, unbeschreiblich erleichtert und dankbar, es wieder in Griffweite zu haben.

»Theo, ich kann dir gar nicht genug danken. Jetzt hast du mich schon zum zweiten Mal gerettet.«

»Kein Problem.« Er hält eine Tube mit Salbe hoch und nimmt eine Handvoll Servietten vom Tisch. »Die ist gegen die Infektion. Aber du musst es im Auge behalten.«

Er fängt an, mir den Fuß abzutrocknen. Dann reibt er ihn mit Salbe ein, was in mir ein schmerzhaftes Zusammenzucken und zugleich ein wohliges Schaudern auslöst. Ich bin im Paradies. Ein Lächeln entsteht auf meinen Lippen, als ich in Gedanken die Worte wiederhole, die meine Mutter auf die Rückseite des Fotos von Methoni geschrieben hat. Nur, dass ihr damals kein attraktiver Fischer erste Hilfe geleistet hat. Oder etwa doch …?

»Ich muss den Fisch an die Tavernen ausliefern. Dann komme ich wieder und bringe dich hin, wohin du möchtest.«

»Du hast schon so viel für mich getan. Wirklich, ich schaffe das bestimmt allein …«

Doch er bleibt beharrlich und fällt mir ins Wort.

»Heute wird das Laufen noch wehtun. Also verbringst du die Nacht entweder hier im *kafeníon*, oder du lässt dich von mir fahren.« Als er spitzbübisch grinst, funkeln seine durchdringend grünen Augen in der Morgensonne. Nein, ich will nicht bis morgen früh im Café bleiben.

»Nur, wenn es dir wirklich nichts ausmacht. *Evcharistó*, Theo.«

Wie ich zugeben muss, ist die Aussicht, mich zu Fuß den Hügel hinauf zu meiner Wohnung zu schleppen, nicht sehr verlockend. Außerdem wollte ich doch eigentlich einkaufen, aber ich möchte seine Hilfsbereitschaft nicht überstrapazieren. Nach dem Essigfußbad rieche ich sicher wie eine Portion Pommes. Nicht gerade das, was man optimale Flirtbedingungen nennt.

Er geht zur Tür des Cafés.

»Selena!«, ruft er.

Als die Kellnerin erscheint, unterhalten die beiden sich in schnellem Griechisch. Immer wieder zeigen sie dabei auf mich, was ziemlich peinlich ist. Dann umarmen sie sich, und meine albernen Hoffnungen sind mit einem Schlag dahin. Sie zaust ihm das Haar und küsst ihn zärtlich auf die Wange. Ihre Arme ruhen auf seinen Schultern. Dann wirft sie mir einen Blick zu. Die beiden sind eindeutig ein Paar.

»Ich bin gleich zurück«, sagt er im Gehen und macht sich auf den Weg zu seinem Boot.

Ich nicke und presse die Zähne zu einer grinsenden Grimasse zusammen. Die verschiedensten Gefühle fangen an, ihre Schutzhüllen abzustreifen, als erwachten sie aus einem Winterschlaf. Es sind Gefühle, die ich schon sehr lange nicht mehr hatte. Seit Robert habe ich nicht einmal flüchtige Gelüste beim Anblick eines attraktiven Fremden auf der Straße empfunden. Nur eine Leere, jedoch ohne mich danach zu sehnen, die Lücke zu füllen. Selbst die Verkupplungsversuche meiner Freundinnen blieben vergeblich, denn ich traute meinem eigenen Urteil nicht, geschweige denn dem eines anderen. Nun aber erwacht das schlummernde Prickeln wieder zum Leben. Nur, dass das Objekt der Begierde natürlich vergeben ist. Ich zucke zusammen, als mir ein stechender Schmerz vom Fuß bis in den Knöchel fährt. Die Vorstellung, etwas für einen anderen Menschen zu empfinden, erscheint mir plötzlich gar nicht mehr so beängstigend.

Selena kommt an meinen Tisch, als wolle sie sich in Erinnerung rufen und mir davon abraten, ihren Freund anzuschmachten. Ihr Lächeln erreicht ihre Augen nicht. Sie nimmt mein Glas.

»Danke«, sage ich.

»Gern geschehen.«

Nur, dass ihr Unterton das genaue Gegenteil besagt. Es ist eine Warnung, wie von einer streunenden Katze, die ihr Territorium markiert. Mir fällt der Mann ein, der mich letzte Nacht so entgeistert angestarrt hat. Auch wenn Methoni auf den ersten Blick wie ein Paradies wirkt, weiß ich nun, dass sich hinter der Fassade auch dunkle Stellen verbergen. Erst dieser Mann, jetzt Selena. Ich spüre ein leichtes Unbehagen und fürchte, dass ich hier nicht bei allen willkommen sein könnte.

Als Theo mich zurück zu meiner Villa fuhr, bemühte ich mich, ihn nicht anzuhimmeln. Ich gehöre nicht zu den Frauen, die ihren Geschlechtsgenossinnen den Freund ausspannen. Schließlich gibt es noch so etwas wie weibliche Solidarität. Dieser Ehrenkodex erstickt jegliche Träume von einer knospenden Romanze und leidenschaftlichen Nächten am Strand im Keim. Doch ein Funke wurde entfacht, und es ist zu lange her, dass ich so etwas empfunden habe.

Theo war so nett, am Laden Halt zu machen, damit ich meinen Kühlschrank auffüllen kann. Als er meinen Arm und gleichzeitig den Einkaufskorb hielt, versuchte ich, nicht auf den elektrischen Schlag zu achten, der mich jedes Mal durchzuckte, wenn seine Hand meine streifte. Nach den Blicken der Dame hinter der Theke zu urteilen, werden wir noch vor der Mittagszeit Dorfgespräch sein. Theo bestand darauf, mir die Einkaufstüten bis in die Wohnung zu tragen, und wollte mir sogar beim Auspacken helfen. Seine Ritterlichkeit machte es mir nicht leicht, ihm zu widerstehen und nicht seinem Charme und dem Funkeln in seinen Augen zu erliegen. Dennoch entschuldigte ich mich höflich, ich müsse mich hinlegen. Als er ging, sagte er, er hoffe, mich bald wiederzusehen.

Der Schmerz in meinem Fuß lässt nach, als ich mit einer Tasse Tee auf dem Balkon sitze und aufs Meer hinausschaue. Ein Videoanruf von Tasha reißt mich aus meinen Grübeleien. Ich drücke auf »Annehmen« und achte darauf, dass die wundervolle Aussicht gut im Bild ist.

»Ach, verdammt, das ist Folter!«, ruft sie bei diesem Anblick auch prompt aus. »Ich werde nur noch normal mit dir telefonieren, bis zu zurück bist. In London schneit es!«

»Neeeiiin! Ich habe den Schnee verpasst!«, jammere ich und erinnere mich an einen eiskalten Tag vor vielen Jahren im Park.

Tasha und ich ließen uns mit ausgestreckten Armen in den Schnee fallen und rollten ihn zu eisigen Kugeln, um Schneemänner zu bauen. Als wir Stöckchen von Hecken und Bäumen abbrachen, fielen uns Schneeflocken auf den Kopf. Mum sah uns lachend zu. Dann folgte eine Schneeballschlacht, und zu guter Letzt traten wir den Rückzug an und flüchteten uns in ein Café, um bei dampfendem, mit Marshmallows und Schlagsahne gekröntem Kakao wieder aufzutauen.

»Ich hatte einen ziemlich aufregenden Vormittag«, beginne ich.

Sie lauscht gebannt, als ich ihr das Strandabenteuer schildere, will sämtliche Einzelheiten wissen und fordert eine Personenbeschreibung von Theo ein, die ich ihr widerstrebend liefere, denn eigentlich wollte ich mich ja nicht mehr mit seinem hinreißenden Äußeren beschäftigen.

»Und ich bin erst seit zwei Stunden wach. Nicht zu fassen, was du in dieser Zeit schon alles erlebt hast! Ich habe es gerade mal geschafft, mir meine Spritze zu verpassen und Pfefferminztee zu kochen. Ohhh! Wie sieht die Freundin denn aus?«

»Äh ... hübsch. Dunkelhaarig, schlank ... als mir klar wurde, dass die zwei zusammen sind, habe ich nicht mehr so genau hingeschaut.«

»Du weißt schon, dass du gerade dich selbst beschrieben hast, also bist du offenbar sein Typ. Vielleicht sollten wir Voodoo-Puppen basteln ... War nur ein Scherz!«, fügt Tasha hinzu, als sie meine Miene bemerkt.

»Aber es war wirklich so lieb von ihm, mir zu helfen und mich zu tragen ...«

»Genau wie in *Ein Offizier und ein Gentleman*. Oder vielleicht sollten wir die Sache ja *Eine Köchin und ein Fischersmann* nennen.«

»Schon gut, jetzt aber genug davon. Erzähl mir lieber, wie die

Operation Kinderwunschbehandlung läuft«, unterbreche ich sie, weil ich nicht mehr über Theo sprechen will.

»Nun, wenn man bedenkt, dass ich erst eine Spritze hinter mir habe – die Dosis wird diesmal ganz langsam gesteigert –, habe ich es zumindest schon mal geschafft, ein Blutgefäß zu treffen. Jetzt habe ich einen ordentlichen Bluterguss. Eigentlich wollte ich heute Morgen Yoga machen, aber es ist einfach zu kalt, und so male ich mir aus, mein Uterus sei der kuscheligste Ort auf Erden. Natürlich hat Angus sich erboten, das Spritzen zu übernehmen. Aber ich befürchte, er könnte zu viel Spaß daran kriegen. Und bekanntermaßen ist die Zeugung bei uns inzwischen sowieso schon bar jeder Romantik.«

»Nun, jedenfalls bist du sehr tapfer. Ich weiß nicht, wie du das hinkriegst. Ich habe mich wegen der Seeigelstacheln schrecklich angestellt. Mich freiwillig selbst zu stechen, ist absolut undenkbar.«

»Danke, Liebes, aber es ist nicht so schlimm, wie du glaubst. Außerdem habe ich es im Lauf der letzten Jahre schon so oft gemacht, dass ich inzwischen Expertin bin. Aber jetzt zurück zum wichtigsten Thema. Wie geht es dir mit allem, seit du ein bisschen Abstand hast?«

»Offen gestanden halte ich es trotz der heutigen Dramakomödie für die richtige Entscheidung, hierher zu kommen. So seltsam es klingen mag, fühle ich mich, als wäre Mum bei mir, auch wenn ich manchmal ein bisschen einsam bin. Ich weiß, dass ich allein sein muss, um Antworten auf meine Fragen zu bekommen und das Bild zu finden ... es ist nur ...« Ich verstumme, als meine Augen sich mit Tränen füllen. »Ich vermisse sie so sehr, Tash. Es ist dumm, aber nach der Sache mit dem Seeigel hätte ich sie am liebsten gleich angerufen ... so albern ...«

»Das ist überhaupt nicht albern, Liebes, du wirst dich nie daran gewöhnen. Immer wenn etwas passiert, wird dein erster Gedanke sein, dass du jetzt mit ihr darüber reden möchtest. Sogar bei mir ist das so, also muss es bei dir noch viel schlimmer sein.«

»Ich schwanke zwischen Trauer, Gereiztheit und absoluter Erschöpfung.«

Tränen landen vor mir auf dem Tisch. Sie fallen in dicken, schweren Tropfen.

»Es wird eine lange Zeit dauern, bis du verinnerlicht hast, dass sie nicht mehr da ist ... schau, jetzt hast du mich zum Weinen gebracht!«

Durch meine Tränen kann ich sehen, wie die einzige Person auf der Welt, die weiß, was ich gerade durchmache, meinen Schmerz spiegelt. Außer uns musste bislang niemand in unserem Freundeskreis den Tod eines Elternteils verkraften. Eine trotzige Verweigerungshaltung steigt in mir hoch. Es ist so ungerecht. Wir hätten noch so viel gemeinsame Zeit haben müssen. Ein Klopfen an der Tür holt mich in die Gegenwart zurück.

»Oooh, Besuch«, sagt Tasha. »Vielleicht ist es ja Theo, der dir zeigen will, was er heute alles gefangen hat.«

»Ach, halt den Mund«, schimpfe ich lachend. »Ich simse dir später. Danke, dass du für mich da bist. Ich liebe dich!«

»Du kannst mich jederzeit anrufen. Das ist ernst gemeint. Also brauchst du dich nicht allein zu fühlen, denn das bist du nicht. Außerdem liebe ich dich noch mehr!«

Wir beenden das Gespräch. Ich bin froh, über den Trost, den mir diese Freundschaft spendet. Mich erinnert sie an ein Paar alter Hausschuhe: Sie passen wie angegossen, und gleich fühlt man sich gewärmt und geborgen. Tasha denkt immer praktisch und war mir eine große Stütze, insbesondere während der letzten Monate. Ich humple hinein und wische mir die Tränen ab. Mein Fuß pocht zwar noch, doch der Schmerz lässt allmählich nach.

Als ich aufmache, steht eine grinsende Christina vor mir. Sie hat einen mit Folie abgedeckten Teller in der Hand.

»Na, wie ich gehört habe, hast du heute schon ein dramatisches Abenteuer hinter dir.«

»Das kannst du laut sagen«, antworte ich lächelnd und spüre, wie ich erröte. »Komm doch rein.«

»*Portokalópita*! Das ist griechische Orangenpastete, nur, dass es ein Kuchen und keine Pastete ist. Am besten schmeckt er zu Kaffee. Mit Liebe gebacken für dich und deinen Fuß.«

Als sie aus voller Kehle loslacht, scheint sich das Zimmer zu erhellen. Wieder ist sie in ein klassisches Christina-Outfit gewandet, ein schriller Kontrast von Farben und Mustern und wie üblich mit Tonspritzern bedeckt. Als sie an mir vorbeirauscht, folgt der erdige Geruch von Töpferwaren ihrer zarten Gestalt wie Kielwasser. Sie steuert auf die Küche zu.

»Ich mache Kaffee, und dann musst du etwas essen. Setz dich. Ich muss unbedingt wissen, was passiert ist. Das ganze Dorf redet darüber. Doch ich will die Geschichte aus erster Hand. In Methoni funktioniert das nämlich wie Stille Post.«

Also waren die Buschtrommeln schon am Werk, genau wie ich vermutet hatte. Ich hinke zum Küchentisch und stelle den wunderschönen orangefarbenen Kuchen genau in die Mitte. Die Glasur glänzt feucht, und meine Geschmacksknospen fangen an zu prickeln.

»Mir ist zu Ohren gekommen, dass du Theo begegnet bist und er dich weggetragen hat. Das ist ja wie im Film!«

Mit einem dramatischen Seufzer schlägt sie die Hände vor die Brust. Und ein spitzbübischer Ausdruck zeigt sich in ihrem Vogelgesicht. Mein Erröten liefert eine Zugabe. Nun muss ich ihr alles berichten, allerdings weniger detailgetreu als Tasha.

»Er war sehr nett und hat mir mit meinem Fuß geholfen. Selena auch«, füge ich taktvoll hinzu. »Dieser Kuchen sieht einfach lecker aus«, versuche ich dann, so schnell wie möglich das Thema zu wechseln, und es klappt.

»Das ist mein Spezialrezept. Ich habe heute gebacken, weil morgen bei uns eine kleine Feier stattfindet. Du musst auch kommen. Meine Familie wird da sein, ein paar Freunde ... und ein gewisser Fischer lässt sich vielleicht ebenfalls blicken ... Aber ich muss dich warnen ...« Sie zieht die schmalen dunklen Augenbrauen hoch und sieht mich an, bevor sie Teller und Besteck holt und Platz nimmt. »Sie können es alle kaum erwarten, das Mädchen kennenzulernen, das er aus dem Meer gerettet hat!«

Breit grinsend schneidet sie die süße, goldfarbene Kruste an. Sirup quillt auf den Teller. Am liebsten würde ich sofort zugreifen. Der Duft von Zitrusfrüchten und cremiger Süße macht mich willenlos.

»Theo ist ...«, beginnt Christina und zögert dann, »... kompliziert ... Und gefährlich ... schwierig. Es geht mich nichts an, aber ich will nicht, dass dir wehgetan wird. Du hast genug Trauer zu tragen. Das erkenne ich in deinen Augen.«

Ich habe keine Ahnung, warum Christina mich vor Theo warnt, denn schließlich ist er ja vergeben. Doch allein die Vorstellung, dass er tabu ist, steigert meine Neugier und macht ihn noch anziehender. Aber gefährlich? Das ist sicher nur ein Sprachproblem. Auf mich hat er keinen bedrohlichen Eindruck gemacht. Allerdings bin ich keine gute Männerkennerin – Robert ist der lebende Beweis dafür.

Lächelnd beobachtet Christina, wie ich den Kuchen koste. »Lecker, was?«

Als ich nicke, scheint sie dieses Lob sehr zu freuen. Auch ich liebe das Gefühl, dass andere meine Kochkünste zu schätzen wissen. Nach wochenlangem, lustlosem Herumwirtschaften in der

Küche zu Hause juckt es mir in den Fingern, wieder richtig den Kochlöffel zu schwingen.

»Ich backe für morgen noch welchen. Außerdem mache ich *baklavá, touloúmba* und vielleicht auch *loukoumádes*. Und wir grillen Fleisch und Fisch. Es gibt also jede Menge zu essen. Um drei bei mir. Aber komm ruhig, wann es dir passt.«

»Das klingt wunderbar. Alle sind so nett hier.«

»Ja, die meisten schon.«

Wieder trifft mich ein warnender Blick aus ihren aufmerksamen schwarzen Augen. Dann nickt sie und geht nach dem Kaffee schauen. Ich esse noch eine Gabel von dem Kuchen und lasse mir die Süße genüsslich auf der Zunge zergehen, während sie unsere Tassen zum Tisch bringt.

»Ich würde zu gern die Arbeiten deiner Mutter kennenlernen. Du hast gesagt, sie war Künstlerin?«

»Ja, und manchmal hat sie auch in London an einer berühmten Kunsthochschule unterrichtet. Sie war als Malerin sehr bekannt. Lyndsey Kinlock.« Ich greife in die Tasche und hole das so oft auseinandergefaltete Stück Papier heraus. »Ich bin auf der Suche nach einem ganz bestimmten Bild, das sie in Methoni gemalt hat.«

Christinas Augen weiten sich. Sie schnappt nach Luft und schlägt die Hand vor den Mund.

»Deine Mutter ist eine unglaubliche Malerin. Natürlich kenne ich sie. Ihr Stil ist wunderschön und ausdrucksvoll. Unverwechselbar. Vielleicht habe ich dieses Bild schon einmal gesehen. In einer Galerie in Kalamáta … oder in Athen. Doch ich kenne es, da bin ich ganz sicher.«

Mein Herz schlägt aufgeregt. Plötzlich erscheint mir meine Mission weniger sinnlos, mein Ziel zum Greifen nah.

»Könntest du es hier in Methoni gesehen haben? Den Mann kennst du vermutlich nicht, oder?«

Erneut wandert ihr Blick über die Seite, und sie verzieht leicht das Gesicht. Dann gibt sie mir das Bild zurück und presst nachdenklich die Lippen zusammen.

»Möglicherweise fällt es mir wieder ein. Ich kann mich nicht erinnern, wo ich es gesehen habe. Hier? Kann sein. Kann aber auch nicht sein. Doch dieser Mann … ich kann ihn nicht erkennen. Er ist wie ein Schatten. Tut mir leid.«

Und so löst sich die Hoffnung auf eine rasche Antwort innerhalb eines Sekundenbruchteils in Luft auf. Beim Kaffee plaudern wir über Mums künstlerische Laufbahn und über Christinas Arbeiten, die sie bescheiden als Hobby bezeichnet. Sie lädt mich ein, sie in ihrem Atelier zu besuchen, was ich gern annehme. Außerdem bin ich neugierig auf Theos Geschichte. Was macht ihn so gefährlich und schwierig, dass Christina glaubt, mich vor ihm warnen zu müssen? Ich freue mich drauf, ihn bei der Feier wiederzusehen, obwohl das eigentlich nicht richtig ist. Schließlich ist er mit Selena zusammen. Diese Reise soll alte Wunden heilen, nicht neue aufreißen.

Als die Sonne untergeht und ihren vielfarbigen Gutenachtgruß auf das Wasser haucht, kräht irgendwo ein Hahn. Schon den ganzen Tag über habe ich ihn immer wieder krakeelen hören, noch eine Absonderlichkeit an diesem magischen Ort. Den Nachmittag habe ich damit verbracht, mich – auf dem Sofa liegend und den Fuß auf ein Kissen gestützt – in einen historischen Roman zu vertiefen. Inzwischen hat der Fuß aufgehört zu pochen, und zum Glück weist nichts auf eine Infektion hin. Immer wieder bade ich ihn und trage die Salbe auf, die Theo mir gegeben hat.

Das Wogen der durch die offenen Balkontüren hereinwehenden Vorhänge hat eine hypnotisierende Wirkung, und die Meeresluft löst wohlige Trägheit in mir aus. Nun habe ich einen Tag verloren, denn mein Fuß verhindert nahezu jegliche produktive Beschäftigung, weshalb mir nichts anderes übrig bleibt, als Galerien in ganz Griechenland mit E-Mails zu bombardieren. Doch viele davon kommen als unzustellbar zurück.

Ich denke an Roberts E-Mail. Gnadenlos prasseln seine Nachrichten, abgeschickt von verschiedenen Konten, weiter auf mich ein, und er scheint nicht gewillt, lockerzulassen. Ich gebe mir Mühe, mich nicht mehr vor ihm zu fürchten. Allerdings weigert er sich offenbar nach wie vor, das Ende unserer Beziehung zu akzeptieren. Ich seufze verzweifelt auf.

Als ich im Mai letzten Jahres schwanger wurde, legten sich seine Stimmungsschwankungen fast vollständig, und er verwandelte sich wieder in den liebevollen Mann, den ich einmal kennengelernt hatte. Die Schwangerschaft war nicht geplant und kam für uns beide überraschend. Weil etwas mit meinem Zyklus nicht stimmte und ich weiterhin Blutungen hatte, pilgerte ich von Arzt zu Arzt. Eine Eileiterschwangerschaft wurde ausgeschlossen, doch es folgte eine unerfreuliche Reihe zahlloser Untersuchungen. Als der Ultraschall nach knapp acht Wochen keinen Herzschlag zeigte, drückte man mir Broschüren zum Thema Fehlgeburt in die widerstrebenden Hände, und die Schwestern ließen immer öfter den unschönen Begriff »gescheiterte Schwangerschaft« fallen.

Der kleine schwarze Punkt auf dem Ultraschallbild, der so vielversprechend angefangen hatte, hatte beschlossen, das weitere Wachstum einzustellen. Nach dem tragischen Eingriff, um die Überreste unserer neuen Hoffnungen und Träume zu entfernen, war es zwischen uns nie wieder wie früher. Robert gab mir die Schuld und warf mir vor, ich hätte das Kind nie gewollt. Das hatte ich eigentlich auch gedacht … bis ich es eben doch wollte.

Die Feststellung, dass ich schwanger war, stieß für mich ein Tor zu einer neuen Welt der weiblichen Gemeinschaft auf, im Netz, auf der Straße und in den Wartebereichen der Kliniken. So gern wollte ich zu diesem Club gehören, dessen Mitglieder mit einem wissenden Lächeln ein kostbares Geheimnis miteinander teilten. Dazu der Stolz in Mums und Tashas Gesichtern, als ich ihnen die Nachricht überbrachte … Doch es sollte nicht sein, und ich fühlte mich, als hätte ich meine Mitmenschen enttäuscht. Ich trauerte um etwas, das beinahe gewesen wäre. Etwas, das ich nie gehabt hatte und das beinahe meins geworden wäre. Außerdem war es mir peinlich, dass ich so darunter litt. Es war meine stille Schande. Ich war nach dem Picknick im Clapham Common, das wir mit Mum besucht hatten, schwanger geworden. Einem Tag, der ganz besonders gewesen war, einem guten Tag für Robert und mich. Dieser Tag hatte in einem Baby gegipfelt, und erst nachdem es fort war, wurde mir klar, wie sehr ich mich danach gesehnt hatte.

Aber wenigstens hat mich diese Erfahrung gelehrt, dass ich eines Tages Mutter werden will. Allerdings mit dem richtigen Mann.

Ich gehe mit einem Glas Rosé auf den Balkon. Das Meer schimmert dunkelblau und rosafarben, als der gleißend rote Sonnenball langsam abwärts wandert, bis er die Felsen berührt. Der Himmel ringsum ist golden und orangefarben wie das Gewand eines Kaisers. Seine feurige Kraft drängt mich, mein Leben wieder in die Hand zu nehmen. Die Entscheidung liegt einzig und allein bei mir, und ich bin es auch, die die Konsequenzen tragen muss. Obwohl der Gedanke an Robert noch immer ein ängstliches Beben in mir auslöst, werde ich niemals wieder vor ihm einknicken oder mich selbst verraten.

Bis heute will es mir nicht in den Kopf, wie ich mich von einem Mann so behandeln lassen konnte. Stundenlang habe ich mit Tasha darüber gesprochen, und stets hatte sie jede Menge weiser Ratschläge auf Lager. Dennoch bin ich zu dem Schluss gekommen, dass es sich um eines der unerklärlichen Dinge handelt, die wir aus Liebe tun – oder besser aus einer kranken Form von Liebe. Wir reden uns Schwächen und Eigenheiten des Partners schön und sind blind für sein zerstörerisches Verhalten, bloß um des lieben Friedens willen.

Als ich Robert im letzten September endlich verließ, fielen mir die jahrelang erduldeten Schikanen und Quälereien mit einem Knall auf die Füße, wo sie sich rasch in Empörung verwandelten. Darüber, dass ich es ihm gestattet hatte, so mit mir umzuspringen. Ganz gleich ob körperlich oder seelisch, es war eindeutig Missbrauch, und ich darf nie wieder in so eine Falle tappen. Nie wieder lasse ich mir vorschreiben, was ich anziehen und wie ich die Haare tragen, mit wem ich reden oder wo ich mich aufhalten soll. Ich habe dazu geschwiegen, so sehr schämte ich mich, weil ich daran gescheitert war, sein Kind auszutragen. Und so peinlich war es mir, sein Opfer zu sein. Das wird mir niemals wieder passieren.

Ich nippe an meinem Wein und schließe die Augen.

Mums Bild erscheint in meinen Gedanken und erinnert mich an den Grund meiner Reise. Also stelle ich eine Liste sämtlicher Galerien in der näheren Umgebung mit Adressen und Öffnungszeiten zusammen. Wenn sie meine Mails nicht beantworten, fahre ich eben persönlich hin. In Pylos gibt es eine, die auf moderne Kunst spezialisiert ist. Doch sie hat am Wochenende geschlossen. Gleich am Montag, wenn sich mein Fuß gebessert hat, werde ich nachsehen, ob mir dort jemand weiterhelfen kann. Möglicherweise fällt Christina bis zur Feier morgen ein, wo sie das Bild schon einmal gesehen haben könnte. Vielleicht hat sie auch Künstlerfreunde, die etwas wissen. Jedenfalls werde ich dieses Bild finden. Nichts in der Welt wird mich daran hindern.

KAPITEL 8

Über Nacht hat es geregnet. Am Morgen ist die Luft frisch und kühl. Der Himmel wirkt klar und wie belebt, und alle Umrisse scheinen schärfer hervorzutreten. Wenn man dem Wetterbericht glauben kann, soll es heute über zwanzig Grad warm werden. Ich blicke dem neuen Tag in Methoni mit Zuversicht entgegen.

Seit ich hier bin, sind meine kulinarischen Instinkte wieder erwacht, und mein Appetit meldet sich zurück. Griechenland gibt mir Zeit, Luft zu holen, ein Wachrütteln der Sinne sozusagen. Obwohl heute erst mein dritter Tag ist, denke ich schon beim Aufwachen an griechisches Essen. Nicht nur an Mums Bild. Methoni sprüht regelrecht von Geschmacksnuancen und Gerüchen, Kräuter und Gewürze strotzen vor Kraft, und ich entdecke meine Liebe zum Kochen wieder. Nicht, dass sie jemals weg gewesen wäre, sie hatte sich nur vor meiner Trauer zurückgezogen. Doch ebenso wie meine Freundschaft mit Tasha ist sie meine treue Begleiterin und der Motor, der mich antreibt. Nur, dass Tasha inzwischen hoffentlich unterwegs ist ins Land der Mutterschaft. Mein Baby ist derzeit die Arbeit.

Eine durchdringende, blecherne Lautsprecherstimme fegt zu den Fenstern der Villa herein. Neugierig trete ich hinaus auf die Terrasse. In der Dorfkirche, an deren Turm ein Verstärker hängt, fängt gerade der Sonntagsgottesdienst an. Offenbar sollen auch die, die es nicht rechtzeitig zur Messe geschafft haben, eine Chance bekommen, den Segen zu empfangen, sich mit dem Herrn einig zu werden und Buße zu tun. Der Redeschwall, der klingt wie der Radiokommentar eines Pferderennens, nur in heilig, reißt nicht ab, bis die Worte in ein fremdartiges und anrührendes A-cappella-Stück übergehen. Ich würde ja mitbeten, wenn ich wüsste, dass es möglich wäre, meine Wünsche wahr werden zu lassen. Doch nichts hindert mich daran, dafür zu danken, dass ich an diesem wunderschönen Ort sein darf, und die Kraft zu erbitten, um mein gebrochenes Herz zu heilen. Und außerdem käme ein wenig göttlicher Beistand bei der Suche nach Mums Bild nicht ungelegen.

Ein wenig Mut, damit ich mich heute Nachmittag zu Christinas kleiner Zusammenkunft wage, wäre ebenfalls nicht zu verachten. Sicher wird es nett. Ich hoffe nur, dass der starrende Mann nicht da sein wird. Oder Selena, die mich mit giftigen Blicken verfolgt. Allerdings kann ich es kaum erwarten, das leckere Essen zu kosten und mich endlich als Meisterdetektivin in Sachen Bild zu betätigen. Ich muss einige der Kochrezepte aufschreiben und Christina bitten, mir ein paar davon zu erklären. Die Gerichte wären eine fantastische Ergänzung meines Catering-Angebots. Und außerdem wäre das viele supergesunde Gemüse sicher ideal für Tasha und ihren hoffentlich bald anstehenden Familienzuwachs.

Genau … Ich drehe mich wieder zu dem ockergelben Kirchturm um.

Jetzt weiß ich, wofür ich beten werde.

Bitte, schenk Tasha und Angus ihr Baby … ganz gleich, wer mir da oben auch zuhören mag.

Rauchschwaden steigen vom Grill auf und tragen den Duft von gebratenem Fleisch mit dem Wind heran. Ich höre Stimmengewirr und Gelächter, Gitarrenklänge und das Klappern von Besteck auf Tellern. Da ich keine Ahnung hatte, was ich anziehen soll, habe ich mich für etwas Lässiges entschieden: ein schlichtes schwarzes Maxikleid, flache Riemchensandalen und Unmengen antiker Messingarmreifen. Mein Haar reagiert schon auf die salzhaltige Luft und hat in Sachen Locken und Volumen zugelegt.

Obwohl es ein traumhafter Nachmittag ist, habe ich ein Umschlagtuch dabei, für den Fall, dass es später kühler wird. Vielleicht bleibe ich ja etwas länger. Ich bin zwar eingeladen, befürchte aber dennoch, mich aufzudrängen. Doch da ich felsenfest entschlossen bin, so viel wie möglich über Mums Bild herauszufinden, schiebe ich meine Bedenken beiseite und steuere entschlossenen Schrittes auf das Haus zu. Christinas Hund liegt an seinem Stammplatz neben der Tür. Wieder hebt er den Kopf, wedelt mit seinem riesigen Schweif, kommt zu dem Schluss, dass sein Eingreifen hier nicht nötig ist, und döst weiter.

In Christinas Garten wimmelt es von Menschen. Eine »kleine« Feier? Auf mich wirkt es eher wie ein Volksfest. Zwischen den Ästen der Bäume sind Luftschlangen und Lampions drapiert, die Baumstämme dekorativ mit Chiffon umwickelt. Eine lange Reihe von Tapeziertischen biegt sich unter mit Speisen beladenen Tellern und Platten.

Christina löst sich aus der Menschenmenge und gleitet, die Arme weit ausgebreitet, auf mich zu. Ihre Umarmung ist erstaunlich kräftig für eine so zierliche Person.

»Da bist du ja! Ich bin so froh, dass die Sonne scheint. Hast du schon gegessen? Du musst etwas essen.«

Ihre liebevolle Begrüßung wird von ausladenden Gesten begleitet. Wie immer ist sie in Farben gehüllt, die einander eigentlich beißen müssten. Sie begleitet mich zum Grill und drückt mir einen Teller in die Hand.

»Das Hühnchen hier ist von mir und das Beste.« Sie angelt ein plattgedrücktes Stück vom Grill und legt es auf meinen Teller. »Markos, mein Mann. Das ist Sophie, ich habe dir ja schon von ihr erzählt. Alle nennen ihn Markos *Karpoúzi*. So heißt er, weil er Wassermelonen anbaut.«

Wie üblich lacht sie schallend auf. Ein Bär von einem Mann

steht neben ihr. Er wischt sich die Hand an der Schürze ab und hält sie mir hin. Sein Haar ist genauso pechschwarz wie das seiner Frau, und als er lächelt zuckt sein Schnurrbart. Alles an ihm ist überlebensgroß und weich, so wie alles an Christina schmal und eckig ist.

»*Jiássou*, Sophie. Willkommen bei unserer Feier. Du musst dieses Huhn probieren. Es schmeckt sehr gut.«

Als ich seine Hand schüttle, umfasst er meine mit einem Schraubstockgriff. Neben ihm fühle ich mich wie eine Liliputanerin.

»Das Huhn duftet wirklich lecker!«, sage ich und betrachte meinen Teller. Mir läuft das Wasser im Munde zusammen.

»Markos ist ein guter Koch, aber nur wenn er Fleisch grillt. Ein Höhlenmensch eben!«

Christina lacht wieder röhrend los, während Markos sich schmunzelnd zum Grill umwendet. Ich lasse mich von Christina zum Tisch führen, um Besteck und eine Serviette zu holen. Alles ist aufgebaut wie bei einem nie enden wollenden All-you-can-eat-Büfett.

»Jetzt singen, tanzen und essen wir. Amüsier dich! Bleib locker, du gehörst jetzt zur Familie!«

Sie lässt mich am Anfang des Büfetts stehen und verschwindet. Es ist eine Feier ohne besonderen Anlass. Die Stimmung ist festlich. Einige Frauen halten mir Platten hin und fordern mich auf, ihre selbstgemachten Gerichte zu kosten. Höflich versuche ich, allen gerecht zu werden.

Ich entdecke eine Bank unter einem der Granatapfelbäume, setze mich in den Halbschatten und fange an zu essen. Das Hühnchen enttäuscht die Erwartungen nicht. Es ist lecker in Zitrone, Olivenöl und Oregano mariniert, außen knusprig und innen zart und saftig. Ich betrachte die anderen Gäste, die sich in Grüppchen überall in dem idyllischen Garten verteilt haben. Das Leben hier hat eine unkomplizierte Leichtigkeit – Essen, Familie und Freunde.

Als ich bemerke, dass eine Frau auf der anderen Seite des Rasens zu mir herüberschaut, wird mir jedoch wieder mulmig. Spitze! Noch eine Gafferin. Zum Glück ist der Mann, der mich beim Tanzabend angestarrt hat, nicht hier. Doch sie vertritt ihn würdig. Ich lächle ihr zu, doch sie reagiert nicht.

Ich werde von drei Kindern abgelenkt, die zwischen den Blumenbeeten spielen. Die Festtagskleidung bereits voller Grasflecke, haben sie sich verbündet, um eine geheimnisvolle Aufgabe zu vollbringen, und entdecken in allem, was sie umgibt, Grund zum Staunen und zur Freude.

Ich erinnere mich an eine extreme Hitzewelle in meiner Kindheit, die wochenlang anhielt. Tasha und ich sonnten uns in Mums Garten und kühlten unsere Füße in einem Planschbecken. Mum brachte uns Eiscreme-Soda mit aufgeschäumtem Vanilleeis, komplett mit Strohhalm und Schirmchen. Wir kamen uns in unseren Bikinis sehr mondän vor. Obwohl Mum Sonnenanbeterin war, hatte sie eine absolut makellose Haut, durchscheinend wie Porzellan und so dünn wie Seidenpapier. In den langen Stunden im Hospiz und auch später, in ihren letzten Tagen zu Hause, als ich zusehen musste, wie sie mir entglitt, habe ich mir jede Sommersprosse, jedes Lachfältchen und jeden ihrer Gesichtszüge eingeprägt.

Als ich noch einen Bissen esse, sehe ich, dass die starrende Frau gemächlich über den Rasen auf mich zu schlendert. Mir krampft sich der Magen zusammen. Mit einem erschöpften Seufzer lässt sie sich neben mich auf die Bank sinken. Ihr Haar ist braun und zerzaust, wegen der nachmittäglichen Hitze bedeckt ein Schweißfilm ihre Stirn. Wieder seufzt sie müde auf, wie niedergedrückt von einer unsichtbaren Last.

»*Jiássas*«, stöhnt sie, als bereite das Sprechen ihr Schmerzen.

»*Jiássas*«, antworte ich, unsicher, wie ich mich verhalten soll. Ich frage mich, ob sie mir wohl verraten wird, warum sie mich beobachtet hat.

Also sehe ich sie an und warte auf den nächsten Schritt in diesem beklemmenden Gespräch. Sie sieht mich an, nickt und wendet sich wieder ab. Schweigen.

Ich stochere in den Resten meiner Mahlzeit herum. Fettige Fleischstückchen rutschen auf dem Teller hin und her.

»Ich bin Mary Vasiliou.«

»Sophie. Nett, Sie kennenzulernen.«

Die steife Unterhaltung schleppt sich dahin und geht mir allmählich auf die Nerven. Offenbar hat diese Frau mir etwas zu sagen, doch die Warterei strengt mich an. Ich erinnere mich, dass sie die Inhaberin des Dorfladens ist, wo Theo mich nach dem vergnüglichen Seeigel-Abenteuer hingefahren hat.

»Ja, Sie waren gestern in meinem Laden.«

Es ist, als könnte sie meine Gedanken lesen. Smalltalk ist offenbar nicht ihre Sache. Dennoch ist sie ein wenig wunderlich, aber so jemanden gibt es schließlich in jedem Dorf. Methoni hat offenbar gleich zwei von der Sorte abbekommen.

»Verzeihen Sie, dass ich Sie beobachtet habe, aber ich muss Ihnen etwas sagen. Etwas Wichtiges.«

Auf der Suche nach einem Hinweis, mustere ich ihr Gesicht. Sie dreht sich zu mir um und bedenkt mich mit einem Blick aus haselnussbraunen Augen.

»Es ist ... ich möchte Ihnen keine Angst machen ... aber Sie sind nicht allein. Jemand steht hinter Ihnen.«

Ein Schauder überläuft mich, und meine Haut fängt an zu prickeln. Dennoch frage ich mich, ob es sich womöglich um einen Fall von Sprachverwirrung handelt, als ich mich umschaue. Denn da ist niemand. Nur ein Baumstamm mit knorriger Rinde. Ich stelle meinen Teller neben mir ab.

»Auch wenn Sie sie nicht sehen können, ist sie hier bei Ihnen. Sie ähneln einander sehr«, fährt die Frau fort, sodass sich mir sämtliche Härchen an den Armen aufstellen. »Wie Schwestern, die gleichen Augen ... der Teint ...«

Die Luft entweicht meinen Lungen, und der Rasen scheint sich vor meinen Augen zu drehen. In meinem Kopf pulsiert es, mein Atem gerät ins Stocken. Plötzlich schiebt sich eine Wolke vor die Sonne, sodass der Garten im Schatten liegt, was mich noch mehr frösteln lässt.

»Ich ... ich bin nicht sicher, was Sie ... meine Mutter ...«

Mir bleibt die Luft weg. Mary greift nach meiner Hand. Mir ist eiskalt, und ich weiß nicht, was mir größere Angst macht: diese Frau oder die Vorstellung, dass mir jemand ... Mum ... über die Schulter blickt.

»Bitte haben Sie keine Angst. Ich kann die Menschen sehen, die nicht mehr bei uns sind. Viele von uns haben geliebte Menschen hinter sich, die uns verlassen haben. Ihre Mutter ist bei Ihnen. Sie beschützt Sie.«

»Geht es ihr gut? Können Sie mit ihr sprechen?«

Meine Hand beginnt zu zittern, während ich bang auf Marys Antwort warte.

»Nein, ich kann mich nicht mit den Verstorbenen unterhalten, so wie jetzt mit Ihnen. Aber ich sehe sie genauso deutlich, wie ich Sie jetzt sehe.«

Sie bekreuzigt sich zweimal, eine ungewöhnliche Vermischung von Geisterglaube und Religiosität. Ihr Tonfall ist gütig, was mich gleichzeitig beunruhigt und tröstet.

»Ihre Mutter hat Verbindungen zu Methoni, richtig? Ich sehe sie. Sie sagt, Sie hätten gerade an ein Getränk mit Eiscreme gedacht. Und sie hat mir einen Garten und Wasser in einem Plastikbehälter gezeigt.«

Sie liefert mir den Beweis, ohne zu zögern, und ihre scheinbar spontanen Worte fußen eindeutig in einer felsenfesten Überzeugung. Obwohl die Sonne inzwischen wieder scheint, fühle ich mich, als säße ich in einem Iglu. Ich habe Gänsehaut und kann noch immer nicht fassen, was ich soeben gehört habe. Wie benommen schüttle ich den Kopf und greife nach meinem Teller, weil ich etwas zum Festhalten brauche.

»Verzeihung ... das soll nicht heißen, dass ich Ihnen nicht glaube, aber warum spricht sie mit Ihnen und nicht mit mir?«, erwidere ich verständnislos und mit Tränen in den Augen.

Sie zuckt die Achseln. »Ich sage nur, was ich sehe. Und sie hat eine Botschaft für Sie. Sie sollen etwas wiederfinden ... und, ja, da ist auch eine Warnung vor einer Gefahr. Sie müssen vorsichtig sein.«

»Wer bedroht mich?«, hake ich nach.

Obwohl ich keine Ahnung habe, wen sie meinen könnte, dringt mir eiskalte Furcht bis ins Mark.

»Ihre Kraft lässt nach. Jetzt wird sie blasser. Ja ... sie ist fort. Doch sie will, dass sie eine Entdeckung machen, und sie sind in die richtige Richtung gereist. Hier ist der Ort, den Sie suchen.«

Ich kämpfe mit den Tränen und weiß nicht, was ich von alldem halten soll. Aber sie hat gesagt, dass ich etwas wiederfinden werde, ein kleiner Hoffnungsschimmer bei meiner Suche nach Mums Bild. Wenn ich nur genauere Informationen bekommen könnte.

Plötzlich steht Christina neben unserer Bank und macht sich rasch ein Bild von der Lage. Dann wendet sie sich an Mary und überschüttet sie mit einem Wortschwall, von dem ich kein einziges Wort verstehe.

»Entschuldige, Sophie. Meine Freundin Mary« – sie senkt die Stimme zu einem Flüstern, bevor sie fortfährt – »empfängt Botschaften von Geistern und sagt, was sie sieht, ohne zu bemerken, dass sie anderen damit Angst macht. Du bist blass, als hättest du …«

»Als hätte ich ein Gespenst gesehen«, unterbreche ich sie. »Ich nicht, dafür aber Mary. Ich bin nur ein wenig erschrocken.«

Trotz meiner höflichen Beteuerungen Christina gegenüber, bin ich schwer erschüttert und muss mich mit aller Kraft zusammennehmen. Also atme ich einige Male tief durch, bis sich mein Herzschlag einigermaßen normalisiert.

»Ich weiß nicht, was diese Botschaft bedeuten soll, Mary. Genau genommen bin ich auf der Suche nach einem Bild, das meine Mutter hier in Methoni gemalt hat. Sie sagten, ich würde es wiederfinden?« Ich mustere ihr Gesicht und suche nach weiteren Hinweisen. Zum Beispiel würde mich interessieren, vor wem ich gewarnt werden soll.

»Manchmal drücken die Geister sich unklar aus, aber sie geben Ratschläge. Vertrauen Sie darauf, dass sich alles fügen wird. Sie müssen wissen, dass sie bei Ihnen ist und Sie sehr liebt.«

»Okay, es reicht«, sagt Christina und entwindet den Teller meinen zitternden Händen. »Jetzt brauchst du etwas Süßes und außerdem einen ordentlichen Schluck! Sei still, Mary. Bitte. Du machst ihr große Angst.«

Ich stehe auf und lasse mich von »Mary, dem Medium« weg- und dorthin führen, wo es Alkohol gibt. Meine Knie fühlen sich an, als seien sie nicht richtig mit dem Körper verbunden, sodass ich wie auf Schwämmen zu gehen scheine. Christinas Neffe Chrístos steht am Getränketisch. Es ist schön, einen freundlichen Menschen zu treffen, der – hoffentlich – keine Geister von Verblichenen heraufbeschwören wird.

»*Tha íthela éna polí megálo potíri krasí, parakaló!*«

Christina lacht, als ich ein extragroßes Glas Wein bestelle, den Rotwein, den man mir reicht, in drei durstigen Schlucken hinunterstürze und sofort das Glas für einen Nachschlag ausstrecke. Ich brauche etwas, um meine Nervosität zu dämpfen. Seltsamerweise ist es die angekündigte Gefahr, nicht die angebliche Geistererscheinung, die mich in Angst und Schrecken versetzt. Laut Mary stellt jemand in meiner Umgebung eine Bedrohung für mich dar.

Furchtsam lasse ich den Blick durch den Garten schweifen. Lachende Gesichter, alte Freunde, die einander begrüßen, singen und essen. Doch was mag sich hinter der fröhlichen Fassade verbergen? Sosehr ich mich auch bemühe, Marys Warnung zu ignorieren und sie als Unsinn abzutun, hat sich ein Körnchen Furcht in meiner Brust eingenistet.

In dem verzweifelten Versuch, mich selbst daran zu hindern, alle Anwesenden als Gefahr für Leib und Leben zu betrachten, plaudere ich mit Chrístos über lohnende Sehenswürdigkeiten in der näheren Umgebung. Ich frage ihn, ob er irgendwelche Künstlergruppen oder andere Galerien als die in Pylos kennt, die ich morgen Vormittag aufsuchen möchte. Doch so sehr ich mich dagegen sträube, schaue ich mich trotzdem immer wieder nach Phantomen um. Dabei trifft mein Blick hin und wieder den von Mary. Sie lächelt mir wissend zu, was das zähe Unbehagen jedoch nicht vertreiben kann.

Chrístos erzählt mir von einem wunderschönen Amphitheater, nur eine Autostunde von Methoni entfernt. Das Gespräch mit ihm ist eine willkommene Ablenkung von meiner Spontan-Séance, und die Vorstellung, diese Touristenattraktion zu besichtigen, gefällt mir immer besser. Ein vollständig ausgegrabenes Dorf mit einem malerischen Marktplatz – einer *agorá* –, der mit Mosaiken gefliest ist. Außerdem gibt es dort ein richtiges Stadion, wo sich die Leute, anders als im berühmten Olympia, nicht auf die Füße treten. Chrístos hält große Stücke auf sein kulturelles Erbe und die griechische Geschichte und schildert bedauernd die finanziellen Engpässe in der Denkmalpflege, insbesondere in Athen. Seine vogelartigen Gesichtszüge sind denen von Christina sehr ähnlich. Ich fühle mich, als würde ich diese Familie schon lange kennen, so unkompliziert und gastfreundlich sind alle. Marys Warnung hin oder her, diese Menschen wollen mir ganz sicher nichts Böses.

Während ich im Gras sitze und der Musik lausche, fängt es an zu dämmern. Lampions und Teelichter funkeln, und ich wickle mich in mein dunkelblaues Umschlagtuch, um die leichte Kühle zu vertreiben. Das Umschlagtuch gehörte Mum. Wir haben es auf dem Markt in Notting Hill gekauft, gefolgt von einem sehr langen Mittagessen und einem ausgiebigen Bummel durch die Stände. Dekoobjekte, Antiquitäten, Touristenkitsch, alte Pelze, Topfhüte und das Sammelsurium von Armreifen, die jetzt an meinem Handgelenk klimpern.

Die Gäste sind ein bisschen weniger geworden. Jugendliche, die sich nur aus Höflichkeit haben mitschleppen lassen, sind längst verschwunden. Doch offenbar ist der Großteil der Einwohner von Methoni noch hier, tut sich am Festmahl gütlich, wechselt sich beim Musizieren ab, tanzt oder wiegt sich im Takt der ins Ohr gehenden Stücke.

»Wie ist es denn in Athen?«, frage ich Chrístos. »Ich würde zu gern die Akropolis sehen. Außerdem gibt es dort sicher eine große Kunstszene. Vielleicht kann mir jemand in Athen bei der Suche nach dem Bild weiterhelfen.«

»Du solltest hinfahren. Mit dem Auto dauert es etwa vier Stunden. Ich kenne mich aber nicht gut aus. Am besten fragst du Theo, der hat ein paar Jahre dort gewohnt. Sicher hat der Kontakte, an die du dich wenden kannst.«

Er weist in Richtung Haus, wo gerade eine Gestalt erscheint, als habe jemand den Erwähnten mit seinen Gedanken herbeigerufen. Theo kommt auf uns zu. Er trägt eine dunkle Jeans, die tief auf den Hüften sitzt, sodass bei jeder Bewegung ein verführerischer Streifen gebräunter Haut zu sehen ist. Im Dämmerlicht betont das schwarze T-Shirt seine muskulösen Arme. Ich habe Schmetterlinge im Bauch, und mein Puls wird schneller.

»*Kalispéra, Chrísto*!« Er breitet die Arme aus, und mein Gesprächspartner springt auf, um seinem Freund um den Hals zu fallen.

Ich bleibe auf dem Boden sitzen. Theo löst sich aus der Umarmung und kauert sich hin, um mir in die Augen schauen zu können.

»*Kalispéra*, Sophie!« Er grinst. »Und wie geht es dem Fuß?«

Als er mit seiner warmen Hand leicht meinen Knöchel berührt, fängt bei mir alles an zu prickeln. Ich bemühe mich, mir nicht anmerken zu lassen, wie sehr ich mich über das Wiedersehen freue.

»Schon viel, viel besser, dank deiner Hilfe gestern.« Ich kann nicht verhindern, dass ich sein Lächeln erwidere. Seine Herzlichkeit ist ansteckend.

»Kein Problem. Aber du weißt schon, dass wir jetzt Dorfgespräch sind. Schau nur.« Er weist auf die Leute ringsum.

Einige Frauen beobachten uns neugierig. Sie ziehen die Augenbrauen hoch und sehen kichernd und tuschelnd zu uns herüber.

»Ich hole uns was zu trinken.«

Er geht davon. Ich gebe mir Mühe, nicht auf die Blicke der Klatschweiber zu achten. Ein wissendes Lächeln huscht über Chrístos' Gesicht, und er zieht ebenfalls die Augenbraue hoch.

»So ist eben das Dorfleben«, meint er. »Alle stecken ihre Nasen in die Angelegenheiten anderer Leute, und was sie nicht wissen, erfinden sie eben. Mach dir keine Sorgen. Morgen suchen sie sich ein neues Opfer. Vielleicht gehe ich ja mit dem Sohn des Metzgers ins Bett, dann gibt es einen Riesenskandal.«

Diese Androhung wird von einer tuntigen Geste begleitet, die mich zum Schmunzeln bringt. Chrístos steht auf und nimmt eine Bierflasche von Theo entgegen.

»So, ich muss jetzt zur Arbeit in die Taverna. Bis bald, Sophie. Falls du wieder auf etwas treten solltest, ist jetzt ja dein Held Theo zur Stelle.«

Als er gutmütig auflacht, stimme ich ein. Zum Glück ist es inzwischen dunkel geworden, sodass niemand bemerkt, wie ich erröte. Theo setzt sich und hält mir ein neues Glas Wein hin. Die Luft trägt einen zarten Hauch seines Rasierwassers heran, holzig mit einer kräftigen Zitrusnote. Ich kann mir nicht vorstellen, warum Christina ihn als »gefährlich« bezeichnet hat. Auch Mary hat mich gewarnt. Ja, ich habe meine Lektion gelernt und weiß inzwischen, welche Folgen es hat, Jungs vorschnell für nett zu halten, wenn sie es nicht sind. Nur, dass ich dank Mary inzwischen jedem misstraue, dem ich begegne. Und da liegt der Schlüssel zu meinen Fehlern der Vergangenheit: Ich bin zu leichtgläubig. Allerdings stellt meine körperliche Reaktion auf Theo im Moment die einzige Gefahr dar. Insbesondere deshalb, weil er so dicht bei mir sitzt, was der Gerüchteküche gewiss neuen Stoff liefern wird.

»Wo ist Selena? Ist sie auch hier?«, erinnere ich ihn taktvoll daran, dass er vergeben ist.

»Vielleicht kommt sie nach der Arbeit. Vielleicht auch nicht.« Stirnrunzelnd streckt er die Beine im Gras aus, stützt sich auf einen Ellbogen und dreht sich zu mir um. »Und wie findest du Methoni?«

»Es ist so wunderschön. Genau das Richtige für eine kleine Flucht.«

»Flucht? Wovor musst du denn fliehen?« Als er mich ansieht,

scheint sein Blick rings um mich zu vibrieren. Sein unbefangenes, verspieltes Lächeln knüpft an die gestrige Begegnung am Strand an. Ich kann die Augen nicht abwenden.

»Ich brauche Zeit für mich. Jemand ... jemand, der mir nahestand, ist gestorben, und jetzt versuche ich ... einen Schlussstrich zu ziehen, vielleicht.«

Mehr möchte ich nicht ins Detail gehen, doch offenbar habe ich genug gesagt, um Anteilnahme zu wecken, denn sein Lächeln verfliegt.

»Das tut mir leid für dich.« Seine Worte sind bedächtig und aufrichtig, legen sich um mein Herz und halten es sanft fest. »Es ist schwer, wenn ein geliebter Mensch einen verlässt. Danach fühlt sich nichts mehr an wie früher. So als wäre alles zerbrochen.«

Er betrachtet die Bierflasche in seinen Händen. Ich frage mich, ob er über Selena spricht. Aber sie sind doch noch zusammen. Da ich ihn nicht bedrängen möchte, warte ich wortlos ab, ob er von sich aus fortfährt. Denn dass er plötzlich traurig geworden ist, ist nicht zu übersehen. Er kratzt am Flaschenetikett herum und beobachtet, wie die Musiker die Plätze tauschen und der nächste anfängt. Mit angehaltenem Atem hoffe ich, dass er mir nun erzählt, was ihn so unglücklich macht. Ich spüre den Zusammenklang zwischen seiner Trauer und meiner.

Als er sich nach einer Weile wieder zu mir umdreht, malt sich schmerzliche Erinnerung in seinen Augen. Doch er wechselt das Thema und trinkt einen Schluck von seinem Bier.

»Wie lange bleibst du hier?«

Der Punkt persönliche Sorgen wäre also abgehakt. Dennoch frage ich mich, was wohl dahintersteckt. Was verheimlicht er mir?

»Drei Wochen. Nun, inzwischen ist es weniger, weil ich ja schon seit drei Tagen hier bin. Ich bin auf der Suche nach einem

Bild, das als verschollen gilt und mir sehr viel bedeutet. Allerdings habe ich noch nicht richtig angefangen. Gestern wurde ich von einem Seeigel sabotiert, und heute ist alles geschlossen. Vermutlich kennst du niemanden in der Kunstszene, oder?«

Als er über meine Frage nachdenkt, schürzt er unwillkürlich die Lippen. Ich kann nicht anders, als auf seinen Mund zu starren und mir auszumalen, wie es wäre, wenn er sich auf meinen pressen würde. Ich muss damit aufhören. Etwas an seiner Energie zieht mich an. Aber er ist tabu.

Lächelnd wendet er sich wieder zu mir um.

»Ja, ich kenne jemanden in Athen. Níkos. Vielleicht kann er dir helfen. Wenn du möchtest, rufe ich ihn an und gebe ihm deine Nummer.«

»Das wäre ganz toll. Obwohl ich eigentlich im Urlaub bin, muss ich dieses Bild finden.« Inzwischen rede ich wirr, denn der Wein steigt mir zu Kopf. Vielleicht hat auch Theo eine verstörende Wirkung auf mich. »Außerdem muss ich mich weiter durch Christinas Küche probieren und die Rezepte in Erfahrung bringen.«

»Kochst du gern?«

»Damit verdiene ich mein Geld. Ich führe einen Catering-Service in London. Dass ich meine Leidenschaft zum Beruf machen konnte, ist wirklich ein großes Glück.«

»Dann bringe ich dir vielleicht Fisch von meinem Boot mit, und du kochst etwas daraus.«

»Sehr gern!« Ich nehme mich zusammen, denn schließlich darf ich ihn nicht ermutigen. »Aber nur, wenn es dir keine zu großen Umstände macht.«

»Es macht überhaupt keine Umstände. Ich hätte große Lust dazu. Du könntest kochen, und dann essen wir.«

Wieder dieser Blick. Es ist wie Gedankenübertragung. Ich spüre, dass er meine Trauer versteht. Und ich verstehe auch seine, ohne dass wir es in Worte fassen müssten. Er richtet auf seinem Telefon einen Kontakt für mich ein und reicht es mir. Meinen Namen in griechischen Buchstaben geschrieben zu sehen, löst ein sehnsüchtiges Beben in mir aus, als habe er mich in seine Welt eingeladen.

»Gib mir deine Nummer, damit ich sie Níkos schicken kann. Er ist in der Kunstbranche.«

Nachdem ich meine Nummer eingetippt habe, schickt Theo mir eine SMS, damit ich auch seine habe. Im nächsten Moment stört eine wunderschön melodische Frauenstimme unseren Moment. Es ist Selena. Wie lange beobachtet sie uns schon? Auf einen Außenstehenden muss es wirken, als machte ich mich an ihren Freund heran. Ich reiche Theo sein Telefon und habe sofort ein schlechtes Gewissen.

»*Zília mou, zília mou …*«

Wir beobachten sie gebannt. Ganz gleich, wovon das Lied auch handeln mag, ihr Kampf ist echt. Sie sieht aus wie eine Nymphe, und ihr Blick bohrt sich in die Dunkelheit. Ein kurzes weißes Kleid umflattert ihre schlanke Gestalt.

»Sie hat eine wunderbare Stimme.«

»Das hat sie.« Theo betrachtet sie voller Zuneigung, während wir dem Lied lauschen. »Immer singt sie. Das hier ist ein beliebtes griechisches Lied.«

»Worum geht es?«, frage ich.

»Um Eifersucht und Liebe. Der Text lautet ungefähr so …« Er beugt sich noch weiter zu mir herüber und übersetzt grob mit, als sie weitersingt. »Meine Eifersucht bei dir macht mein Herz lebendig. Sie spricht zu mir, doch sie geht, wenn er zu mir kommt. Im Geheimen weine ich aus Liebe und Stolz und Eifersucht.«

In seinem gebrochenen Englisch klingt das Lied zwar etwas wirr, aber das ist mir egal. Sein Akzent macht es zu einem Gedicht, das mich in seinen Bann schlägt. Ich beobachte seinen Mund, während er die Worte formt, und male mir wieder aus, wie er den Kopf wendet und seine Lippen meine berühren. Der Gedanke lässt ein Fünkchen der Begierde in mir aufflammen. Doch als ich näher darüber nachdenke, wovon das Lied handelt, werde ich jäh aus meiner Trance gerissen. Selena richtet das Lied eindeutig an uns. Die Worte mögen in einer fremden Sprache gesungen sein, das Gefühl, das sie ausdrücken, ist international. Sie will mich warnen. Und ich möchte mich nicht mit ihr anlegen.

Nach dem Lied verabschiede ich mich, obwohl Theo versucht, mich zum Bleiben zu überreden. Womöglich stellt Selena ja die Gefahr dar, vor der ich mich hüten soll. Theo hat versprochen, mir Bescheid zu geben, wie es mit seinem Freund Níkos, der mir vielleicht bei der Suche nach dem Bild helfen kann, gelaufen ist. Außerdem hat er vorgeschlagen, mich zu besuchen, um die Fischlieferung zu planen. Meine Antwort darauf fiel höflich und ausweichend aus. Ich sagte ihm, ich sei beschäftigt, aber nächste Woche könnte es klappen. Obwohl ich mir sehr wohl bewusst bin, dass auch er das Knistern zwischen uns spürt, ist es sinnlos, sich weiter damit zu befassen. Es würde nur ein böses Ende nehmen.

Christina hat mir, überzeugt, dass ich noch nicht genug gegessen habe, einen riesigen Plastikteller mitgegeben. Als sie sich noch einmal wegen Mary entschuldigt, versichere ich ihr, alles sei in bester Ordnung. Allerdings stehe ich noch immer ein wenig unter Schock. Hat Mum eine Spur gelegt, um mich hierher zu locken? Die Feder und der Fotostapel, alles so platziert, dass es mir in ihrem Wandschrank auf die Füße fällt? Dann die Kopie des Bildes, wie bei einer Schnitzeljagd? Es fällt mir schwer, die Sehnsucht in meinem wunden Herzen und von der Wirklichkeit zu unterscheiden.

Als ich auf dem Rückweg zu meiner Villa den Hügel hinaufstapfe, lässt mich ein Rascheln im Gebüsch zusammenfahren. Ich stoße einen lauten Schrei aus.

»Wer ist da? Hallo?«

Mit Körper ist bereit zu Kampf oder Flucht. Niemand antwortet. Doch wieder knackt es in den Zweigen, worauf ich den Rückzug in die Richtung antrete, aus der ich gekommen bin.

Ich bin ganz allein. Methoni mag kein gefährliches Pflaster sein, aber im Moment ist da niemand, der mir helfen könnte, falls ich überfallen werde. In der Dunkelheit kann ich die Geräuschquelle nicht ausmachen und lasse den Blick über Büsche und Sträucher schweifen. Eine Waffe habe ich nicht, nur einen Teller mit Baklavá und Salaten. Keine Chance also gegen einen wahnwitzigen Machetenkiller.

Als sich plötzlich etwas bewegt, zucke ich wieder zusammen. Eine Gestalt, ich bin ganz sicher. Oder? Mir klopft das Herz bis zum Hals. Meine Gedanken sausen vom starrenden Mann zu Selena und dann zu einem unbekannten maskierten Angreifer. Ein weiteres Rascheln im Gebüsch sorgt dafür, dass ich den Plastikteller fallen lasse und den steilen Hang hinaufsprinte. Dabei sehe ich mich immer wieder panisch um, auf der Suche nach Schatten, die mich womöglich verfolgen. Aus dem Augenwinkel nehme ich dunkle Umrisse wahr, die mich erschrecken.

Als ich die Villa erreiche, bin ich außer Puste. Ich nestle am Schlüssel herum, bis es mir gelingt, die Tür aufzureißen und sie hinter mir zuzuknallen. Rasch schließe ich ab. Dann lehne ich mich mit dem Rücken dagegen und spitze die Ohren, um trotz meines klopfenden Herzens mögliche Schritte zu hören. Nach einer Weile sinke ich zu Boden und schlage die Hände vors Gesicht. Der bittere Nachgeschmack des Rotweins versetzt meinen Magen in Aufruhr, mein Mund ist staubtrocken. Ich presse das

Ohr an die Tür und horche, doch da ist nur das Brausen des Blutes in meinem Kopf. Das laute Pochen schlägt den Takt einer Angst, in die ich mich selbst hineingesteigert habe. Ich führe mich lächerlich auf. Wahrscheinlich war es nur ein Tier.

Mühsam richte ich mich auf und lasse den Blick durch den Raum schweifen, um mich zu vergewissern, dass alle Fensterläden geschlossen sind. Dann trinke ich Wasser aus einem Glas, das meine Hände kaum halten können. Jeder große Schluck rinnt lautstark durch meine Kehle. Die Hände links und rechts aufs Spülbecken gestützt, versuche ich, meinen Atem zu beruhigen. Ich muss an Theo denken.

Vielleicht war es ein Fehler, ihm meine Nummer zu geben. Doch wenn er mir durch seinen Kontaktmann in Athen helfen kann, das *Methoni*-Bild aufzuspüren, kann ich ihn anschließend ja auf Abstand halten. Obwohl mein Körper das genaue Gegenteil will.

Als ich den Wasserkessel einschalte, hat sich mein Herzschlag wieder normalisiert. Ich muss mich auf die Suche nach diesem Bild konzentrieren. Ansonsten wäre diese Reise reine Zeitverschwendung.

Ich beschließe, Tony Giovinazzi eine Erinnerungsmail zu schicken, um ihm mitzuteilen, dass ich jetzt in Griechenland bin, und um ihn zu fragen, ob er sich mit mir treffen will. Ich spüre es bis ins Mark, dass es mir bestimmt war, herzukommen, denn hier bin ich Mum näher. Der Gedanke lenkt mich von meinem Angsterlebnis ab. Mum muss gewusst haben, dass ich die Fotokopie des Bildes finden und mich auf die Suche danach machen würde. Aber warum hat sie mich auf diese Schnitzeljagd gehetzt, anstatt mir oder Arabelle einfach eine Ortsangabe zu hinterlassen? Da sie wusste, dass sie sterben musste, hatte sie genug Zeit, ihre Angelegenheiten zu regeln. Wieso also nicht auch diese?

KAPITEL 9

»*Kaliméra, éna frappé métrio, me gála, parakaló*«, bestelle ich selbstbewusst meinen geeisten Milchkaffee mittelsüß. »Ich warte auf mein Taxi.«

Ich blicke die Straße hinauf und hinunter; ich kann es kaum erwarten aufzubrechen, denn schließlich haben wir schon Tag vier, ohne dass ich bei meiner Mission auch nur einen Schritt weitergekommen wäre. Heute will ich der Galerie für moderne Kunst in Pylos einen Besuch abstatten. Außerdem bin ich neugierig auf den Wochenmarkt, der jeden Montag dort stattfindet. Doch Mums Bild steht natürlich an erster Stelle.

Das Zeitlupentempo des Barista zerrt an meinen Nerven, und das Krachen des Eiscrushers verbindet sich mit dem Zischen der Espressomaschine zu einer Ohrenfolter. Meine Ungeduld steigt. Im nächsten Moment höre ich ein Motorengeräusch. Es ist Jannis, der Taxifahrer, der mich vom Flughafen abgeholt hat. An diesem Vormittag ist es erstaunlich heiß, und mir bricht unter meiner Jacke der Schweiß aus.

»Mein Taxi ist da. Ich bräuchte den Kaffee zum Mitnehmen, bitte.«

»Er ist fast fertig«, lautet die Antwort. Der Barista greift zum Krug und schenkt mit übertriebener Eleganz Milch in den Becher. Dann setzt er den gewölbten Deckel darauf, steckt einen Strohhalm hinein, und überreicht mir stolz sein Werk. »Der beste Frappé in ganz Methoni.«

»Danke. Das Wechselgeld ist für Sie.« Ich haste hinaus und springe ins Taxi. Als ich einen Schluck von dem Kaffee trinke, ist er einfach köstlich ... und wirkt sofort wie Raketentreibstoff.

Die Aussicht ist atemberaubend, als wir die gewundene Bergstraße in Richtung Pylos fahren. Häuser in traditioneller Bauweise schmiegen sich an den Hang, offenbar ein Versuch, den Sonnenschein zu meiden und den meisten Schatten abzubekommen. Die kleinen Schreine am Straßenrand, liebevoll gepflegt von den Hinterbliebenen, sind mit frischen Blumen in Vasen geschmückt. Ich denke an den Grabstein, den ich für Mum ausgesucht, und daran, wie lange ich über die Inschrift nachgegrübelt habe. Zu guter Letzt habe ich mich für »Lyndsey Kinlock, geliebte Mutter von Sophie, ein Ausnahmemensch und für immer in unseren Herzen« entschieden.

Irgendwann lasse ich die Landschaft nur noch an mir vorbeigleiten. Hin und wieder bohrt sich eine Zypresse in das Panorama und durchbricht die Symmetrie der unzähligen Reihen von Olivenbäumen und Weinreben. Ich spüre, dass sich in meinem Herzen, fast unmerklich, etwas verändert. Es ist ein Gefühl des Hinnehmens und der Anflug der Erkenntnis, dass das hier nun der Stand der Dinge ist. Die uralte Geschichte, die diesen Hügeln und dem gewaltigen Peloponnes innewohnt, erfüllt die Luft mit Energie und einem Gespür für das Verstreichen der Zeit.

Dafür, was früher war, das Hier und Jetzt und die Verheißungen der Zukunft.

Pylos ist eine geschäftige Marktstadt. Die Verkaufsbuden auf dem Hauptplatz werden von Menschenmassen belagert. Riesige Bäume bilden ein natürliches Blätterdach, das Obst und Gemüse vor der Hitze schützt. Grüppchen von Leuten trinken Kaffee und frühstücken; Freunde debattieren laut und angeregt; Rufe und Gelächter hallen durch die Luft.

Wegweiser zu einer Burg zeigen einen steilen Hang hinauf.

Am liebsten würde ich vor dem Einkaufen eine kleine Wanderung unternehmen. Aber zuerst muss ich diese Galerie finden.

Ich öffne die Karten-App auf meinem Telefon. Der Weg führt vom Platz weg. Hinter einem gewaltigen Denkmal zu Ehren einer Seeschlacht erstreckt sich eine steile Gasse bis zu einer weißen Kirche, deren tiefblaue Kuppel im Sonnenlicht schimmert.

Der Fußmarsch bergauf ist anstrengender, als ich gedacht habe. Bald bilden sich Schweißperlen an meinem Haaransatz, und meine Waden beginnen zu brennen. Dennoch fühle ich mich quicklebendig. Vor der Kirche bleibe ich stehen, um Luft zu holen, und beschließe, eine Kerze für Mum anzuzünden. Bis zur Galerie ist es nur noch ein Stückchen den Hügel hinauf.

Das dunkle, kühle Innere der Kirche ist von einem berauschenden Duft nach Weihrauch erfüllt. Ein idealer Zufluchtsort vor der Hitze draußen. Das Hauptschiff wird von kleinen Nebenaltären gesäumt, vor denen Teelichter und Wachskerzen in mit Sand gefüllten Tabletts brennen. Vergoldete Ornamente und farbenfrohe Darstellungen von Jesus und Maria, die über goldene Kreuze und funkelnde Kerzenleuchter wachen, lächeln auf mich herunter. Nur wenige Gläubige sind anwesend. Die meisten von ihnen sind Witwen in traditionell schwarzer Kleidung, die ehrfürchtig die Köpfe gesenkt halten. Ich gehe zu einem der kleinen Marienaltäre und spreche in Gedanken ein Gebet, während ich die gewidmete Kerze anzünde.

»Bitte lass meine Mum wissen, dass ich sie liebe und vermisse. Behüte Tasha und Angus auf dem Weg zu ihrem Baby. Bitte segne sie und mach, dass es klappt. Und könntest du außerdem, falls du Zeit hast, dafür sorgen, dass ich dieses Bild finde? Bitte. Danke … Amen.«

Obwohl ich alles andere als eine regelmäßige Kirchgängerin bin, brauche ich nun alle Hilfe, die ich kriegen kann.

Nachdem ich eine Münze in den Opferstock geworfen habe, setze ich mich in eine Bankreihe und blicke zur Kuppeldecke empor. Sonnenlicht strömt durch die Buntglasscheiben herein, malt regenbogenbunte Tupfen an die Wände und fängt sich in dem vielen vergoldeten Metall überall in der Kirche.

»Meine Mutter war ein perfekt farblich abgestimmter Regenbogen.«

Lächelnd denke ich an diesen Satz aus meiner Trauerrede. Seit der Beerdigung scheint eine Ewigkeit vergangen zu sein. Als sich hinter mir die Tür öffnet, scheint ein neuer regenbogenfarbiger Lichtstrahl durch die Fenster herein. Die plötzlich kühlere Luft in dem höhlenartigen Gebäude sorgt dafür, dass ich die Schultern hochziehe. Ich versuche, die Wärme der sich in der Glasscheibe brechenden Sonnenstrahlen in mich aufzusaugen. Bunte Farben tanzen vor meinen Augen. So sitze ich allein da, während die Minuten friedlich vergehen.

»Sophie?«

Jäh aus meinen Betrachtungen gerissen, fahre ich herum.

»Theo! Hi.«

Es ist so seltsam, ihn außerhalb des Dorfes zu sehen. Noch dazu ausgerechnet in einer Kirche. *Ich darf nichts Unkeusches denken …*

»Entschuldige, falls ich dich gestört habe«, spricht er weiter. Als er breit lächelt, schimmern seine weißen Zähne in der Dunkelheit. »Hoffentlich habe ich dein Gebet nicht unterbrochen.«

»Nein, nein, überhaupt nicht«, flüstere ich. »Ich bin sowieso fertig.«

Er winkt mich aus der Bankreihe vor sich und eilt dann voraus, um mir die Kirchentür aufzuhalten. Seine altmodischen Manieren passen in diesen traditionell eingestellten Teil Griechenlands. Als ich aus der Kirche trete, schlägt mir der Geräuschpegel der Stadt entgegen wie eine Wand. Der Trubel verjagt die spirituelle

Beschaulichkeit im Nu. Die Hitze ist ein starker Kontrast zu der Kühle an diesem dämmrigen heiligen Ort.

»Die Kirche ist wunderschön«, sage ich, während ein Moped an uns vorbei rast. »So still und friedlich im Vergleich zu dem Gewimmel hier draußen.«

»Ja, für meine Familie ist sie etwas ganz Besonderes. Ich komme jede Woche her, um eine Kerze anzuzünden.«

Ich halte mir vor Augen, dass die griechische Kultur konservativ und religiös geprägt ist. Die Familie ist der Mittelpunkt dessen, was diese Nation zusammenhält. Auch wenn Gottesfurcht und Frömmigkeit für mich etwas Fremdes sind, gehören sie hier zum Alltag. Ich frage mich, für wen Theo wohl eine Kerze angezündet hat. Trotz seines selbstbewussten Auftretens hat er etwas Verletzliches an sich, eine Trauer, die sich in seinen Augen malt. Allerdings rechne ich nicht damit, dass er mir hier, mitten auf der Straße, seine dunkelsten Geheimnisse anvertrauen wird.

»Das habe ich auch getan. Und jetzt möchte ich zur Kunstgalerie, um zu fragen, ob man mir dort bei der Suche nach dem Bild helfen kann. Später will ich vielleicht noch zur Burg«, erwidere ich und weise auf den steilen Pfad, der am anderen Ende der Stadt den Berg hinaufführt.

»Aha! Die Burg ist heute geschlossen. Also ist es ein Glück, dass ich dich getroffen habe. Die Götter haben mich geschickt, um dir wieder beizustehen ...«

Ich bin froh, mir den vergeblichen Fußmarsch erspart zu haben. Wider besseres Wissen habe ich Spaß daran, dass Theo mit mir flirtet. Außerdem sieht er wirklich aus wie ein Abgesandter der Götter und ist atemberaubend attraktiv. Die Schmetterlinge in meinem Bauch flattern wieder heftig mit den Flügeln.

»Hast du schon mit deinem Freund in Athen geredet?«, komme ich deshalb rasch zur Tagesordnung.

»Ich habe Níkos eine Nachricht mit deiner Nummer hinterlassen. Ist das okay? Brauchst du in der Galerie vielleicht sprachliche Hilfe? Mein Englisch ist nicht schlecht, aber mein Griechisch ist besser«, schlägt er vor. Langsam breitet sich ein Lächeln auf seinem Gesicht aus.

So sehr ich mich auch dagegen sträube, ich bin machtlos dagegen, dass er mich von meinem Vorhaben ablenkt. Es ist einfach schwer, ihm zu widerstehen. Außerdem könnte ich seine Hilfe beim Übersetzen wirklich gebrauchen.

»Nun, wenn du nichts anderes vorhast, wäre es vielleicht eine gute Idee«, bemühe ich mich um einen gleichmütigen Ton. Allerdings ist die Aussicht, noch mehr Zeit mit ihm zu verbringen, ausgesprochen verlockend.

Dennoch darf ich nicht zulassen, dass er und meine Suche nach dem Bild durcheinandergeraten.

Nachdem wir ein Stück bergauf gegangen sind, erreichen wir ein weiß gestrichenes Ladenlokal, das, verglichen mit seinen Nachbarn, sehr modern wirkt. Selbst die Souvenirgeschäfte ringsum haben traditionelle Steinmauern und lackierte Fensterrahmen. Die Galerie hingegen hat eine Glasfront, die im Sonnenlicht funkelt. Theo hält mir die Tür auf, und wir treten in einen großen klimatisierten Würfel. Die modernen Kunstwerke an den Wänden bilden farbliche Kontraste zur weißen Innenausstattung.

Theo geht zu der jungen Frau, die im hinteren Teil des Raums an einer Theke sitzt, und richtet einen Wortschwall an sie, wobei er auf mich zeigt. Ich schnappe das Wort *angliká* auf. Englisch. Sie nickt, doch als sie ihm beim Reden in die Augen schaut, läuft sie rot an. Mitfühlend schmunzle ich in mich hinein. Offenbar hat er auf sie dieselbe Wirkung wie auf mich.

Ich betrachte die Bilder an den Wänden und stelle fest, dass eines von Mum dabei ist. Auch wenn ich, all meinen Wunschträumen zum Trotz, nicht wirklich damit gerechnet habe, dass das verschollene Bild hier hängen würde, bin ich ein wenig enttäuscht. Theo tritt von der Theke zurück und winkt mich heran.

»Jetzt bist du am Zug«, sagt er und entfernt sich höflich ein paar Schritte.

Ich bin froh darüber, denn ich möchte ihn nicht weiter in meine Angelegenheiten hineinziehen. Ablenkung kann ich nicht gebrauchen. Während er sich die Bilder ansieht, wende ich mich der jungen Frau zu. Sie ist stark geschminkt. Falsche Wimpern dominieren ihr mädchenhaftes Gesicht.

»*Kaliméra*«, beginne ich nervös und aufgeregt. »Ich frage mich, ob Sie Arbeiten von einer Malerin namens Lyndsey Kinlock hier haben.«

Stirnrunzelnd tippt sie etwas in den Laptop, der vor ihr steht.

»Wie schreibt man diesen Namen?«, hakt sie nach, als die erste Suche ergebnislos bleibt.

Ich krame einen Stift aus meiner Tasche und hole die Kopie von Mums Bild heraus, die ich ihr gebe. Dann schreibe ich Mums Namen auf den Zettel, den sie mir zuschiebt.

»Ich möchte dieses Bild finden«, sage ich, als sie es betrachtet. »Den Titel kenne ich nicht, aber es steht etwas auf der Rückseite.«

Sie dreht die Kopie um. Beim Anblick von Mums Handschrift, werde ich kurz von Trauer ergriffen: *Das Schicksal hat uns vereint und getrennt, Methoni V.*

Die Finger der jungen Frau fliegen über die Tastatur, als sie erst den Satz sucht, dann den Kopf schüttelt und schließlich Mums Namen eingibt. Ich drehe mich um und stelle fest, dass Theo sich in eine Sammlung von Arbeiten neben dem Schaufenster vertieft hat. Ich habe das seltsame Bedürfnis, das Bild zu beschützen, und es ist mir aus unerklärlichen Gründen peinlich, ihm die Hintergründe meiner Suche anzuvertrauen. Mir erscheint es zu persönlich, zu intim, was sonderbar ist, denn schließlich plane ich, das Bild jedem Menschen in der ganzen Stadt zu zeigen, der mir vielleicht helfen könnte. Dennoch will ich nicht, dass Theo es sieht. Er lenkt mich ohnehin schon genug ab. Also falte ich die Kopie wieder zusammen und verstaue sie in meiner Tasche. Die junge Frau dreht den Bildschirm um, wo einige Miniaturansichten zu erkennen sind.

»Diese hier haben wir verkauft, allerdings nur Drucke, keine Originale.«

Ich beuge mich näher zum Bildschirm. Es handelt sich um in limitierter Auflage hergestellte Reproduktionen ihrer bekanntesten Werke. Das Bild, das ich suche, ist nicht dabei. Nachdem ich so hohe Erwartungen in meinen ersten richtigen Recherchetag gesetzt habe, fühle ich mich nun entmutigt.

»Könnte ich vielleicht mit dem Inhaber oder dem Geschäftsführer sprechen? Ich suche nur das Bild, das ich Ihnen gerade gezeigt habe. Vielleicht hat er es ja schon einmal irgendwo gesehen oder davon gehört.«

»Natürlich.«

Als sie mir wieder einen Zettel hinschiebt, schreibe ich meine Telefonnummer und E-Mail-Adresse darauf.

»Dimítris, der Inhaber, ist bis nächste Woche verreist. Aber ich gebe ihm Ihre Kontaktdaten.«

»Danke.« Ich bin enttäuscht, und es kostet mich Mühe, mich nicht von meinem Scheitern demoralisieren zu lassen.

»Hoffentlich finden Sie das Bild«, sagt die Frau mitfühlend.

Ich verabschiede mich freundlich und gehe zur Tür, wo Theo schon wartet.

»Du bist unglücklich. Konnte sie dir nicht weiterhelfen?«, erkundigt er sich.

Ich schüttle bedrückt den Kopf.

»Nein.« Doch ich darf mich nicht unterkriegen lassen. Schließlich sind da noch Tony Giovinazzi, falls er je auf meine Mail antworten sollte, und Theos Freund Níkos in Athen. Außerdem wird sich Dimítris von der Galerie sicher mit mir in Verbindung setzen. »Aber es war ja der erste Versuch, also …« Ich zucke die Achseln. Wir machen uns auf den Rückweg, den Hügel hinunter.

»Was hast du heute noch vor?«, fragt er.

»Ich bin nicht sicher. Da ich in der Galerie kein Glück hatte und die Burg geschlossen ist …«

»Nun, vom Meer aus hat man einen guten Blick auf die Burg. Ich kann dich mit meinem Boot hinfahren, wenn du willst«, schlägt er vor.

Ich bleibe ruckartig stehen. Damit habe ich nicht gerechnet. Nun stecke ich in der Klemme. Das Knistern zwischen uns ist eindeutig vorhanden. Doch Christinas Warnungen, Theo sei kompliziert und gefährlich, machen meinen Tagträumen ein jähes Ende. Ich zögere. Dann jedoch schüttle ich mich. Schließlich predigt Tasha mir immer, ich müsse mutiger werden. Es ist doch nur ein harmloser Ausflug. Da kann mir nichts passieren – außer, ich falle über Bord oder werde gekielholt.

»Wenn du möchtest. Aber warst du heute Morgen nicht schon draußen?«

Die Vorstellung, auf dem Wasser zu sein, vertreibt die Enttäuschung wegen Mums Bild. Die anderen Galerien auf der Liste kann ich auch noch später abtelefonieren.

»Ja, aber die Arbeit ist erledigt. Ich fange sehr früh an. Das Wetter ist wunderschön. Warum also nicht?«

Es gibt kein Entrinnen – es passiert wirklich. Bange Vorahnung bildet eine Blase in meinem Magen, umschwirrt von einigen Hundert Schmetterlingen.

»Das Mittagessen geht auf mich!«, verkünde ich. Beim Gedanken an ein Picknick mit Meze vom Markt läuft mir das Wasser im Mund zusammen. »Als Dankeschön kaufe ich auf dem Markt ein.«

»Du bist schon wie eine Griechin. Auf Schritt und Tritt denkst du ans Essen.«

Lachend erinnere ich mich an die gestrige Gartenparty. In den Gesprächen fiel ständig die Frage *»Hast du auch genug gegessen?«*, gefolgt von der Aufforderung, dieses oder jenes Gericht zu kosten. Wenn Christinas Büfett der Maßstab ist, dürfte es kein Problem werden, fünf Kilo pro Woche zuzunehmen.

»Ich denke ständig ans Essen«, erkläre ich ihm. »Beruflich und in der Freizeit. Ich esse leidenschaftlich gern!«

Gemächlichen Schrittes gehen wir durch die Seitenstraßen in Richtung Markt und finden rasch ein Tempo, das uns beiden zusagt, während Fahrräder und Autos an uns vorbeiflitzen.

»Aber du bist viel zu dünn für jemanden, der ständig ans Essen denkt. Meine *jiajiá*, meine Großmutter, hätte Angst, du könntest verhungern.«

Das Kompliment schmeichelt mir so sehr, dass ich rot anlaufe.

»Ist deine Großmutter eine gute Köchin?«, frage ich, das Gesicht noch immer knallrot.

»Die beste. Sie verbringt den ganzen Tag in der Küche und macht meinen Vater wahnsinnig. Aber da er nie hungern muss, kann es nicht so schlimm sein.«

»Das Essen hier ist ein Traum. Anders als zu Hause schmeckt das Gemüse so, wie es schmecken soll. Und ich habe noch nie einen so guten Orangenkuchen gegessen wie den von Christina.«

»Ach, meine *jiajiá* würde widersprechen, dass die *ihre,* die beste *portokalópita* in ganz Methoni ist. Aber, ja, der von Christina ist gut. Hier ist jede Feier eine Essensschlacht.«

Als wir den Marktplatz erreichen, weiß ich gar nicht, wo ich anfangen soll. Die appetitlich bestückten Stände bieten eine gewaltige Auswahl.

»Also, Theo, was schlägst du vor?«

Die Brise trägt den Duft von Oregano und anderen Gewürzen heran. In gewaltigen Töpfen dampfen heiße Gerichte. Platten biegen sich unter Meze. Schimmernde Oliven in allen Formen und Farben füllen unzählige Gläser.

»Soll ich dich überraschen?«

Das Funkeln in seinen Augen lässt das Treiben auf dem Platz verblassen, als seien wir ganz allein auf der Welt. Meine Selbstbeherrschung wird auf eine harte Probe gestellt. Ich muss Masochistin sein, allein mit diesem Mann in einem Boot herumfahren zu wollen. Doch als er mich weiter anflirtet, muss ich einfach lächeln.

»Ich liebe Überraschungen. Aber ich bezahle«, beharre ich.

Als ich ihm etwas Geld gebe, weigert er sich zunächst. Doch ich drücke ihm die Scheine in die Hand. Dabei berühren sich unsere Handflächen, wovon mir leicht schwindelig wird. Während er mit den Händlern plaudert, habe ich Gelegenheit, ihn weiter zu beobachten. Sein Charme ist überwältigend, und er hat enorme Wirkung auf Frauen: Sie werden verlegen, werfen sich in Pose, schleudern ihr Haar zurück oder klimpern mit den Wimpern. Kein Wunder, dass Selena jede Frau, die sie im Gespräch mit ihrem Freund ertappt, mit Blicken erdolcht.

Das schlechte Gewissen sorgt dafür, dass ich schlagartig aufhöre, ihn anzuschmachten.

»Sophie?«

Hin und her gerissen zwischen Wagemut und moralischen Grundsätzen, habe ich vor mich hin geträumt.

»Du siehst aus, als wärst du in Gedanken ganz weit weg gewesen.«

»Tut mir leid. Ich habe mich nur gefragt ... für eine Bootsfahrt bin ich eigentlich nicht richtig angezogen.«

Meine hellbraunen Wildledermokassins würden einen Spritzer Salzwasser nicht überstehen, und ich habe diese Schuhe sehr gern.

»Wir können zur Villa fahren, bevor es losgeht, damit du dich umziehen kannst, aber so, wie du bist, siehst du wunderschön aus.«

Der Wind weht mir eine Haarsträhne ins Gesicht. Als er vortritt und mir die Locke aus der Stirn streicht, macht mein Magen einen Satz. Die Spannung hängt so schwer zwischen uns wie Morgennebel, der sich einfach nicht lichten will. Weil er viel größer ist als ich, wirft er einen Schatten auf mich. Mühsam schlucke ich den Kloß hinunter, der sich in meiner Kehle gebildet hat.

»Komm, wir gehen«, sagt er plötzlich und greift nach meiner Hand. Theo führt mich vom Platz weg. Die Einkaufstüte mit unserem Mittagessen baumelt in seiner anderen Hand. Seine Hand ist warm und weich und so groß, dass meine darin verschwindet. Doch das Gefühl von Geborgenheit und Stimmigkeit ist trügerisch. Unfähig zu protestieren, folge ich ihm weiter. Dieser Ort und dieser Mann haben mich verhext. Ich muss den Verstand verloren haben, mich auf eine lockere Dreiecksbeziehung einlassen zu wollen. Außerdem habe ich nach meiner Erfahrung mit Robert aus reinem Selbstschutz viele hohe Mauern um mich herum errichtet. Bis jetzt ist es noch niemandem auch nur annähernd gelungen, ein Bröckchen aus diesen Mauern zu klopfen. Und Theo wird es ebenfalls nicht schaffen.

Wir biegen von der Hauptstraße ab in Richtung Hafen. Hier tanzen Motorboote auf dem Wasser. Ihre Fender reiben quietschend an den Stegen. Wellen brechen mit einem gleichmäßigen, rhythmischen Plätschern. Vordächer blähen sich. An der Landzunge kann ich Methoni ausmachen. Die Felsen und die Turmruine draußen auf dem Meer halten Wacht über die Halbinsel.

»Theo, warte!« Ich bleibe stehen und entwinde ihm meine Hand. »Ich weiß nicht, was hier gespielt wird, aber ich habe keine Lust auf einen Urlaubsflirt hinter dem Rücken deiner Freundin. Ich bin hier, um zur Ruhe zu kommen und, vor allem, um ein Bild zu finden. Dramen und Lügen kann ich nicht gebrauchen.«

»Hoppla, Sophie, Sophie, *endáxi*.« Er baut sich vor mir auf und legt mir beruhigend die Hände auf die Schultern. »Was für Dramen und Flirts? Welche Lügen? Welche Freundin?«

»Selena«, beginne ich. Ich spüre seine warme Haut und versuche, nicht auf die Hitze zwischen uns zu achten. »Ich bin nicht so ein Mädchen. Die Andere. Das ist nichts für mich.«

»Was ist nichts für mich?«, erwidert er verdattert.

»Nein, nicht du. Ich! Ich wollte damit sagen, dass es nichts für mich ist, nicht für dich ... Ach, das habe ich nicht gemeint ... Ich rede wirres Zeug.« Ich hole tief Luft, verärgert, weil es mir nicht gelingt, mich verständlich auszudrücken. »Pass auf: Ich will Selena nicht mit ihrem Freund betrügen. Mit dir!«

»Was soll das heißen? Sie ist nicht meine Freundin. Ich habe keine Freundin. Wie kommst du darauf?«

Trotz meiner Verwirrung dämmert mir, dass ich womöglich alles missverstanden habe. Ich blicke in seine grünen Augen, in denen sich ein ungläubiger Ausdruck malt. In der hellen Morgensonne heben sie sich noch strahlender von seiner gebräunten Haut ab. Ich fühle mich sehr klein und würde am liebsten einen Schritt auf ihn zugehen.

»Tut mir leid. Ich dachte, ihr wärt zusammen, und du würdest versuchen ... hör nicht auf mich ... Anscheinend bin ich gerade dabei, mich total zu verhaspeln.«

Ich könnte im Erdboden versinken. Außerdem ist mir vom Ansturm der Gefühle ein wenig schwach. Theo nimmt eine Hand von meiner Schulter und umfasst mein Kinn, offenbar ein Versuch, mich zu beruhigen.

Die Sonne hebt seine Lachfältchen hervor. Wie gern würde ich das ganze Gewicht meines Kopfes in seine Hand legen, denn Hand und Kopf scheinen zusammenzupassen wie zwei Teile eines Puzzles. Ohne auch nur einen Moment den Blick abzuwenden, sehen wir einander eindringlich in die Augen. Dann streicht er mir unglaublich zärtlich mit dem Daumen meine Wange entlang bis zum Mund. Die bange Erwartung verschlägt mir den Atem. Doch im nächsten Moment macht er sich los und weicht in Richtung Hafenmauer zurück.

»Es ist schwer zu erklären. Selena und ich waren vor vielen Jahren zusammen. Wir waren sehr jung und dachten, wir wären verliebt ... aber ...« Er hält inne und blickt zu Boden.

Ich mache einen Schritt auf ihn zu, unsicher, wie ich mich verhalten soll. Soll ich ihn trösten oder warten, bis er fortfährt?

»Manche Menschen wollen verschiedene Dinge ... Sie ist eine Freundin. So wie du und ich, ja?«

Obwohl ich ihn gern weiter über Selena aushorchen würde, komme ich mir lächerlich vor, weil ich so viel in die Situation hineingeheimnist und offenbar alles missverstanden habe. Ich habe mich von Christinas und Marys Gerede über die »Gefahr«, die angeblich von ihm ausgeht, konfus machen lassen. So sehr habe ich ihr Geschwätz für bare Münze genommen, dass ich beinahe einen Menschen beleidigt hätte, der nur nett zu mir sein wollte. Diese Reise ist eine Pilgerfahrt im Andenken an meine Mutter. Nur, dass ich mich nicht auf mein Ziel konzentrieren kann, weil ich an nichts anderes mehr denke als an Theos Haut an meiner und daran, wie seine starken Hände über meinen Körper streichen. Allerdings scheinen diese Fantasien nicht auf Gegenseitigkeit zu beruhen. Auch wenn er noch so heftig mit mir flirtet. *Freunde.* Vielleicht benimmt er sich ja immer so.

»Ja, wir sind Freunde.« Ich setze mein überzeugendstes Lächeln auf. »Also lass uns essen, mein Freund.«

Ich nehme ihm die Einkaufstüte ab und gehe voran. Dabei versuche ich, mich unbefangen und sorglos zu geben. Theo ist undurchschaubar. Immer, wenn ich glaube, dass er sich jeden Moment öffnen wird, macht er schon wieder dicht. Offenbar hat er Angst auszusprechen, was ihn bedrückt.

Trotz meiner Enttäuschung erleichtert es mich, nicht Anlass für eine Beziehungskrise zu sein. Dennoch kann ich nicht leugnen, dass Theo mich körperlich anzieht. So etwas habe ich nicht mehr empfunden, seit ... Nein, ich werde diesen Moment nicht dadurch in den Schmutz ziehen, dass ich den Namen eines anderen Mannes auch nur denke. Ich war sicher, dass er mich küssen würde. Aber offenbar läuft es auf Freunde ohne gewisse Vorzüge hinaus.

Theos Pick-up gibt beim Entriegeln ein elektronisches Piepen von sich, was mich zurück in die Wirklichkeit holt. Ich steige ein und bemühe mich, nur an den bevorstehenden Bootsausflug zu denken. Als er den Motor anlässt, sieht er mich lächelnd an. Eine Art Stromstoß durchzuckt mich. Ich grinse zurück und setze die Sonnenbrille auf. Wenn er mir seine Gefühle nicht zeigt, soll er auch nicht sehen, was mir sicher ins Gesicht geschrieben steht.

KAPITEL 10

Später an diesem Vormittag stechen wir endlich in See. Als wir das offene Meer erreichen, peitscht der Wind mein Haar. Sobald man die schützende Bucht von Methoni verlässt, ist man den Elementen ausgesetzt. Ich sitze im Heck und beobachte beeindruckt, wie Theo im Steuerhaus den Wellen trotzt. Geschmeidig bewegt er sich im Bug hin und her. In seinen Armen spannen sich Muskeln und Sehnen. Aufmerksam achtet er auf andere Boote und Hindernisse im Wasser. Ich habe meine Verbannung in die Freundschaftsabteilung noch nicht ganz verwunden. Ihn in seinem Element zu sehen, ist erregender, als ich mir eingestehen will.

Als wir die Landzunge von Methoni umrunden und auf Pylos zuhalten, sind wir vor dem Wind geschützt. Schlagartig beruhigt sich die Luft, und das Meer erscheint wie eine Glasfläche. Theo schaltet den Motor ab und wirft Anker. Sonnenlicht funkelt auf dem glatten Wasser, und ich werde von einer Ruhe ergriffen, die die des Meeres widerspiegelt. Das Wasser ist zwar tief, aber so klar, dass ich Schwärme von Fischen beobachten kann, die umherflitzen wie kleine schwarze Kugeln. Sie sammeln sich und wechseln dann gleichzeitig die Richtung, so als führten sie unter Wasser einen Tanz auf. Als Theo mich am Arm berührt, zucke ich vor Schreck zusammen.

»Entschuldige.« Er lächelt. »Du hast die Fische beobachtet, richtig?«

»Kriegst du da keine Lust, sie zu fangen und zu töten?«, frage ich grinsend. Er lacht.

»Sie sind zu klein für die Netze, also nein. Aber falls du Lust hast zu fischen, kannst du dein Glück versuchen, wenn ich den Motor wieder anlasse.«

»Wirklich? Ja! Aber zuerst wollen wir etwas essen. Von der Meeresluft habe ich einen Riesenhunger.«

Er holt die Tüte mit unseren Vorräten und das Besteck und die Teller, die ich rasch eingepackt habe, als ich zum Umziehen in der Villa war. Ohne den Wind scheint die Sonne heiß, deshalb schlüpfe ich aus der Strickjacke. Zu Hause wäre es unmöglich, im April nur in einem ärmellosen Top draußen zu sitzen. Theo breitet eine Decke aus und beginnt, unser Picknick anzurichten.

Hoch ragt die Burg über dem Städtchen Pylos auf. Ihre Schwesterzitadelle schmiegt sich bei Methoni an die Küste und ist von hier aus gerade noch auszumachen. Der Turm, der sich auf einem Felsvorsprung mitten im Meer zwischen diesen beiden Bauwerken erhebt, wirkt wie die Ruine eines Spukschlosses. Diese trutzigen Festungen, dazu errichtet, die Halbinsel vor Angreifern zu schützen, stehen seit Hunderten von Jahren an ihrem Platz. Die zum Teil verfallenen Mauern, die von beiden Seiten der Türme ausgehen, erinnern an lange, altersschwache Glieder. Wieder empfinde ich Ehrfurcht vor der Wucht der griechischen Geschichte.

Theo reicht mir ein Glas Rosé. »*Jiámas.* Das ist eine gute Methode, den Nachmittag zu verbringen, findest du nicht?«

»*Jiámas.*« Ich knie mich auf die Decke, stoße mit ihm an und nippe an dem kühlen Wein. Meine Nerven haben sich beruhigt. Dafür knurrt jetzt mein Magen. »Also, was gibt es Leckeres?«

Theo entfernt die Deckel von den Behältern und erläutert ihren Inhalt. Dabei sieht er mich immer wieder an. Dass er das Spannendste an diesem Picknick ist, steht außer Frage. Er fördert wie dunkelviolette Edelsteine schimmernde Kalamáta-Oliven zutage. Dazu ordentlich gerollte Weinblätter und cremiges Tsatsiki. Von den kleinen Blätterteigteilchen, die er aus einer Papiertüte holt, rieseln Teigflöckchen.

»Und das ist mein Lieblingsessen … probier mal.« Er nimmt eines und hält es mir an den Mund.

Zögernd beiße ich hinein. Bröckeliger, lockerer Blätterteig, cremiger, salziger Feta und Spinat.

Als ich verlegen zu kauen anfange, streifen seine Finger meine Lippen, eine Geste, die über meine Vorstellung von »Freundschaft« hinausgeht. Doch in diesem Moment bin ich seinem Charme hilflos ausgeliefert.

»Mmmm … oh, mein Gott, ist das lecker!«

»*Spanakópita*. Spinatpastete. Und das hier ist die beste. Verrat das bloß nicht *jiajiá*! Sie ist nämlich vom Bäcker in Pylos.«

»Ich brauche mehr davon!«

Der zarte Blätterteig ist so appetitlich und zergeht förmlich auf der Zunge. Als er mir noch ein Stück reicht, greife ich danach und stecke es mir selbst in den Mund – was um einiges weniger erotisch ist.

Es herrscht genüssliches Schweigen, während wir uns das Essen schmecken lassen. Ich denke daran, dass er seine Großmutter offenbar sehr gern hat. Meine eigene Großmutter habe ich nie kennengelernt; meine Erfahrung in Sachen Großeltern beschränkt sich auf Tashas strenge Großmama, und die war eine ziemlich furchteinflößende Vertreterin ihrer Art und ein himmelweiter Unterschied zum landläufigen Bild einer liebenswerten alten Dame, die den ganzen Tag Kuchen bäckt und ihre Enkelkinder mit Bonbons und Gutenachtgeschichten versorgt.

»Du scheinst ein enges Verhältnis zu deiner Großmutter zu haben«, sage ich.

»Ja, das stimmt. Ich habe nur *jiajiá*, die Mutter meines Vaters. Er wohnt bei ihr, und ich lebe nah genug, um es schnell genug an ihren Esstisch zu schaffen, aber auch weit weg genug, falls sie sauer auf mich ist.«

»Du hast also nur noch die beiden.«

Wieder entsteht Schweigen, allerdings ist es weniger entspannt als vorhin. Wie üblich vertraut er mir etwas an, doch bevor er sich öffnet, ist der Moment schon vorbei, und die glänzende Fassade senkt sich wieder. Es ist, als wolle man mit bloßen Fingern an einer Granitplatte kratzen. Kleine Einblicke in eine Verletzlichkeit, die er mit keckem Auftreten und einem gewinnenden Lächeln tarnt.

Ich schaue auf meinem Telefon nach, ob Nachrichten wegen Mums Bild eingegangen sind. Nein. Keine Mails, jedenfalls keine, die ich lesen möchte. Allerdings sind da sechs oder sieben von einem neuen E-Mail-Konto, das Robert eingerichtet hat. Ich schiebe die Angst beiseite, die sich irgendwo tief in mir eingenistet hat und wieder in mir hochkriechen will. Ich lösche die Mails und blockiere den Absender. Gerade droht der wunderschöne Nachmittag zu verderben, als Theo das Wort ergreift.

»Das *kástro* ist unglaublich.« Er blickt hinauf zur Burg. »Chrístos und ich haben als kleine Jungen auf den Felsen gespielt. Wir sind aus dem Boot gesprungen und hochgeklettert und haben so getan, als wären wir Venezianer, die gekommen sind, um das Land zu erobern ... und natürlich um eine Prinzessin zu retten.«

Ich frage mich, welche Geschichten diese majestätische Ruine wohl zu erzählen hätte. Von all dem Blut, das im Namen des Besitzanspruches und der Liebe auf ihren Steinen vergossen worden ist.

»Es muss wundervoll sein, hier aufzuwachsen«, erwidere ich und betrachte diesen riesigen Spielplatz, auf dem ein Kind seiner Fantasie freien Lauf lassen kann.

Meine Bemerkung ist als Stichwort gedacht. Ich sehe ihn auffordernd an und warte darauf, dass er mir verrät, was genau es mit seinen Eltern oder mit seiner ständig mitschwingenden Trauer auf sich hat. Doch er lächelt nur, trinkt einen Schluck Wein und stellt das Glas auf dem Deck ab. An die Bootswand gelehnt, dreht er zwei Zigaretten.

Nachdem er mir eine Selbstgedrehte angeboten hat, zieht er an seiner und setzt zum Sprechen an. Dann jedoch scheint er es sich anders zu überlegen. Der Rauch der Zigaretten riecht nach Vanille. Das Boot knarzt und schaukelt so rhythmisch wie das Ticken einer Uhr, als die Sekunden vergehen. Eine bedeutungsschwere, verlegene Pause.

»Entschuldige, ich wollte nicht neugierig sein.«

Er greift nach einem Gebäckteil und betrachtet mich nachdenklich.

»Sophie, manche Dinge aus der Vergangenheit sind schwierig für mich. Aber heute ist heute, und in diesem Augenblick haben wir alles, was wir uns wünschen, oder?«

»Ja«, antworte ich.

Sein liebevoller Blick ruht auf mir. Er schenkt mir nach. Doch er spricht nicht weiter. Also widme ich mich wieder unserem Mahl und finde mich damit ab, dass dieses Gespräch zu Ende ist.

Die Anspannung lässt mit jedem Bissen nach. Einige Themen sind offenbar tabu. Wenn wir aber wirklich in der Gegenwart leben wollen, müssen wir zuerst das Vergangene loslassen. Und damit scheinen wir beide Schwierigkeiten zu haben.

Als wir nach vielen Stunden auf dem Meer zum Ufer zurückkehren, habe ich ein leichtes Gefühl im Kopf. Die Sonne versinkt bereits langsam hinter den Felsen, und in einigen Häusern im Dorf gehen Lampen an. Vom Wasser aus wirkt Methoni verändert. Das orangefarbene Licht des Sonnenuntergangs fängt sich in den

Fensterscheiben, und ich fühle mich, als käme ich nach Hause. Es ist wie eine zärtliche Umarmung am Ende eines langen Tages. Wie angewiesen, setze ich mich auf den Bug, lasse wie ein Kind die Beine über dem Wasser baumeln und warte, ein Seil in der Hand, den Moment ab, in dem ich von Bord springen und das Boot an der Anlegestelle festbinden muss.

Ich hatte befürchtet, meine Neugier, was seine Kindheit angeht, könnte unserem Nachmittag einen unschönen Dämpfer versetzt haben, doch der restliche Ausflug verlief in spielerischer und lockerer Atmosphäre. Solange man ihn nicht auf Familienangelegenheiten anspricht, macht es Spaß, mit ihm zusammen zu sein. Er ist schlagfertig und unglaublich belesen und hat mir erzählt, er habe an der Universität von Athen englische Literatur studiert und liebe Gedichte. Doch familiäre Verpflichtungen hätten ihn gezwungen, den Plan aufzugeben, Lehrer zu werden. Ich habe den Verdacht, dass da mehr dahintersteckt, doch das werde ich vermutlich nie erfahren. Trotzdem bin ich noch immer neugierig. Draußen auf dem Meer zu sein, den Elementen ausgeliefert, sein Beruf, das alles hat etwas Poetisches und regt die Gedanken an.

Als wir den hölzernen Steg erreichen, springe ich von Bord, zum Glück, ohne dabei ins Wasser zu fallen. Mit Leibeskräften ziehe ich am Tau, bis es stramm ist, und fädle es durch die Klampe am Steg. Theo macht einen anmutigen Satz und sichert das Boot mit der Achterleine. Die Hände in die Hüften gestemmt, steht er da und lächelt mich an.

»Du bist eine gute Matrosin. Beim nächsten Mal steuerst du das Boot und fischst, während ich Wein trinke.«

Er reicht mir einen blauen Eimer voller frischer Sardinen. Schimmernd und makellos geformt, liegen sie in Reih und Glied da. Draußen auf dem Meer hat Theo mich ein Netz auswerfen lassen. Die kleine Ausbeute an silbrigen Fischlein war mein Lohn.

Verlegen und stocksteif stehen wir einander auf dem Steg gegenüber, unsicher, wie wir uns voneinander verabschieden sollen. Wein und Dankbarkeit haben mich kühn gemacht, sodass ich ihn umarme. Ich spüre, dass ihm der Atem stockt. Dann schließen sich seine Arme fest um meine Taille.

»Danke, Theo. Es war ein wundervoller Tag.«

Ich höre, wie die Vögel im Dorf zwitschernd den Sonnenuntergang begrüßen und sich sammeln, um gemeinsam die Nacht zu verbringen. Kurz muss ich an den Gesang der Stare in Rom denken. An Robert und seine Mails, die nun unbeantwortet bleiben werden. An seine blockierte Mail-Adresse. Doch solange diese Arme mich umfangen, kann er mich nicht erreichen. Das Licht in meinem Herzen schützt mich und schirmt mich ab wie ein Kraftfeld, von dem die Dunkelheit abprallt. Die Gedanken an Robert verblassen, als ich mich an Theos warmen Körper lehne. Er weicht ein Stück zurück, um mich zu betrachten. Seine Miene ist eindringlich und ernst. Im nächsten Moment breitet sich ein Lächeln auf seinem Gesicht aus, und er beugt sich vor.

»Ich fand es sehr schön mit dir, Sophie.«

Ich halte den Atem an und wünsche, die Zeit würde stehenbleiben. Meine Haut fühlt sich lebendig an, alle Nervenenden richten sich auf. Innerlich wird mir ganz warm, und ich will ihm noch näher sein, aber er macht sich langsam los und streicht mir das Haar aus dem Gesicht. Er ist mir so nah, dass ich erschaudere.

»In diesem Licht siehst du golden aus, du bist wunderschön.«

Das Kompliment macht mich verlegen, sodass ich mit einem Auflachen den Blick senke.

»Ich und schön? Ich glaube, das hat noch nie jemand zu mir gesagt.« Meine Wangen glühen, und ich bin zu schüchtern, um ihm in die Augen zu sehen. Still danke ich der Abenddämmerung dafür, dass sie mein Erröten verbirgt. »Wahrscheinlich sehe ich aus wie ein Seebär mit Salzkruste.«

Er verzieht das Gesicht. »Bär eher nicht, aber ja, das mit dem Salz stimmt.« Grinsend macht er einen Schritt rückwärts und zieht eines der Taue noch einmal fest. Dann lacht er auf. »Also lass dir den Fisch schmecken. Und ich sehe dich hoffentlich bald wieder?«

Ich bemerke, dass ich noch immer den Fischeimer in der Hand halte. Nicht gerade ein romantisches Accessoire, doch in diesem Moment könnte nichts mir die Laune verderben. Von nun an werden Sardinen einen festen Platz in meinem Herzen haben.

Das Läuten meines Telefons stört die Stimmung. Ich verfluche die Unterbrechung und will den Anruf ignorieren. Doch gegen das fordernde Klingeln komme ich nicht an.

»Entschuldige«, sage ich und weiche zurück, um das Objekt des Anstoßes aus meiner Tasche zu kramen.

Das Display zeigt eine unterdrückte Nummer an. Ich zögere, denn es macht mich stets misstrauisch, wenn jemand seine Identität nicht preisgeben will. Vielleicht ist es ja jemand, der etwas über Mums Bild weiß. Es könnte allerdings auch Robert sein. Unentschlossen schwebt mein Finger über dem Display und drückt schließlich auf »Anruf annehmen«.

Theo wendet sich ab und steigt wieder in sein Boot, während ich mich melde.

»Hallo?«

Doch ich höre nur Stille und ein Knistern.

»Hallo?«

Verärgert lege ich auf.

KAPITEL 11

Als der Abend in die Nacht übergeht, sitze ich auf meiner Terrasse. Rings um den Tisch funkeln Teelichter. Vor mir steht ein Teller mit meinem Fang, mariniert in Zitronensaft, Knoblauch und Olivenöl. Ich fotografiere das Gericht und schaue dann die anderen Fotos an, die ich heute gemacht habe. Theo, wie er das Netz einholt. Silbrige Fische, festgehalten mitten in der Bewegung, als sie panisch hin und her sprangen, auf der Suche nach einer Freiheit, die ihnen verwehrt bleiben würde. Theos Arme, die sich angespannt gegen das Gewicht des Wassers stemmen.

Wieder meldet sich Sehnsucht in meiner Magengrube. Gleichzeitig ist es mir peinlich, dass ich fest mit einem Kuss gerechnet habe. Außerdem ist es sowieso besser, wenn er mich nicht küsst. In seiner Gegenwart verliere ich offenbar jegliche Hemmungen. Er schaut in die Kamera. Seine weißen Zähne blitzen. Und diese faszinierenden Augen ... Ich stelle eine Collage aus den Sardinen, Theo beim Fischen und einem Foto von der Burg zusammen und poste sie auf Instagram:

@sophieskitchencatering: #fangdestages#

Ich schmunzle in mich hinein. Ja, das ist er wirklich.

Kaum ist das Foto im Netz, läutet mein Telefon. Tasha. Sie wartet nicht einmal ab, bis ich sie begrüßt habe.

»Hallo, bin ich mit der Notfall-Hotline Fangdestages verbunden? Ja? Ich möchte gern einen sehr ernsten Zwischenfall melden.«

»Hallo, Liebes. Ich bin sicher, dass ich keine Ahnung habe, wovon du sprichst.« Ich kichere wie ein Schulmädchen.

»Fang des Tages, dass ich nicht lache! Mein Gott, der Typ ist der Fang des Jahrhunderts! Meine Hormone spielen verrückt. Und dieser leckere Snack, den du gepostet hast, macht mich ganz wild.«

»Oh, du meinst sicher die Sardinen«, gebe ich in gespielter Unschuld zurück.

»Du weißt genau, was ich meine, Sophie Kinlock!«

»Ja, ich muss zugeben, dass er recht ansprechend aussieht. Das ist Theo, falls du es nicht schon erraten haben solltest.«

»Hahaha! Und jetzt raus mit der Sprache. Was genau habt ihr auf diesem Boot gemacht?«

»Ich bin ihm zufällig unterwegs begegnet, und er hat mich eingeladen.«

»Uuuund?«

»Und nichts. Wir haben etwas gegessen und ein bisschen gefischt, und jetzt bin ich wieder zu Hause.«

»Zu Hause ist hier in London. Oder hast du das vor lauter Herumpoussieren mit Neptun vergessen? Nein, das ist ja der Römer, ich wollte natürlich *Poseidon* sagen. Und ich soll dir allen Ernstes glauben, dass nicht mehr passiert ist?«

Offenbar spielen ihre Hormone tatsächlich verrückt, denn sie klingt ziemlich schnippisch. Von dem Beinahe-Kuss erzähle ich ihr lieber nichts, weil ich selbst nicht genau weiß, woran ich bin. Ich bin sicher, dass Theo mich küssen wollte. Aber irgendetwas hat ihn daran gehindert. Außerdem muss ich meine lüsternen Gedanken zügeln, wenn ich das eigentliche Ziel dieser Reise nicht aus den Augen verlieren will. Nur, dass ich an nichts anderes denken kann. Ich ertappe mich bei einem Grinsen und bin froh, dass es kein Videotelefonat ist. Tasha würde mich sofort durchschauen.

»Ja. Mehr habe ich nicht dazu zu sagen. Obwohl …«

»Was?« Begierig auf pikante Details, schnappt sie nach Luft.

»Tja, offen gestanden bin ich ein wenig frustriert.«

»Na klar, schließlich warst du ja nur den ganzen Tag mit diesem Typen zusammen!«

»Nein, daran liegt es nicht. Ich war heute außerdem in dieser Galerie in der nächsten Stadt, um etwas über Mums Bild in Erfahrung zu bringen. Irgendwie hatte ich gehofft, dass es dort hängen würde. Rätsel gelöst. Damit ich endlich zur Ruhe komme. Ich weiß nicht, wie ich es erklären soll, aber es ist wie ein Zwang, der mich Tag und Nacht beschäftigt. So, als ob ich erst loslassen könnte, wenn ich das Bild mit eigenen Augen sehe. Ständig denke ich an Arabelles Vorschlag, alle fünf Bilder der *Methoni*-Serie bei einer großen Ausstellung zu zeigen. Das wäre eine wundervolle Hommage an Mum. Es ist, als könnte ich nicht richtig trauern, solange das Bild verschollen bleibt.«

Sie seufzt tief auf.

»Ich möchte nicht, dass du enttäuscht bist, falls du das Bild nicht findest. Die Wahrscheinlichkeit, dass es, sofern es überhaupt existiert, in Methoni ist, ist ziemlich gering. Ich wollte dir das vor deiner Abreise nach Griechenland nicht so schonungslos sagen. Aber mach dir keine zu großen Hoffnungen, Soph. Du brauchst kein Bild, um zu trauern. Und wenn du dich darauf versteifst und es nicht auffindbar ist, wirst du dich sehr elend fühlen. Das will ich nicht, denn das wäre wieder etwas, wogegen ich machtlos bin.«

Ihr mitfühlender Tonfall ist unverkennbar. Ich weiß, was sie denkt. Sie glaubt, dass es nichts ändern würde, wenn ich das Bild entdecke. Rein faktisch betrachtet, täte es das auch nicht, aber emotional ist es wichtig für mich, und das werde ich ihr nicht begreiflich machen können. So nah sie Mum gestanden hat, ist das Band zwischen Mutter und Tochter etwas Besonderes, das außer den beiden niemand beurteilen kann. Insbesondere nicht sie, denn die Beziehung zu ihrer eigenen Mutter ist eindeutig gestört. Ja, sie will mir helfen und mir einen Rat geben. So sah unsere Rollenverteilung schon immer aus, nicht zuletzt deshalb, weil es mir lange sehr schlecht gegangen ist. Tasha hat mich unter ihre Fittiche genommen wie eine Mutter.

»Ich weiß, dass du recht hast, aber ich kann mir nicht immer alles von dir aus der Hand nehmen lassen«, räume ich ein. »Es ist nur so ein Gefühl, dass Mum mir einen Teil ihres Lebens vorenthalten hat, und alle Hinweise führen nach Methoni. Wenn ich das Bild finde, habe ich alle Teile beisammen und kann Abschied nehmen. Außerdem möchte ich Mums Andenken vor Fälschungen schützen. Nur ich bin dazu in der Lage, denn außer mir und Arabelle kennt niemand dieses Bild.«

»Soph, falls es so sein soll, wirst du es finden. Doch du musst dich innerlich darauf einstellen, dass es nicht dazu kommen wird.«

»Ich weiß. Gott sei Dank sorgst du dafür, dass ich auf dem Boden der Tatsachen bleibe. Übrigens hatte ich heute einen Anruf, der mich ziemlich nervös gemacht hat. Zuerst dachte ich, jemand riefe wegen des Bildes an. Oder, noch schlimmer, es könnte Robert sein. Ich war gerade mit Theo zusammen und hatte Angst, ich würde über meine Vergangenheit sprechen müssen, falls es Robert ist. Denn das möchte ich wirklich nicht erörtern. Wer hat schon Lust, in Sachen Ex aus dem Nähkästchen zu plaudern? Doch da war nur Stille, obwohl jemand in der Leitung war. Ich fand das ziemlich gruselig.«

»Wahrscheinlich so ein dämlicher Callcenter-Anruf. Darüber würde ich mir keine Gedanken machen.«

»Du hast ja recht. Aber Robert stellt mir noch immer nach und bombardiert mich mit Mails. Sobald ich ihn blockiere, lässt er sich etwas Neues einfallen. Wenn er sich erst mal etwas in den Kopf gesetzt hat, verbeißt er sich wie ein Hund in einen Knochen.«

Ich erschaudere bei der Erinnerung an seine Hartnäckigkeit

und daran, wie er mich verfolgt hat, wenn er nicht genau wusste, wo ich war. Obwohl Tasha über seine Stimmungsschwankungen und sein Alkoholproblem Bescheid weiß, ist es mir so abgrundtief peinlich, dass ich nicht die Superwoman war, für die ich selbst mich gehalten hatte. Stattdessen habe ich mich zum Opfer seines Wahns machen lassen und anfangs sogar Tasha verheimlicht, was wirklich in meiner Beziehung geschah. Als sie irgendwann dahinterkam, drängte sie mich zu gehen. Sie konnte nicht begreifen, warum ich bei diesem Mann blieb. Was mir rückblickend betrachtet selbst ein Rätsel ist.

Der Konflikt zwischen den beiden trieb einen Keil in unser Kleeblatt. Ich konnte Tasha und Angus nur sehen, wenn Robert nicht dabei war, weil sie sich weigerte, sich mit ihm im selben Raum aufzuhalten. Obwohl ich eigentlich viel emotionaler veranlagt bin als sie, kann ich nach all den Jahre unter der Knute von Roberts Zwanghaftigkeit mit einem gewissen Abstand über mein Leid sprechen. Doch so sehr ich mich innerlich von meinem Schmerz abspalte, meine Wut richtet sich hauptsächlich gegen mich selbst, weil ich es immer wieder habe geschehen lassen. Ich war wirklich überzeugt gewesen, dass ich ihn ändern, ihm helfen und ihn dazu überreden könnte, an sich zu arbeiten. Aber weit gefehlt.

»Jetzt aber genug von meinem Herzeleid«, fahre ich fort. »Erzähl mir lieber, was bei dir los ist. Wie fühlst du dich?«

»Aufgedunsen, gereizt, geil – und das waren nur die letzten dreißig Sekunden. Und da du gerade Robert erwähnt hast, muss ich dir etwas sagen. Aber bitte flipp jetzt nicht aus.«

Ich klemme das Telefon zwischen Ohr und Schulter und bringe den Teller mit dem Fisch ins Haus, um mit dem Kochen anzufangen.

Panik steigt in mir hoch.

»Ist bei euch alles in Ordnung?«

»Ja. Alles bestens. Nur, dass es da einen kleinen Zwischenfall mit Angus gab.«

»Was soll das heißen? Jetzt sag schon, was los ist, Tash. Du machst mir Angst.«

Ich spüre, wie Furcht mir die Kehle zuschnürt.

»Tja, Robert hat uns vorgestern Abend einen Besuch abgestattet und Angus abgefangen, der gerade von der Spätschicht kam. Natürlich war er betrunken.«

»Was? Ist Angus etwas passiert?«

Ich gehe wieder nach draußen und lasse mich auf einen Stuhl fallen.

»Mit Angus ist alles okay. Er hat ihm ein paar Tassen schwarzen Kaffee verabreicht und ihn beruhigt. Schließlich hat er öfter mit Suffköpfen zu tun. Und außerdem waren die beiden einmal gut befreundet, als wir noch nicht wussten, was für ein Dreckskerl Robert ist. Ich habe friedlich und fest geschlafen und das Drama verpasst, ein Glück für Robert, weil ich sonst die Polizei gerufen hätte. Robert hat getobt, rumgebrüllt und geflennt wie ein Baby. Das Übliche eben: Er kann ohne dich nicht leben ... warum hast du ihn verlassen ... er vermisst dich so ... bla, bla, bla. Und er hat versucht, Angus auszufragen, wo du bist.«

Die Situation ist mir entsetzlich peinlich. Ich bin nicht nur abgestoßen und wütend, sondern fühle mich für das Debakel verantwortlich, obwohl dieser Mann doch eigentlich nicht mehr mein Problem ist. Offenbar besitzt er eingebaute Antennen, die Signale auffangen, sobald ich glücklich bin. Und dann versucht er, es mir kaputtzumachen.

»Bitte entschuldige mich bei Angus. Es tut mir so leid, dass er in dieses Kuddelmuddel hineingezogen wird. Schließlich habt ihr genug um die Ohren.«

»Lass das! Du bist nicht diejenige, die sich entschuldigen sollte. Dieser Mensch ist nichts weiter als ein verbitterter alter Säufer, der es endlich kapieren und nach vorn schauen muss. Ich bin stocksauer auf ihn!«

»Und Angus hat ihm hoffentlich nicht gesagt, wo ich bin?«

»Natürlich nicht. Er ist doch nicht bescheuert!«

Ihr scharfer Tonfall lässt mich zusammenzucken.

»Tut mir leid. Ich bin nur müde und genervt. Angus hat mich nach dem Drama geweckt, und jetzt koche ich seit gestern vor Wut und überlege, ob ich es dir erzählen soll. Oder ihn doch noch anzeigen.«

»Ich bin froh, dass du es mir gesagt hast. Ehrlich. Es ändert nichts. Ich will ihn nicht mehr in meinem Leben haben. Er schickt mir ständig Mails, aber ich habe nur eine davon gelesen. Dieses Theater ist nicht gut für deine Eizellen, Tash. Bitte bleib ruhig.«

»Du darfst überhaupt keine Mails von ihm lesen! Blockier ihn einfach, so oft es nötig ist. Er hat Angus tatsächlich am Kragen gepackt und ihm ›Wo ist sie?‹ ins Gesicht geschrien.«

»Ich bin ehrlich durch mit ihm. Glaube mir. Ich hatte Glück, dass ich mit heiler Haut davongekommen bin.«

»Sophie, jetzt hast du innerhalb von zwanzig Sekunden zweimal das Wort ›ehrlich‹ benutzt, weshalb es mir nicht leichtfällt, dir zu glauben.«

Obwohl ich Robert wirklich nie wiedersehen will, macht sein Verhalten mich wütend. Nun hat er sich auch noch in meine Freundschaft mit Angus eingemischt. Bevor Tasha erfuhr, was bei uns hinter geschlossenen Türen vor sich ging, und sie deshalb Treffen zu viert verweigerte, haben wir sehr viel zusammen unternommen. Dieses Verhalten ist typisch Robert, wenn er getrunken hat. Die Beteuerungen in seiner Mail, er habe sich geändert, sind nichts als manipulatives Geschwafel. Ich kann froh sein, dass ich ihn los bin. Trotz eines winzigen Fünkchen Mitleids, das ich im Keim zu ersticken versuche. Außerdem muss ich dringend den Reflex abstellen, mich ständig für ihn zu rechtfertigen.

Ich höre, dass bei Tasha der Wecker klingelt.

»Ach, Mist, Zeit für die Spritze. Tut mir leid, Liebes, ich muss mich jetzt stechen. Versprich mir, dass du auf dich aufpasst. Und sei bloß brav. Und wenn du nicht brav sein kannst, dann …« Plötzlich bricht sie in Tränen aus.

»Tasha, was ist?« Ich spüre die vielen Kilometer, die uns trennen, und wäre gern bei ihr. Es ist schrecklich, sie weinen zu hören.

»Ich vermisse dich so sehr, und ich mache mir solche Sorgen um dich. Du bist wirklich durch die Mangel gedreht worden, und ich will nicht, dass dir noch mehr wehgetan wird. Weder von Robert noch von sonst wem. Ich konnte dich nicht vor ihm beschützen. Du hast es verdient, glücklich zu werden.«

»Es geht mir gut, ich schwöre, und ich vermisse dich auch. Niemand hätte Robert aufhalten können, nicht einmal du. Es war mein eigener Fehler, dass ich so lange bei ihm geblieben bin.«

Habe ich sie im Stich gelassen? Bin ich eine schlechte Freundin und schreckliche Egoistin, weil ich nach Griechenland geflogen bin? Bis zu diesem Moment habe ich das nicht gedacht. Ich hatte doch das Recht auf ein bisschen Erholung, oder? Darauf, in Methoni im Sonnenschein zu sitzen und aufs Meer zu schauen. Stundenlang auf einem Boot zu verbringen, als habe der Rest der Welt aufgehört zu existieren. Aber als ich nun meine älteste Freundin weinen höre, brechen solche Schuldgefühle über mich herein, dass ich am liebsten den nächsten Flieger nach London nehmen würde. Doch wenn ich jetzt abreise, verbaue ich mir womöglich die Chance, das Bild zu finden. Und das würde ich später bereuen.

»Nichts an dieser Beziehung war dein Fehler. Ruf mich morgen an. Ich liebe dich. Nimm mein Rumgespinne nicht ernst. Das liegt nur an den Medikamenten.«

»Ich liebe dich auch. Du kannst mich jederzeit anrufen, Tag oder Nacht.«

»Danke, Soph. Wir reden bald. Und einen dicken Kuss an Theo!« Von einer Sekunde zur nächsten schlägt ihre Stimmung um, und sie wird wieder ausgelassen.

Als ich auflege, koche ich vor Wut auf Robert. Außerdem hat es mir den Appetit verschlagen. Obwohl ich plötzlich keine Lust mehr auf Essen habe, heize ich den Grill vor und mache einen Salat. Während ich Gemüse zerkleinere und die Sardinen brutzeln, wandern meine Gedanken ständig zwischen diesem wundervollen Nachmittag und dem Zwischenfall bei Tasha und Angus hin und her. Es ist, als könnte ich die Berührung von Theos Lippen noch auf meiner Haut spüren. Diese verlockende Pause, bevor sein Mund meine Wange traf. Doch schon im nächsten Moment steht mir wieder ein betrunkener Robert vor Augen und rempelt jegliche Freude beiseite.

Ich weiß sehr wohl, wozu Robert fähig ist und wie aufbrausend er sein kann, wenn man ihn man seine Pläne durchkreuzt. Bis jetzt habe ich es geschafft, meine traumatische Erfahrung in einer Schublade zu verstauen. Der bloße Gedanke daran löst in mir Abscheu aus. Doch ganz gleich, wie sehr ich mich dagegen wehre, macht dieser Mann mir noch immer Angst. Er ist gefährlich. Und ich hasse mich dafür, dass ich so fühle.

Gefährlich ... Christina hat mich gewarnt, Theo sei gefährlich, und Mary sagte, jemand in meiner Umgebung bedeute eine Bedrohung für mich. Doch was Theo angeht, kann ich das nicht glauben. Schließlich weiß ich nur allzu gut, wie eine echte Gefahr aussieht.

KAPITEL 12

Als ich am nächsten Morgen aufwache, bin ich von wilder Entschlossenheit erfüllt, mich nicht mehr von Robert zum Opfer machen zu lassen. Deshalb entsperre ich kurz seine Nummer und schicke ihm eine zornige Nachricht.

Wie kommst Du dazu, meine Freunde zu terrorisieren und betrunken bei ihnen zu Hause aufzukreuzen? Sie werden Dir nicht verraten, wo ich bin, und es geht Dich überhaupt nichts an. Offenbar hast Du Dich kein bisschen verändert, und Du wirst Dich auch niemals ändern. Ich will nichts mehr mit Dir zu tun haben. Das ist einzig und allein Deine Schuld, also wehe, wenn Du mich oder meine Freunde dafür bestrafst. Du kannst nichts sagen oder tun, was mich umstimmen würde. Also lass mich in Ruhe. Du wirst nie wieder von mir hören.

Geschafft! Ich blockiere ihn erneut.

Ich trete auf den Balkon, atme die frische Meeresluft ein und bin froh, dass ich etwas unternommen habe. Ich muss mich auf das Ziel meiner Reise konzentrieren.

Als ich mich über die Brüstung beuge und aufs Meer blicke, höre ich von unten aus dem Garten ein klägliches Miauen. Ich suche mit Blicken das Gebüsch ab und sehe eine Katze mit einem niedlichen Gesichtchen, die zu mir heraufblickt. Mit ihrer Fellzeichnung sieht sie aus, als trüge sie eine Haube. Selbst aus der Entfernung kann ich feststellen, dass sie hervorstehende Rippen hat und stark abgemagert ist. Mir fällt ein, dass ich noch eine Fischdose im Schrank habe. Ich kippe den Inhalt auf eine Untertasse. Als ich die Tür öffne, um die Katze zu füttern, entdecke ich ein selbstgebundenes Wildblumensträußchen auf der Schwelle. Es ist zwar in der Morgensonne schon verwelkt, doch das tut meiner Freude beim Anblick des beiliegenden Zettels keinen Abbruch:

Du kochst, ich bringe den Fisch mit? Sag, wann.
Theo xxx

Seit unserem Bootsausflug überlege ich, wie ich ein weiteres zufälliges Treffen mit ihm herbeiführen könnte. Schließlich laufe ich ihm ständig über den Weg, seit ich hier bin. Doch er ist mir zuvorgekommen. Eine Verabredung zum Abendessen. Der nächste Schritt liegt bei mir.

Soll ich die Unnahbare spielen und ein paar Tage abwarten? Oder die Gelegenheit beim Schopf ergreifen und sofort antworten? Obwohl ich auf die denkbar grausamste Art und Weise gelernt habe, dass das Leben zu kurz ist, um Spielchen zu treiben, möchte ich mich eigentlich lieber zurückhalten. Doch schon im nächsten Moment überlege ich es mir anders. Ach, zum Teufel mit der Unnahbarkeit! Ich stelle der Katze ihr Tellerchen hin und schicke Theo eine Textnachricht:

Danke für die wunderschönen Blumen.
Ich freue mich schon aufs Kochen! Morgen Abend um sieben bei mir? Sophie Xx

Nachdem ich das Telefon auf die Anrichte gelegt habe, nehme ich den Strauß, fülle einen Porzellankrug mit Wasser und stelle die Blumen aufs Fensterbrett in der Küche. Der Messengerdienst auf meinem Bildschirm ist noch geöffnet, und ich sehe die drei Punkte, die mir verraten, dass gerade eine Nachricht verfasst wird. Meine

Nerven sind zum Zerreißen gespannt. Plötzlich hören die Punkte auf zu tanzen, aber keine Antwort erscheint. Verdammt! Wäre ich doch cool geblieben.

Das Display wird schwarz und kündigt einen Anruf an. Die Aufregung, dass es Theo sein könnte, der mich sofort zurückruft, wird im nächsten Moment von Furcht abgelöst. Wieder eine unterdrückte Nummer. Ist das Robert, der auf meine wütende Nachricht reagiert? Beim Gedanken an ein Brüllduell und die Aussicht, mir eine hasserfüllte Tirade anhören zu müssen, wird mein Puls schneller. Aber ich werde mich nicht vor ihm verkriechen. Nie wieder. Also melde ich mich in knappem Ton und mache mich auf das Schlimmste gefasst.

»Hallo?«

Ich höre nur ein Knistern in der Leitung.

Als ich schon auflegen will, fragt eine Stimme mit starkem Akzent. »Spreche ich mit … Sophie?«

»Ja, am Apparat.«

»Ich bin Níkos Illiopoulis, Theos Freund in Athen. Er hat mich gebeten, Sie zu kontaktieren.«

Jede Faser meines Körpers scheint erleichtert aufzuatmen.

»Ja! Vielen Dank, dass Sie mich anrufen. Theo sagte, Sie könnten mir vielleicht helfen.«

Ich beschreibe Níkos das verschwundene *Methoni*-Bild, so gut das am Telefon möglich ist. Als ich fertig bin, hält er kurz inne.

»Ohne die Kopie zu sehen, ist es schwer, es sich vorzustellen. Aber ja, natürlich kenne ich die Arbeiten Ihrer Mutter. Ich bedauere ihren Tod.«

Mit Anteilnahme von Fremden kann ich genauso schlecht umgehen wie mit der von Freunden. Sie bestätigt mich nur in meinem Elend. Andererseits macht es mich auch stolz zu hören, dass er mit ihren Arbeiten vertraut ist.

»Danke. Das ist sehr freundlich von Ihnen.«

»Allerdings kenne ich dieses Bild nur durch Gerüchte und die Fälschungen, die mir im Lauf der Jahre untergekommen sind. Ich bin nämlich Kunsthändler, wie Theo Ihnen vermutlich mitgeteilt hat.«

»Nein, hat er nicht. Nur, dass Sie mir vielleicht weiterhelfen könnten.«

»Zwei der griechischen Bilder aus der *Methoni*-Serie Ihrer Mutter hat ein Kunde von mir gekauft. Insgesamt waren es fünf Bilder, die in Griechenland entstanden sind, nur bei vieren wissen wir, wo sie sich derzeit befinden. Aber damit sage ich Ihnen sicher nichts Neues. Der Verbleib des fünften ist ein Geheimnis, und genau dieses Bild suchen Sie, richtig? Es ist mir bewusst, wie wichtig das für Sie sein muss.«

Meine Stimmung sinkt auf Tiefstand, wie schon nach dem enttäuschenden Besuch der Galerie in Pyros. Er hat keine neuen Informationen für mich. Doch zumindest versteht er, wie viel mir die Suche nach diesem Bild bedeutet.

»Ist dieser Kunde Tony Giovinazzi?«

»Ach, der Name sagt Ihnen etwas?«, erwidert Níkos.

»Ich habe ihm zwei Mails geschickt, aber er hat sich noch nicht bei mir gemeldet. Die Agentin meiner Mutter hat mir seine Kontaktdaten gegeben. Also warte ich weiter auf seine Antwort.«

»Ich werde ihn bitten, sich unbedingt mit Ihnen in Verbindung zu setzen. Er ist ständig auf Reisen. Doch falls Sie das Bild finden, geben Sie mir bitte Bescheid. Ich hätte viele, viele Käufer dafür.«

Ich schmunzle. Wie seine Kollegin Arabelle hält auch Níkos sich offenbar nicht lange mit Gefühlsduseleien auf und kommt rasch zum Geschäftlichen. Nach dem Telefonat weiß ich nicht recht, ob ich enttäuscht oder froh sein soll. Ich habe die geringe Hoffnung, dass Tony vielleicht einen Tipp für mich hat, so er sich denn irgendwann melden sollte. Schließlich scheinen alle Wege zu ihm zu führen. Doch die Lösung des Rätsels liegt nach wie vor in weiter Ferne.

Beim Telefonieren bin ich in der Wohnung umhergeschlendert und stehe inzwischen auf der Terrasse. An diesem Morgen ist es sehr heiß. Die Luft ist feucht und stickig, und es regt sich keine Brise. Der Pool lockt. Im Wasser habe ich wenigstens keine Gelegenheit, am Telefon zu hängen und auf Nachricht von Theo zu warten. Obwohl ich mich auch nicht zu weit davon entfernen möchte, nur für den Fall, dass der so schwer greifbare Tony Giovinazzi oder Dimítris, der Galeriebesitzer in Pylos, sich meldet.

Als ich in meinen Badeanzug schlüpfe, höre ich, wie die Katze, offenbar auf der Suche nach den letzten Resten, draußen das Tellerchen herumschiebt. Mit einem lauten Miau verkündet sie, dass die Mahlzeit vertilgt ist.

»Tut mir leid, kleine Katze, ich kann keine Verantwortung für dich übernehmen. Ich habe mit mir selbst schon genug zu tun.« Ich bücke sie und kraule sie hinter den Ohren. »Außerdem bin ich nur noch zwei Wochen hier. Aber ich füttere dich, so oft ich kann.«

Die Katze lässt sich im Schatten eines Olivenbaums nieder, fängt an, sich die Pfoten zu putzen, und verfolgt mich mit scheuen Blicken, als ich die Stufen zum Pool hinuntergehe.

Wenn ich über das Geländer schaue, habe ich Blick auf das Dorf bis hin zum Meer. Hier oben fühle ich mich seltsam mächtig und unbeschreiblich befreit. In den letzten Jahren hat sich mein ganzes Leben hauptsächlich um andere Menschen gedreht. Ich habe für sie gesorgt, sie vor Schaden bewahrt und sie unterstützt. Nun geht es endlich einmal nur um mich. Obwohl ich es keine Minute bereue, dass ich Mum gepflegt habe, mache ich mir nichts vor. Ich habe deshalb nicht nur mein eigenes Leben und meine Karriere auf Eis gelegt, sondern auch meine Gefühle. Und was ist mir geblieben? Tasha, zum Glück, doch sie ist auf einem Weg, der sie bald voll und ganz beanspruchen wird, falls die Kinderwunschbehandlung klappt. Ich muss also lernen, mich allein durchzuschlagen. Zu Hause wartet meine Arbeit auf mich und gibt mir Kraft; ich freue mich wirklich sehr darauf.

Ich lehne mich an den Beckenrand, stütze das Kinn in die Hände und blicke über das weite Meer hinaus. Die Felsen am Horizont vermitteln mir Geborgenheit, und das Panorama wirkt auf meine Trauer heilsam. Früher gehörte diese Aussicht Mutter, nun ist es meine. Durch diese Steine und unsere sich zum Teil deckenden Erinnerungen an Methoni werden wir für immer miteinander verbunden sein.

Ein Pfiff reißt mich aus meinen Gedanken. Nach meiner verschrumpelten Haut zu urteilen, bin ich offenbar schon ziemlich lange im Wasser. Ich klettere die silbrige Leiter hinauf und schnappe mir ein Strandlaken, um mich keusch zu verhüllen. Christinas Neffe Chrístos biegt um die Ecke der Villa und wünscht mir mit einem fröhlichen Winken einen guten Morgen.

»*Kaliméra*, Sophie!«

»*Kaliméra!* Wie geht es dir?«

»*Kalá*, ja, sehr gut. Ich bin hier, um meine Tante zu besuchen, und dachte, ich erkundige mich mal, wie dein Urlaub so läuft.« Mit einem freundlichen, offenen Lächeln lässt er sich auf einer der Sonnenliegen nieder.

»Ich fühle mich unglaublich wohl hier.«

»Das ist gut. Meine Tante mag dich nämlich sehr, und ich habe den Verdacht, dass es meinem guten Freund ganz ähnlich ergehen könnte.«

Wie auf ein Stichwort werde ich rot, und der Versuch, so zu tun, als wüsste ich nicht, von wem er redet, scheitert kläglich.

»Ach, wirklich?«

»Theo hat nicht viel gesagt, das tut er nie, aber ich stelle fest, dass er lächelt, wenn er über dich spricht. Wir sind schon sehr lange Freunde, und ich durchschaue ihn. Außerdem wart ihr, wie ich gehört habe, zusammen auf dem Boot.«

Also ist Theos bestem Freund eine Veränderung aufgefallen, was mich freut. Auch wenn der vernünftige Teil meines Verstandes sich redlich Mühe gibt, die Schmetterlinge im Bauch niederzukämpfen. Gewiss haben diese beiden Männer ihre Erfahrungen in Sachen Ferienliebelei. Was nicht heißt, dass man bei Theo und mir von einer Liebelei reden könnte. Dennoch macht es mich froh, dass Theo offenbar etwas für mich übrighat.

»Oh, hat er das erwähnt?«, frage ich in gespielter Unschuld. »Er wollte mir das Kastell in Pylos zeigen. Vom Meer aus ist es ein beeindruckender Anblick.«

»Ja, das *kástro* ist wunderschön. Aber du solltest wissen, dass Selena dich am Hafen gesehen hat. Sie hat es mir erzählt.«

Es macht mich verlegen, dass Theos Ex uns zusammen beobachtet hat.

»Aha. Hoffentlich gibt das keine Probleme. Ich meine, es ist ja nichts passiert«, erwidere ich stockend.

»So ist es eben. Sie will immer noch etwas von ihm und ist sehr eifersüchtig. Er gehört ihr. Das glaubt sie wenigstens. Nur, dass Theo kein Talent für Beziehungen hat. Zumindest nicht für die zwischen den beiden.«

Ich bin nicht sicher, ob das wieder als Warnung vor Theo gemeint ist. Doch meine Neugier wächst. Wie schaffe ich es bloß, Chrístos mehr Einzelheiten zu entlocken?

»Haben die beiden sich erst kürzlich getrennt?«, frage ich in der Hoffnung, mehr zu erfahren.

»Theo ist mein bester Freund, und ich werde immer zu ihm halten. Aber er hat Selena das Herz gebrochen, und das kann ich ihm nur schwer verzeihen. Das war nicht richtig von ihm. Es ist schon viele Jahre her. Trotzdem ist es gefährlich, mit den Gefühlen anderer Menschen zu spielen und ihnen wehzutun.«

Das Wort »gefährlich« scheint mich auf Schritt und Tritt zu verfolgen. Aber ich kann Chrístos nicht weiter aushorchen, ohne unhöflich zu wirken. Außerdem habe ich das Rätsel um Mums Bild zu lösen und darf meine Zeit nicht damit verplempern, in Theos früheren Beziehungen herumzustochern. Es geht mich nichts an. Dass Theo ein Herzensbrecher ist und Selena einfach in die Wüste geschickt hat, bringt mich allerdings ins Grübeln. Vielleicht sollte ich besser aufpassen, in wen ich meine Gefühle investiere.

Chrístos reißt mich aus meinen Gedanken.

»Eigentlich bin ich hier, um dich zu fragen, ob du am Freitag Lust auf einen Ausflug hast. Zu dem Amphitheater, von dem ich dir erzählt habe. Das ist etwa eine Autostunde von hier. Einverstanden? Ich dachte, wir könnten zu viert fahren. Du, ich, Theo und Zínos, mein Freund. Du wirst ihn gern haben. Er kommt aus Thessaloniki zu Besuch.«

»Sehr gern! Ist das Amphitheater zufällig in der Nähe von Kalamáta?«, füge ich hinzu, denn ich denke daran, dass ich ja nicht mobil bin, nur für den Fall, dass ich endlich Gelegenheit erhalten sollte, den so schwer erreichbaren Tony Giovinazzi zu treffen.

»Es ist nicht weit. Hast du dort zu tun? Es ist kein Problem, einen kleinen Abstecher zu machen.«

Ich schöpfe wieder Hoffnung. Nach meinem enttäuschenden Besuch in der Galerie in Pylos und dem ergebnislosen Telefonat mit Níkos wird dieser dritte Versuch vielleicht erfolgreich sein. Also erkläre ich Chrístos, ich müsste möglicherweise dort jemanden besuchen und würde ihm Bescheid geben, wenn es wirklich dazu komme.

»Wie hast du Zínos kennengelernt?«, frage ich dann.

»Auf Mykonos, das absolute Schwulenklischee eben. Wir haben uns ineinander verliebt, und nach einem Monat ist aus dem Urlaubsflirt eine feste Beziehung geworden. Inzwischen sind wir seit drei Jahren zusammen. Aber es ist schwierig. Er arbeitet als Regisseur beim Fernsehen in Thessaloniki. Das ist ziemlich weit von hier.«

»Es ist bestimmt nicht leicht, eine Fernbeziehung zu führen.«

»Zínos ist ein typischer Stadtmensch … hier ist ihm zu wenig los. Vielleicht ziehe ich ja eines Tages um, doch da unser Familienunternehmen und die Taverna hier sind, ist das schwierig. Außerdem ist dieses Dorf … ziemlich altmodisch. Es wäre nicht gut, wenn wir hier zusammenlebten, falls du verstehst, was ich meine.«

»Das tut mir leid, Chrístos. Bestimmt vermisst du ihn.«

Er zuckt die Achseln, doch dann erhellt ein Lächeln seine Miene.

»Aber das Wiedersehen ist das lange Warten wert!«

»Möchtest du einen Kaffee?«, versuche ich mich als griechische Gastgeberin. Ich habe einen *reváni* aus der Bäckerei geholt, der süße Grießkuchen passt ausgezeichnet zu Espresso.

»Ja, danke. Aber störe ich dich nicht beim Schwimmen?«

»Nein, für heute bin ich fertig.« Dank des Sonnenscheins bin ich während unseres Gesprächs getrocknet. »Komm mit rauf.«

Er ist ein angenehmer Gast. Ich gehe in die Küche und setze Kaffee auf.

»Ich ziehe mich nur rasch um – zwei Minuten.«

Ich lasse ihn auf der Terrasse in der prallen Sonne sitzen, während ich im Schlafzimmer aus dem feuchten Badeanzug schlüpfe. Als ich meine Lockenmähne zu einem Knoten zusammenfasse, bemerke ich im Spiegel, dass die Sonne schon hellbraune Strähnchen in mein Haar gezaubert hat. Ich ziehe ein Vintage-Sommerkleid an, kehre in die Küche zurück und schneide den Kuchen in kleine Stücke. Bei meinem Anblick stößt mein Gast einen anerkennenden Pfiff aus.

»Die Farbe steht dir ausgezeichnet. Olivgrün passt zu deiner Haut. Außerdem bist du schon braun geworden. Du gehörst in die griechische Landschaft.«

Ich betrachte mein schlichtes rückenfreies Kleid.

»Es hat meiner verstorbenen Mum gehört ...« Nun habe ich es zum ersten Mal laut ausgesprochen. *Verstorben.* Dieses Wort wird von nun an immer in einem Atemzug mit ihrem Namen fallen. »Sie ist seit einigen Wochen tot.«

Sogar diese simple Erklärung verlangt mir viel ab, denn sie lässt das Unvorstellbare real werden. Selbst an diesem Ort, wo ich mich ihr so nah fühle, ist es, als überkäme mich die Erkenntnis jeden Tag aufs Neue: *Ich werde sie nie wiedersehen.*

»Das tut mir ja so leid für dich. Sie war sicher noch viel zu jung. Woran ist sie denn gestorben?«

Als ich die Wangen aufblase und versuche, die Kraft für dieses Gespräch zu finden, fällt er mir ins Wort.

»Wenn es zu schwierig ist, brauchst du nicht darüber zu reden. Ein andermal«, sagt er anteilnehmend.

Doch ich weiß, dass ich mich daran gewöhnen muss. Das gehört zu meiner neuen Normalität. Ich muss lernen, damit klarzukommen. Je länger ich es vor mir herschiebe, die Geschichte zu erzählen, desto schwerer wird es werden.

»Nein, ich muss anfangen, darüber zu sprechen. Sie ist sehr plötzlich erkrankt, der Grund, warum es sich noch immer so unwirklich anfühlt. Sie war kraftlos und ständig müde. Im letzten September fing es an. Die Ärzte haben sie von Kopf bis Fuß untersucht und durchleuchtet. Schließlich wurde Krebs diagnostiziert.

Er hatte schon gestreut und war aggressiv. Es gab keine Hoffnung. Höchstens noch sechs Monate, hieß es.

Ich war wie gelähmt und stand unter Schock. Dass sie selbst während der wochenlangen Chemotherapie und der Bestrahlungen so positiv eingestellt und präsent war, hat es noch schwerer gemacht. Keine Behandlung hat geholfen. Die größte Quälerei war es, auf das Schlimmste zu warten. Ich wusste, dass es irgendwann passiert, allerdings nicht wann, bis ich mich irgendwann kaum noch getraut habe einzuschlafen. Jeden Morgen bin ich voller Angst aufgewacht. Und habe gewartet und gewartet.

Sogar am Schluss, als sie aus dem Hospiz wieder nach Hause kam und nur noch wenige Tage zu leben hatte, konnte ich es nicht glauben, dass sie bald nicht mehr da sein würde. Dass das wirklich das Ende war. Sie war eher meine beste Freundin als meine Mutter. Im März ist sie gestorben. Ich habe ihre Hand gehalten, als es geschah.«

Mehr bringe ich nicht heraus. Meine Stimme beginnt zu zittern, und ich verstumme. Während ich die Ereignisse ruhig geschildert habe, war es, als stünde ich neben mir, beobachtete alles von außen und teilte lediglich Fakten mit. Chrístos erhebt sich, umarmt mich fest und wischt sich eine Träne aus dem Auge.

»Es ist so traurig. Der Krebs tötet zu viele Menschen. Entschuldige mein Gejammer, nur weil ich meinen Freund zu selten sehe.«

»Oh, mein Gott, du brauchst dich doch nicht zu entschuldigen. Die Probleme jedes Menschen sind wichtig, du darfst das nicht miteinander vergleichen. Aber danke für die Umarmung. Die war dringend nötig.« Ich nehme ein Stück Kuchen und stopfe es in den Mund. »Schau? Ich tröste mich mit Essen.«

Ich hole den Kaffee aus der Küche und verspeise den flockigen Kuchen, obwohl mir das Schlucken schwerfällt, weil mir die Trauer die Kehle zuschnürt. Dennoch macht es mich froh, dass ich in diesem auslaugenden Trauerprozess einen sehr kleinen, aber wichtigen Schritt weitergekommen bin. Irgendwo habe ich gelesen, dass man einen Trauerfall mit dem Verlust eines Beins vergleichen kann. Es ist nicht das Ende. Man muss einfach noch einmal lernen zu gehen, auch wenn man jetzt hinkt. Es braucht seine Zeit, aber irgendwann klappt es.

Als wir mit unseren dampfenden Espressotassen auf der Terrasse sitzen, fallen mir wieder die vielen Dinge ein, über die ich mich freuen kann. Ich fühle mich geborgen, und jemand kümmert sich um mich, und mehr kann ich im Moment nicht verlangen.

»Krieg jetzt bloß kein falsches Bild von mir«, sage ich zu Chrístos, als ich mir eine Zigarette anzünde. Gerade noch haben wir über Krebs gesprochen, nun rauche ich. Vor lauter Schuldbewusstsein knabbere ich wieder einmal an der Nagelhaut meines Daumens.

»Hey.« Er fuchtelt mit den Händen. »Du bist jetzt in Griechenland. Anders als in England oder in Amerika haben wir hier keine Zigarettenpolizei. Das Leben ist dazu da, dass man tut, was einem Spaß macht, oder?«

Ich nicke zustimmend.

»Genau!«

»Darauf *jiámas.*« Er nimmt seine Tasse, und wir stoßen an. »Darauf, dass wir nur das tun, was uns glücklich macht.«

Der perfekte Trinkspruch für meine Reise. Hier in Methoni entdecke ich kleine Bruchstücke des Glücks, Scherben von mir selbst, die ich wieder zusammensetze. Tief in meinem Innersten weiß ich, dass ich in nicht allzu ferner Zeit wieder vollständig sein werde. Eine andere Möglichkeit gibt es nicht. Ich versuche, die Düsternis beiseitezuschieben und Licht hereinzulassen. Doch sosehr ich mich bemühe, mit Zuversicht an die Suche nach Mums verschollenem Bild heranzugehen, ist da auch ein winziges Tröpfchen einer bösen Vorahnung. Wohin ich mich wende, immer wieder werde ich vor Gefahren gewarnt. Allmählich frage ich mich, ob ich die Zeichen, von denen ich mich aufgefordert fühlte, hierherzukommen, nicht falsch gedeutet habe. Will das Universum mir mitteilen, dass es besser gewesen wäre, sich von Methoni fernzuhalten?

KAPITEL 13

Am nächsten Morgen wache ich als Nervenbündel auf. Heute Abend muss ich die perfekte kulinarische Leistung abliefern. Doch das ist schließlich mein Beruf, ein Teil von mir, auf den ich mich voll und ganz verlassen kann. Irgendwo im Meer schwimmt gerade ein Fisch herum, zum Glück ohne zu ahnen, dass er die Hauptrolle bei meinem Abendessen mit Theo spielen wird.

Die Zeit in Methoni hat meine Geschmacksknospen zu neuem Leben erweckt. Inzwischen habe ich mir schon einige Rezeptideen aufgeschrieben, inspiriert von den vielen Gerichten, die ich gekostet habe. Nun fehlt mir nur noch eine Meisterbäckerin, von der ich etwas lernen kann, denn so einen leckeren Orangenkuchen habe ich noch nie gegessen. Gerade sitze ich mit meinem Notizbuch auf der Terrasse und notiere mir einige Ideen für das heutige Abendessen. Sobald es mir gelingt, den Blick von diesem Panorama abzuwenden, gehe ich in Mary Vasilious Laden. Doch die Aussicht ist so faszinierend, und es gibt ständig etwas Neues, das meine Aufmerksamkeit fesselt. Das Farbenspiel des Meeres, die Wolken, die von den Bergen hinuntersacken und sich im tiefblauen Himmel auflösen. Die majestätischen Felsenformationen scheinen Geschichten über die Seefahrer vergangener Zeiten zu raunen. Ein Boot biegt um die Landzunge. Doch es ist zu weit entfernt, um zu erkennen, ob es Theos ist.

Ich lehne mich zurück und male mir aus, wie er an Deck arbeitet. Geschickte Finger entwirren Netze, Armmuskeln wölben sich beim Anheben des schweren Fangs. Mein Telefon meldet sich. So, als wolle das Universum meinen Tagtraum wahr werden lassen. Die Nachricht ist von ihm.

Sophie, ich bin auf dem Meer und habe *barboúnia* für unser Abendessen gefangen. Bis später. Hoffentlich hast Du einen schönen Tag.
T xxx

Was, um alles in der Welt, ist *barboúnia*?

Die Suchmaschine rettet mich: Rotbarben. Köstlich!

Ich durchsuche die Zubereitungsvorschläge und entscheide mich für die traditionelle Methode: leicht mehlieren und in der Pfanne braten. Schnell, einfach und schmackhaft. Da das Menü nun feststeht, brauche ich die Zutaten. Ich schlüpfe in meine Espadrilles, nehme meine Tasche und mache mich auf den Weg zum Laden am Fuß des Hügels.

Eine warme Brise liebkost sacht die Olivenbäume. Der Wind trägt den süßen Duft von Thymian und dem allgegenwärtigen würzigen Oregano heran. Kein Wunder, dass ich ständig ans Essen denke.

Ich bin so geistesabwesend, dass ich beinahe mit Selena zusammenstoße, als ich um die Ecke biege. Mir fällt die Tasche aus der Hand, und ich bücke mich, um sie wieder aufzuheben.

»Oh! Entschuldige, Selena. *Kaliméra*«, sage ich mit meinem fröhlichsten Lächeln.

»Bis jetzt *war* es ein guter Morgen. Du solltest besser aufpassen.« Sie schleudert ihr Haar zurück und stolziert davon. Ihre bedeutungsvollen Worte bleiben in der Luft stehen.

Ich versuche, mir von ihrer spitzen Bemerkung nicht die Laune verderben zu lassen. Dennoch schaue ich mich ständig nach Dolchen – tatsächlichen und von Blicken geschleuderten – um, als ich meinen Weg fortsetze. Doch Selena geht unbeirrt weiter, ohne sich ein einziges Mal umzudrehen.

Im klimatisierten Laden konsultiere ich meine Einkaufsliste

und mache mich ans Werk. Bewaffnet mit einem Drahtkorb, schlendere ich durch die Regale und suche frisches Gemüse, einheimische Käsesorten und Wein zusammen.

Ich entdecke einige Duftteelichter, die nach Zimt riechen, was mich immer an Weihnachten erinnert. Bei uns zu Hause herrschte von Anfang Dezember bis zur zwölften Nacht nach Weihnachten ein festlicher Geruch nach Orangen, Nelken und Gewürzen. Mum köchelte auf dem Herd Glühwein für ihre Gäste oder gewürzten Apfelsaft für Tasha und mich, damit wir uns wie Erwachsene fühlten.

Der Gedanke, dass Mum nie wieder ein Weihnachtsfest erleben wird, versetzt mir einen Stich ins Herz. Keine Geschenke und keine Karten mehr. Nach Mums Tod gab ihr Anwalt mir eine eingewickelte Schachtel mit einer Karte, die sie mir hinterlassen hatte. Nachdem ich ihre Abschiedsworte und das wunderschöne Haiku des japanischen Dichters Bashō gelesen hatte, brachte ich es nicht über mich, das Geschenk zu öffnen. Also räumte ich die Schachtel weg, um es später nachzuholen, wenn ich mich stärker fühlte. Zwischenzeitlich hatte ich das Päckchen ganz vergessen, erst jetzt fällt es mir wieder ein. Ich muss es aufmachen, wenn ich wieder in London bin.

Was, wenn ich die weite Reise gemacht habe, während das Bild ordentlich gefaltet in dieser Schachtel liegt? Ein absurder Gedanke! Unmöglich, die Schachtel ist viel zu klein. Was wohl darin sein mag. Der Anblick der Karte mit dem Haiku in ihrer Handschrift hatte mich so berührt, dass es mir das Herz brach. Sie wusste, dass es das Letzte war, was ich von ihr lesen würde, und wollte mir zeigen, dass sie am Ende ihres Lebens ihren Frieden mit der Welt gemacht hatte und dass alles gut werden würde.

An diesem Ort sitzend
Erkläre die Kühle ich
Zu meiner Wohnstatt.

Diese Worte begleiten mich seit diesem Moment.

Ich stelle die Packung mit den Teelichtern zurück ins Regal und nehme stattdessen drei große Zitronellakerzen. Nicht, dass ich noch zu weinen anfange.

Das plötzliche Klirren von zerbrechendem Glas lässt mich zusammenfahren. Auf der anderen Seite des Ladens ist eine Flasche aus dem Regal gefallen und auf dem Boden zerschellt. Aus einem Hinterzimmer erscheint Mary Vasiliou.

»Ach!« Verzweifelt ringt sie die Hände und bekreuzigt sich. Bei meinem Anblick nickt sie lächelnd.

Ich spüre, wie Furcht in mir aufsteigt.

»*Kiría* Vasiliou, ich weiß nicht, wie …« Es gelingt mir nicht, den Satz zu beenden, denn sie hebt den Arm und zeigt auf mich.

Etwas in der Luft verändert sich und scheint von einer übersinnlichen Energie zu knistern. Die Zimtschwaden aus meiner Kindheit dringen in die Gegenwart vor, umwogen mich und hüllen mich ein.

Mary weist auf die zerbrochene Flasche.

»Das waren die Geister.«

Jetzt geht das schon wieder los. Einerseits bin ich neugierig darauf, wen oder was sie zu sehen glaubt. Andererseits habe ich weder den Nerv noch die Kraft dafür. Gemächlich kommt sie auf mich zu, dann umfasst sie mit ihrer feuchtkalten Hand meinen Arm und schiebt mir ein Armband aus Glasperlen über das Handgelenk.

»Das wird Sie beschützen. Aber passen Sie auf, wem Sie vertrauen. Hier. Achat wirkt gegen schlechte Energie.«

Die dunkelgrünen, durchscheinenden Kügelchen sind einfach auf eine Schnur gefädelt. Obwohl ich nicht weiß, wie ich die Botschaft deuten soll, zögere ich, weiter nachzuhaken, da mich jede Begegnung mit dieser Frau in Todesangst versetzt. Außerdem glaube ich nicht an diese Dinge. Obwohl einiges zusammenzupassen scheint, habe ich so meine Zweifel. Sie fährt fort, als könnte sie meine Gedanken lesen.

»Haben Sie keine Angst. Sie müssen daran glauben, dass jemand über Sie wacht.«

Eigentlich bin ich hier, um Gemüse und Wein zu kaufen, nicht wegen einer spiritistischen Beratung. Doch offenbar bekomme ich eine, ob ich will oder nicht. Als ich den Korb auf die Theke stelle, schiebt sie Touristenkitsch beiseite, um Platz zu schaffen, und tippt die Preise in eine kastenförmige, altmodische Kasse ein.

»Was bin ich Ihnen für das Armband schuldig?«, frage ich und halte ihr mein Handgelenk hin.

»Ein Geschenk. Zum Schutz, wie ich schon gesagt habe.«

»Danke. Das ist wirklich sehr nett von Ihnen.«

Als die Summe meiner Einkäufe auf der Rückseite der Kasse erscheint, reiche ich ihr das Geld.

»Soll ich Ihnen beim Saubermachen helfen?« Ich zeige auf die zerbrochene Flasche, aus der eine dunkelrote Flüssigkeit ausgetreten ist, die sich nun auf dem Boden verteilt.

»Nein, ich konnte sie sowieso nicht mehr gebrauchen. Es ist ein griechischer gewürzter Wein, den man nur zu Weihnachten trinkt.«

Ich erstarre. Als die Flasche aus dem Regal fiel, dachte ich gerade an Weihnachten mit Mum. Ich schaue zwischen den Scherben und Mary hin und her. Auf meinen nackten Armen breitet sich Gänsehaut aus. Lächelnd legt sie mir die Hand auf den Arm. Jetzt fühlt sie sich heiß an. Das kann nur Zufall sein. Mehr ist nicht dabei. Ich muss mich auf die Wirklichkeit konzentrieren, anstatt ständig Ausschau nach Geistern zu halten. Nachdem ich mich höflich bedankt habe, gehe ich in die Bäckerei auf der anderen Straßenseite, meine letzte Etappe, bevor ich in die Villa zurückkehre, um alles für den Abend vorzubereiten.

In der Spätnachmittagssonne entdecke ich, dass ich auf den Schultern Sommersprossen bekommen habe. Beim Gedanken an das Abendessen habe ich solches Lampenfieber, dass man glauben könnte, ich hätte verlernt, wie man dated. Ist das ein Date? Ganz gleich, was es ist, ich werde versuchen, die Nervosität nicht überhandnehmen zu lassen, und gebe mir Mühe, kühl, unbeteiligt und lässig zu wirken. Was wahrscheinlich nicht klappen wird. Nur beim Kochen fühle ich mich wirklich frei und entscheidungsfreudig und habe meine Umgebung im Griff.

Ich berühre das Achatarmband an meinem Handgelenk. Marys Worte kommen mir in den Sinn. Sie beruhigen mich, und ich hoffe, dass sie stärker sein werden als meine Bedenken. Eine salzige Meeresbrise trägt die Stimme meiner Mutter heran: »*Pass auf, dass dein Gesicht nicht so viel Sonne abkriegt, Soph. Du wirst es mir danken, wenn du erst mal in meinem Alter bist.*«

Nun ist sie für mich in der Zeit erstarrt. Mit neunundfünfzig.

Für immer ein Ausnahmemensch.

Ich weiß, dass ihr das gefallen würde. Es war ihr nicht bestimmt, alt oder von einer Demenz außer Gefecht gesetzt zu werden, dahinzusiechen und zu einem Nichts zu verblassen.

Ich bin hin und her gerissen zwischen der Gegenwart und einem Schwebezustand, einer Welt, die einmal war und nie wieder sein wird. Der Schmerz, der sich in einem Winkel meiner Seele eingenistet hat, nimmt ab und zu wie die Gezeiten des Meeres. Die Trauer springt mich an und schnappt nach mir, wenn ich am wenigsten damit rechne. Eigentlich habe ich mich an die klaffende Lücke in meinem Herzen gewöhnt. Diese Reise fühlt sich an wie eine Bestimmung.

Das Abendessen ist vorbereitet. Jetzt muss ich nur noch der Versuchung widerstehen, mir die Wartezeit mit ein paar Gläsern Wein zu vertreiben, um meine Nerven zu beruhigen. Als ich eine Spinne beobachte, die über die Terrassenbrüstung huscht, denke ich sofort an Tasha, die an einer Spinnenphobie leidet. Ich schicke ihr eine Textnachricht.

Ankunft des Fischers um sieben. Aale mich in den letzten Sonnenstrahlen, bevor ich mich schön mache.

Sofort erfolgt die Antwort:

Du BIST schön. Amüsier Dich. Ich will jede – jede! – auch noch so kleine Einzelheit hören. Hoffentlich meldest Du Dich nicht vor morgen Mittag. xx

Unwahrscheinlich. Wir sind nur befreundet, schon vergessen? Rufe Dich heute Nacht an und erstatte Bericht, wenn es nicht zu spät ist. S. xx

Berichterstattung sehnlichst erwartet! Lass Dir den Fisch schmecken. Für alle Fälle Forelle! (Ha, lasset die Fischspiele beginnen!) Dicker Kuss, xx

BITTE keine Fischspiele. Die kann ich jetzt delfin-itiv nicht gebrauchen. Noch dickeren Kuss, und hör bitte auf damit! xx

Ansonsten könnte das nämlich stundenlang so weitergehen. Aber ich muss mich jetzt umziehen, ein paar Kerzen anzünden und den Tisch decken.

Mein Telefon piepst. Ich lasse sie das letzte Wort haben:

Nein, DU hörst auf. Sonst lach ich mich noch ka-Butt! (Übrigens sind Delfine keine Fische. Also habe ich gewonnen.) Entschuldige die Stör-ung! xx

In mich hineinkichernd schaue ich nach, ob neue Mails eingetroffen sind, und meine Anspannung steigt. Da ist eine von Tony Giovinazzi mit zwei Anhängen. Ich setze mich, denn vor Aufregung werden meine Knie weich.

Liebe Sophie,

zuerst muss ich mich bei Ihnen für mein langes Schweigen entschuldigen, doch ich war geschäftlich in Dubai. Nun bin ich zurück in Griechenland und werde eine Woche bleiben. Ich würde mich sehr freuen, Sie zu sehen, falls es Ihnen möglich ist, nach Kalamáta zu kommen. Außerdem möchte ich Ihnen wegen des Todes Ihrer Mutter mein tief empfundenes Beileid aussprechen. Sie wird von sehr vielen Menschen vermisst, doch für Sie muss der Schmerz fast unerträglich sein. Da es Sie sicher interessiert, hänge ich zwei Fotos der beiden Bilder Ihrer Mutter an, deren stolzer Besitzer ich bin. Ich freue mich schon darauf, sie Ihnen persönlich zu zeigen.

Auch bin ich neugierig zu erfahren, wie weit Ihre Suche nach dem Bild Methoni V inzwischen gediehen ist.

Mit freundlichen Grüßen
Tony

Als ich den ersten Anhang öffne, erkenne ich das Bild. Mums Werkekatalog ist gewaltig und umfasst über vierzig Jahre, weshalb es schwierig ist, den Überblick zu behalten. Doch Tonys Bilder gehören, wie ich inzwischen weiß, zu der bedeutenden Fünfer-Serie, die in Griechenland entstanden ist.

Das erste Bild besteht nur aus Meer. Glitzernde Wellen, eindeutig Griechenland. Bis jetzt hat es mich nie sonderlich interessiert, welchen Ort das Bild darstellt, es war einfach ein Seestück, das überall auf der Welt entstanden sein konnte. Nun jedoch ist jedes winzige Detail mit Bedeutung durchtränkt. Das Licht an dieser Küste ist unverwechselbar – es ist Methoni.

Das nächste Bild zeigt einen Olivenhain. Während das erste Bild mit Blautönen spielt, wurden hier sämtliche Schattierungen von Grün eingesetzt. Im Gegensatz zu ihren übrigen abstrakt und modern gehaltenen Arbeiten sind diese Bilder eher impressionistisch, aber sie stammen unverkennbar von Mum.

Ich beantworte die Mail und erkundige mich, ob ihm der Freitagvormittag passe. Endlich scheint sich das Schicksal zu meinen Gunsten zu wenden. Ich murmle ein hoffnungsvolles Stoßgebet. So schön es sein wird, die beiden Kunstwerke mit eigenen Augen zu sehen, bin ich auf das eine Gemälde fixiert, das ich noch nie zu Gesicht bekommen habe.

Der Terrassentisch ist ein Traum. In der Mitte steht der Porzellankrug mit dem Strauß, den Theo mir geschenkt hat. Die Kerzen lassen Wolken von Zitronenduft in den Wind aufsteigen. Das alles steht auf einem weißen, mit Schmetterlingen handbestickten Tischtuch. Ich fotografiere den Tisch und poste das Foto bei Instagram, damit mein Geschäftskonto aktiv bleibt. Es zu pflegen war in den letzten sechs Monaten mein einziger Beitrag zu unserem Unternehmen. Tiff schickt mir Fotos von den Events in London, bei denen sie das Büfett geliefert hat, damit ich sie poste, denn unsere Online-Präsenz ist meine Aufgabe.

@sophieskitchencatering: Ein schlichter Tisch für zwei.

#tischdecken #griechenlandurlaub #küchenchefinaufreisen.

Im Kühlschrank stehen Flaschen mit Rosé neben dem Salatdressing. Ich schenke mir ein kleines Glas Wein ein, hole tief Luft und atme langsam wieder aus. Meine Musik-App ist auf Zufallswiedergabe eingestellt, die Stücke kommen aus meinen kleinen Lautsprechern. Die untergehende Sonne malt beeindruckend bunte Streifen auf den Himmel. Es ist die goldene Stunde.

Als es an der Tür klopft, fängt mein Herz an zu pochen. Ich stecke ein Pfefferminzbonbon in den Mund, trage ein wenig Lipgloss auf, werfe einen Blick in den Spiegel und sehe, dass meine Augen vor Aufregung glänzen. Ich bin machtlos dagegen. Außerdem bin ich hypernervös und kann nur hoffen, dass ich die Rotbarben nicht verderbe.

Ich öffne die Tür. Auf Theos Gesicht breitet sich zeitgleich mit meinem ein Grinsen aus. Als unsere Blicke sich treffen, kann man das Knistern förmlich mit Händen greifen. Trotz meiner Verlegenheit kann ich die Augen nicht von ihm abwenden. Seine funkeln im goldenen Licht. Er hält mir eine Weinflasche und eine Tüte hin, die vermutlich den Fisch enthält.

»*Jiássou*, Sophie.«

Mir wird klar, dass ich ihn womöglich mit offenem Mund anstarre. Ich nehme ihm Tüte und Flasche ab.

»*Kalispéra*, Theo.«

Er kommt herein, umfasst mein Gesicht mit beiden Händen und streift meine Wangen ganz zart mit den Lippen.

Der unerwartete Körperkontakt lässt mich nach Luft schnappen. Er duftet so frisch und zitronig wie der Sommer. Wie sehr sehne ich mich danach, richtig von ihm geküsst zu werden. Danach, die Hände frei zu haben und mich fest an ihn zu schmiegen. Warum, um alles in der Welt, habe ich immer Fische in der Hand, wenn er mich küsst, und sei es nur auf die Wange? Er macht sich los und fixiert mich wieder mit seinem magnetischen Blick.

»Ich bin sehr froh, dich wiederzusehen, *Sophia.*«

Beim Klang meines Namens in seiner Sprache ballt sich in meiner Mitte Begierde zusammen und durchströmt so drängend meinen Körper, als erwache ich aus einem sehr langen Schlaf. Meine Schüchternheit kehrt zurück, und der Ansturm der Leidenschaft, der mich ergreift, ist überwältigend. Der Funke zwischen uns kann jeden Moment aufflammen. Und ich habe noch nicht einmal die Haustür zugemacht.

»Wein?«, stoße ich mühsam hervor, räuspere mich und ringe um Fassung.

Er nickt mit einem spitzbübischen Grinsen. Ich habe Mühe, sein Getränk nicht zu verschütten, denn beim Eingießen zittern mir die Hände.

»*Jiámas.* Auf dich und mich.« Er stößt mit mir an, und wir trinken.

Das Essen war, um mich selbst zu loben, ein Gedicht. Der frische Fisch zerfiel auf der Gabel, die dünne Kruste war knusprig. Das würzige Dressing mit Kapern, Weißweinessig und Honig war die ideale Ergänzung zu dem saftigen Fischfleisch. Nun unterhalten wir uns ungezwungen, als würden wir einander schon seit Jahren kennen, nicht erst seit ein paar Tagen. Nur, dass es unter der Oberfläche knistert und brodelt. Während der ganzen Mahlzeit baut sich die Spannung auf wie eine Welle, die jeden Moment an den Strand schlagen wird.

Während der Pausen in unserem entspannten Gespräch muss

ich immer wieder aufs Meer hinausschauen. Ein Licht am Horizont, ein Feuerwerk an einem weit entfernten Strand, das Brummen eines Motors auf dem schwarzen Wasser. Heute Abend ist der Himmel klar und über und über mit Sternen bedeckt. Die dünne Mondsichel scheint nur schwach. Die Flammen der Kerzen auf dem Tisch tanzen in der kühlen Luft und werfen die langgezogenen Schatten unserer Gläser auf die Tischdecke.

»Wo hast du kochen gelernt?«, fragt Theo und nippt an seinem Wein. »Du bist wirklich gut.«

»Von meiner Mutter ... zu Anfang. Offenbar habe ich einfach ein Händchen dafür. Doch ich will noch mehr lernen. Insbesondere hier. Es ist so inspirierend.«

»Aber du bist nicht wegen des Essens hier ... was ist der wahre Grund, warum du nach Griechenland gekommen bist?«

Eine Pause zwischen den Liedern sorgt für bedeutungsschwere Stille, bis ich antworte.

»Meine Mutter. Das verschollene Bild, das ich erwähnt habe, war von ihr.«

»Ist das der Mensch, den du verloren hast? Auf Christinas Gartenfest hast du gesagt, dass jemand gestorben ist, der dir viel bedeutet hat.«

Ich fahre mit den Fingern die Spuren der Kondenströpfchen auf meinem Weinglas nach. Der Text eines ihrer Lieblingslieder weht durch die Luft und verbreitet eine nostalgische Stimmung. Ich hole tief Luft, in der Hoffnung, dass mein Mut für eine Antwort reicht.

»Ja.«

Ich wage nicht weiterzusprechen, da ich befürchte, in Tränen auszubrechen. Wie gern würde ich ihm alles erzählen, doch mir bleiben die Worte im Hals stecken. Mit Chrístos konnte ich über Mum sprechen. Doch in Theos Gegenwart fühlt sich alles wie verstärkt und emotional aufgeladen an. Außerdem hat diese Geschichte kein Happy End. Sie würde nur den Abend verderben.

»Es ist ganz normal, dass du traurig bist. Du musst nicht darüber reden, wenn du nicht möchtest. Aber ich kann diese Art von Trauer ein bisschen verstehen.«

Als ich ihn ansehe, erkenne ich Hinweise auf die hinter der Fassade verborgenen Gefühle, die er mit Macht zu unterdrücken versucht. Er greift nach seinem Tabakpäckchen, dreht eine Zigarette und sieht mich an, offenbar sein bevorzugtes Ablenkungsmanöver, wenn ihm ein Thema zu heiß wird: Er beschäftigt sich mit dem nächstbesten Gegenstand, um Zeit zum Nachdenken zu gewinnen oder sich vor einer klaren Antwort zu drücken.

Das Kerzenlicht flackert und spiegelt sich auf seinem Gesicht, in dem sich nun düstere Erinnerungen abzeichnen. Als die Flamme des Feuerzeugs seine Züge beleuchtet, treten sie noch stärker hervor, und ich erkenne seinen Schmerz.

»Bei mir ist es nicht ganz dasselbe. Meine Mutter ist gegangen, als ich neun war. Also vor zweiunddreißig Jahren. Ohne Vorwarnung. Zu einem anderen Mann. Es hat meinem Vater das Herz gebrochen, und unser Leben war nie mehr wie zuvor.« Sein Kiefer spannt sich an, und seine Stimme fängt an zu stocken. Es ist ihm deutlich anzumerken, wie weh der Verlust noch immer tut. »Und nun trauere ich um etwas, das ich nie hatte. Du hingegen trauerst um alles. Doch für uns beide ist es verloren.«

Beim Gedanken an das geballte Leid, das an diesem Tisch sitzt, verschleiert sich mein Blick. Als er nach meiner Hand greift, drücke ich sie voller Anteilnahme. Schritt für Schritt offenbart er sich mir und zeigt mir Seiten, die ich für unerreichbar gehalten habe. Die Trauer schnürt mir die Kehle zu. Allerdings würde Theo sich vermutlich sowieso wieder verschließen, sobald ich etwas sage.

»Ich habe sie jahrelang dafür gehasst, dass sie mich zurückgelassen und mir so wehgetan hat. Außerdem konnte ich niemandem mehr vertrauen, insbesondere keiner Frau. Ich konnte weder Liebe geben noch welche annehmen. Aber ich war jung und habe den Grund nicht verstanden. Sie hat unserer Familie einen bleibenden Schaden zugefügt. Deshalb möchte ich keine eigene Familie haben. Ich will auch keine Kinder. So ein Leben ist unmöglich für mich. In meinem Land ist es sehr ungewöhnlich, dass man keine große Familie hat. Aber ich möchte einem Kind nie so wehtun wie sie damals mir. Deshalb werde ich nie ein Kind haben. Niemals.«

»Wirklich?« Seine Gewissheit erschreckt mich. »Du willst wirklich niemals Kinder?«

Er schüttelt den Kopf, seine Entscheidung steht fest. Dann zieht er lange an seiner Zigarette, eine Bestätigung, welchen Mut ihm dieses Eingeständnis abverlangt.

»Ja, ich bin sicher, dass ich das nicht will. Und was ist mit dir?«

»Irgendwann schon. Ich wäre sehr gern Mutter.«

Trauer ergreift mich, als ich mich daran erinnere, wie sehr ich mich über die Schwangerschaft gefreut habe. An all die Träume und Hoffnungen, die sofort damit einhergingen. Eine Zukunft ohne Kinder kann ich mir nicht vorstellen.

»Dann ist das der Punkt, in dem wir uns sehr unterscheiden, Sophie. Obwohl wir beide einen Verlust betrauern, wollen wir nicht das Gleiche von der Zukunft. Doch wenn man nur in der Erinnerung lebt, gibt man sein Leben weg. Wer sich in der Vergangenheit verliert und sich vor der Zukunft fürchtet, vergisst leicht, wer er *jetzt* ist. Das versuche ich, mir immer wieder vor Augen zu halten.«

Seine eindringlichen Worte gehen mir ans Herz, sodass der Schmerz, der es mit Schraubstockgriff umklammert, ein wenig nachlässt. Fast unmerklich verändert sich etwas in mir, und ich bin kurz davor, mich der Hand des Schicksals anzuvertrauen, die mich sicher zur Heilung meiner Seele geleiten wird. Eine Linie wurde in den Sand gezogen. Und ich habe vorsichtig den ersten Schritt darüber gemacht. Ins Unbekannte, das mich erwartet.

Ein kalter Windstoß fegt über den Balkon, hebt die Zipfel des Tischtuchs an und lässt das Besteck klappern. Als eine der Kerzen ausgepustet wird, weht Rauch über den Tisch und löst sich in der Luft auf. Ich schaue Theo ins Gesicht und erkenne Spuren von Leid, Güte, Begierde.

Kompliziert.

Zwischen uns geschieht etwas, ohne dass wir es aussprechen müssten. Ein gegenseitiges Verständnis, eine Begegnung unserer Gedanken und der Ängste, die uns beide quälen. *Endlich* beugt er sich vor, um mich zu küssen. Ganz sacht berühren sich unsere Lippen zum ersten Mal und erkunden einander zärtlich. Als seine Hand meinen Nacken umfasst, prickelt meine Haut unter seinen Fingern. Er weicht ein Stück zurück, öffnet seine wunderschönen grünen Augen und lächelt. Ich lehnte mich fest an ihn und taste mit den Händen nach seiner Brust. Dann küsse ich ihn wieder, noch sehnsüchtiger als zuvor, und unsere Begierde wird stärker.

Er ist zögerlich, aber mir geht es genauso. Ich wage nicht, Theo zu vertrauen, so groß ist meine Furcht, ich könnte wieder verletzt werden. Schließlich weiß ich von Chrístos, dass Theo Selena mit gebrochenem Herzen zurückgelassen hat. Hinzu kommt, dass an seiner Haltung nicht zu rütteln ist: Er will keine Familie, was unsere Begegnung ins Reich der Unverbindlichkeit verbannt. Es gibt für uns keine Zukunft. Allerdings bin ja auch nicht in Methoni, um den Mann fürs Leben zu finden. Wir lösen uns voneinander. Als ich uns Wein nachschenke, hindert er mich daran, ihm ein volles Glas einzugießen.

»Ich muss morgen früh arbeiten. Auf dem Meer darf ich keine Kopfschmerzen haben.«

»Nein, natürlich nicht.« Es enttäuscht mich, dass das Ende dieser Nacht abzusehen ist, denn ich habe solche Freude an diesem knisternden Spiel, das sich zwischen uns entspinnt. Also wechsle ich das Thema, um die glühenden Pfeile der Sehnsucht auszubremsen, die mich durchschießen. »Wie lange bist du schon Fischer?«

»Seit ich aus Athen zurück bin, also etwa seit achtzehn Jahren … es können auch mehr sein. Athen ist die faszinierendste Stadt der Welt. Warst du schon mal dort?«, erkundigt er sich.

»Nein, aber das gehört zu den Punkten auf meiner Löffelliste.«

»Löffelliste? Was soll denn das sein?«

Sein Englisch ist zwar ausgezeichnet, aber einige Dinge lernt man eben nicht im Sprachkurs.

»Das ist ein witzig gemeinter Ausdruck und steht für das, was man noch alles tun will, bevor man stirbt.«

Er runzelt angestrengt die Stirn, als suche er nach einer Erklärung.

»Und warum Löffel?«

Die alberne Redewendung bringt mich selbst zum Lachen, und ich überlege, wie ich sie sinnvoll erklären kann.

»›Den Löffel abgeben‹ ist Umgangssprache für ›sterben‹. Deshalb der Name für die Liste der Dinge, die man vorher noch abhaken will.«

Offenbar war das nicht sehr verständlich, denn er wirkt noch genauso verdattert wie zuvor. Doch seine Augen funkeln belustigt, als er fragt: »Und steht da noch mehr auf deiner Liste von Löffeln?«

Ich habe Mühe, nicht laut loszuprusten, denn ich will seine Lesart nicht ins Lächerliche ziehen. Außerdem macht sie mich nachdenklich.

»Ich habe noch nie wirklich eine aufgestellt. Aber Athen ist eindeutig dabei. Und … ich würde gern eine eigene Kochschule eröffnen. Ich habe mit Mum einige in Italien und in Marokko besucht, und das war wirklich ein Erlebnis. Es ist mein großer Traum.«

»Dann solltest du ihn wahrmachen.«

»Leichter gesagt als getan. Aber was ist mit dir und deinen Träumen?«

Er blickt aufs Meer hinaus und denkt über seine Antwort nach. Schließlich dreht er sich wieder zu mir um. »Ich weiß nicht, ob ich Träume habe«, meint er zögernd. »Vielleicht will ich einfach nur dort glücklich sein, wohin das Leben mich führt.« Wie um Bestätigung heischend, hält er inne.

Im Lauf unseres Gesprächs fällt mir trotz der schubweise auftretenden Vertrautheit und Leidenschaft auf, dass er mir jede Menge Fragen stellt. Während er alles über meine Kindheit, meinen Beruf oder meine Freunde wissen will, weicht er stets geschickt aus, wenn ich bei ihm nachhake. So, als habe er mir für einen Tag schon genug offenbart. Möglicherweise ist das der Grund, warum er, laut Chrístos, kein Händchen für Beziehungen hat. Er schließt eine Zukunft aus, bevor überhaupt etwas angefangen hat. Nicht, dass das hier eine Beziehung wäre, wie ich mir wieder vor Augen halte. Ich bin nicht sicher, was es ist. Jedenfalls fühlt es sich gut an. Dennoch würde mich brennend interessieren, was zwischen Selena und ihm vorgefallen ist. Wenn Theo ein Herzensbrecher ist, sollte ich einen Bogen um ihn machen. Obwohl ich den richtigen Zeitpunkt dafür vermutlich schon verpasst habe …

Als er sein Weinglas leert, schlagen die Kirchenglocken in der Ferne elf Uhr. Mir wird klar, dass er bald aufbrechen wird. Ich kämpfe mit mir, ob ich ihm wirklich diesen Vorschlag machen soll. Doch ich schiebe meine Zweifel entschlossen beiseite.

»Du kannst natürlich gern bleiben. Das heißt, nur wenn du möchtest. Fühl dich zu nichts verpflichtet, es muss nichts passieren, es ist nur ... ich rede so gern mit dir ...«

Ich bin froh, dass das Kerzenlicht meine Verlegenheit verbirgt. Doch er erspart mir weitere Anfälle von Erröten.

»Mir macht es auch Freude, Sophie.« Seine Augen funkeln im Kerzenlicht, und der Ausdruck, der sich darin spiegelt, lässt meinen Magen Purzelbäume schlagen. »Also gern, wenn es für dich okay ist. Falls du möchtest, schlafe ich auf dem Sofa.«

Ich erwidere sein Lächeln mit einem schüchternen Augenaufschlag.

»Wir wollen schauen ...«

Meine neu gefundene Entschlossenheit macht mich kühn, sodass ich mich vorbeuge. Solange ich die Bedingungen bestimme, kann ich mich auch schützen. Doch sobald unsere Lippen sich treffen, verliere ich mich in seiner Umarmung, und nur für einen kurzen Moment und widerstrebend schenke ich ihm einen Teil meines Herzens.

KAPITEL 14

Am nächsten Morgen werde ich von einer Hand geweckt, die meinen Rücken streichelt. Es ist eine hauchzarte Berührung, gefolgt von einem warmen Kuss auf die Schulter.

»Geh nicht«, murmle ich schlaftrunken und räkle mich wohlig in Theos Armen.

»Ich muss, sonst gibt es keinen Fisch zu essen.«

Als er die Arme fester um mich schließt, spüre ich das Pochen seines Herzens am Rücken. Es schlägt im Gleichtakt mit meinem.

Wir sind bis in die frühen Morgenstunden aufgeblieben, dann hat er bei mir übernachtet. Und zwar nicht auf dem Sofa. Obwohl ich mich an meine Regel »nicht beim ersten Date« gehalten habe, haben wir uns geküsst und gestreichelt, gelacht und geredet, bis uns die Augen zufielen. Es war die erste Nacht seit Mums Tod, die ich ohne Albträume durchgeschlafen habe und nicht mit einem schweren Herzen aufgewacht bin.

Ich gähne. »Ich mache Kaffee. Wie spät ist es?«

»Früh. Sechs Uhr. Du brauchst nicht aufzustehen.«

Er küsst mich auf den Rücken. Doch bevor er mich weiter in Versuchung führen kann, klappe ich die Decke zurück und steuere aufs Badezimmer zu.

»Ich bin schon auf. Gib mir zwei Minuten.«

Trotz des Schlafmangels erkenne ich im Badezimmerspiegel ein Leuchten in meinen grauen Augen. Ihre Farbe hat sich verändert, als hätten sie über Nacht die Schattierung gewechselt. Nicht, dass ich einen Mann bräuchte, um mich aufzumuntern oder mich als vollständiger Mensch zu fühlen. Doch vielleicht haben einige der Dinge, über die wir gesprochen haben, und unsere wachsende

Vertrautheit etwas in mir ausgelöst. Sie haben ein Gefühl freigesetzt, das endlich, nach so langer Zeit, nichts mit Verlust zu tun hat. Theo hat meinem Selbstbewusstsein auf die Sprünge geholfen, und die Vorfreude auf das, was sich zwischen uns entwickelt, ist berauschend. Was gleichzeitig wunderbar und ein Problem ist.

Eilig putze ich mir die Zähne, wasche das Gesicht und stecke die Haare hoch, um meine zerzausten Locken zu bändigen. Ich bin noch immer in Pyjamashorts und ärmellosem Top, und als ich am Schlafzimmer vorbeigehe, kann ich einen Blick darauf erhaschen, wie Theo seine Jeans zuknöpft. Sein schlanker Körper ist sonnengebräunt und genau an den richtigen Stellen muskulös. Seine definierten Bauchmuskeln bin ich letzte Nacht mit den Fingern nachgefahren, als wir redend nebeneinander lagen. Er hat die verräterische Hauttönung eines Fischers, mit helleren Oberarmen dort, wo die Kleidung sie vor den Elementen verbirgt. Seine Haut ist makellos bis auf das Tattoo auf seiner Brust.

Als er aufblickt und mich bemerkt, lächelt er breit. Ein wenig verlegen, denn schließlich hat er mich dabei ertappt, dass ich ihn mit Blicken ausziehe, schlage ich ihm vor, ins Bad zu gehen, während ich Frühstück mache.

Als ich die Terrassentür öffne, habe ich eine neue Version der inzwischen so vertrauten Aussicht vor mir. Nebel hängt über dem Meer, das Wasser ist kaum auszumachen. Es ist warm, doch der Himmel trüb, und eine gedämpfte Stille hüllt das Dorf ein wie eine weiche Daunendecke. Aber sobald die Sonne den Nebel vertreibt, wird Methoni wie neu geboren hervortreten. Eine Metamorphose.

Nachdem ich die Caffettiera auf den Terrassentisch gestellt habe, atme ich tief ein und strecke mich genüsslich, um die letzte Schläfrigkeit abzuschütteln. Ich habe einige Nachrichten von Tasha, die weiter Fischwitze reißt, und außerdem einige verpasste Anrufe von einer unbekannten Nummer, allerdings nichts auf der

Mailbox. Als ich meine E-Mails öffne, sehe ich eine Antwort von Tony Giovinazzi, der mich wie erhofft morgen Vormittag zu sich nach Hause einlädt. Sieben Tage habe ich gebraucht, um ihn aufzuspüren, nun werde ich ihn zu guter Letzt kennenlernen, was sich zeitlich mit Chrístos' geplantem Ausflug vereinbaren lässt. Ich werde von Aufregung ergriffen, denn nun scheint endlich alles zu klappen wie am Schnürchen. Ich weiß zwar, dass ich nicht alle meine Hoffnungen in dieses eine Treffen setzen darf, doch vielleicht kann Tony mir weiterhelfen.

Langsam schlingen sich Arme um meine Taille, und federzarte Küsse wandern meinen Nacken entlang. Ich drehe mich um, gebe Theo einen richtigen Gutenmorgenkuss und mache mich lächelnd los.

»*Kaliméra*, du. Hättest du gern einen Toast?«, frage ich.

Er zieht mich wieder in seine warme Umarmung.

»Mir fallen da einige Dinge ein, die ich gern hätte, aber im Moment muss der Toast wohl genügen.«

Als er an mir schnuppert, spüre ich seinen warmen Atem am Hals.

Ich schenke Kaffee ein. Er verfeinert seinen mit einem Löffel Honig, während ich den Toast buttere.

»Was hast du heute vor?«, fragt er.

»Vielleicht schaue ich bei Christina vorbei, um mir ihr Atelier anzusehen. Dann muss ich mit Chrístos sprechen und ihm sagen, dass wir morgen auf dem Weg zum Amphitheater einen Abstecher nach Kalamáta machen müssen. Ich bin mit Tony, diesem Kunstsammler, verabredet. Danach ... keine Ahnung.«

»Möchtest du später am Nachmittag vielleicht mit dem Boot rausfahren? Wenn nicht, ist es auch okay, denn schließlich sehen wir uns morgen beim Ausflug.«

»Man möchte fast glauben, dass du mich vermissen könntest!«

Er lacht über meinen Scherz und trinkt einen Schluck Kaffee.

»Vielleicht würde ich das ja wirklich. Jedenfalls fand ich die Zeit mit dir sehr schön. Und wie ich gestern Abend gesagt habe, ist das Leben zu kurz, um es mit Grübeleien über die Vergangenheit zu vergeuden. Ich sollte meinen eigenen Rat befolgen. Und heute würde es mich glücklich machen, etwas mit dir zu unternehmen. Also komm mit, und dann werde ich glücklich sein.«

»Gut, dann kann ich wohl nicht anders«, flirte ich zurück.

»Falls es dich interessiert, könnte ich auch meine *jiajiá* bitten, dir das Geheimrezept für ihren Orangenkuchen zu verraten.«

»Das wäre fantastisch. Ich möchte unbedingt wissen, wie ich ihn backen kann, wenn ich wieder zu Hause bin.«

Die Vorstellung, nach Hause fahren zu müssen, ohne Mums Bild gefunden zu haben und ohne weiter mit Theo zusammen sein zu können, macht mich plötzlich traurig. Er spürt es, beugt sich vor, zieht mich an sich und umfasst meinen Nacken.

»Denk nicht ans Nachhausefahren. Im Moment ist das hier dein Zuhause.«

Als er mich zärtlich küsst, schmecke ich süßen Honig. Er wischt mir einen Brotkrümel von der Lippe. Was tut sich hier? Ich unterdrücke mein Bedürfnis, etwas in diese Situation hineinzugeheimnissen oder Dinge herbeizusehnen, die niemals sein können. Egal, wie flüchtig unsere Begegnung sein mag, bin ich froh, dass uns das Schicksal zusammengeführt hat. Und wer auch immer unsere nächsten Schritte plant – ich überlasse es ihm zu entscheiden, wie es weitergeht.

»Du willst mich wohl veräppeln! Und du hast wirklich nicht gegen die Regel ›nicht beim ersten Date‹ verstoßen?«

Tasha sitzt, in eine Decke gewickelt, in ihrem Wintergarten und trinkt grünen Tee. Das Smartphone hat sie vor sich angelehnt.

»Ich weiß, es ist schwer zu glauben, aber wir haben nur geredet – und vielleicht noch ein paar andere Dinge gemacht, die ich hier nicht näher ausführen werde. Aber es war ... wunderschön. Und dann war es plötzlich ganz schrecklich spät, und wir haben geschlafen. Mehr nicht!«

»Da hat es jemanden offenbar richtig erwi-hischt«, frotzelt sie im Singsang. »Das merke ich dir an. Ich muss sagen, dass ich von deiner Selbstbeherrschung beeindruckt bin, mein Schatz. Ich bin wirklich stolz auf dich.«

»Zu einem anderen Thema: Wie geht es dir?«

Ich weiß, dass Tashas Eizellenentnahme in zwei Wochen stattfinden wird. Der Termin ist einen Tag nach meiner Landung.

»Alles läuft nach Plan. Keine Anzeichen von Überstimulierung. Also alles gut ...« Plötzlich hält sie inne, wie von einer gewaltigen Welle der Erschöpfung ergriffen. »Diesmal muss es einfach klappen, Soph. Ich bin so nervös, was sicher nicht gut für mich ist. Aber ich kann einfach nicht anders, als meine ganze Hoffnung in diese Prozedur zu legen. Das ist unser letzter Versuch. Es kann nicht sein, dass ich mir die ganze Tortur wieder völlig umsonst angetan habe. Es zerrt an den Nerven. Bei uns beiden. Deshalb haben wir beschlossen, dass nach diesem Eingriff Schluss ist. Falls es nicht klappt, werde ich auf den Wink der Natur hören.«

Ich habe keine Ahnung, was ich sagen oder wie ich sie trösten soll. Sie sehnt sich so verzweifelt danach, Mutter zu werden, und selbst aus der Ferne kann ich spüren, wie sehr sie die Situation belastet. Es gibt keinen medizinischen Grund, warum sie nicht schwanger wird. Unerklärbare Infertilität, kurz UI. Eine scheußliche Abkürzung, die eher nach einer Harnwegsinfektion klingt als nach einer himmelschreienden Ungerechtigkeit.

»Wir müssen alle daran glauben, dass es klappt. Es tut mir so leid, dass ich nicht bei dir bin.« Wieder habe ich Schuldgefühle, weil ich weggefahren bin. »Möchtest du, dass ich nach Hause komme?«

Sie wischt sich eine Träne ab, die ihr langsam die Wange hinunterkullert.

»Um Gottes willen, nein! Daran darfst du nicht einmal denken. Durch dich erlebe ich wenigstens etwas, und ich brauche deine fischigen Griechenlandabenteuer, um das hier zu überstehen. Außerdem gäbe es für dich ohnehin nichts zu tun, außer dir mein Gejammer und meine Ängste anzuhören, und das kriegst du auch von dort aus prima hin. Wenn nur das ärgerliche Meerespanorama im Hintergrund nicht wäre.«

Ich muss über ihre Zähigkeit schmunzeln, obwohl ich ihr anmerke, wie sehr sie sich wünscht, dass ich jetzt bei ihr wäre.

»Nun, gegen das Panorama bin ich machtlos, obwohl ich zugegebenermaßen darauf achte, dass es auch im Bild ist, wenn du anrufst. Apropos ärgerlich: Gab es in letzter Zeit noch irgendwelche gruseligen Zwischenfälle mit Robert?«

»Zum Glück nein. Auch wenn er eine Entschuldigungs-Mail geschickt hat. Aber ich habe Angus streng verboten, darauf zu antworten, nur für den Fall, dass Robert wieder im Trüben fischt und versucht, ihn nach dir auszufragen – diesmal war das Wortspiel beabsichtigt. Ich bemühe mich zwar, die Ruhe zu bewahren, aber was bildet dieser Typ sich eigentlich ein?«

»Ich weiß, ich weiß. Hoffentlich hat er es jetzt kapiert. Vielleicht überrascht er uns ja alle und fängt tatsächlich ein neues Leben an.«

»Was bei dir ganz offensichtlich der Fall ist, und zwar mit allen Schikanen. Es geht doch nichts über einen Urlaubsflirt!«

Ihre Formulierung kränkt mich, denn ein Teil von mir glaubt, dass meine Verbindung zu Theo mehr sein könnte als nur eine flüchtige Bettgeschichte. Obwohl genau das der einzig mögliche Weg ist.

»In einem anderen Leben könnte es die Beziehung der Träume sein, Soph. Lass dir bloß nicht wehtun. Und bitte genieße es. Jeden wundervollen Moment.«

Mein Erröten verrät, wie sehr mir der Gedanke an eine traumhafte Beziehung gefällt. Doch wie immer werde ich auf sie hören und versuchen, mir zusätzliches Leid zu ersparen.

»So, die zweite Nachricht lautet, dass ich morgen mit einem Typen verabredet bin, der zwei Bilder aus Mums griechischer Serie besitzt. Ich hoffe, dass er mir weiterhelfen kann. Ich bin es satt, mir eine verschwommene Fotokopie ihres verschollenen Gemäldes anzuschauen. Nur, dass ich mich dazu auf meine Aufgabe konzentrieren muss und mich nicht von Theo ablenken lassen darf. Ansonsten hätte ich mir nämlich die Reise sparen können und dich nicht allein gelassen und wäre keine schlechte Freundin gewesen.«

»Ich wünschte, du würdest dich so richtig von Theo ablenken lassen. Außerdem bist du keine schlechte Freundin, sondern die allerbeste. Aber bitte, ich flehe dich an, pass auf deine Gefühle auf, egal, ob es um Theo oder um Mumma Lyns' Bild geht. Sei vorsichtig, Soph.«

Vor dem Mittagessen gehe ich den Hügel hinunter, um Christina zu besuchen. Der vertraute Ateliergeruch versetzt mich zurück in die Kindheit, wenn ich bei Mum saß, mit Tuben voller Ölfarbe spielte und sie neben Marmeladengläsern mit in Spiritus eingeweichten Pinseln zu Regenbogen anordnete. Hier in Christinas Reich kommt der erdige Geruch nach Ton hinzu.

Töpferarbeiten in sämtlichen Größen und Formen warten auf die Glasur. Die Wände sind mit Regalen bedeckt, wo unzählige bunte Keramiken stehen. Es sind Skulpturen und auch mit den detailgetreuen Bildern griechischer Landschaften verzierte Schüsseln dabei. Ein gewaltiger Brennofen dominiert eine Ecke des Raums. Zum Glück ist er nicht eingeschaltet, denn die Sonne hat sich einen Weg durch den Dunst gebahnt und heizt uns inzwischen kräftig ein. Die Hitze des Ofens wäre in diesem winzigen Raum unerträglich. Für eine temperamentvolle Frau wie Christina sind ihre Arbeiten sehr fein und zart.

Das Atelier befindet sich am Ende des Gartens in einem umgebauten Schuppen, wo die Töpferscheibe vor einem Panoramafenster steht. Der übliche großartige Meerblick inbegriffen.

»Weißt du, manchmal komme ich nur her und schaue aufs Wasser. Es vergeht eine lange Zeit, und ich habe nichts zustande gebracht.« Christinas Lachen erfüllt den Raum und bricht sich an sämtlichen Flächen.

»Das kann ich verstehen«, erwidere ich, ebenfalls nicht in der Lage, den Blick vom Meer abzuwenden. »Manchmal ist der ganze Vormittag weg, und ich habe nichts weiter getan, als auf das Meer zu starren.«

»Aber es ist keine Zeitverschwendung, sondern wichtig, damit man heilt, zur Natur findet und der Seele Nahrung gibt. So ist das Leben hier.«

»Muss an der Sonne liegen. Oder es ist etwas im Wasser.« Ich lache. »Seit ich hier bin, will ich nur noch kochen und essen.«

»Ja. Und wie ich glaube, kochst du für jemand ganz bestimmten.« Sie grinst schalkhaft und fixiert mich mit schwarzen Knopfaugen. »Als ich heute in aller Früh den Brennofen ausgeräumt habe, habe ich einen gewissen Fischer aus dem Haus kommen sehen …«

Mein Gesicht nimmt einen kräftigen Terracottaton an. Allerdings habe ich keinen Grund, ihr etwas zu verheimlichen, was sie sowieso schon weiß. Sie spricht weiter, bevor ich antworten kann.

»Es tut dir gut, und ich sehe, dass dein Herz erwacht ist. Schon daran, wie du gehst, erkennt man, dass du glücklich bist. Er ist ein guter Mann, nur … ich glaube, das habe ich schon mal gesagt … kompliziert.«

Ich will Theos Vertrauen nicht enttäuschen. Andererseits will ich Christina klarmachen, dass ich ganz genau weiß, was ich tue.

»Wir haben ein wenig über seine Familie gesprochen. Ja, es ist kompliziert. Aber wir verstehen uns wirklich gut.« Ich versuche, mein Lob so allgemein wie möglich zu halten. Allerdings darf ich mir die Gelegenheit nicht entgehen lassen, Christina nach Theos früheren Beziehungen auszuhorchen. »Ich weiß, dass er und Selena sich getrennt haben …«

Wie gehofft, springt sie sofort darauf an.

»Es war sehr schlimm und hat Selena das Herz gebrochen. Als sie siebzehn waren, bevor Theo nach Athen an die Universität ging, hat sie damit gerechnet, dass er sie nach seiner Rückkehr heiraten würde. Aber plötzlich hat er Schluss gemacht und gesagt, er würde ihr nie geben können, was sie sich wünscht. Da seine Mutter ihn als kleines Kind verlassen hat, habe er beschlossen, nie zu heiraten oder Kinder zu haben. Das ist doch eine seltsame Einstellung, oder?

Selena denkt, sie könne etwas dagegen tun, so wie wir Frauen immer glauben, dass wir einen Mann ändern können. Vielleicht hat Theo sie ja in diesem Glauben gewiegt, dass es möglich ist und dass ihr Traum wahr werden wird. Und dann hat er ohne Vorwarnung alles kaputtgeschlagen. Die beiden kennen einander schon ihr Leben lang. Aber plötzlich sagt Theo nein, ich werde niemals eine Familie haben. Tja, du kannst dir sicher vorstellen, wie das für sie sein muss. Sie hat ihr Herz an ihn gehängt und wollte ihr Leben mit ihm verbringen. Wir alle haben erwartet, dass es so kommt. Und er entscheidet sich dagegen. Sie hat ihre Zeit mit ihm verschwendet. Das war sehr, sehr schlimm von ihm.« Sie schüttelt den Kopf, und fängt an, ihren Arbeitstisch mit einem Lappen abzuwischen.

Theos früheres Verhalten passt so gar nicht zu der Zärtlichkeit, die er letzte Nacht mir gegenüber an den Tag gelegt hat. Vielleicht ist er in meinem Fall so Feuer und Flamme, weil er weiß, dass es unweigerlich bald enden wird. Ich werde abreisen, ohne mehr von ihm zu erwarten, und wir werden füreinander nur eine flüchtige Erinnerung sein. Wieder schaue ich aufs Meer hinaus, fest entschlossen, mich nicht enttäuschen zu lassen. Falls er ein Playboy ohne Lust auf eine feste Bindung ist, hindert mich ja nichts daran, es ihm in den nächsten beiden Wochen gleichzutun. Schließlich habe ich nach allem, was ich durchgemacht habe, ein kleines Abenteuer verdient.

Lächelnd drehe ich mich zu Christina um.

»Nun, ein gebrochenes Herz hätte mir gerade noch gefehlt. Ich will nur ein bisschen Spaß haben.«

Dabei gebe ich mir redlich Mühe, zu meinen, was ich sage. Nur, dass die Worte hohl klingen, sobald sie meinen Mund verlassen haben.

»Ach, und Theo ist wirklich hübsch anzuschauen, stimmt's?, Diese Augen … und der Rest!«

Wieder hallt Christinas Lachen durch den Raum. Ich lache mit und wünsche mir Abkühlung für meine glühenden Wangen herbei. Dann sprechen wir über ihre Arbeit, und sie zeigt mir die frisch gebrannten Schalen und einige der Skizzen und Entwürfe, die sie später in Ton umsetzen will. Wie sie mir erzählt, verkauft sie ihre Werke in einer Galerie in Kalamáta und im Andenkenladen im Dorf.

»Und hast du dieses Bild von deiner Mutter schon gefunden?«, fragt sie und wischt sich die Hände ab.

»Nein.« Ich seufze auf. »Aber ich warte noch immer auf einen Rückruf von Dimitris, dem Inhaber der Galerie in Pylos. Außerdem treffe ich mich morgen mit einem Sammler namens Tony, der einige ihrer Bilder besitzt. Also ...«

»Ich habe mir ihre Bilder online angeschaut. Sie sind wundervoll. Ich war schon immer begeistert von ihren Arbeiten, und seit ich dich kenne, haben sie für mich etwas Besonderes. Sie war sehr begabt. Wie traurig, dass sie nicht mehr lebt.«

Wie immer wenn jemand Mums Werke lobt, empfinde ich so etwas wie Stolz. Da ich mit ihren Bildern aufgewachsen bin, vergesse ich leicht, welchen Einfluss sie auf ihre Epoche hatten. Sie sind kühn, farbenfroh und im Stil postmodern, doch aus jedem ihrer Pinselstriche springen einem Gefühle entgegen. Selbst ihre wenigen Porträts, die in der Darstellung realistischer gehalten sind, sind unverwechselbar.

»Du erinnerst dich nicht zufällig daran, wo du ihr Bild gesehen haben könntest? Das, welches ich suche? Du sagtest, es wäre dir vielleicht schon irgendwo untergekommen.«

Bedrückt schüttelt Christina den Kopf. »Nein. Tut mir leid. Es ist ... wie sagt man noch mal ... es liegt mir auf der Zunge, aber ich bin nicht sicher. Möglicherweise habe ich es nur geträumt.« Sie murmelt etwas auf Griechisch vor sich hin. »Die *moussáka*!«, ruft sie plötzlich aus.

Als sie den Gartenweg entlang zum Haupthaus eilt, folge ich ihr durch die doppelflügelige Tür in eine Küche, in deren Mitte ein großer Holztisch steht. Sie öffnet die Herdklappe, und sofort liegt leckerer Fleischgeruch in der Luft. Christina nimmt die Auflaufform mit ihrem brutzelnden Inhalt aus dem Backrohr und stellt sie auf die Arbeitsfläche.

»Vor dem Anbrennen gerettet!«, meint sie lachend. »Aléxandros wäre sehr traurig gewesen. Es ist eines seiner Lieblingsgerichte. Magst du *moussáka*?«

»Ja, sehr«, antworte ich.

Der Duft hat direkte Verbindung zu meinem Appetit aufgenommen, der sich nun erwartungsfroh regt.

»Dann musst du zum Mittagessen bleiben, falls du Zeit hast.«

»Ja, ich habe Zeit. Später treffe ich mich mit jemandem, aber ich weiß noch nicht, wann.«

Sie zieht eine Augenbraue hoch, offensichtlich kann sie sich gut denken, mit wem ich mich treffe.

»Gut. Du bist Küchenchefin. Also machst du den Salat. Ich öffne inzwischen den Wein und backe Pita auf. Und dann essen wir.«

Während ich die Zutaten für einen klassischen griechischen Salat zerkleinere, wirbeln die Farben und Oberflächenstrukturen von Mums Bildern vor meinem geistigen Auge herum, und ich denke an die beiden Werke, die ich morgen bei Tony Giovinazzi sehen werde. Ich darf nichts unversucht lassen, bevor ich abreise. Ich spüre, wie meine Enttäuschung wächst, bis sie meine Hoffnung, das Bild je zu finden, fast erstickt.

»Das Schicksal vereint uns und trennt uns dann wieder.«

Während ich weiter Salat schneide, habe ich immer wieder Momentaufnahmen aus der letzten Nacht vor mir: Theos gebräunte Haut an meiner, seine Augen, seine Berührungen, seine Lippen. Ich habe Mühe, die Sehnsucht zu unterdrücken. Aber ich kann und werde nicht zulassen, dass dieser Mann mich von meinem Weg abbringt. Ich habe nur diese eine Gelegenheit, das letzte fehlende Stück von Mum aufzuspüren. Und ich kann an nichts anderes mehr denken. Wenigstens war das so, bis Theo in mein Leben trat.

KAPITEL 15

Wir ankern in einer winzigen Bucht. Die Nachmittagssonne steht hoch am Himmel; bald werden die Farben des Abends das Ende eines weiteren Tages in Methoni einläuten. Es ist der Inbegriff von Ruhe und Frieden.

Das Meer ist warm, und als wir mit Schnorcheln zwischen den Felsen umherschwimmen, fühle ich mich, als flöge ich unter Wasser. Seetang treibt träge dahin, Anemonen öffnen ihre Tentakel im Takt der sachten Strömung. Sandfarbene Fischchen flitzen am Meeresgrund von Felsen zu Felsen. Das Seegras streift ihre Bäuche. Sonnenstrahlen bescheinen meinen Rücken, und die Strömung trägt mich, wohin sie will.

Als ein Arm sich um mich legt, richte ich mich auf und trete Wasser. In unserem Unterwasserparadies schimmert seine Haut und hebt sich bronzefarben von der türkisen Umgebung ab. Er zieht mich fester an sich, bis seine Arme mich umfangen und meine Beine sich um seine Taille schließen. Unsere Begierde aufeinander wird immer unerträglicher. Die Spannung, die schon auf der Fahrt hierher geknistert hat. Ein Blick. Ein Lächeln. Die Erinnerung an letzte Nacht, erfüllt mit Plänkeleien und Zurückhaltung. Als wir, eng ineinander verschlungen, immer tiefer sinken, breitet sich mein Haar in alle Richtungen aus. Liebkost vom Wasser, geben wir uns – schwebend und nicht von dieser Welt – der Schwerkraft hin. Immer tiefer geht es hinab, während Bläschen in Richtung Oberfläche steigen. Eigentlich will ich nicht loslassen, doch als meine Lungen nach Luft flehen, stoße ich mich ab und schwimme hinauf ins Licht.

Ich breche durch die Wasserfläche, reiße mir die Taucherbrille vom Gesicht, lege den Kopf in den Nacken und lasse Luft in meinen Körper strömen. Es ist wie eine Wiedergeburt. Theo taucht neben mir auf. Begierde malt sich in seinen Augen, und in seinen dunklen Wimpern haben sich Wassertröpfchen gefangen. Ich muss näher bei ihm sein. Da es mitten im Meer nicht möglich ist, unsere Sehnsucht zu stillen, schwimme ich zurück zum Boot. Er versteht den Wink, dass es Zeit zum Aufbruch ist.

Nachdem wir wieder an Bord geklettert sind, lichtet er den Anker und startet den Motor. Vor ihm und in seinen Armen stehe ich am Steuerrad und beobachte, wie sich langsam die Dämmerung über Methoni senkt. Wachturm und Burgmauern ragen stolz empor, bereit, sich einer Gefahr entgegenzustellen, die niemals kommen wird. Vielleicht sollte ich mir diese Haltung für die nächste Phase meines Lebens zum Vorbild nehmen. Die Angst vor Dingen, die möglicherweise oder auch überhaupt nicht geschehen könnten, hat mein Herz in unsichtbare Fesseln gelegt. Doch hier in Methoni fühle ich mich friedlich und verspüre eine neue Lebenslust. So, als hätte ich Freiraum hinzugewonnen. Nicht in dem Sinne, dass ich jetzt endlich über das Ende meiner alten Beziehung hinweggekommen wäre, denn Robert hat seinen Platz in meinem Herzen schon längst verloren. Es ist eine frische Kraft, beflügelt von dem unbeschreiblichen Zauber, der von diesem kleinen Dorf und der weit in die Vergangenheit reichenden Verbindung zu meiner Mutter ausgeht.

Das Bad im Meer war wie eine Taufe. Und als ich wieder auftauchte, war mir noch stärker denn je bewusst, welche Verheißungen die Zukunft für mich bereithält. Ich bin zuversichtlich, dass ich es schaffen werde, Mums verschollenes Bild zu finden und mein Leben wieder in Ordnung zu bringen, ganz gleich, wie dieses dann im Detail aussehen mag. Die Begegnung mit Theo kann ich als erotisches Sommerabenteuer verbuchen. Ich muss nur auf mein Herz achten und darf nicht zulassen, dass er mich verletzt.

Als ich von Bord springe, brauche ich einen Moment, um mich an den festen Boden unter meinen Füßen zu gewöhnen. Auf wackeligen Beinen lasse ich mich in Theos Arme sinken. Der Schein der Hafenlaternen taucht das seichte Wasser in ein orangefarbenes Licht. Theo küsst mich auf den Scheitel, und ich stelle fest, dass er an mir schnuppert.

»Ich rieche nach nassem Sand!«, protestiere ich lachend und schiebe ihn spielerisch weg.

Lächelnd zieht er mich wieder an sich. Das Lampenlicht beleuchtet sein Gesicht.

»Du riechst nach dir und dem Meer. Den beiden Dingen, die ich am liebsten habe.«

Er versucht nicht, das Gefühl zu verbergen, das sich in seinem Blick spiegelt, und wieder lässt es die Begierde zwischen uns auflodern; es ist eine Sprache ohne Worte.

»Bleib heute Nacht bei mir. Bitte«, sagt er. »Ich will nicht, dass dieser Tag schon aufhört.«

Die letzten Tage sind vergangen wie im Flug, und ich weiß, dass mich in zwei Wochen in London wieder die Wirklichkeit erwartet. Doch im Moment will ich nur im Hier und Jetzt sein und sämtliche Verpflichtungen vergessen. Die Suche nach dem Bild läuft, und bis zu meinem morgigen Treffen mit Tony kann ich ohnehin nichts tun. Also nicke ich, und wir schlendern zusammen in Richtung Dorf. Ich weiß, dass ich grinse wie ein Teenager, bin aber machtlos dagegen. Mein Schritt ist leicht, ich fühle mich lebendig. Mein ganzer Körper prickelt, und das liegt nicht am Sonnenbrand.

Sein Haus steht ein Stück zurückgesetzt am äußersten Zipfel des Strandes. Wir gehen durch eine Lücke in der Hecke, die den Garten vom Strand trennt, und über den Rasen. Es ist ein zweistöckiges weißes Haus mit Terracottaziegeln und hellblauen Balkongeländern. Das gesamte Erdgeschoss hat eine Glasfront.

Er schließt die Schiebetüren auf und bittet mich hinein. Der Raum hat einen offenen Grundriss, einen Fußboden aus hellen Eichendielen und weiß gestrichene Wände. Ein modernes Loft, getarnt hinter einer traditionellen Fassade. Bodenlange Vorhänge umrahmen die Panoramafenster mit unverstelltem Meerblick.

»Wie kriegst du bei dieser Aussicht irgendetwas erledigt? Es ist traumhaft«, sage ich.

Er stellt sich zu mir an die Scheibe und schlingt die Arme um mich.

»Das Meer ist mein Büro«, witzelt er. »Es ist immer da, doch es ändert dauernd Farbe und Stimmung. Das Meer ist meine größte Liebe. Es gibt mir Arbeit und zu essen. Manchmal ist es schwierig – es kann grausam sein. Doch heute hat es mir etwas ganz Besonderes geschenkt. Dich.«

Ich lächle zu ihm hinauf, überzeugt, dass er dasselbe Bedürfnis nach Nähe hat wie ich. Dabei versuche ich, mir einzureden, dass er diesen Satz schon zu vielen anderen Frauen gesagt hat, und male ihn mir als den gewohnheitsmäßigen Verführer aus, der er vermutlich auch ist. Doch in diesem Moment glaube ich ihm. Das mag naiv sein, aber ich brauche das Gefühl, begehrt zu werden.

»Hast du Hunger?«, fragt er mit spöttischem Unterton, was natürlich zweideutig gemeint ist. Doch ich habe wirklich einen Mordshunger. Die Meeresluft sorgt dafür, dass ich pausenlos essen könnte.

»Etwas Essbares wäre nicht schlecht«, antworte ich. »Aber

könnte ich zuerst duschen? Ich schleppe den halben Strand in meinen Haaren herum.«

»Klar. Das Bad ist oben rechts. Benutz, was du brauchst.

Als er mich küsst, sind alle Gedanken an mein vor Dreck starrendes Haar und das Abendessen für einen Augenblick wie weggeblasen.

Doch auf dem Weg die Treppe hinauf meldet sich mein Verstand zurück. Ich muss unbedingt auf die Bremse treten, denn im Augenblick tue ich genau das Gegenteil von dem, was Tasha mir so weise geraten hat. Offenbar bin ich gerade dabei, mich Hals über Kopf in eine Sache zu stürzen, die sich meinem Einfluss entzieht. Vorhin, im Meer, war ich ganz sicher, dass das zwischen uns rein körperlich ist. Ich hatte für mich beschlossen, dass es dabei bleiben musste, und fühlte mich frei. Jetzt aber bekomme ich Zweifel, ob das eine kluge Entscheidung war. Bin ich wirklich schon so weit, mich auf einen anderen Mann einlassen zu können?

Außerdem wird es nur so lange dauern, bis ich Methoni wieder verlassen muss.

Theo schenkt mir ein Glas Wein ein und macht sich ein Bier auf. Wir sitzen im Kerzenschein auf Sofas auf der Terrasse und essen Oliven. Windlichter malen ein Tüpfelmuster auf den Boden, und ich kuschle mich unter die Decke, in die er mich gewickelt hat. Das Abendessen köchelt auf dem Herd. *Fasolákia*: grüne Bohnen in einer würzigen Tomatensauce mit Dill. Ein Mann, der kochen kann. Es macht Spaß, ihm beim Vorbereiten des Abendessens zuzuschauen und zu beobachten, wie er sich in einem Reich bewegt, das eigentlich meines ist. Ich muss mich nur beherrschen, um ihm nicht zu zeigen, wie man die Zwiebeln zu ordentlicheren Stückchen schneidet.

»Warum bist du nach Methoni zurückgekehrt und nicht in Athen geblieben, obwohl du die Stadt so liebst?«, erkundige ich mich.

Theo nimmt einen Schluck Bier und sieht mich an. Ich widerstehe der Versuchung, Selena zu erwähnen. Diese Büchse der Pandora sollte besser geschlossen bleiben. Er denkt eine Weile nach.

»Eigentlich wollte ich nach meinem Abschluss in Athen leben und englische Literatur unterrichten. Doch wegen meines Vaters musste ich zurückkommen. Er war Fischer. Ich habe sein Boot übernommen. Als mein Großvater starb – da war ich gerade mit der Uni fertig –, ist mein Vater krank geworden. Er hat mit niemandem mehr gesprochen. Er hat seinen Vater vergöttert, und sein Tod hat ihm das Herz gebrochen. Mein Großvater hatte ihm alles über das Meer und die Fische beigebracht. Und nach seinem Tod hat mein Vater sich völlig zurückgezogen.«

Sein Ton ist voller Anteilnahme. Seine eigene Zerrissenheit, weil er seinen Traum aufgeben musste, behält er jedoch für sich.

»Und ist dein Vater wieder gesund geworden?«

Theo greift nach einer Zigarette, zündet sie an und pustet langsam Rauch aus.

»Es hat viele Jahre gedauert. Er hat eine Erkrankung des Gehirns entwickelt und ist jetzt Epileptiker. Also konnte er nicht mehr allein zum Fischen rausfahren. Zu gefährlich. Die Ärzte sagen, es läge am Stress durch die Trauer. Es sei der Weg des Körpers, den Verlust zu verarbeiten.

Inzwischen geht es ihm besser, aber damals habe ich mich verantwortlich gefühlt. Meine *jiajiá* war auch sehr traurig, weil *pappoús* nicht mehr da war, aber mein Vater war nicht mehr lebensfähig. Meine Familie war dabei auseinanderzufallen. Also konnte ich nicht in Athen bleiben. Es war meine Pflicht zurückzukommen. Ich stamme aus einer sehr traditionellen Familie, und so wird das bei uns gehandhabt. Deshalb bin ich nach der Uni und dem Wehrdienst wieder nach Methoni gezogen.«

»Du warst in der Armee?«

Ich bin verwundert, denn ich wusste gar nicht, dass es so etwas wie eine Wehrpflicht überhaupt noch gibt. Mir erscheint sie wie ein Relikt aus vergangenen Tagen.

»Alle Männer müssen ein knappes Jahr zur Armee oder Zivildienst leisten. Ich war stolz darauf, meinem Land zu dienen, doch auf Dauer wäre das nichts für mich. Nicht als Beruf.«

Dass er traditionellen Familienwerten anhängt, ist ebenso bewundernswert wie sein Patriotismus. Ein himmelweiter Unterschied zu der Bindungslosigkeit, die sich in meiner Heimat immer mehr durchsetzt. Das Gefühl einer nationalen Identität, das in Großbritannien eine eher spaltende Wirkung hat, scheint in Griechenland aus dem Leben der Menschen nicht wegzudenken.

»Wie heißt Großvater noch mal auf Griechisch?«

»*Pappoús*.«

Offenbar findet er meine Versuche, seine Sprache zu lernen, amüsant, auch wenn er mich nicht deswegen aufzieht.

»Wie hieß dein *pappoús* denn?«, frage ich, denn ich würde so gern mehr über ihn und seine Familie erfahren.

»Ich bin nach ihm benannt. Er hieß auch Theo. Theófilos. Das ist hier Tradition. Der erstgeborene Sohn bekommt den Namen des Vaters seines Vaters.«

»Dein Dad stand deinem *pappoús* offenbar sehr nah.«

Theo nickt traurig, zieht an seiner Zigarette und hält sie mir dann hin.

»Nachdem meine Mutter fort war, hat er sich verändert. Plötzlich wurde er zu einem unglücklichen und verbitterten Menschen, der alles schlechtmachte. Es war, als gäbe er seiner Familie die

Schuld an seiner Trauer. Auch mir. Und er hat sein Herz verschlossen. Nicht einmal ich oder *jiajiá* konnten ihn noch erreichen. Er ist nie wieder der Alte geworden.

Die Trauer legt sich einfach nicht und zieht ihn immer tiefer hinunter. Er scheint an nichts anderes mehr zu denken als an das, was ihm fehlt. Und so hat er all das vergessen, was ihm noch im Leben geblieben war. Auch die Menschen ...« Schicksalsergeben zuckt er die Achseln. »So ist er eben ... ganz anders als ich.

Doch jedes Jahr hat meine *jiajiá* ihn überredet, zu verreisen, um Abstand zu gewinnen. Dann war er wieder wie früher und genoss das Leben. Nur, dass die glückliche Stimmung, die er von seinen Reisen mitbrachte, niemals anhielt. Es dauerte nicht lang, und er igelte sich wieder ein. Inzwischen reist er nicht mehr. Im letzten Jahr hat er das Dorf nicht verlassen. Ich stehe *jiajiá* sehr nah. Aber er ist schwierig. Unser Verhältnis ist schwierig. Heute noch schwieriger als früher.«

Ich greife nach seiner Hand, denn ich verstehe nur zu gut, wie weh es tut, jemandem ohnmächtig beim Leiden zusehen zu müssen. Ich weiß, welchen Tribut die Trauer fordern kann.

»Wenn man so liebt, dass man ohne diese Liebe krank wird ... Die Liebe hat alle Menschen, die ich kenne, unglücklich gemacht. Mein Vater klammert sich noch immer daran. Es ist wie eine Krankheit, die nicht mehr aufhört.«

Er hebt den Kopf und sieht mir in die Augen. Ich fühle mich, als könnte er mit nur einem Blick bis tief in mein Innerstes schauen. Er liest in mir wie in einem offenen Buch, was mich angreifbar macht, allerdings auf eine Weise, die ich aushalten kann. Ich empfinde weder Zwang noch Furcht. Und dennoch fällt es mir schwer, denn ich bin nicht sicher, ob ich wirklich schon bereit bin, jemandem meine vielen Schichten zu offenbaren und zu zeigen, wer ich wirklich bin.

Ich hebe seine Hand an die Lippen und küsse sein Handgelenk. Er umfasst mein Gesicht, und sein Daumen liebkost mein Gesicht. Ich kann den Blick nicht abwenden. So als seien wir in einer Blase gefangen und abgeschottet von der Wirklichkeit.

»Aber die Sache ist, Sophie, dass ich die Zustände in meiner Familie inzwischen nicht einmal bedauern kann. Wenn all das nicht passiert wäre, wäre ich nicht hier, sondern in Athen. Und dann hätte ich dich nie kennengelernt.«

Diese schlichten Worte stehen in einem krassen Gegensatz zu Christinas und Marys Warnung. Theo scheint genug in sich zu ruhen, um über seine Gefühle sprechen zu können, sofern er seinem Gegenüber vertraut. Ja, er ist kompliziert, aber wer ist das nicht? Wenn man bedenkt, was er mir von seiner Unfähigkeit, Liebe anzunehmen und Frauen zu vertrauen, erzählt hat, macht es doch Grund zur Hoffnung, dass wir inzwischen offener miteinander sprechen können. Sosehr ich auch versuche, ein Stück von mir in einem Schrein einzuschließen und für mich zu behalten, ist es doch, als würde ich von einer unsichtbaren Macht daran gehindert.

Plötzlich wird mir klar, dass es stimmt, was Theo gerade gesagt hat. Wenn Mum nicht gestorben wäre, hätte ich möglicherweise nie einen Fuß an diesen verzauberten Ort gesetzt und wäre jetzt nicht hier bei ihm. Es ist eine bittersüße Erkenntnis. Wir beide haben Grund, der Trauer und unseren Eltern dankbar zu sein, auch wenn wir noch immer unter den Folgen leiden. Denn diese Umstände haben uns zueinander geführt. Nur weiß ich nicht, ob ich es je wieder schaffen werde, mich hundertprozentig auf jemanden einzulassen. Ein rein körperliches Verhältnis ist eine Sache. Doch mir ist klar, dass zwischen uns gerade so viel mehr passiert als nur Lust. Fühle ich mich zu ihm hingezogen, weil ich lernen muss, mich wieder einem anderen Menschen zu öffnen? Doch wenn das wahr ist, werde ich trotzdem nach Hause fahren, und das wäre dann das Ende. Für uns kann es keine Zukunft geben. In den wenigen Tagen, die wir einander kennen, ist er mir ans Herz gewachsen.

»Was ist, *Sophie, mou*? Sag mir, was du gerade denkst.«

Meine Sophie.

Der Kosename lässt mich freudig erschaudern. Doch auf seine Frage gäbe es so viele Antworten, dass ich nicht sicher bin, was ich sagen soll. Eigentlich ist es noch viel zu früh, um so ein Gespräch zu führen. Andererseits aber auch nicht. Wir glauben beide, dass zwischen uns etwas Besonderes entstehen könnte. Aber wie soll das möglich sein? Unsere gemeinsame Zeit ist begrenzt. Wir führen völlig verschiedene Leben, stammen aus völlig verschiedenen Kulturen. Während sich Gedanken und Szenarien in meinem Kopf überschlagen, wird mir klar, dass er noch immer auf meine Antwort wartet. Ich weiß nur, dass ich nicht von ihm getrennt werden möchte.

Ich blicke ihm in die Augen. Was ich jetzt sage, könnte alles verändern. Entweder wird es die Entwicklung beschleunigen – oder dafür sorgen, dass er die Beine in die Hand nimmt. Ich ertappe mich dabei, dass ich an meinem Daumennagel knabbere, wie immer, wenn ich nervös oder verunsichert bin. Aber ich habe zu viele Jahre damit vergeudet, mich zu fürchten.

»Ich denke an verschiedene Dinge ... es ist ... als wäre es uns bestimmt gewesen, einander zu begegnen. Es fühlt sich so richtig an. Ich weiß, dass es albern klingt, schließlich kennen wir uns noch nicht lang.«

Als er spürt, wie schwer es mir fällt, zu sagen, was mich beschäftigt, rückt er näher an mich heran. Um seine Augen entstehen kleine Lachfältchen.

»Vielleicht haben wir ja die Aufgabe, einander zu heilen. Auch ich habe Angst davor, Sophie. Doch im Moment frage ich mich, weshalb wir uns weiter dagegen wehren.«

Tränen treten mir in die Augen. Vor Erleichterung, aber auch vor Furcht angesichts der Vorstellung, mich Hals über Kopf ins Ungewisse zu stürzen.

»Warum weinst du denn?«, fragt er besorgt und nimmt mich fest in die Arme.

»Ich darf mein Herz nicht riskieren. Es wurde schon einmal gebrochen.«

Warum fällt es mir so schwer, einfach zu vertrauen und loszulassen? Ich habe doch nichts zu verlieren. Mein Verstand hält mich zurück, während mein Herz etwas anderes sagt. Außerdem bin ich nicht sicher, ob es mir gelingen wird, achtsam mit seinem Herzen umzugehen. Auch er ist angeschlagen. Wie können wir das Leid und die Enttäuschung verhindern, die uns womöglich drohen?

Mein Blick schweift über die Terrasse und hinaus aufs Meer, bevor er zu Theo zurückkehrt. Ich hole tief Luft. Ich muss ihm von Robert erzählen.

»Ich will mit dir zusammen sein, Theo, aber ich muss dir erklären, warum ich so zögerlich bin. Mein Exfreund hat mir auf jede Art und Weise wehgetan, die du dir vorstellen kannst.«

Theos Miene wird zweifelnd, als ihm dämmert, was ich damit sagen will. Ich sehe ein zorniges Aufblitzen in seinen Augen.

»Er war schrecklich aufbrausend, und wenn er getrunken hatte, ist er ausgerastet. Was irgendwann fast ständig der Fall war. Er war eifersüchtig und ein unsicherer Mensch und wollte mich kontrollieren. Der emotionale Missbrauch war fast das Schlimmste an der Sache. Nicht, dass körperliche Gewalt zu entschuldigen wäre. Und ich muss zugeben, dass er mir einige Male blaue Flecken verpasst oder mich herumgeschubst hat.«

Während ich mir die kurze Geschichte von der Seele rede, fühle ich mich, als erobere ich mir die Hoheit über mein Leben zurück. Die Brandung des Meeres scheint lauter zu werden. Das Geräusch weht bis zu Theos Haus und bricht sich an den Mauern. Er wartet ab, bis ich weitersprechen kann.

»Gegen Ende der Beziehung habe ich mehr oder weniger ständig in Angst gelebt. Ich war nur noch ein Schatten meiner selbst, doch ich habe versucht, es vor allen Menschen, die mir nahestanden, geheim zu halten. Vor meiner Mum, meiner besten Freundin Tasha und vor all meinen anderen Freundinnen. Niemand wusste, was bei uns hinter geschlossenen Türen vor sich ging, weil ich mich so geschämt habe.« Ich kann meinen Schmerz nicht mehr unterdrücken und breche in Tränen aus. Dann putze ich mir die Nase und fahre fort. »Nach der Trennung habe ich mir geschworen, mich nie wieder einem anderen Menschen auf diese Weise auszuliefern. Obwohl ich letztes Jahr gegangen bin, habe ich mich noch immer nicht ganz davon erholt.

Wenig später wurde bei meiner Mum Krebs diagnostiziert. Ich kann gut nachvollziehen, dass dein Dad vor lauter Trauer krank geworden ist. Nach Mums Tod fühle ich mich, als hätte ich einen Teil von mir verloren. Ich habe mich so allein gefühlt. Und außerdem um unsere gemeinsame Zeit betrogen. Ich habe mich gefragt, ob ich mich wohl je wieder über etwas freuen können würde. Bis ich dir begegnet bin und …«

Ich halte inne, um mir die Tränen abzuwischen. Er soll wenigstens einen Teil der Gründe kennen, warum ich mich ihm gegenüber so zögerlich verhalte. Mir alles von der Seele zu reden, ist so ähnlich wie Exorzismus. Wenn er deswegen einen Rückzieher macht, ist es mir egal. Ja, eine emotional aufgewühlte Frau ist nicht sehr sexy, doch jetzt geht es nicht um ihn. Auch nicht um Robert. Sondern nur um mich. Darum, dass ich die jahrelangen

Kränkungen abschüttle und selbst entscheide, von wessen Händen ich mich berühren lasse.

Mit ernster Miene lässt Theo meine Beichte auf sich wirken. Dann hebt er langsam die Hand und streichelt mein Gesicht. In seinem Blick lese ich Anteilnahme und Zärtlichkeit.

»Niemand hat das Recht, dich so zu behandeln. Allein der Gedanke tut mir weh. Ich kann nicht ändern, was du gerade durchmachst, und es tut mir leid, dass du schon so viel im Leben verloren hast. Ich kann dazu nur sagen, dass hier nichts geschehen wird, was du nicht willst. Ich werde dich nicht so verletzen wie dieser Mann. Ich kann verstehen, dass es für dich ein Problem ist, mit mir zusammenzusein. Außerdem hast du nur wenig Zeit hier.

Natürlich begehre ich dich, aber ich respektiere deine Gefühle. Wir haben beide unsere Ängste. Deshalb zögere ich genauso. Zwischen uns ist etwas, Sophie. Doch ich möchte nicht, dass du oder ich verletzt werden.«

Ich glaube ihm. Ganz instinktiv weiß ich, dass das kein Spruch ist, um mich ins Bett zu kriegen. Die aufgewühlten Gefühle, die sich in seinem Blick ausdrücken, machen es mir leichter, ein wenig loszulassen und unserer Leidenschaft nachzugeben. Die Befürchtungen, die pulsierend zwischen uns in der Luft hingen, lösen sich allmählich auf, als wir uns küssen. Die ausgesprochenen und unausgesprochenen Worte steigern unsere Lust aufeinander.

Als ich mich an ihn presse, spüre ich, wie sehr er sich nach mir sehnt. So begehrt zu werden, verleiht mir Mut. Die Entscheidung liegt bei mir. Ich nehme ihn an der Hand und führe ihn nach oben. Wir haben den Punkt überschritten, an dem Worte noch genügen würden, und der Drang, einander ganz und gar zu besitzen, bricht sich Bahn. Langsam ziehen wir die Kleider aus und lassen die

Last der Vergangenheit von uns abfallen. Wir trudeln hinab in die Tiefen unserer Seele. Die Kraft der körperlichen Vereinigung, der langsame Weg zum Gipfel, das Verlangen nach Nähe.

Worte sind nicht nötig, Vertrauen, Zustimmung und, für diesen Moment, Liebe genügen. Sanft berühren seine Finger mich dort, wo ich es brauche, bis Wellen der Verzückung meinen Körper durchströmen. Seine Lippen, die sich auf meine pressen, sind warm in der kühlen Luft. Ich küsse ihn mit einer übermächtigen Begierde, die ihm die unausgesprochene Erlaubnis erteilt, zu tun, was er will. Es fühlt sich so richtig an, beinahe vertraut, so als wären wir zwei auseinandergebrochene Teile eines Ganzen, die nun wieder zusammengefügt werden. Die Leidenschaft und noch viel mehr fegen das Leid der letzten Monate hinweg.

Als unsere Vereinigung dem Höhepunkt zustrebt, blickt er mir tief in die Augen, und eine ungebremste Kraft trägt mich so weit wie nie zuvor, während wir uns weiter im Gleichtakt wiegen. Unsere Herzen klopfen, und mein Atem geht laut und schnell, bis ich aufschreie. Es ist, als würde ich meinen Körper verlassen. Und als ich zurückkehre, bin ich erfüllt von einer überwältigenden Erkenntnis, der dämmernden Gewissheit, dass es uns bestimmt war, einander zu begegnen. Eine unbekannte Macht hat uns zusammengeführt und eine Energie geschaffen, die sämtliche Gefühle stärker hervortreten lässt. Zwischen uns war von Anfang an mehr als Begierde. Nun ist es Sache des Universums, uns den wahren Grund für unsere Verbindung zu enthüllen.

Ineinander verschlungen liegen wir in Theos Bett. Ich fahre mit dem Finger die Umrisse des Tattoos auf seiner Brust nach. Er hat den Arm unter meine Schulter geschoben und streichelt im Halbschlaf meine Schulter. Mein Kopf ruht in seiner Achsel, wo ich seinem Herzschlag lauschen kann. Durch die Balkontüren weht das beruhigende Rauschen des Meeres herein. Die Nachtluft kühlt den Schweißfilm auf unseren Körpern.

Ich lasse den Blick durchs Zimmer schweifen. Gerahmte Schwarzweißfotos von Athener Gebäuden sind geschmackvoll an die deckenhohen Bücherregale gelehnt. An einem der Regale baumelt ein *komboloí*, in dessen silbernem Kreuz sich das Licht bricht. Das Kruzifix, ein Symbol dafür, dass es keine Liebe ohne Leid gibt.

Ich hebe den Kopf, um Theo anzusehen, schiebe mir die Hand unters Kinn und stütze sie auf seine Brust. Seine Augen sind geschlossen, dunkle Wimpern streifen seine Wangen, ein leichtes Lächeln liegt auf seinen Lippen. Ich bin nicht sicher, ob er schläft, doch sein Herzschlag ist langsamer geworden, und er atmet tief und regelmäßig.

Das Tattoo in seiner Herzgegend besteht aus einer dreizeiligen Inschrift, schwarze Tinte auf dunkler, glatter Haut. Da ich ohne Übersetzungsapp nicht alle griechischen Buchstaben entziffern kann, halte ich still. Er bewegt sich und stellt fest, dass ich über den Worten brüte.

»Falls du etwas lesen willst, gibt es hier genug Bücher«, meint er lachend und weist auf die Regale.

Wenn er nur so einfach zu lesen wäre wie ein Buch. Die fremde Schrift entschlüsseln zu wollen, erscheint mir wie ein Symbol für den Versuch, den ganzen Menschen zu verstehen.

Er küsst mich, greift mir ins Haar, und rollt mich auf den Rücken. Seine Schultern spannen sich an, als er sich hochstemmt, um mich von oben zu betrachten. Wieder wandert meine Hand zu seiner Tätowierung, und ich fahre mit dem Finger die Schrift nach.

»Es ist ein Gedicht, das ich im Haus meines Vaters auf einer Karte gefunden habe. Nur diese drei Zeilen und auf der Innenseite der Karte eine Mitteilung, ich glaube, sie ist von meiner Mutter. Er hat mir die Frage nie beantwortet, aber ich habe mich in diesen Text verliebt. Er ist sehr traurig. Auf Englisch heißt er so viel wie ›Ich sitze hier und mache die Kühle zu meinem Zuhause.‹«

Es dauert einen Moment, bis ich begreife.

»Was hast du gesagt?«, schreie ich auf.

Meine Augen weiten sich fassungslos. Ich traue meinen Ohren nicht, und ich bedecke die Worte auf seiner Haut mit der Hand. Worte, die ich vor wenigen Wochen zum ersten Mal gelesen habe. Mums anrührende und poetische Abschiedsworte. Genau so hat sie es mit eigener Hand geschrieben. Und genau so steht es unauslöschlich auf der Haut des Mannes, der auf mir liegt. Ich schiebe ihn weg und setze mich ruckartig auf.

»Sophie, was ist los?«

»Es ist ... ich ... ich kapiere das nicht ... dieses Gedicht war das letzte, was meine Mum mir hinterlassen hat. Und du hast es eintätowiert.«

Er erbleicht.

»Das ist doch verrückt. Ich hatte noch nie von diesem Gedicht gehört. Wie also kann ...«

Er scheint über dieses zufällige Zusammenprallen unserer beiden Welten ebenso erstaunt wie ich. Wir wissen beide nicht, wie wir diese Übereinstimmung deuten sollen.

»Das ist so seltsam ... irgendwie gruselig.«

Ich reibe mir die Arme, um die Gänsehaut zu vertreiben. Als er sich nachdenklich zurücklehnt, bedeckt das Laken einen Teil seines Oberkörpers. Das Haiku hebt sich schwarz vom weißen Stoff ab. Wieder betrachte ich es, in dem Versuch, der Entdeckung irgendeinen Sinn zu geben.

»Vielleicht ist es ja wirklich nur Zufall, es könnte auch Schicksal sein.« Er zieht mich in die Geborgenheit seiner Arme und wärmt meine kalte Haut. »Diese Worte verbinden uns jedenfalls miteinander, und das ist schön.«

Als sich mein anfänglicher Schock legt, kann ich mich mit dieser Erklärung anfreunden. Die Worte, so sorgfältig ausgesucht von Mum und mir so wichtig, verbinden mich nun noch mehr mit Theo und mit diesem Ort. Durch Theo ist aus dieser Reise so viel mehr geworden, als ich mir je hätte erwarten können. Romantisch und poetisch. Ob es sich um eine Botschaft, Schicksal oder Kismet handelt … jedenfalls ist es beinahe eine Bestätigung dessen, dass mir der Weg, den ich jetzt gehe, vorherbestimmt ist. Eine unsichtbare Hand geleitet mich auf dieser Reise und wird mich hoffentlich zu dem verschwundenen Bild führen.

Ich stehe allein auf Theos Balkon. Inzwischen ist es fast hell, und ich kann nicht mehr schlafen. Ständig muss ich an all die Dinge denken, über die wir vorhin gesprochen haben: das Haiku, Robert, Mum. Ich habe Theo nichts von meiner Fehlgeburt erzählt; ich wollte ihn nicht mit Unglück überfrachten. Außerdem ging es mir ja nur darum, ihm klarzumachen, weshalb ich Schwierigkeiten habe, einem Mann zu vertrauen. Hinzu kommt, dass Theo in Sachen Kinder eine klare Haltung vertritt. Vielleicht würde es ihn abstoßen, wenn er wüsste, dass ich schon einmal schwanger war.

Seltsamerweise habe ich ein schlechtes Gewissen, weil ich die Schwangerschaft bei unserem offenen und ehrlichen Gespräch nicht erwähnt habe. Doch was soll es bringen, ihm jeden meiner innersten Gedanken, ja, alles in meinem Leben erfahrene Leid haarklein zu schildern? Bald werde ich abreisen. Die unausweichliche Wahrheit umkreist mich wie ein lauerndes Raubtier und erinnert mich immer wieder daran, dass ich mein Herz schützen muss. Obwohl es eigentlich schon zu spät ist.

Ich seufze laut auf und beschließe, einen Strandspaziergang

zu machen, um einen klaren Kopf zu bekommen. Also schiebe ich unten die schützenden Läden auf und öffne die Glastüren.

Der Sand, in dem meine Füße versinken, ist kalt, vermittelt aber Geborgenheit. Mir fällt meine Verabredung mit Tony in Kalamáta ein. Ich freue mich schon darauf, Mums Bilder zu sehen; außerdem bin ich ziemlich nervös. Als vom Meer eine Brise frischer Luft heranweht, bitte ich den Wind lautlos um Rat. Der Strand liegt noch in Dunkelheit. Die Wellen sind sanft und zahm.

Als ich an Theos Tätowierung denke, frage ich mich, ob es nicht doch vielleicht nur ein Zufall ist und ob ich womöglich etwas hineininterpretiere. Bin ich auf der Suche nach einer Bestätigung, dass ich trotz meiner Ängste, jemanden an mich heranzulassen, eine richtige Entscheidung getroffen habe? Dieses ständige Ringen um Objektivität und darum zu verhindern, dass die Trauer mein Urteilsvermögen trübt, ist eine Herausforderung. Und irgendwie erscheint mir die Welt ohne Mum gefährlicher. So, als habe mir jemand die Kuscheldecke weggerissen, und nun irre ich ziellos umher. Mum wusste stets die richtige Lösung. Aber ich spüre, dass ihre Seele bei mir ist und weiterlebt. Die heutige Nacht hat mich wieder daran erinnert.

Ich kehre um und gehe über den Strand zurück zu Theo und seinem warmen Bett. Beim Gedanken an ihn durchströmt mich ein wohliges Gefühl. Auf der anderen Seite der Bucht, in Pylos, funkeln ein paar Lampen. Hier und da erhellt sich der Himmel über der Küste ein wenig. Die schemenhaften Umrisse der auf dem Wasser tanzenden Boote tauchen langsam aus der nächtlichen Dunkelheit auf.

Ein Stück unterhalb von Theos Haus bleibe ich stehen und blicke aufs Meer hinaus. Als ich plötzlich hinter mir im Garten ein Geräusch höre, zucke ich zusammen. Mein Kopf fährt herum, und ich weiche in Richtung Wasser zurück, um so viel Abstand wie möglich zwischen mich und das zu bringen, was da womöglich in der Finsternis lauert. Angestrengt spähe ich in die Dämmerung, doch im fahlen Schein kann ich nichts richtig erkennen. Wieder ein heftiges Wogen in der Hecke, die rings um Theos Garten verläuft. Ich mache noch einen Schritt rückwärts, bis kaltes Meerwasser meine Knöchel umschwappt. Adrenalin durchpulst meinen Körper. Vor Angst bin ich wie erstarrt.

Im nächsten Moment bricht eine Gestalt aus ihrem Versteck am anderen Ende des Gartens hervor und rennt den Strand entlang. Mir stockt der Atem. Leider kann ich weder die Gesichtszüge erkennen noch etwas Auffälliges an der Kleidung feststellen. Der Schatten verschwindet aus meinem Blickfeld und wird von der Dunkelheit verschluckt.

Panisch haste ich zurück ins Haus und schließe die Türen ab. Dabei habe ich Mühe, meinen Herzschlag zu beruhigen, und ich ringe keuchend nach Luft. Dann fange ich an, nach einer vernünftigen Erklärung zu suchen. Vielleicht habe ich ja jemanden beim Schlafen am Strand gestört. Doch ich weiß, dass das nicht stimmt. Die Person war in Theos Garten. Die Balkontüren des Schlafzimmers standen die ganze Zeit offen. Hat der Eindringling uns womöglich gehört? Die Vorstellung, dass jemand unsere vertrautesten Momente belauscht haben könnte, löst kalte Abscheu in mir aus. Außerdem habe ich die Türen offen gelassen, als ich zu meinem Spaziergang aufbrach. War die Person vielleicht sogar im Haus?

Theo wacht langsam auf. Beim Anblick meiner Todesangst weiten sich seine Augen. Ihm ist nichts passiert. Doch ich bin noch immer völlig aufgelöst.

»Theo, hier war jemand«, stoße ich hervor. »Ich habe einen Strandspaziergang gemacht, und ich glaube, ich habe jemanden im Garten gesehen.«

Er springt aus dem Bett, eilt auf den Balkon und beugt sich übers Geländer, schaut in beide Richtungen. Das Morgenlicht gibt inzwischen sämtliche Verstecke preis.

»Die Person ist den Strand hinuntergelaufen, doch es war dunkel. Ich konnte das Gesicht nicht erkennen, aber …«

Er legt die Arme um mich und küsst mich auf den Scheitel, um mich zu beruhigen.

»Pssst, jetzt kann dir nichts mehr geschehen. Ich schaue unten nach.«

»Nein, bitte lass mich nicht allein.«

Ich ziehe ihn fest an mich und schlucke den Geschmack von Galle herunter. Düstere Gedanken wirbeln mir durch den Kopf, und mir ist ganz flau. Ich habe das unangenehme Gefühl, dass jemand mir Schaden zufügen will. Ich wünschte, ich wüsste, wer.

KAPITEL 16

Ich fahre mir mit einem Kamm durchs nasse Haar und berichte dabei Tasha von der Gestalt vor dem Haus.

»Und du konntest das Gesicht nicht sehen? Eine scheußliche Vorstellung, dass sich jemand da draußen rumdrücken könnte.«

»Vielleicht war es ja nur Zufall, und ich mache aus einer Mücke einen Elefanten. Schließlich war es dunkel. Außerdem war ich noch ein bisschen verkatert.«

»Du grübelst vielleicht wirklich zu viel. Vergeude nicht damit deine Energie, Soph. Denk einfach nur an heute und an deine Verabredung mit dem Typen wegen Mumma Lyns' Bild.«

Theo hat mich vorhin nach Hause gebracht, damit ich mich für unseren Ausflug umziehen kann. Bald kommt er mit Chrístos und Zínos zurück, um mich abzuholen. Trotz Tashas Rat, mir den Kopf nicht über den Fremden am Strand zu zerbrechen, lässt mich die Angst nicht mehr los, sodass ich fahrig bin und nicht fertig werde. Dass jemand nachts ums Haus herumgestrichen ist, ist für mich wie ein Übergriff. Ich empfinde die Vorstellung ziemlich bedrohlich, dass es ein Stalker auf mich, auf Theo oder auf uns beide abgesehen haben könnte.

Außerdem habe ich Lampenfieber wegen des Treffens mit Tony Giovinazzi. Doch zur Belohnung darf ich ja anschließend, begleitet von drei Fremdenführern, Touristin spielen. Als ich Tasha von Theos Tattoo erzähle, stößt sie einen Schrei aus.

»Was? Lass mich rekapitulieren: Auf seiner Haut steht in unauslöschbarer Tinte ein nahezu unbekanntes Gedicht, die letzte schriftliche Mitteilung deiner Mutter an dich?«

Ich nicke und erinnere mich an meine eigene Reaktion.

»Soph, das ist das Schrägste, was ich je gehört habe. Auf jeden Fall muss es etwas zu bedeuten haben. Tut mir leid, das war jetzt nicht sehr hilfreich, aber ich bin total von den Socken!«

»Tja, ganz gleich, was es bedeutet, ich versuche jedenfalls, es nicht zu ernst zu nehmen.« Mit einem Schauder denke ich an das Gedicht in Mums Handschrift. »Hör auf damit, mich fröstelt noch immer. Deshalb verspreche ich, von nun an vernünftig zu sein und auf meinen Verstand, nicht auf mein Herz, zu hören, so wie du es mir immer rätst. Wenigstens das habe ich inzwischen gelernt.«

Nach der letzten Nacht kann ich nicht mehr leugnen, dass da starke Gefühle im Spiel waren. Dennoch gebe ich mir Mühe zu verhindern, dass diese sich unlösbar mit Theo verbinden. Obwohl ich weiß, dass gerade das geschieht, was ich nicht laut auszusprechen wage. Im nächsten Moment läutet Tashas Wecker, um sie an ihre Spritze zu erinnern.

»Gerade noch mal Glück gehabt! Bleib dran, ich bin noch nicht fertig mit dir. Du kannst mir ja zuschauen, während wir uns weiterunterhalten.«

Sie geht mit dem iPad ins Bad und lehnt es an den Wasserhahn, damit ich auch wirklich alles sehe. Dann packt sie eine sterile Spritze aus und zieht Flüssigkeit aus einer Ampulle auf.

»So. Du darfst aussuchen: Oberschenkel oder Bauch?«

»Herrje, verlangst du etwa von mir, dass ich das entscheide?«

»Das ist ein Gemeinschaftsprojekt, also musst du mit uns da durch! Also, wohin?«

Sie droht mir mit der Nadel. Ich weiß nicht, wie sie sich zweimal täglich dazu überwindet.

»In meiner tiefen Unwissenheit würde ich auf Bauch tippen.«

Sie lüpft ihr Oberteil, zwickt eine kleine Hautfalte zwischen den Fingern zusammen und verabreicht sich die Spritze, ohne mit der Wimper zu zucken. Ich verziehe gequält das Gesicht.

»Geschafft! Es hat nicht mal wehgetan. Vergiss nicht, meine Follikelzählung steht an. Da du dann hier bist, können wir zusammen Eier suchen!« Triumphierend rückt sie ihre Kleidung zurecht. »So. Und jetzt will ich alles über Theo wissen. Du hast es zwar nicht ausdrücklich gesagt, aber ihr müsst zusammen im Bett gewesen sein. Sonst hättest du keine Gelegenheit gehabt, seine Brust zu begutachten. Also gehe ich einmal davon aus, dass *es* passiert ist.«

Ich lächle sie an und kann nicht anders, als ihre Vermutung zu bestätigen.

»Hab ich es doch gewusst! Also raus mit der Sprache, und zwar sofort!«

Das durchdringende Gellen einer Autohupe vor dem Haus unterbricht unser Gespräch.

»Auch Glück gehabt!«, verkünde ich, und wir beide lachen. »Das ist Chrístos, ich muss los. Aber ich verspreche, dich später anzurufen, und alles haarklein zu berichten.«

»Einverstanden. Aber ich muss auf Einzelheiten bestehen. Viel Glück. Und erzähl mir, wie der Termin gelaufen ist. Ich drücke Däumchen, dass der Typ weiß, wo Mumma Lyns' Bild versteckt ist.«

Draußen lehnen die Jungs rauchend und plaudernd an Chrístos' Auto und scheinen es trotz des Gehupes nicht eilig zu haben. Chrístos kommt auf mich zu und umarmt mich fest.

»Sophie! *Kaliméra.* Das ist mein Zínos.«

Er stellt mir seinen Freund vor, der mich zur Begrüßung auf beide Wangen küsst. Er ist eindeutig ein Fitness-Fanatiker und hat dicke, tätowierte Unterarme, einen mit Wachs gezwirbelten Schnurrbart und hohe Wangenknochen. Ein Kinnbärtchen rundet das Ganze ab. Er und Chrístos sind ein schönes Paar.

»Tut mir leid, dass ihr meinetwegen warten musstet.«

»Schätzchen«, sagt Zínos mit einer großartigen Geste. »Die beiden Jungs hier sind so ungeduldig und brennen schon darauf, dir ihr Griechenland zu zeigen. Was mich angeht – ich sitze lieber mit einem Kaffee am Strand und erhole mich. Aber weit gefehlt, stattdessen fahren wir jetzt zum schönsten Ort auf der Welt.«

Zínos verdreht die Augen und legt freundschaftlich den Arm um mich. Dann senkt er die Stimme, dass nur ich ihn hören kann.

»Ich glaube, unser Theo hier hat es ohne dich kaum noch ausgehalten! Wir unterhalten uns später. Ich platze schon vor Neugier!«

Also kein Grund für mich, nervös zu sein. Wir werden uns wunderbar amüsieren. Als Theos Blicke meine treffen, ist das elektrische Knistern sofort wieder da. Ohne auf die vielsagenden Blicke seiner beiden Freunde zu achten, marschiert er auf mich zu und küsst mich. Wir werden wieder von unserer Blase umfangen und vergessen alles um uns herum.

Chrístos stört jäh unsere Wiedersehensfreude.

»Wir haben nicht ewig Zeit. Lasst uns losfahren!«

Nachdem ich ihm die Adresse von Tony gegeben habe, machen wir uns im Sonnenschein auf den Weg. Eng aneinandergeschmiegt sitzen Theo und ich auf der Rückbank. Der Tag wird sich anfühlen, als dauere er eine Ewigkeit, weil wir einander nicht so nah sein können, wie wir wollen. Doch der Trost ist, dass ich vielleicht kurz vor einer Lösung des Rätsels um Mums Bild stehe.

Theo und ich dösen ein, denn die lange Nacht und der Schreck in der Morgenstunde stecken uns noch in den Gliedern. Immer wieder weist uns Chrístos zurecht, unser Anblick im Rückspiegel lenke ihn vom Fahren ab.

»Ich glaube, hier ist es«, verkündet er, als wir, fünfzehn Autominuten vom Stadtzentrum entfernt, langsam durch eine von

Bäumen gesäumte Straße rollen. Wir halten vor einer hoch aufragenden Mauer mit einem beeindruckenden elektrischen Tor.

»Soll ich mitkommen?«, fragt Theo und greift nach meiner Hand.

»Nein.« Ich beuge mich zu ihm, um ihn zu küssen. »Das muss ich allein erledigen. Aber danke.«

»Lass dir ruhig Zeit, *Sophie mou*«, erwidert Theo. »Hoffentlich findest du, was du suchst.«

Ich drehe mich zum Tor um und drücke auf die Gegensprechanlage. Eine Überwachungskamera, an der ein rotes Lämpchen blinkt, richtet sich auf mich. Im nächsten Moment ertönt ein elektrisches Surren, und in einem der Torflügel öffnet sich eine kleine Tür.

Ich fühle mich wie im Jardin Majorelle in Marrakesch. Als ich mit Mum in Marokko ein Kochseminar besucht habe, waren wir auch in Yves Saint Laurents berühmtem Garten, und der hier ist eine atemberaubende Hommage an diese Anlage. Fleischige Sukkulenten erheben sich aus ockergelbem Kies, Kakteen ragen drei Meter hoch in den Himmel, und ausladende Bambusstauden säumen die Auffahrt, die an einem prächtigen Haus endet.

Die schwarze Haustür öffnet sich. Eine zierliche Frau in der Kleidung einer Hausangestellten begrüßt mich wortlos und fordert mich mit einer Handbewegung zum Eintreten auf. Die Eingangshalle ist vollständig mit weißem Marmor ausgekleidet, was ein wenig an ein Mausoleum erinnert. Meine Schritte hallen in dem gewaltigen Raum wider. Die moderne Kunst an den Wänden eines langen Flurs bildet einen atemberaubenden Kontrast zum einfarbigen Dekor. Ein in elegantes Leinen gekleideter Mann kommt mir entgegen. Mein Blick bleibt an seinen teuren Designermokassins hängen.

»Tony Giovinazzi. Welche Freude, Sie in meinem Haus zu begrüßen und Sie endlich kennenzulernen, Sophie«, verkündet er mit gebildetem amerikanischen Akzent und schüttelt mir begeistert die Hand. »Ich kann Ihnen gar nicht sagen, wie aufregend ich es finde, Sie hier zu haben.«

»Vielen Dank, dass Sie so kurzfristig Zeit für mich hatten, Mr Giovinazzi.«

Er geleitet mich in den hinteren Teil des Hauses und besteht darauf, dass ich ihn Tony nenne. Auf dem Weg zur Terrasse kommen wir an einem Miró, zwei Kandinskys und einigen anderen Werken bedeutender moderner Künstler vorbei.

»Darf ich Ihnen einen Tee anbieten? Wasser? Kaffee?«

»Tee wäre sehr nett, danke«, erwidere ich und lasse mich in einen der geräumigen Rattansessel auf der Terrasse sinken. Sie sind rings um einen gläsernen Terrassenkamin gruppiert.

Der Garten hinter dem Haus ist angelegt wie der Vorgarten: üppiges Grün und wuchernde magentafarbene Bougainvilleen. Die stumme Frau eilt davon, um mein Getränk zu holen.

»Dann erzählen Sie mir mal, wie Sie inzwischen bei Ihrer Suche vorangekommen sind.«

Als er das Bein aufs Knie legt, kommt ein sonnengebräunter Knöchel in Sicht, der sich dunkel von der weißen Leinenhose abhebt.

»Bis jetzt nicht sehr weit. Ich wusste, dass die Chancen nicht hoch sind, und vielleicht war es naiv, mir überhaupt Hoffnungen zu machen. Es ist, als wäre ich seit meiner Ankunft keinen Schritt weitergekommen. Tut mir leid, dass ich so pessimistisch bin.«

»Sie brauchen sich nicht zu entschuldigen. Schließlich handelt es sich um ein wichtiges Werk, nicht nur für die Kunstwelt, sondern natürlich auch für Sie persönlich. Dürfte ich fragen, wie Sie darauf gestoßen sind? Seit Jahren schon kursieren die verschiedensten Gerüchte. Außerdem wurden zahlreiche Fälschungen als ›das verschollene Bild von Lyndsey Kinlock‹ angeboten. Aber ihre Mutter hat solchem Gerede immer rasch ein Ende bereitet. Dennoch hat sie nie ein Sterbenswörtchen darüber verloren, was aus dem fünften Bild der Serie geworden ist. Ich weiß nicht, ob das ein kluger Schachzug oder reine Geheimniskrämerei war … jedenfalls hat sie den Gerüchten so immer neue Nahrung gegeben.«

Ich krame die Fotokopie aus meiner Handtasche und reiche sie ihm.

»Das hier lag in einer Schachtel mit Fotos von Methoni im Wandschrank meiner Mutter. Ich habe bereits mit ihrer Agentin und mit ihrem Kunsthändler Níkos gesprochen. Außerdem warte ich noch immer auf den Rückruf eines gewissen Dimitris. Er ist Inhaber einer großen Galerie in Pylos. Bis jetzt sind das meine einzigen Hinweise.«

Tony mustert das Papier eingehend und hält es sich erst dicht vor die Augen und dann auf Armeslänge von sich. Sein Blick wandert über die Küstenlinie und den Strand, bis er an dem Mann im Vordergrund hängen bleibt. Ein begeistertes Auflachen.

»Es wäre sicher ein Erlebnis, das Original zu Gesicht zu bekommen. Unglaublich. Ich kann es kaum fassen, dass ich tatsächlich dieses Bild vor mir habe. Dimitris kenne ich, und ich kann ihn bitten, ein wenig Tempo zu machen. Wissen Sie, als ich in den Staaten zum ersten Mal Bilder Ihrer Mutter sah, wurde ich von einem unerklärlichen Gefühl ergriffen. Es war das Werk mit dem Titel *Sie geht fort.* Meine Tochter war gerade ausgezogen, um am College zu studieren, und ich hatte noch emotional daran zu knacken. Das Bild hat dafür gesorgt, dass alles wieder in mir hochkam. In aller Öffentlichkeit habe ich mitten auf der Vernissage losgeheult. Ich hätte im Erdboden versinken können.«

Dass Mums Bilder bei vielen Menschen eine ähnliche Reaktion auslösen, macht mich froh.

»Das hat sie gemalt, als ich an die Universität ging. Arabelle, Mums Agentin, hat das Original im Büro hängen. Auch ich zucke jedes Mal bei seinem Anblick zusammen.«

»Ach, die berüchtigte Arabelle. Ich bin froh, dass sie den Kontakt zwischen uns vermittelt hat. Also, dann zeige ich Ihnen mal die Stücke, die ich besitze.«

Ich folge ihm zurück ins Haus. Unterwegs begegnen wir der Haushälterin. Sie bringt ein Tablett mit Getränken auf die Terrasse, wo es uns bei der Rückkehr erwarten wird.

»Vorsicht, Stufe«, warnt er, als wir den beeindruckenden Marmorboden überqueren. Zwei kaum auszumachende Stufen führen in einen tiefer gelegenen Salon. In eine Wand ist ein moderner schwarzer Kamin eingelassen. Und darüber hängt Mums strahlend blaues Seestück, das in dem kargen Ambiente noch mehr zu leuchten scheint. Es verschlägt mir den Atem. In dem riesigen, rechteckigen Ausschnitt eines Wellen schlagenden Meeres pulsieren und verschwimmen die Farben. Das magische Licht Griechenlands ist genau getroffen; die Sonne bedeckt das Wasser mit weißen, von Funken durchzogenen Küssen.

»Ist das nicht ein wunderbarer Anblick?« Tony seufzt zufrieden auf. »Manchmal stehe ich einfach nur da und starre es an. Ihre Bilder ziehen einen förmlich in sich hinein. Das zweite hängt dort drüben.«

Wir kommen in ein traditionell eingerichtetes Speisezimmer, in dessen Mitte ein schwarz lackierter Tisch mit Platz für zirka dreißig Personen steht. Darauf prangt ein gewaltiges Gesteck aus weißen Orchideen. Wieder sorgt das schwarzweiße Ambiente dafür, dass das Kunstwerk umso strahlender hervortritt.

»Und hier ist das zweite«, verkündet er stolz.

Die Szene im Olivenhain ist in eleganten, zarten Pinselstrichen wiedergegeben. Vom Wind gebeugte und geneigte Bäume mit knorrigen Stämmen und Ästen. Wieder rauben mir Maßstab und Dimension den Atem, und es bewegt mich, Mums Werke im Haus eines Fremden zu sehen.

»Haben Sie eine Vermutung, wo das verschwundene Bild sein könnte?«, komme ich endlich auf den Grund meines Besuchs zu sprechen.

»Nun«, beginnt er auf dem Rückweg zur Terrasse. »Seit Ihrer ersten E-Mail habe ich lange darüber nachgedacht. Meiner Ansicht nach gibt es nur eine Erklärung dafür, warum das Bild nie auf den Markt gekommen ist: Ihre Mutter hat es jemandem geschenkt. Die anderen beiden aus der griechischen Serie befinden sich ebenfalls in privaten Sammlungen. Und sosehr ich auch mit den Besitzern feilsche, sie weigern sich, sie herauszurücken. Insbesondere jetzt – und das soll auf gar keinen Fall respektlos klingen –, da Ihre Mutter nicht mehr unter uns weilt, haben sie beträchtlich an Wert gewonnen. Wahrscheinlich geht es Ihnen mit dem verschollenen fünften Bild aus der Serie genauso.«

Ich kann einen enttäuschten Seufzer nicht unterdrücken. Offenbar ist meine alberne Suchaktion schlicht und ergreifend zum Scheitern verurteilt. Dennoch mache ich gute Miene zum bösen Spiel, trinke einen Schluck Tee und betrachte von meinem gemütlichen Sessel aus den üppig grünen Garten.

»Seit meiner Abreise aus London bin ich keinen Schritt weitergekommen. Welche Chance habe ich, das Bild je zu finden, falls sie es wirklich verschenkt hat?«

»Natürlich habe ich mich umgehört und meine Beziehungen spielen lassen, aber leider ohne Erfolg. Niemand weiß, wie das Bild aussieht. Es ist, als wolle man eine Nadel im Heuhaufen suchen. Uns bleibt wohl nichts anderes übrig, als uns nicht unterkriegen zu lassen und daran zu glauben, dass Sie es finden werden. Die Hoffnung stirbt ja bekanntlich zuletzt, richtig?«

Ich zwinge mich zu einem Lächeln.

»Ich bin nicht sicher, ob die Hoffnung allein mir weiterhelfen wird. Wenn das Glück oder das Schicksal mir nicht beistehen, muss ich wohl mit leeren Händen nach Hause fliegen.«

»Moment, ich zeige Ihnen etwas«, erwidert er, springt auf und eilt zu einem Beistelltisch neben der Tür. »Vor kurzem ist mir dieses Foto von Ihrer Mutter und mir bei einer Sommerausstellung in Athen untergekommen. Da das vor etwa zwanzig Jahren war, ist es der einzige Abzug, den ich habe. Damals waren Fotos noch nicht digital. Aber ich kann das Bild einscannen und Ihnen mailen, wenn Sie möchten. Damals bin ich vor Ehrfurcht fast erstarrt, weil ich sie kennenlernen durfte, und habe meine Frau gebeten, ein Foto von uns zu machen. Natürlich war Ihre Mutter sehr charmant und hat mir diesen Wunsch erfüllt.«

Er reicht mir das Foto. Die Menschen darauf sind in Abendgarderobe. Mum trägt ein antikes graues Seidenkleid mit eng anliegendem Oberteil und einem ausgestellten Rock in A-Linie. Heute hängt es unter einer schützenden Zellophanhülle in ihrem Wandschrank. Es ist eines der Kleider, die ich am liebsten an ihr sah. Die dunkle Lockenmähne hat sie zu einem Dutt zusammengefasst. Tony Giovinazzi steht breit lächelnd neben ihr und hebt sein Champagnerglas. Er ist kaum gealtert. Von Mum würde man das heute auch sagen. Auf dem Bild ist sie Ende dreißig, also etwa so alt wie ich heute.

»Es war eine wundervolle Ausstellung. Ich habe das Seestück Ihrer Mutter und noch einige Werke anderer Künstler gekauft. Meine Frau war nicht sehr begeistert, denn es wurde ein ziemlich teurer Abend.«

Ich will ihm gerade das Foto zurückgeben, als mein Blick auf eine Gestalt im Hintergrund fällt.

»Moment, bitte«, sage ich und betrachte es noch einmal.

Mein Puls wird schneller. Obwohl die Kamera auf meine Mutter und Tony gerichtet ist, kann ich hinter ihnen ein vertrautes Gesicht ausmachen. Ich kann es nicht fassen. Dann blinzle ich zweimal, um sicherzugehen, dass meine Fantasie mir keinen Streich spielt. Er ist es, und er schaut direkt in die Kamera.

Ich sehe angestrengt hin, unsicher, ob ich mich nicht vielleicht doch täusche. Der Mann ist attraktiv, scheint sich im Frack jedoch ein wenig unwohl zu fühlen. Rote Pünktchen füllen seine Pupillen, weil sich das Blitzlicht in seinen Augen fängt. Was macht er hier? Wie kommt er auf eine Ausstellung in Athen? Und kannte er meine Mutter?

»Ich habe diesen Mann schon einmal gesehen. Letzte Woche, hier in Griechenland«, sage ich zu Tony, ohne den Blick von dem Foto abzuwenden. Ich verstehe die Welt nicht mehr und bin vor Aufregung ganz zittrig.

Die Person hinter meiner Mutter ist der starrende Mann aus Methoni.

KAPITEL 17

So gern ich auf der Stelle nach Methoni zurückkehren würde, um den Mann zu suchen, ich muss mich nach Chrístos', Zínos' und Theos Plänen richten. Und eigentlich habe ich mich ja sehr auf den Ausflug gefreut – bis ich dieses Foto kannte. Andererseits wird mir der starrende Mann schon nicht davonlaufen. Ich kann mir also ruhig Zeit lassen.

Als ich wieder im Auto sitze, sieht Theo mich fragend an.

»Hast du etwas rausgekriegt?«, erkundigt er sich neugierig.

»Nicht wirklich. Aber es besteht die Möglichkeit, dass ein Mann, der auf einem Foto mit meiner Mum war, etwas wissen könnte. Ich habe zwar keine Ahnung, wie er heißt, aber ich würde ihn wiedererkennen, denn ich bin ihm in Methoni schon einmal begegnet.«

Er drückt meine Hand. »Spitze! Hast du das Foto hier?«

»Noch nicht. Tony will es mir mailen. Dann zeige ich es dir. Vielleicht kennst du den Mann sogar.«

Theo lächelt. »Ich wusste doch gleich, dass du hier etwas erfahren würdest. Du wirst dieses Bild finden, Sophie, das spüre ich genau.«

Als er mir den Arm um die Schulter legt, lassen meine Bedenken, was ein Zusammentreffen mit dem starrenden Mann angeht, allmählich nach. Für den Moment wenigstens.

Die historische Stätte erstreckt sich über viele Hektar und erinnert mich an ein Massengrab für Gebäude. Frisch ausgegrabene ionische Säulen liegen in Reih und Glied da. In der Ferne erhebt sich majestätisch das Stadion am Berghang mit seinen stufenweise ansteigenden Sitzreihen. Außer uns ist niemand hier, und nachdem wir das Eintrittsgeld bezahlt haben, wandeln wir auf den Spuren der Antike.

Dicht unterhalb der Kuppe des Hügels, auf dessen anderer Seite wir absteigen werden, stoppt Chrístos uns.

»Wartet! Ich will sehen, was für ein Gesicht Sophie macht. Ihr anderen bleibt dort stehen.«

Er scheucht Zínos und Theo voran zum Gipfel und winkt mich dann zu sich. Ich habe keine Ahnung, was er vorhat.

Doch mit jedem Schritt wird mir seine Absicht klarer. Unter uns befindet sich ein perfekt erhaltenes Amphitheater, das bis jetzt vor Blicken verborgen war. Kunstvolle Mosaike bedecken nicht nur den Boden, sondern auch die Umrandung des Baumwerks und sämtliche Sitzreihen. Als Chrístos und Theo vor Zínos her in die Mitte der Arena stürmen, erkenne ich die beiden Schulfreunde von früher in ihnen wieder. Während sie um die Wette laufen, erklärt Zínos mir alles. Die Akustik sei beeindruckend, ein architektonisches Meisterwerk.

Theo stößt einen Pfiff aus. »*Kalós írthate stin Elláda!*«, flüstert er dann.

Selbst aus einigen Hundert Metern Entfernung kann ich ihn ebenso deutlich verstehen wie Zínos, der direkt neben mir steht.

»Ja, ja, willkommen in Griechenland! Die zwei sind so stolz auf ihr Land. Gut, das sind wir alle. Aber vielleicht bin ich nach den vielen Jahren, die ich nun schon in Thessaloniki wohne und arbeite, ein wenig zynisch geworden. Dort sieht man jeden Tag so viel Armut. In Methoni leben die beiden Jungs abgeschirmt von der Realität.«

Ich denke an die Szenen, die zu Hochzeiten der Rezession in den Nachrichten liefen. Proteste, brennende Barrikaden, Rauch, politische Verunsicherung, wütende Staatsbedienstete, von Mittelkürzungen um ihre Arbeit gebracht. Verglichen damit, wirkt Methoni wie eine Insel in der rauen Wirklichkeit. Hier lebt man in einer Postkartenidylle, die mit dem Rest der Welt nicht viel zu tun hat. Doch selbst bei bescheidensten Ansprüchen kann es manchmal sehr schwierig sein, seinen Lebensunterhalt zu bestreiten.

Ich drehe mich zu Zínos um und senke die Stimme, damit das Bauwerk sie nicht verstärkt.

»Könntest du je in einem Dorf wie Methoni leben?«

Er zuckt die Achseln. Wir setzen unseren Weg nach unten zu unseren Freunden fort. Diese sitzen nebeneinander auf einer Art Thron und sind ins Gespräch vertieft.

»Vielleicht. Wenn ich mal alt bin. Wie du selbst gesehen hast, ist es die absolute Idylle. Für den Urlaub in Ordnung. Aber um dort zu wohnen? Ich bin nicht sicher, ob das etwas für mich wäre.«

Mir tut Chrístos leid, denn er liebt Zínos offenbar sehr und wird durch familiäre und berufliche Pflichten von ihm getrennt. Aber das könnten sie doch sicher ändern?

»Da ich dich jetzt für mich allein habe, musst du mir etwas verraten. Schließlich habe ich von Chrístos schon so viel über dich gehört, dass ich das Gefühl habe, dich gut zu kennen. Wie läuft es eigentlich mit Theo?«

Ein Lächeln verrät meine Gefühle. Alles ist noch so neu und die allgegenwärtigen Schmetterlinge fangen heftiger an zu flattern, als ich an ihn denke. Zínos entgeht das nicht.

»Ach, dieses Lächeln ... ich erinnere mich noch gut an die Zeit ganz am Anfang, wenn man sein Glück nicht verbergen kann und die ganze Welt von Licht erfüllt ist.«

»Es kam ziemlich unerwartet. Ich war nicht auf der Suche nach ... irgendetwas«, bemühe ich mich um einen beiläufigen Ton.

»Er hat sich verändert, Sophie. Er ist nicht mehr so wie früher. Chrístos sagt das auch.«

Die spontane Freude, als ich das höre, wird sofort von Schuldgefühlen unterwandert. Ich will nicht daran denken, dass ich abreisen muss und uns beiden damit unweigerlich wehtun werde. Es gibt keine Zukunft für uns, denn Theo und ich wollen sehr verschiedene Dinge. Selbst wenn wir an einem Ort leben würden, würde ich mir eines Tages eine Familie wünschen. Und er beharrt darauf, keine zu wollen.

Ich bleibe stehen, um zu fotografieren. Als Zínos und ich unseren Weg nach unten zu der früheren Agora fortsetzen, sind Theo und Chrístos noch immer ins Gespräch vertieft.

»Es ist traurig, denn meine Zeit hier ist begrenzt. Doch die Verbindung zwischen uns wird sicher immer etwas Besonderes sein«, sage ich scheinbar gleichmütig.

Chrístos unterbricht uns, bevor Zínos nachhaken kann.

Von ausladenden Gesten begleitet, setzt er zu einem lehrreichen Vortrag über den ehemaligen Marktplatz an und zeigt uns pantomimisch, wie man früher dort die Rinder an Ringen festband, um sie dann zu versteigern. Außerdem weist er uns auf die verschiedenen Göttertempel und auf die Grüppchen von Archäologen hin, denen die gewaltige Aufgabe obliegt, die kostbaren Artefakte zu bergen.

Theo greift nach meiner Hand. Er führt mich von den anderen weg. »Dir klingeln sicher schon die Ohren«, flüstert er. »Chrístos hatte eine Unmenge Fragen.«

Er betrachtet mich mit einem schüchternen Ausdruck, den ich noch nicht an ihm kenne. Seine grünen Augen strahlen im Sonnenlicht, seine karamellfarbene Haut hebt sich von seinem weißen T-Shirt ab. Der unwiderstehliche Magnetismus, den ich spüre, wann immer wir einander ansehen, zieht mich in seine Arme. Es ist, als hielten wir es nicht aus, körperlich getrennt zu sein.

»Was hast du ihm erzählt?«, erkundige ich mich neugierig.

Spielerisch tippt er mir auf die Nase. »Das geht dich nichts an, Sophie *mou.*«

»Tja, dann verrate ich dir auch nicht, worüber ich mit Zínos geredet habe.«

Er rächt sich, indem er mich hochhebt und durch die Luft wirbelt. Das antike Griechenland dreht sich um mich und verwandelt sich in einen Nebel aus Steinen und Zypressen.

»Hör auf! Gleich wird mir schlecht!«

Nach einer Weile lässt er sich erweichen. Während ich darauf warte, dass der Schwindel sich legt und die Welt wieder stillsteht, hält er mich fest in den Armen und küsst mich. Sein Zitrusduft versetzt mich zurück in sein Bett, und meine Hand wandert ganz automatisch zu seiner Brust, wo unter dem T-Shirt die Worte zu lesen sind, die mir so viel bedeuten. Die Dinge zwischen uns nehmen immer mehr Fahrt auf. Unaufhaltsam.

Die gesamte Ausgrabungsstätte ist so riesig, dass es unmöglich ist, alle Inschriften und Details eingehend zu betrachten. Theo und ich schlendern Hand in Hand umher, machen Selfies und genießen den restlichen Vormittag. Als wir uns im Schatten eines großen Baums neben dem Stadion eine Flasche Wasser teilen, staune ich noch immer über die gewaltigen Ausmaße der Arena und male mir Pferderennen, johlende Menschenmengen und das Blut und den Schweiß aus, die vor Tausenden von Jahren an diesem Ort vergossen wurden. Ein himmelweiter Unterschied zu der Ruhe und dem Frieden, die heute hier herrschen. Nur der Gesang der Vögel ist zu hören. Ich sitze zwischen Theos Beinen und lehne mich an ihn.

»Scheint in Griechenland eigentlich jeden Tag die Sonne? Es ist seltsam, morgens bei einem blauen Himmel aufzuwachen und zu wissen, dass es in London schneit.«

»Ich habe in Methoni noch nie Schnee gesehen«, gibt er zu. »Vielleicht hat es vor vielen Jahren einmal geschneit, aber nicht zu meinen Lebzeiten. Ja, oben in den Bergen schon, aber nicht im Dorf. Allerdings ist es im Winter kälter. Im November regnet es etwa zwei Wochen lang. Ansonsten ist es immer sonnig.«

Ich versetze ihm einen Klaps auf den Arm.

»Das muss ja entsetzlich für dich sein!« Die Vorstellung, dass der hiesige Winter nur aus vierzehn Tagen Regen besteht, während Großbritannien monatelang unter schlechtem Wetter ächzt, bringt mich zum Lachen.

»Übrigens habe ich meiner *jiajiá* erzählt, dass ich ein ganz besonderes englisches Mädchen kennengelernt habe. Ich habe ihr auch gesagt, dass du Küchenchefin bist, doch sie glaubt mir nicht, dass du kochen kannst, weil du keine Griechin bist. Aber sie ist bereit, dir zu zeigen, wie man *portokalópita* macht.«

Ich bin begeistert. Nicht nur, weil ich nun das Rezept erfahren werde, sondern weil er mit seiner geliebten Großmutter über mich gesprochen hat. Ich richte mich auf und drehe mich zu ihm um.

»Das wäre wundervoll.« Dass sie mich wegen meiner Herkunft beruflich nicht ernst nimmt, finde ich amüsant. »Muss ich Angst vor ihr haben?«

Er lacht auf, und ihm ist anzusehen, wie viel sie ihm bedeutet.

»Sie ist ziemlich klein, aber gefährlich. Außerdem spricht sie kaum Englisch. Ich muss also übersetzen.«

»Dafür wirst du mit Kuchen und auch auf andere Weise belohnt werden!«

»Das hoffe ich doch sehr«, erwidert er und streift meine Lippen mit seinen. Es ist eine hauchzarte Berührung.

Wie gern wäre ich jetzt mit ihm allein in seinem Bett, nicht hier, wo die Augen uralter Geister auf uns ruhen.

Das Läuten meines Telefons stört die friedliche Stimmung. Ich hole es aus der Tasche und nehme das Gespräch an. Wieder meldet sich niemand. Dennoch bin ich sicher, dass ich jemanden atmen höre. Ich fröstle, obwohl es ein heißer Tag ist, und ich muss wieder an den Fremden vor Theos Haus denken.

»Hallo?«, wiederhole ich, diesmal ein wenig schärfer. Noch immer keine Antwort.

Ich lege auf und stelle mein Telefon auf stumm. Theo runzelt die Stirn. Fragend mustert er mein Gesicht.

»Ist alles in Ordnung?«

»Ja … bestens. Es war niemand dran.«

»Könnte es nicht ein Anruf wegen des Bildes gewesen sein?«

»Nein, sicher nicht. Ich habe keine Ahnung, wer das war.«

Mein Herz klopft wie wild. Das Telefon vibriert in meiner Hand. Wieder ein Anruf, den ich ablehne. Falls es Dimítris von der Galerie in Pylos ist, wird er sicher eine Nachricht hinterlassen. Im nächsten Moment hören wir Chrístos' Stimme.

»Hey! Zeit zum Mittagessen.«

Er wedelt mit den Armen, damit wir ihn bemerken. Als ein Summen eine Sprachnachricht ankündigt, bedeute ich den anderen, dass ich gleich nachkomme.

Während ich meine Mailbox anrufe, versuche ich, die Angst zu vertreiben, die sich in mir breitmachen will. Um mich abzulenken, beobachte ich Theo. Das Licht betont seinen muskulösen Körper. Ich sehne mich nach seiner Berührung, und als ich mich daran erinnere, wie es war, als er sich in mir bewegt hat, regt sich wieder die Begierde.

»Sophie, du musst mich zurückrufen. Du hast ja meine Nummer. Bitte entsperre sie. Es ist so nervtötend, dass ich meine Nummer unterdrücken muss. Wir müssen reden. Dringend.«

Theo dreht sich um, und ich bemerke, wie ein besorgter Ausdruck über sein Gesicht huscht. Offenbar bin ich erbleicht, sobald ich Roberts Stimme hörte. Ich lege auf und werfe das Telefon in meine Handtasche, als könnte ich ihn so aus meinem Tag tilgen.

»Sophie, fehlt dir etwas?«, fragt Theo. »Hat es mit deinem Bild zu tun?«

»Nein, es ...«, entgegne ich aufgesetzt fröhlich. »Es war nur ein Callcenter. Mir geht es gut.«

Ich bereue die Lüge, kaum dass sie mir über die Lippen gekommen ist. Meine Vergangenheit hat nicht die Macht, die Gegenwart anzuhalten oder die Zukunft zu verhindern. Die Zeit marschiert unbeirrt weiter und lässt auf ihrem Weg zahlreiche Seelen zurück. Robert hat seine Rolle in meinem Leben gespielt, in meiner Vergangenheit, doch in der Zukunft hat er nichts verloren.

KAPITEL 18

Wir stehen vor meiner Villa, und ich verabschiede mich durch das Autofenster von Zínos und Chrístos.

»Bis bald!«, rufe ich und wende mich dann an Theo. »Meldest du dich später? Oder kommst du vorbei?«

Er nimmt mich in die Arme und küsst mich so leidenschaftlich, dass mir fast die Knie nachgeben. Tashas Rat, ich solle auf mein Herz achten, verliert zunehmend an Bedeutung. Meine Gefühle drängen danach, sich Bahn zu brechen, und ich weiß, dass er genauso empfindet.

»Aber klar.« Er streichelt mein Gesicht.

Vor lauter Sehnsucht gerät mein Plan, Tasha anzurufen, sobald ich zu Hause bin, beinahe in Vergessenheit.

»Bis später, Sophie *mou.*«

Jedes Mal, wenn er das sagt, überläuft mich von Kopf bis Fuß ein Schauder. Er springt ins Auto, und die drei fahren davon.

Als ich drinnen die Fensterläden öffne, ertappe ich mich dabei, dass ich vor mich hin lächle. Ein albernes Grinsen, weil ich weiß, dass ich begehrt werde. Keine Fußangeln, keine Verpflichtungen, nur Spaß ... ach, warum höre ich nicht endlich auf, mir etwas vorzumachen? Jede Sache hat einen Haken, und ich will nicht zur Verwalterin von Theos Unglück oder, noch wichtiger, von meinem werden. Dennoch schiebe ich alle Gedanken an das Ende dieser Reise beiseite und entscheide mich für glückselige Verdrängung. So lange es geht.

Ich greife zu meinem Tagebuch und setze mich nach draußen in die Abendsonne, um mir einige Gerichte zu notieren, die ich vorhin bei unserem Zwischenstopp in einer Taverne in den Bergen gekostet habe. Gleich muss mich bei Tasha melden, um ihr alles zu berichten. Ich sichte die Fotos von unserem Mittagessen, wähle ein paar für mein Instagram-Konto aus und sehe mir den Rest erneut an. Eins von Theo und mir vor dem Amphitheater. Ein Selfie beim Küssen. Wir haben beide die Augen geschlossen, das Sonnenlicht hebt unsere Wangenknochen und die gebräunte Haut hervor. Lächelnd schicke ich es ihm als Anhang einer SMS. Wir sind ein hübsches Paar.

Ein Klopfen an der Tür reißt mich aus meinen Träumereien von trauter Zweisamkeit. Hat das Universum zu seinem üblichen Trick gegriffen, Theo herbeizurufen, sobald ich an ihn denke? Voller Vorfreude eile ich zur Tür und reiße sie auf.

Meine Hochstimmung legt sich so schlagartig wie nach einer Ohrfeige, und ich fühle mich, als würde mir das Herz aus dem Leib gerissen. Sofort fange ich an zu zittern, und mein Magen krampft sich zusammen.

Robert.

Wie ist das möglich?

Ein gekünsteltes Lächeln verzerrt sein Gesicht zu einer Grimasse.

»Hallo, Soph.«

Ich kenne dieses schiefe Grinsen nur allzu gut. Die Wirkung von Alkohol ist ihm stets schon nach wenigen Schlucken anzusehen. Ein Augenlid sackt dann herunter, und er hat Mühe, geradeaus zu schauen. Nur, dass er diesmal offenbar mehr als einen Drink intus hat.

»W... was machst du hier?«, stammle ich, halte mich an der Tür fest und versperre ihm den Weg.

»Ich habe nichts von dir gehört und mir Sorgen gemacht. Also bin ich hergekommen«, lallt er grinsend. »Du solltest deinen Standort nicht in den sozialen Medien posten.«

Er torkelt ein wenig, als er sich an die Stirn tippt, als sei er der Detektiv des Jahrhunderts. Ich könnte mich für meine Dummheit treten. Meine himmelhochjauchzenden Instagram-Posts haben ihn schnurstracks zu mir geführt. Ich bin gar nicht auf die Idee gekommen, auf meinem Geschäftskonto meinen Aufenthaltsort zu verbergen. Obwohl ich seine Zwanghaftigkeit kenne, hätte ich in meinen kühnsten Albträumen nie daran gedacht, dass er mir tatsächlich nachreisen könnte. Als er sich an mir vorbeirempelt, knallt die Tür gegen die Wand. Er schubst mich einfach beiseite. Vor Furcht erstarrt, stehe ich da.

»Du hast weder auf meine Anrufe noch auf meine Nachrichten reagiert. Und ich muss mit dir sprechen, Soph. Du warst nicht schwer zu finden. Ich habe versucht, dich anzurufen, um dir zu sagen, dass ich hier bin. Und wo ist *er*?«

Er öffnet die Badezimmertür und stößt sie mit dem Fuß wieder zu. Dann marschiert er lautstark polternd ins Schlafzimmer. Da ich ein Foto von Theo auf dem Boot gepostet habe, weiß Robert, wie er aussieht. Allmählich habe ich nicht nur Angst um mich selbst, sondern auch um Theo. Robert steht schwankend mitten im Wohnzimmer. Seine Augen sind vor Übermüdung und vom Alkohol gerötet.

»Was für ein Drecksloch! Und *hier* wohnst du?«

Ich überlege, wie ich ihm Vernunft beibringen und ihn beruhigen soll, denn seine Stimmung droht jeden Moment in eifersüchtige Raserei umzukippen. Ich darf ihn nicht reizen und kann nur hoffen, dass er sich wieder einkriegt, damit ich ihn hinauskomplimentieren kann. Aus Erfahrung weiß ich, dass sich der weitere Lauf der Dinge in den nächsten zehn Minuten entscheiden wird. Jedenfalls ist es unmöglich, dass er hierbleibt. Ich halte ihn nicht mehr aus. Und das muss ich auch nicht. Er hat keinen Anspruch mehr auf mich. Als ich auf die Tür zusteuere, macht er einen Satz in meine Richtung. Ich weiche einen Schritt zurück, worauf er mich am Handgelenk packt. Seine Finger umklammern mich fest.

»Soph, bitte hör mich an. Wir müssen reden. Komm nach Hause. Ich versuche nur, dir zu helfen. Als dein Freund. Ich kenne dich besser als jeder andere.«

Nur mit Mühe gelingt es mir, mich aus seinem Griff loszureißen. Seine Hand hat roter Druckstellen hinterlassen. Allmählich bekomme ich Panik. Er starrt bedrückt auf seine Füße, versucht, das Gleichgewicht zu halten. Aber ich empfinde weder Mitgefühl für ihn, noch habe ich ein schlechtes Gewissen. Nach einer Weile finde ich die Sprache wieder und strenge mich an, mit möglichst ruhiger Stimme zu sprechen. Ich darf keine Schwäche zeigen, das würde er nur weidlich ausnützen.

»Aber, Robert, ich habe wirklich keine Ahnung, was du hier willst. Ich muss allein sein. Außerdem bin ich dir keine Rechenschaft mehr schuldig.«

Sein Kopf fährt hoch. Obwohl in seinen Augen Tränen stehen, funkeln sie hasserfüllt. Ich bekomme Herzklopfen, und vor Angst kann ich nur noch flach atmen. Ich werde nicht zulassen, dass er mir wehtut. Ich muss mich gegen ihn behaupten.

»Aber du bist ja gar nicht allein, sondern mit einem anderen Mann zusammen. Ich habe euch gesehen.«

Mir gefriert das Blut in den Adern. Eifersucht war der Grund eines seiner gewalttätigen Übergriffe. Eine Besprechung mit einem potenziellen Kunden, die länger dauerte als geplant. Als ich verspätet nach Hause kam, wurde ich von einem sturzbetrunkenen und vor Wut tobenden Robert empfangen. Er warf mir vor, ich hätte mich mit einem anderen Mann eingelassen, stieß mich aus dem Bett, knallte mir den Kopf gegen die Wand, verpasste mir Blutergüsse an den Armen und schlug nach mir, bis er irgendwann die Besinnung verlor. Mich traf weder damals noch heute irgendeine Schuld. Wir sind nicht mehr zusammen. Er hat kein Recht darauf zu erfahren, mit wem ich meine Zeit verbringe. Dennoch lege ich mir meine Worte noch sorgfältiger als sonst zurecht und bemühe mich um einen sanften Ton.

»Ich bin hier, um ein wenig Abstand zu allem zu gewinnen, Robert. Du weißt, was ich durchgemacht habe.«

Er lässt sich aufs Sofa sinken. Wenn er nüchtern wäre, würde er bemerken, wie sehr mich diese körperliche Distanz erleichtert.

»Was *du* durchgemacht hast? *Du*? Was ist mit mir? Du hast mich einfach weggeworfen, als ob ich dir nichts bedeute. Ich nicht, und auch nicht unsere Beziehung, unser Baby und unsere Zukunft? Glaubst du etwa, der Tod deiner Mutter würde mich nicht fertigmachen? Sie war für mich Familie.« Er schlägt die Hände vors Gesicht und fängt laut zu schluchzen an. »Wir waren eine Familie. Und jetzt ist alles kaputt.«

Beim Weinen beben seine Schultern. Wenn ich ihn nun tröste, würde ich ihm nur falsche Hoffnungen machen. Seine Trauer lässt mich zwar nicht kalt, aber ich werde nicht zulassen, dass er sie einsetzt, um mich wieder einmal weichzuklopfen, so sehr ihn Mums Tod auch mitnehmen mag.

»Mir ist klar, wie schwer es ist, Robert. Ich weiß das wohl am besten. Aber du solltest nicht hier sein. Es ist nicht fair.«

Als er mich anblickt, erkenne ich in seinen Augen aufrichtige Trauer und Kränkung. Ich zupfe an der eingerissenen Nagelhaut meines Daumes, bis es blutet. Ein stechender Schmerz.

»Es tut mir leid, Soph. Du musst mir glauben, dass ich nie im Leben etwas so bedauert habe wie dass ich dich verloren habe. Dass ich dir in dieser Situation nicht beistehen konnte. Jetzt ist alles aus. Können wir es nicht noch einmal versuchen? Bitte.« Verzweifelt verzieht er das Gesicht. »Komm zurück. Ich höre auf zu trinken, das schwöre ich. Ich kann mich ändern. Nur du kannst mir dabei helfen. Ich weiß, dass du es eigentlich willst. Sicher liebst du mich noch, selbst nach allem, was ich getan habe.«

Zu meiner Verärgerung bin ich einen Moment kurz davor einzuknicken. Trotz allem, was ich jahrelang erdulden musste, will ich nicht schuld daran sein, dass er noch mehr leiden muss. Nein, ich darf mich nicht mehr von ihm verunsichern lassen.

»Es tut mir leid, Robert, aber ich liebe dich nicht. Du musst gehen.«

Allerdings macht er keinerlei Anstalten, vom Sofa aufzustehen. Er sitzt nur da und stiert stumpf und trübselig vor sich hin.

»Entschuldige, wenn ich dich heute Früh erschreckt habe. Ich habe euch abends am Hafen beobachtet und bin euch zu seinem Haus gefolgt. Die ganze Nacht habe ich gewartet, und als du am Strand spazieren gegangen bist, wollte ich so gern allein mit dir sprechen. Ich wollte nicht, dass *er* sich einmischt, weil ich keine Lust auf Streit hatte. Irgendwann habe ich die Panik gekriegt. Ich wollte unbedingt mit dir reden, aber stattdessen bin ich weggelaufen. Genau wie du damals.«

Wieder krampft sich mir vor Widerwillen der Magen zusammen. Mir wird übel. Ich haste ins Bad, schließe die Tür hinter mir ab und schaffe es gerade noch zum Klo. Tränen strömen mir übers Gesicht, als ich heftig erbreche. Die Vorstellung, dass er uns gestern Nacht nachspioniert hat wie ein perverser Spanner, stößt mich ab. Also war *er* die Gestalt, die ich bei Dunkelheit über den Strand habe laufen sehen.

Erst als ich meinen gesamten Mageninhalt von mir gegeben habe, kann ich aufhören zu würgen. Dann verharre ich, zitternd wie Espenlaub, auf dem Fußboden und warte darauf, dass sich mein Magen wieder beruhigt. Um Hilfe zu rufen ist zwecklos, denn niemand würde mich hören. Mein Telefon ist nicht in Reichweite. Ich sitze in der Falle.

Die Arme um die Knie geschlungen, breche ich vor lauter Wut über meine eigene Hilflosigkeit in Tränen aus. Dieses Theater muss endlich aufhören. Ich muss einen Schlussstrich ziehen, und zwar so, dass er es ein für alle Mal kapiert. Geräusche aus der Küche sagen mir, dass Robert nacheinander sämtliche Küchenschränke und den Kühlschrank aufreißt. Dann das verräterische Klirren einer Flasche auf der Anrichte. Noch mehr Alkohol.

Nach einer gefühlten Ewigkeit wird es totenstill. Vermutlich ist gar nicht so viel Zeit vergangen, aber ich habe keine Möglichkeit, das festzustellen.

Ein Falter prallt gegen den Schirm der Deckenlampe und flattert schließlich zu dem kleinen Fenster mit Milchglasscheibe hinüber. Ich öffne das Fenster und blicke dem Falter nach, der hinaus in den Sonnenuntergang fliegt und sich von einer Luftströmung emportragen lässt, bis er nicht mehr zu sehen ist. Genau das muss ich auch tun. Ich werde mich nicht mehr von Robert in ein Gefängnis sperren lassen.

Ich horche an der Badezimmertür: Stille. Vorsichtig schiebe ich den Riegel zurück, der bei jedem Millimeter ein scheinbar ohrenbetäubendes metallisches Quietschen erzeugt. Ich bin wütend auf diesen Mann. Wie kann er es wagen, meine Gefühle mit Füßen zu treten? Dass er sich in meinen Urlaub hineindrängt und mich mir nichts, dir nichts überfällt, ist der beste Beweis dafür, dass er sich entgegen allen Beteuerungen überhaupt nicht geändert hat. Ich hatte recht damit, ihn zu verlassen. Und er muss endlich begreifen, dass es für uns keinen Neuanfang gibt. Ich werde mich nicht wie ein verängstigtes Mäuschen verkriechen.

Von neuem Mut erfüllt, reiße ich die Badezimmertür auf. Die Terrassentüren sind noch offen, die Vorhänge wehen in den Raum, und mein Telefon liegt auf dem Tisch. Niemand sitzt auf dem Sofa. Im Wohnzimmer ist er nicht. Im nächsten Moment sehe ich seine

Füße über die Kante meines Bettes ragen und höre sein lautes, grollendes Schnarchen. Eines meiner Kleider zusammengeknüllt an sich gedrückt, liegt er ausgestreckt auf dem Rücken. Ein letztes Mal spüre ich einen Anflug von Mitleid, bevor mein Zorn endgültig die Oberhand gewinnt.

»Robert, wach auf. Du musst gehen.« Ich rüttle ihn kräftig.

Er regt sich schlaftrunken und reibt sich die müden Augen. Als er mir die Hand hinhält, schiebe ich sie weg.

»Es reicht. Ich meine es ernst. Du gehst. Und zwar sofort.«

Wieder strömen ihm Tränen übers Gesicht. Doch meine Geduld mit seinen Mätzchen ist zu Ende. Soll er doch herumbrüllen oder mich schlagen, es ändert nichts an meinen Gefühlen. Ich hasse mich dafür, dass ich mich im Bad eingeschlossen und Schwäche gezeigt habe, obwohl *er* doch der Schwächere von uns beiden ist.

Ich marschiere durchs Wohnzimmer, öffne die Haustür und sehe zu, wie er sich schwerfällig hochrappelt. Zu meinem Erstaunen trollt er sich tatsächlich in Richtung Tür. Doch im Hinausgehen, dreht er sich noch einmal um. Ich halte die Tür fest, weiche nicht zurück und versperre ihm entschlossen den Weg.

»Es tut mir leid, Soph. Alles, was passiert ist.« Er fährt sich mit der Hand durchs blonde Haar.

Als er ein zärtliches Lächeln versucht, erscheinen auf seinen Wangen die Grübchen, die ich früher so geliebt habe.

»Ich werde dir beweisen, dass ich mich ändern kann. Versprochen.«

»Das bringt doch alles nichts mehr, Robert. Offen gestanden ist es mir egal, was du tust oder nicht tust.«

»Wie kannst du so kalt sein? Nach allem, was wir zusammen erlebt haben. Und unser Baby – denkst du denn nie an unser Baby?«, schreit er verzweifelt auf.

Es tut weh, diese Worte aus seinem Mund zu hören. Meine Kraft und Entschlossenheit schwinden. Er tritt auf mich zu. Nun hat er meinen Schmerz, meine größte Schwachstelle, erfolgreich als Waffe gegen mich eingesetzt. Seine Hände legen sich auf meine Schultern und ziehen mich an seine Brust. Ich lasse es zu, dass er mich in die Arme nimmt. Plötzlich berühren seine Lippen meine. Mein Verstand braucht einen Sekundenbruchteil, um mit den Ereignissen Schritt zu halten.

»Robert, nein.« Vorsichtig befreie ich mich aus seinen Armen und rede leise, aber mit Nachdruck, auf ihn ein. »Bitte, du weißt, dass es vorbei ist. Das musst du akzeptieren. Flieg nach Hause. Es ist sinnlos, dass du hierbleibst. Meine Entscheidung steht fest.«

Ich spüre meinen Herzschlag bis in den Unterleib hinein. Sein Gesicht rötet sich vor Zorn, und ich rechne damit, dass er mich schlagen wird. Dennoch zucke ich nicht mit der Wimper. Allerdings ist er von mir keinen Widerstand gewöhnt, und offenbar erschreckt ihn das so, dass er das Handtuch wirft. Mit gekränkter Miene weicht er zurück und scheint endlich zu verstehen, dass es aus ist. In dem Versuch, einen letzten Rest von Würde zu bewahren, reckt er stolz das Kinn.

Ich blicke ihm nach, wie er davongeht, als wäre nichts geschehen, und raschen Schrittes den Pfad entlang eilt. Erleichtert atme ich auf und schüttle verärgert den Kopf. Ich berühre meine Lippen und würde am liebsten laut loslachen, während der Schatten meiner traurigen Vergangenheit langsam in der Ferne verschwindet. Auf Nimmerwiedersehen. Und damit das auch ganz sicher so bleibt, werde ich bei der Polizei in London eine einstweilige Verfügung beantragen, die ihn zwingt, sich von mir fernzuhalten. Ich lasse mich nicht mehr so behandeln. Für ihn gibt es keinen Weg zurück zu mir. Und mein eigener Weg führt nur noch nach vorn.

Ich fühle mich plötzlich befreit. An dem tiefblauen Himmel

nehmen die Wolken ihre allabendliche Pastelltönung an. Als ich wieder hineingehen will, bemerke ich unter dem hohen Olivenbaum im Vorgarten eine Gestalt. Mein leerer Magen sackt mir in die Kniekehlen.

Theo. Ich habe keine Ahnung, wie lange er dort schon steht. Nach seiner Miene zu urteilen, schon viel zu lang. Es ist das erste Mal, dass ich bei seinem Anblick keinen Freudentanz aufführe. Mein Lächeln verfliegt schlagartig, und ich mache einen Schritt auf ihn zu.

»Theo, ich … ich kann dir das erklären.«

Er schiebt den Kiefer vor. Zweifel und Argwohn lassen seinen Gesichtsausdruck hart werden. Mir ist klar, wie übel die Situation von seiner Warte ausgesehen haben muss. Kein Wunder, dass er vom Schlimmsten ausgeht. Trotzdem muss ich ihm sagen, was passiert ist.

»Theo, es ist nicht so, wie du denkst. Das war Robert, mein Ex. Er hat mich einfach hier überfallen. Aber ich habe ihn gebeten zu gehen …«

Theo verzieht keine Miene.

»Bitte, es ist ganz anders, als du glaubst.«

Als ich einen weiteren Schritt mache, weicht er vor mir zurück. Offenbar muss er die Szene erst noch verarbeiten.

»Ich bin hergekommen, weil ich mit dir zusammen sein wollte. Doch wie ich feststellen muss, bist du mit einem anderen Mann beschäftigt.«

Ich erkenne Theos Stimme kaum wieder. Verschwunden ist der sanfte, zärtliche Tonfall, in dem er mir seine innersten Geheimnisse anvertraut hat. Stattdessen sieht er aus wie versteinert und scheint vor Wut über diesen mutmaßlichen Verrat zu kochen. Offenbar genügt ihm ein einziger falscher Moment als Beweis, dass man Frauen eben nicht vertrauen kann.

»Bitte, Theo, hör mich an. Er war es, der gestern Abend in deinem Garten herumgeschlichen ist. Er wollte uns ausspionieren.«

Wieder wird mir flau, diesmal vor Furcht. Theo hat guten Grund, an mir zu zweifeln. Er kann mir nicht einmal in die Augen schauen.

»Du hältst mich und mein Herz zum Narren, Sophie. Ich habe dich an mich herangelassen, und ich empfinde etwas für dich. Genau eine Szene wie die gerade eben ist der Grund, warum ich so etwas bis jetzt vermieden habe. Ich habe dich mit diesem Mann gesehen, von dem du sagst, dass er dir wehgetan hat. Und trotzdem küsst du ihn. Außerdem habe ich gehört, wie er von deinem Baby gesprochen hat. Ich wusste gar nicht, dass du ein Kind hast.«

Man hört ihm deutlich an, wie gekränkt er ist.

»Ich habe kein Baby, das hast du falsch verstanden. Und als er mich geküsst hat, habe ihn daran gehindert, weil ich das nicht wollte. Das ist alles ein Irrtum.«

»Wenn du mit diesem Mann eine Familie hast, ist es nicht richtig von dir, hier bei mir zu sein.« Voller Abscheu schüttelt er den Kopf und will davongehen.

Dass er mich einfach nicht verstehen will, bringt mich allmählich in Rage.

»Theo, warte!«

Aber er marschiert unbeirrt weiter. Wie konnte so etwas passieren? Was hätte es denn gebracht, wenn ich Theo von meiner Fehlgeburt erzählt hätte? Ich habe über den Tod meiner Mutter gesprochen, und er hat mir anvertraut, auf welch traurige Weise er seine verloren hat. Wieso hätten wir unsere kurze gemeinsame Zeit damit vergeuden sollen, sämtliche Tragödien unserer Vergangenheit durchzukauen? Schließlich hat er kein Recht darauf, alle Wunden zu kennen, die mir das Leben zugefügt hat. Langsam werde ich wütend. Er versucht, mir ein schlechtes Gewissen einzureden. Ich lasse mir nicht die Schuld für etwas in die Schuhe schieben, das ich nicht verbrochen habe.

»Theo, hör mir zu!«

Er bleibt stehen und schaut aufs Meer hinaus. Überall hin, nur nicht in meine Richtung.

»Es ändert nichts zwischen uns beiden. Robert bedeutet mir nichts.«

Langsam dreht Theo sich um und blickt mir endlich in die Augen. Wie gern würde ich ihn in die Arme nehmen, ihm sagen, wie sehr er die Situation missdeutet.

»Sophie, die Zeit reicht nie, um zu erklären, wer wir wirklich sind. Ich dachte, du vertraust mir. Und mit der Zeit habe auch ich anfangen, dir zu vertrauen. Und dann sehe ich dich mit einem anderen Mann. Du hast eine Familie mit ihm. Das habe ich laut und deutlich aus seinem Mund gehört, und deshalb kann ich nicht mit dir zusammen sein.«

Seine Worte schneiden mir tief ins Herz. Schließlich weiß ich, welche Überwindung es ihn kostet, einer Frau zu vertrauen. Seine Mutter hat ihn wegen eines anderen Mannes im Stich gelassen. Und obwohl ich in keinerlei Hinsicht verantwortlich dafür bin, fühlt er sich nun auf ähnliche Weise betrogen.

»Aber es gibt keinen Grund, mir nicht zu vertrauen. Ich habe keine Familie mit ihm. Robert ist ein Trinker, ein Mensch aus meiner Vergangenheit. Zwischen ihm und mir ist es aus. Du musst mir einfach glauben.«

»Als ich diesen Mann gesehen habe, von dem du mir erzählt hast, dass er dir wehgetan hat, wollte ich dich beschützen. Ich dachte, er würde dich schlagen, doch dann habe ich gesehen, wie ihr euch küsst. Und danach hast du lächelnd dagestanden. Also ist es ganz offenbar noch nicht vorbei. Ich muss jetzt gehen.«

Wieder setzt er sich in Bewegung. Ich bin am Ende meiner

Kräfte und mein Wunsch, es ihm unbedingt begreiflich zu machen, wird von den Tränen fortgespült.

»Schön, dann hau eben ab!«, rufe ich ihm schluchzend nach, voller Wut, weil er mir einfach nicht zuhören will.

Das Feuer, das zwischen uns gelodert hat, wird schwächer. Ganz gleich, was es auch war, offenbar ist es aus. Er hat kein Vertrauen mehr zu mir. Es ist mir nicht gelungen, ihn zu überzeugen.

»Es war absolut sinnlos herzukommen!«, schreie ich ihm beinahe hasserfüllt hinterher. »Ich dachte, ich könnte das Bild meiner Mutter finden, doch gefunden habe ich nur noch mehr Leid. Ich bereue, je einen Fuß in dieses Dorf gesetzt zu haben.«

Theo dreht sich noch einmal um. Seine Augen blitzen, und aufgewühlte Gefühle verschleiern seinen Blick.

»Es tut mir leid, wenn du so empfindest. Ich werde niemals bereuen, dass du hier warst. Lebewohl, Sophie.«

Mit diesen Worten marschiert er davon und lässt mich allein in einer emotionalen Trümmerwüste zurück. Vor innerer Anspannung schmerzt mir die Kehle, und Tränen strömen mir die Wangen hinunter.

»Theo, so habe ich es nicht gemeint«, rufe ich ihm nach. »Ich habe nicht *uns* gemeint.«

Aber es ist zu spät.

Die untergehende Sonne leuchtet in allen Schattierungen, als wollte sie sämtliche Farben aus dem Himmel holen. Doch ich habe nicht das geringste Bedürfnis, diesen von Traurigkeit geprägten Moment mit der Kamera festzuhalten. Die schwindenden Sonnenstrahlen fangen sich in den Wolken, die orangefarben zu strahlen beginnen, als stünden sie in Flammen. Als würde die Welt niedergebrannt, mit Feuer gereinigt, um Platz für neues Leben zu schaffen. So als finge man ganz von vorn an. Wieder einmal.

Ich bin erschöpft vom Wechselbad der Gefühle. Wenn ich sie nur beiseiteschieben und rasch durch die Strudel aus Trauer und Leere waten könnte. Nur, dass alles miteinander zusammenhängt. Theo und Robert haben sich in mein Denken gedrängt und verhindern, dass diese Reise ihren eigentlichen Zweck erfüllt: Mums verschollenes Bild zu finden.

Ich schicke Tasha eine Textnachricht:

Hallo, Baby, alles okay? Kannst Du reden?
Xxx

Sie wird ausflippen, wenn sie das von Robert hört. Aber ich muss mit jemandem darüber sprechen. Außerdem wusste sie als Einzige, wie toxisch unsere Beziehung war.

Hier alles prima. Steche mich weiter, Hormone rasen. Rufe Dich in fünf Minuten an. Xx

Ich weiß, dass ich meinen Weg allein gehen muss. Sie kann mir weder die Trauer abnehmen noch den Schmerz wegzaubern. Umgekehrt wäre es genauso. Doch wenn alles nach Plan läuft, wird sie bald ein Baby haben, um das sie sich kümmern muss. Und deshalb auch weniger Zeit, sich mit meinen Problemen zu befassen.

Obwohl ich wirklich hoffe, dass ihre Hormonbehandlung erfolgreich sein wird, und mich für sie freue, ist da noch immer die Trauer – um mein Baby.

Entsetzen malt sich auf Tashas Gesicht, während sie meinen Bericht auf sich wirken lässt. Als ich ihr einige der gruseligen Höhepunkte von Roberts Besuch schildere, kommen uns beiden die Tränen.

»Doch das Verrückteste an dieser scheußlichen Situation ist, dass ich endlich keine Angst mehr vor ihm habe. Ja, gut, möglicherweise bin ich zu diesem Schluss gelangt, als ich mich im Bad versteckt habe, aber während unserer Beziehung habe ich komplett die Augen vor unseren Problemen verschlossen. Ich habe nicht gesehen, wie schrecklich er sich aufgeführt hat. Und als ich ihn nun in Griechenland, in einer völlig fremden Umgebung, erlebt habe, war es, als sei ein Scheinwerfer auf ihn gerichtet. Mit ziemlich unerfreulichem Ergebnis.«

»Ich kann nicht glauben, was sich dieser Kerl herausnimmt. Gut, glauben kann ich es schon, aber für wen hält der sich eigentlich? Er hat dich doch nicht etwa angefasst, oder?«

Es ist eine gewaltige Befreiung, meine Gedanken laut auszusprechen. Es verleiht mir Macht, so als streife ich eine zerschlissene Hülle ab und nähme mein Leben wieder in die Hand.

»Nein. Du wärst stolz auf mich gewesen. Ich hatte nämlich eine Erleuchtung. Vielleicht hat Methoni mir endlich die Augen geöffnet. Sein aggressives Verhalten mir gegenüber, ganz gleich, ob es nun einmal oder hundertmal vorgekommen ist, war untragbar. Ich könnte mich ohrfeigen, weil ich über so vieles hinweggesehen habe. Nun weiß ich, dass ich diese Behandlung nicht hätte hinnehmen dürfen. Er hat mir den Schneid abgekauft, doch jetzt ist mein Mut zurück. Für immer. Sobald ich zu Hause bin, gehe ich zur Polizei und erwirke eine einstweilige Verfügung.«

»Gedankt sei Gott!«, ruft Tasha aus. »Du hast wirklich Besseres verdient, das Allerbeste. Es war so schlimm mitanzusehen, was du alles durchgemacht hast, und alles in dem Wissen, dass er dich misshandelt. Aber du wolltest nicht auf mich hören. Es war, als würdest du dich immer mehr daran gewöhnen, dass es in Beziehungen eben so läuft. Ein ständiger Eiertanz. Dauernd in Angst, ihn wütend zu machen. Ich war stocksauer, als er auf der

Beerdigung deiner Mum aufgekreuzt ist. Und dann besitzt er auch noch die Frechheit, sturzbetrunken in Griechenland anzutanzen und sich wie ein Spanner vor Theos Haus rumzudrücken? Ich fasse es nicht!«

»Nun, mit Theo ist es aus. Das Ganze ist ein heilloses Durcheinander.«

»Der beruhigt sich schon wieder, oder?«

»Ich weiß nicht, Tasha. Ich brauche Zeit für mich, und er auch. Wärst du so nachsichtig, wenn du deinen Partner dabei ertappen würdest, wie er seine Ex küsst? So ungebeten dieser Kuss auch gewesen sein mag? Jedenfalls habe ich jetzt ein bisschen Abstand nötig.«

»Tja, die Hälfte deines Urlaubs ist ja fast vorbei. Also belasse es vielleicht besser dabei. Du hast schließlich schon genug um die Ohren. Wahrscheinlich musst du abwarten und schauen, was das Schicksal für dich bereithält.«

»Ach, ich habe genug vom Schicksal und von Geistern. Sie versuchen nur, mir das Hirn zu vernebeln, bis ich den Dingen eine Wichtigkeit beimesse, die sie gar nicht haben. Sein Tattoo ist ein klassisches Beispiel …«

»Obwohl das wirklich der seltsamste Zufall überhaupt in deinem Dramenkatalog ist.«

»Genau das ist der springende Punkt. Eigentlich bin ich hier, um ein Bild zu suchen, und sieh dir an, was passiert ist. Das Bild habe ich bislang nicht gefunden, und alles andere hat sich zu einem Trauerspiel in mehreren Akten entwickelt.«

»Ich kann nicht abstreiten, dass es bei dir zurzeit recht turbulent zugeht. Doch wenn ich die Angelegenheit genau betrachte, kannst du Robert jetzt abhaken. Alles andere lässt sich regeln. Bis auf die Sache mit dem Bild. Die ist kompliziert. Aber ob du es nun findest oder nicht, es zählt nur, dass du wohlbehalten nach

Hause kommst. Und dich ein bisschen erholst. Du siehst gerade zum Fürchten aus.«

Es ist schön, jemanden zu haben, dem ich wirklich alles anvertrauen kann. Ich bin nicht allein. Tasha wird immer ein Teil meines Lebens sein, mich gern haben und mir zuhören, ohne mich zu verurteilen. Schade nur, dass uns gerade mehr als zweitausend Kilometer trennen. Aber vielleicht ist das ja Teil zwei meines Erweckungserlebnisses: Ich muss lernen, meine Probleme allein und ohne Tashas Rat zu lösen.

Ich bin abgrundtief erschöpft. Hier warten zu viele unerledigte Aufgaben auf mich: Theo. Mums Bild ... Es ist so kompliziert und anstrengend geworden. Ich fühle mich zittrig, gleichzeitig glühe ich, und meine Kehle ist zugeschwollen. Nach dem Telefonat mit Tasha lege ich mich hin und mache die Augen zu.

Hinter meinen geschlossenen Lidern gleitet das Foto von Mum mit Tony Giovinazzi hin und her wie ein Bildschirmschoner. Im Hintergrund trägt der starrende Mann das Seine zu meinem Unbehagen bei. Ich muss ihn finden. Außerdem muss Tony mir unbedingt das Foto mailen. Und warum hat Dimítris noch nicht angerufen? Ich fühle mich so erhitzt und verschwitzt, als hätte ich Fieber. Allmählich versinke ich in einen traumähnlichen Zustand, in dem immer wieder, Trugbildern gleich, Gesichter und Gemälde aufblitzen. Sie wirbeln wild durcheinander, Halluzinationen, die mich stundenlang plagen.

Brechreiz steigt in mir hoch, und mein Magen krampft sich zusammen. Ich taumle ins Bad und krieche danach zurück ins Bett, um mich weiter von Träumen martern zu lassen.

Ich darf nicht aufgeben, bevor ich nicht dieses Bild in Händen halte. Seine Bedeutung droht mich zu verschlingen.

Nachdem ich mich stundenlang ruhelos herumgewälzt habe, schlafe ich endlich tief und fest ein.

KAPITEL 19

Meine Augenlider öffnen sich, langsam kommt die Zimmerdecke in Sicht. In den wenigen glückseligen Sekunden der Schlaftrunkenheit, bevor Verstand und Erinnerung wieder eine Verbindung eingehen, habe ich keine Ahnung, was los und warum mir das Herz so schwer ist. Und dann, wie riesiges Gewicht, das in einem Zeichentrickfilm von einer Klippe fällt, landet die Erkenntnis auf mir und drückt mir mit Schraubstockgriff die Brust zusammen.

Ich war krank und habe zwei Urlaubstage verloren. Bei meiner Suche nach dem starrenden Mann, geschweige denn dem Bild, habe ich keinerlei Fortschritte gemacht, und mein Problem mit Theo ist ebenfalls ungeklärt. Mein Fieber hat sich als eine Art Magen-Darm-Infektion entpuppt. Vielleicht war es auch nur ein Hilferuf meines Körpers wegen des Stresses. Ich habe zwar versucht, etwas zu essen, jedoch nichts bei mir behalten. Nun bin ich geschwächt und fühle mich absolut leer. Aber wenigstens ist die Übelkeit vorbei.

Ich strecke die Hand nach meinem Telefon aus – vielleicht habe ich ja Anrufe wegen des Bildes verpasst. Es ärgert mich, dass ich so lange krank gewesen bin.

Herrje, heute ist Tashas Ultraschall.

In meiner Panik befürchte ich schon, die Untersuchung verpasst zu haben, doch ein Blick in meinen Kalender sagt mir, dass ich noch eine Stunde Zeit habe, bis ich mich als Video-Support zuschalten muss. Außerdem sehe ich, wie viel Tage mir noch bis zu meiner Abreise bleiben. Nur noch zehn, weshalb ich nach jedem Strohhalm greifen muss, um Mums Bild zu finden. Die Zeit läuft mir davon. Aber das Wichtigste ist, dass ich heute für Tasha da bin. So, wie sie immer für mich da war, seit ich denken kann.

Nach meiner Kotzorgie riecht es streng im Haus. Ich reiße die Terrassentüren auf, um frische Luft hereinzulassen. Draußen ist es kühl, und es duftet nach feuchter Erde. Über Nacht hat es geregnet. Vielleicht gestern auch, doch das kann ich nicht sagen, denn ich war völlig weggetreten.

Während ich die Aussicht bewundere, höre ich meine Mailbox ab. Als ich die neueste Nachricht abspiele, macht mein Herz einen Satz. Es ist Dimítris von der Galerie in Pylos, der um dringenden Rückruf bittet. Eine Woche hat er mich warten lassen. Und jetzt hat er es eilig? Ich rufe an. Er ist sofort am Apparat.

»*Jiássas, Dimítri? Hier spricht Sophie Kinlock.*«

»*Kaliméra,* Sophie. Wenn ich meine Assistentin richtig verstanden habe, sind Sie auf der Suche nach einem Bild. Tony Giovinazzi hat mir ebenfalls eine Nachricht geschickt, ich solle sie umgehend anrufen.«

»Ja, am Telefon kann ich es nur schwer beschreiben. Allerdings glaube ich, dass dieses Bild nie auf dem Markt war und womöglich noch in Methoni ist. Falls es überhaupt noch existiert. Eigentlich brauche ich Hilfe oder Tipps, wie ich am besten weitermache.«

»Mein Beileid zum Tod Ihrer Mutter. Wir haben in unserer Galerie nie Originale ihrer Werke verkauft. Nur Drucke. Doch vielleicht habe ich etwas für Sie. Vor einigen Jahren brachte mir ein Mann ein Bild, um es rahmen zu lassen. Ich erinnere mich daran, weil es nicht signiert war. Es standen nur Initialen darauf: M.E. Deshalb habe ich vermutet, dass es eine Fälschung ist, obwohl ich hätte schwören können, dass es von ihr stammt. Ich kenne ihren Stil gut, sie war meine absolute Lieblingsmalerin.

Doch der Mann wollte mir den Namen des Künstlers nicht verraten. Und ohne Herkunftsnachweis war es unmöglich festzustellen, ob es wirklich von Ihrer Mutter war. Der Mann behauptete, es handle sich um einen unbekannten Maler, weshalb ich den Vorfall rasch vergessen habe. Jedenfalls habe ich den Auftrag übernommen, das Bild zu rahmen. Das ist ein Service, den wir ebenfalls anbieten. Es war ein beeindruckendes Gemälde. Das Meer und ein Felsen, der aus dem Sand aufragt. Außerdem war da ein Mann, der auf den Betrachter zukommt.«

Obwohl ich noch ziemlich geschwächt bin, fängt mein Herz vor lauter Freude wild zu klopfen an. Irgendwann einmal hat sich das Bild also ganz hier in der Nähe befunden. In der Nachbarstadt. Doch wo ist es jetzt? Wem gehört es?

»Dimítri, das ist das Bild!«, juble ich aufgeregt. »Die Fotokopie, dich ich habe, trägt ebenfalls keine Signatur. Dennoch bin ich sicher, dass wir von demselben Bild sprechen. Obwohl ihre Initialen nicht M. E. sind.« Als ich die nächste Frage stelle, bekomme ich vor Aufregung einen trockenen Mund. »Wer hat Ihnen das Bild zum Rahmen gebracht? Erinnern Sie sich noch?«

Eine Pause entsteht. Dimítris seufzt auf.

»Jetzt wird es schwierig. Das war vor zwanzig Jahren, vielleicht ist es sogar länger her. Damals waren alle Unterlagen noch auf Papier. Später wurden sie dann digitalisiert und die Originale vernichtet. Seit ich von Ihnen gehört habe und weiß, wonach Sie suchen, habe ich alles durchkämmt. Aber leider gibt es über diesen Auftrag nichts Schriftliches. Ohne den Namen des Kunden oder den des Künstlers komme ich nicht weiter.«

»Könnten Sie den Mann beschreiben, der das Bild abgegeben hat? Erinnern Sie sich vielleicht an seinen Wohnort? Oder an sonst irgendetwas?«

Verzweifelt klammere ich mich an jede Hoffnung. Die Antwort scheint so nah. Offenbar ist mir das Ziel meiner wilden Jagd immer hundert Schritte voraus. Doch ich bin fest entschlossen, noch etwas aus den Trümmern dieser Reise zu retten.

»Ich habe ihn nicht persönlich bedient. Damals hatte ich gerade erst hier angefangen. Ich erinnere mich nur noch wegen des Bildes, es war so wunderschön, dass es mir im Gedächtnis geblieben ist. Aber wer der Mann war, weiß ich nicht. Tut mir leid, Ihnen nicht weiterhelfen zu können.«

Es ist, als habe man mir eine Belohnung in Aussicht gestellt und mich dann darum betrogen. Die Lösung war in Griffweite und wurde mir wieder entrissen. Nur weil Dimítris einen viele Jahre alten Zettel nicht finden kann. Was heißt, dass ich wieder in einer Sackgasse gelandet bin. Nun bleibt mir nur noch der nicht sehr vielversprechende Weg, den starrenden Mann aufzuspüren. Die E-Mail von Tony mit dem Foto ist noch immer nicht eingetroffen.

Und so sitze ich da und versuche, den Stand der Dinge zu rekapitulieren. Warum hat Mum das Bild mit fremden Initialen signiert? Ich besitze eine zerknitterte, undeutliche Fotokopie eines Bildes, das möglicherweise noch irgendwo in der Gegend ist. Und ich warte auf ein verschwommenes Foto, das den starrenden Mann aus dem Dorf zusammen mit meiner Mutter zeigt. Viele Anhaltspunkte sind das nicht gerade. Doch im Moment muss ich mich damit begnügen.

KAPITEL 20

Tashas Beine hängen in Haltebügeln in der Luft. Nur ein Laken bedeckt ihre Nacktheit.

»Und ich könnte schwören, dass es nicht aus ägyptischer Baumwolle ist. Anzahl der Fäden: *minus* achthundert. Ein wundervoller Start in den Montag!«, verkündet sie und knüllt dabei den Saum ihrer Verhüllung zusammen, die selbst auf dem Bildschirm kratzig aussieht.

»Wie demütigend. Aber du hast es offenbar ziemlich bequem.«

Das unverwechselbare Stoffmuster des Vorhangs um den Untersuchungsstuhl erinnert mich an die vierstündigen Chemositzungen mit Mum. Chemikalien strömten durch ihre Adern, und sie kämpfte ihren aussichtslosen Kampf. Wir wussten beide, dass diese Behandlung uns nur ein wenig mehr gemeinsame Zeit verschaffen würde. Das unweigerliche Ende war nicht mehr abzuwenden.

»Ich flehe dich an, lenk mich von meinem Uterus ab und erzähl mir, was sich so tut.« Tasha rückt das Kissen hinter ihrem Kopf zurecht. Und dann warten wir gemeinsam auf die Krankenschwester, die Tashas Eierstöcke scannen wird, um nachzuprüfen, wie viele Follikel bereit für die am Tag nach meiner Rückkehr aus Griechenland angesetzte Eizellenentnahme sind.

»Nun, eine ganze Menge und gleichzeitig nichts. Oh, und es hat geregnet.«

»Es freut mich sehr, das zu hören«, erwidert sie lachend. »Wenn ich keinen Sonnenschein kriege, ist es nur gerecht, dass du auch darauf verzichten musst. Das ist doch das Mindeste, was ich verlangen kann.«

»Die neueste Nachricht lautet, dass jemand aus dieser Gegend Mums Bild besitzt oder zumindest besessen hat, denn er hat es zum Rahmen in die nächste Stadt gebracht.«

Tasha schnappt nach Luft, aber ich bremse sie, weil ich nicht will, dass sie sich unnötig aufregt.

»Aber es war nicht signiert. Offenbar hat jemand anderer seine Initialen darauf geschrieben. Außerdem existieren keine Dokumente, die beweisen würden, dass es tatsächlich Mums Bild ist. Allerdings bin ich ziemlich sicher, dass es sich um das Bild handelt, das ich suche. Dimítris, der Inhaber der Galerie, der es damals gesehen hat, erinnert sich leider nicht an den Namen des Überbringers. Nur an das Bild selbst. Deshalb bleibt die Identität des Kunden weiter ein Geheimnis. Niemand kennt diesen Mann. Außerdem ist es viele Jahre her. Kurz gesagt, ich weiß also nur, dass sich das Bild irgendwann im Besitz eines Mannes befunden hat. Nicht gerade die große Erleuchtung.«

»Also war das Bild irgendwo dort, wo du jetzt bist?«, hakt sie voller Hoffnung nach.

»Schon, doch dieser Mann könnte jeder x-Beliebige sein. Vielleicht wohnte er ja gar nicht in Pylos, geschweige denn in Methoni. Ich fühle mich, als würde eine Tür einen winzigen Spalt weit geöffnet – und mir dann vor der Nase zugeknallt.«

»Aber du kommst deinem Ziel immer näher, Soph.«

»Wirklich? Den starrenden Mann habe ich noch nicht aufgespürt, weil ich mir in den letzten Tagen die Eingeweide aus dem Leib gekotzt habe. Und das Foto hat mir Tony auch noch nicht gemailt. Deshalb kann ich nicht losziehen und mich umhören. Eine Weile hatte ich das Gefühl, dass das Universum mich in die richtige Richtung weist. Aber inzwischen will es mir offenbar mitteilen, dass ich es bleiben lassen soll.«

»Wehe, wenn du so schnell die Flinte ins Korn wirfst. Ruf diesen Tony soundso doch einfach an und bestehe darauf, dass er dir das Foto sofort mailt. Hör auf, so verdammt höflich zu sein. Du hast nicht mehr viel Zeit, um das Rätsel zu lösen. Also drück auf die Tube!«

»Schon gut.« Ich breite die Hände in Richtung Bildschirm aus. »Könntest du dich bitte beruhigen, Tasha? Konzentrier dich auf den Grund, warum wir hier sind.«

Seufzend sucht sie eine bequemere Stellung für ihre Beine.

»Ich fühle mich, als wäre ich schon eine Ewigkeit in diesem Raum. Nicht nur heute, sondern die ganze Zeit während der letzten drei Jahre.«

»Ich weiß, Tash. Wir müssen daran glauben, dass irgendwer in der oberen Etage alles wieder gut machen wird.«

»Da redet genau die Richtige. Hast du der spirituellen Welt nicht abgeschworen? Das klang gerade ziemlich gläubig.«

»Dein Elefantengedächtnis nervt, hat dir das schon mal jemand gesagt? Du vergisst einfach nichts.«

»Besser als elefantöse Oberschenkel, mein Schatz. Apropos: Isst du auch ordentlich? Du siehst ziemlich dünn aus.«

»Es geht mir prima, wirklich. Ich bin die Magenverstimmung los und schwöre, so bald wie möglich wieder der Baklava-Sucht zu frönen.«

»*Die Herzschmerz-Fisch-Diät* ... das wäre doch ein toller Titel für dein Kochbuch.«

»Du bist doof!« Obwohl der Witz auf meine Kosten geht, kann ich mir ein Kichern nicht verkneifen. »Vermutlich habe ich mein Kontingent an kostenlosen Meeresfrüchten erschöpft. Ich weiß noch immer nicht, was ich in Sachen Theo unternehmen soll. Also werde ich einfach – nichts zu tun.«

»Weise Entscheidung. Lass dir etwas entgehen, das dein Leben verändern könnte. Das ist die optimale Lösung!«

»Schau, der Mann hat jede Menge Probleme, komplizierte Sachen, von denen man besser die Finger lässt. Bald bin ich wieder zu Hause, und dann wird diese Angelegenheit nur noch eine weit entfernte Erinnerung sein. Wenn ich mich recht entsinne, hast du mir empfohlen, auf Abstand zu gehen. Und jetzt schlägst du mir vor, dass ihm noch eine Chance gebe?«

»*Wilde Leidenschaft im tiefen Meer*, ein maritimer Kinoerfolg nach einem Bestseller der Küchenchefin Sophie Kinlock.«

»Es reicht. Ich lege jetzt auf.«

»Neeein! So habe ich es nicht gemeint. Okay, vielleicht ein bisschen schon. Aber willst du dein Leben lang nur das tun, was ich dir sage? Du kannst nicht ständig tönen, das Leben sei viel zu kurz, und dann eine wunderbare Gelegenheit wie diese verschenken. Wenn du so viel für diesen Mann empfindest, musst du danach handeln, sonst wirst du es den Rest deines Lebens bereuen. So einfach ist es.«

Ärgerlicherweise hat ihr Einwand einiges für sich. Trotz unseres Herumgealberes sind Gespräche mit Tasha meist, als hielte sie mir einen Spiegel vor.

»Überleg mal, Soph. Nach dem Fiasko mit Robert hast du mehr denn je ein Stückchen vom Glück verdient, ganz gleich, wie lang es dauert. Selbst wenn es nur ein Urlaubsflirt ist.«

Ich lächle sie an. »Wer hat dich so weise gemacht?«

Sie lacht auf und antwortet mit einem der Lieblingssprüche aus unserer Kinderzeit.

»Deine Mum und das Christkind natürlich!«

KAPITEL 21

Ich sitze vor einem menschenleeren Café am Strand, so weit weg von Theos Haus wie möglich. Der Abend ist wundervoll ruhig. Die Platte mit Meze auf meinem Tisch sieht lecker aus und weckt meinen Appetit. Ich esse in winzigen Häppchen, weil ich befürchte, dass mir sonst wieder übel werden könnte. Scheiben einer scharf gewürzten Wurst aus der Region Mani, kleine Hühnersouvlaki mit milden Paprikaschoten und mit Oregano bestreute Kartoffeln. Es ist hier beinahe unmöglich, ein leichtes Abendessen zu bestellen. Dazu trinke ich kaltes Sprudelwasser. Obwohl wegen Theo alles in mir in Aufruhr ist, genieße ich die friedliche Stimmung.

Ich denke an das positive Ergebnis von Tashas Untersuchung und hoffe, dass sich diesmal für Angus und sie alles zum Guten entwickeln wird.

Als ich auf Tashas Rat bei Tony anrufe, um mich nach dem Foto zu erkundigen, habe ich das Gefühl, nicht mehr so ziellos herumzustolpern, sondern die Sache besser im Griff zu haben. Er entschuldigt sich für die Verspätung. Er sei wieder verreist gewesen, werde das Foto aber noch heute Abend einscannen. Alle paar Minuten werfe ich einen Blick in meinen Maileingang. Bis jetzt noch nichts.

Tashas weiser Rat hat seine Wirkung auf mich nicht verfehlt. Ich bin fest entschlossen, mit Theo zu sprechen und das Missverständnis aufzuklären, ob er mich nun anhören will oder nicht.

Das Meer ist ruhig. Mein Blick wandert zum Steg, wo Theos Boot in der sanften Brandung schaukelt. Ich habe Bilder von unserem ersten gemeinsamen Mittagessen auf dem Meer und dem *kástro* und der Kirche in Pylos vor Augen. Das Plätschern des Wassers versetzt mich in einen trägen, meditativen Zustand. Gedanken kommen mir in den Sinn, und ich lasse sie zu, bis sie in den Abend entschwinden.

Einige andere Gäste treffen ein und nehmen Platz, allerdings weit genug entfernt, sodass mich niemand stört. Einige sind Einheimische, aber es sind auch Touristen dabei. Die Einheimischen nicken mir lächelnd zu. Ich erwidere ihre höfliche Begrüßung. Wahrscheinlich haben sie mich bei Christinas Feier gesehen oder von meinem Seeigel-Drama gehört. Seitdem scheint eine Lebenszeit vergangen zu sein, nicht nur zwei Wochen. Ich will mit Theo reinen Tisch machen, selbst wenn es das Ende unserer Verbindung bedeutet. Meine Gefühle für ihn sind stärker, als mir lieb ist.

»Sophie!«

Ich höre Christinas vertraute Stimme, und als ich mich umdrehe, sehe ich sie vor der Taverne ihres Bruders. Ich war beim Gehen so in Gedanken versunken, dass ich gar nicht wahrgenommen habe, wo ich bin. Sie sitzt an demselben Tisch, wo ich am ersten Abend mit ihr gesessen habe.

»Bitte leiste mir doch Gesellschaft. Ich habe dich schon seit Tagen nicht gesehen.«

Diese freundschaftliche und warmherzige Aufforderung kann ich nicht ablehnen, und ich lasse mich gern zu einem kleinen Glas Wein überreden, bevor ich mich auf den Weg zu Theo mache. Wie immer umarmt sie mich fest zur Begrüßung. Heute ist sie in die Farben des Meeres gekleidet: eine weite türkisfarbene Hose und eine kobaltblaue Tunika. Sie nimmt ein Glas vom Nebentisch und schenkt mir Wein ein. Nachdem wir einander zugeprostet haben, greift sie wieder nach ihrer Zigarette, die im Aschenbecher vor sich hin qualmt. Da ich mich nach meiner Krankheit noch ein wenig flau fühle, verzichte ich lieber, als sie mir eine anbietet.

»Du hast wieder diese traurigen Augen, Sophie. Die habe ich schon am ersten Tag bei dir gesehen, aber dann hat es nachgelassen. Und jetzt ist es zurück.« Sie greift über den Tisch und drückt meine Hand. »Sag mir, was passiert ist.«

Ich weiß nicht, wo ich anfangen oder welchen Teil der jüngsten Ereignisse ich ihr überhaupt anvertrauen soll. Als ich einen Schluck von dem kühlen Weißwein trinke, rebelliert mein Magen. Ich stelle das Glas weg.

»In den letzten Tagen ist es drunter und drüber gegangen«, beginne ich und gebe ihr einen Kurzabriss von Roberts unerfreulichem Besuch und der Verheerung, die er zurückgelassen hat, insbesondere zwischen Theo und mir. Mein Bauchgefühl sagt mir, dass ich Christina vertrauen kann. »Ein Mann, mit dem ich eine sehr hässliche Beziehung hatte, Robert, ist überraschend hier aufgetaucht und hat mir in der Villa eine Szene gemacht. Keine Angst, in der Wohnung wurde nichts beschädigt. Nur zwischen Theo und mir ist etwas in die Brüche gegangen, und ich weiß nicht, ob ich es wieder kitten kann. Es war ziemlich unschön.«

»Das ist ja entsetzlich. Ist dieser Mann etwa dein Freund?«

»Nein! Wir haben uns vor über sechs Monaten getrennt. Aber er will es einfach nicht wahrhaben und ist mir hierher gefolgt … Theo hat die Situation völlig missverstanden. Er hat gehört, wie Robert mein Baby erwähnt hat«, fahre ich fort. Diese Worte aussprechen zu müssen, lässt das ganze Unglück wieder in mir hochkommen. Es tut so weh, dass meine Entschlossenheit beinahe ins Wanken gerät. »Ich war schwanger und hatte eine Fehlgeburt. Letztes Jahr. Aber ich habe es noch immer nicht ganz verwunden. Theo begreift das nicht. Wie du ja weißt, will er keine Familie.«

Nickend zieht sie an ihrer Zigarette und drückt sie aus. Als eine beinahe weihrauchartige Qualmwolke aus dem Aschenbecher aufsteigt, meldet sich die Übelkeit zurück. Christina verzieht traurig das Gesicht.

»Ich weiß genau, wie weh das tut. Auch ich hatte ein Kind, das gestorben ist. Bei der Geburt gab es Komplikationen. Er kam leblos zur Welt. Die Ärzte haben einen Fehler gemacht, und so ist er gestorben.«

Nun ist es an mir, sie zu trösten. Als ich ihr in die Augen schaue, stehen Tränen darin.

»Jórgos hieß er. An dem Tag, an dem wir uns begrüßt haben, mussten wir auch schon wieder Abschied nehmen.«

Ich kann mir nicht vorstellen, wie es sein muss, mit solch einem Schmerz zu leben. Die Grausamkeit des Schicksals, eine Schwangerschaft auszutragen, alle gefährlichen Phasen heil zu überstehen und in einem Moment, der eigentlich erfüllt von Glück sein sollte, sämtliche Hoffnung aufgeben zu müssen. Das Leid muss unerträglich sein.

»Wie entsetzlich, Christina. Etwas Schlimmeres kann einer Frau nicht passieren.«

»Es war eine Qual, wie ich sie noch nie kennengelernt hatte. Es ist nicht richtig, dass Eltern ihre Kinder beerdigen. Doch ich habe Aléxandros und eine große Verwandtschaft. Meinen Neffen Chrístos und noch viele andere. Also habe ich Glück gehabt. Aber Jórgos wird immer mein Schatz sein, im Himmel und in meinem Herzen.« Sie lächelt bedrückt und hebt ihr Glas. »Auf die Babys, denen zu früh Engelsflügel wachsen.«

Es ist ein anrührender Trinkspruch, der mich tief bewegt. Ich bin froh, dass sie mir dieses wichtige Ereignis in ihrem Leben anvertraut hat. Überall ist Trauer. Sie lauert hinter jeder Wegbiegung. Manchmal versteckt sie sich hinter jahrelangem Schmerz.

Manchmal ist sie noch ganz frisch. Doch der Schaden ist nie wiedergutzumachen. Wir alle schleppen einen Koffer voller Trauer mit uns herum, den wir irgendwann auspacken müssen.

Die Reste ihres Abendessens gerinnen. Flackernder Kerzenschein fängt sich in öliger Sauce. Der Tisch ist in ein warmes Licht getaucht. Ich sehe Christina an und lächle ihr bedrückt zu.

»Danke, dass du mir von deinem kleinen Jungen erzählt hast, Christina. Es erfordert eine Menge Mut, über solche Dinge zu sprechen. Viele halten es geheim.«

»Er wird immer ein Teil meiner Familie sein. So wie du. Also ist er jetzt auch ein Teil deiner Familie. Wenn ich mein Leid mit anderen teile, wird es im Lauf der Jahre immer etwas weniger. Sicher verstehst du, was ich meine. Man bleibt für immer die Mutter des Kindes, das man verloren hat.«

Über dem Meer ballen sich Wolken im Mondschein zusammen. Die Luft wird stickiger und feuchter, und weit draußen auf See grollt der Donner. Christina wischt sich die Augen und schneidet ein kaum weniger schmerzhaftes Thema an.

»Und was machst du mit Theo? Seit zwei Tagen hat er der Taverne keinen Fisch mehr geliefert. Niemand hat ihn gesehen.«

Die Nachricht, dass Theo sich vor der Welt zurückzieht, erschreckt mich. Außerdem fühle ich mich elend, weil unsere letzte Begegnung in einem Fiasko geendet hat. Seine heftige Reaktion bestätigt mich in meinem Beschluss, unbedingt mit ihm zu reden. Noch heute Abend.

»Mir ging es nicht sehr gut. Aber ich spreche mit ihm und bringe alles wieder in Ordnung.«

»Man merkt, dass er dir etwas bedeutet. Chrístos hat mir erzählt, dass Theo auch viel für dich empfindet. Falls diese Beziehung es wert ist, darum zu kämpfen, wirst du einen Weg finden. Wie ich dir schon einmal gesagt habe, fällt es Theo schwer, mit seinen Gefühlen umzugehen. Er wurde verletzt, und jetzt verletzt er alle um sich herum. Ich fürchte, in seinem Herz ist kein Platz mehr für noch mehr Schmerz. In deinem auch nicht. Also sei euch beiden zuliebe vorsichtig.«

Ob Warnung hin oder her, jedenfalls bin ich fest entschlossen, ihn dazu zu bringen, sich meine Seite der Geschichte anzuhören. Welche Auswirkungen das auf unser Verhältnis hat, kann ich nicht beeinflussen. Doch wenn er die Vergangenheit zum Maßstab all seiner Entscheidungen macht, anstatt mich als die Person zu sehen, die ich bin, kann ich es nicht ändern. Als ich auf die Toilette gehe, sehe ich Chrístos an der Theke, wo er gerade auf eine Bestellung wartet. Bei meinem Anblick lächelt er übers ganze Gesicht und nimmt mich in die Arme.

»Wie geht es meinem Mädchen?« Er macht sich los und mustert mein Gesicht. »Hmmm, offenbar ähnlich gut wie meinem Freund. Was können wir dagegen tun?«

»Hast du mit Theo gesprochen?«, frage ich zögernd.

»Nur geschrieben. Er will niemanden sehen und auch nicht arbeiten. Also gibt es heute bei uns nur Souvlaki und anderes Fleisch, keinen Fisch. Bitte mach ihn wieder glücklich, damit wir Sardinen kriegen!«

Ich kann mir ein Lachen nicht verkneifen. Sofort fällt mir der Tag ein, als Theo mich zum ersten Mal auf die Wange geküsst hat, ich mit einem Fischeimer in der Hand. Das Meer und sein Reichtum haben bei unseren Begegnungen stets als Kulisse und Requisiten gedient. Und nun hält das Meer seine Fülle zurück und bestraft das Dorf. Meinetwegen. Roberts wegen.

»Theo hat angedeutet, dass dein Typ hier war. Er hat zwar nicht viel erzählt, aber er ist schnell gekränkt und kann eifersüchtig sein. Auch wenn er tut, als ob ihn das alles nicht kratzt, weiß ich genau, dass er etwas für dich empfindet.«

Am liebsten würde ich beschämt den Kopf hängen lassen, so unangenehm ist es mir, dass ich mit meinem Beziehungsdrama offenbar das ganze Dorf in Atem halte.

»Robert ist nicht ›mein Typ‹, sondern ein mieser Kerl. Und ich habe ihn schon vor Monaten in die Wüste geschickt. Jetzt muss Theo mir das nur noch glauben.«

»Alles wird gut. Manche Männer sind gefährlich, und wir brauchen eben eine Weile, bis wir dahinterkommen, richtig?«

Gefährlich … Also hat Mary mich vor *Robert* gewarnt. Ich hatte gedacht, dass sie Theo meint. Noch ein Grund, nicht auf ominöses Gerede zu achten und eingebildete Botschaften der Geister besser zu ignorieren.

Die Glocke aus der Küche unterbricht uns. Chrístos macht sich wieder an die Arbeit und verspricht, sich bei mir zu melden. Ich umrunde den hölzernen Tresen und ärgere mich über mich selbst, weil ich mich von Schauermärchen habe beunruhigen lassen. In meinem geschwächten Zustand sind sie bei mir auf fruchtbaren Boden gefallen. Inzwischen bin ich wieder zu Kräften gekommen. Ich werde Theo einen Besuch abstatten und die Angelegenheit ein für alle Mal aus der Welt schaffen. Dann kann ich mich endlich wieder auf den letzten Versuch konzentrieren, das verdammte Bild zu finden.

An die Wand gelehnt, warte ich darauf, dass die Toilettenkabine frei wird. Töpfeklappern aus der Küche, leise Musik vom Band und das gedämpfte Stimmengewirr der Gäste wehen zu mir hinüber. Die Geräusche hüllen mich ein, und Essensdüfte steigen mir in die Nase. Gewürzaroma liegt in der Luft.

Ein Donnerschlag lässt mich zusammenzucken, und ein orangefarbener gespaltener Blitz flackert am Himmel über dem Meer. Gänsehaut breitet sich auf meinen Armen aus, und meine Nerven sind zum Zerreißen gespannt. Als auf der Toilette das Handtrockengerät anspringt, erschrecke ich erneut. Im nächsten Moment sehe ich in der Eingangstür der Taverne die Silhouette eines Mannes. Als er langsam auf mich zugeht, kommen Stück für Stück seine Gesichtszüge in Sicht.

Er ist es.

Wie der Mann auf Mums Bild tritt er aus dem Schatten hervor.

Ich weiche zurück. Der starrende Mann steht dicht vor mir. Seine Augen weiten sich. Sie sind grün und erscheinen mir vertraut.

Der Mann von dem Foto.

Er fährt sichtlich verdattert zurück. In seinem Gesicht zeigen sich dieselbe Überraschung und Fassungslosigkeit, mit denen er mich schon an meinem ersten Abend beim Tanzen aus dem Konzept gebracht hat.

»*K...k...kalispéra*«, stammle ich in der Hoffnung, ihn trotz seiner feindseligen Miene beschwichtigen zu können.

Ein Blick aus funkelnden Augen bohrt sich in meine, und er ringt die Hände. So verharren wir wie erstarrt, bis er etwas Unverständliches murmelt. Wieder durchschneidet ein Donnerschlag die Stille, und der Blitz bringt die Lampen zum Flackern. Der Mann greift langsam in die Tasche, holt ein *kombolói* heraus und drückt es an seine Brust, als könne die Gebetskette ihn schützen. Ohne den Blick von mir abzuwenden, geht er in Richtung Tresen.

Plötzlich bleibt er stehen und öffnet den Mund, um etwas zu sagen. Offenbar werde ich nun endlich den Grund für sein ablehnendes Verhalten erfahren. Mein Puls beschleunigt sich. Aber stattdessen schüttelt er nur traurig den Kopf. Der finstere Gesichtsausdruck ist verflogen. Schließlich senkt er den Blick und lässt schicksalsergeben die Schultern hängen.

»Bitte«, beginne ich. »Ich muss mit Ihnen reden. Ich suche nämlich ein Bild von meiner Mutter und glaube, dass Sie sie vielleicht gekannt haben. Lyndsey Kinlock? Ich habe ein Foto von Ihnen beiden gesehen. Würden Sie bitte mit mir sprechen? Ich brauche Ihre Hilfe.«

In meiner Verzweiflung sprudeln die Worte nur so aus mir heraus. Er muss mir einfach antworten. Doch er starrt nur weiter zu Boden. Dann hebt er langsam den Kopf. Tränen stehen in seinen Augen und lassen sie noch grüner wirken. Wieder muss ich an Mums Bild denken. Die Silhouette des Mannes hatte auch grüne Flecken in den Augen. Dieser Mann, der jetzt vor mir steht, wurde vor vielen Jahren in Athen neben meiner Mutter fotografiert. Ist er auch der Mann auf dem Bild?

Er muss es mir erklären. Doch er wendet sich abrupt ab und stürmt aus dem Restaurant. Vor Schreck erstarre ich zur Salzsäule.

Wie konnte ich eine solche Bestürzung in ihm auslösen? Und warum antwortet er nicht? Ich muss wissen, wer er ist. Da Chrístos mit den Gästen beschäftigt ist, haste ich hinaus zu Christinas Tisch, bevor der Mann Gelegenheit hat, sich wieder in Luft aufzulösen.

»Christina, wer ist dieser Mann?« Ich weise auf die schemenhafte Gestalt, die sich auf der Straße entfernt.

Inzwischen geht er langsamer. Das *kombolói* baumelt an seinem Handgelenk, und er schaut zu Boden.

»Wer?« Christina reckt den Hals, um zu sehen, wen ich meine. »Oh, das ist Grigóris, Theos Vater.«

KAPITEL 22

Auf dem Weg an den Cafés und Restaurants vorbei, versuche ich, meine Gedanken zu ordnen. Kannte Theos Vater vor zwanzig Jahren meine Mutter? Ist er der Mann auf dem Bild? Ich bin völlig durcheinander.

Ich habe mich von Christina verabschiedet, ohne mir etwas anmerken zu lassen; ich muss das alles erst mal verarbeiten. Vor allem muss ich dringender denn je mit Theo sprechen. Als ich auf den Strand hinunterspringe, spüre ich die Anziehungskraft des Wassers. Es fühlt sich an wie Sirenengesang. Mir ist es rätselhaft, weshalb Theos Vater beinahe panisch auf mich reagiert. Außerdem schien er kurz davor, in Tränen ausbrechen. Vielleicht hat er von meinem Streit mit Theo gehört und lehnt mich ab, weil ich seinen Sohn so schlecht behandelt habe. Das kann ich nachvollziehen. Mir ist mein Verhalten inzwischen selbst schrecklich unangenehm. Vor Scham wird mir ganz heiß, wenn ich an die hasserfüllten Worte denke, die ich Theo an den Kopf geworfen habe.

Das Kinn auf die Knie gestützt, sitze ich im Sand und überlege. Dieser Strand hat eine magische Ausstrahlung. Das Gewitter draußen auf See verzieht sich offenbar. Ich kann nur hoffen, dass meine aufgewühlten Gefühle sich ebenso rasch wieder beruhigen. Es ist, als hätten die Elemente hier Einfluss auf mein Seelenleben. Die Natur wirkt sich auf meine Stimmungen aus, verzerrt sie oder peitscht sie auf.

Ich schließe die Augen und stelle mir vor, ich wäre mit Mum hier. Welchen Rat würde sie mir geben? Ich habe ihre Stimme im Ohr.

»Folge deinem Herzen, ganz gleich, wohin es dich auch führt.«

Nur, dass es gerade mein Hang zur Sentimentalität war, der mich zu dieser Reise veranlasst hat. Ich wollte ihr verschollenes Werk finden, als ob das irgendetwas an den Tatsachen ändern würde. Sie ist und bleibt tot, und dagegen kann auch das Bild nichts ausrichten. Dennoch bringe ich es nicht über mich, die Suche aufzugeben.

Der Gedanke an das Bild erinnert mich daran, noch einmal nach meinen Mails zu schauen, bevor ich Theo einen Besuch abstatte. Zu meiner Freude hat Tony Giovinazzi endlich das Foto eingescannt und mir geschickt. Es zeigt ihn, meine Mutter und im Hintergrund einen Mann, von dem ich nun weiß, dass er Theos Vater ist. Ein Rätsel gelöst. Allerdings führt das nur zu Tausenden von weiteren Fragen.

Unwillkürlich werfe ich einen Blick in Richtung Steg und spähe in die pechschwarze Finsternis. Auf Theos Boot scheint ein warmes Licht. Offenbar hat er unter Deck eine Lampe angezündet. Ich muss ihn einfach sehen und darf das Gespräch nicht länger vor mir herschieben. Wenn er da ist, müssen wir reden. Jetzt.

Da es keine Tür zum Anklopfen gibt, poche ich mit den Fingerknöcheln ans Dollbord. Mein Herz schlägt schneller, als ich höre, wie er sich unter Deck bewegt. Dann kommt Theo im Steuerhaus die Stufen hinauf. Bei meinem Anblick erhellt sich seine Miene für einen Moment, doch dann verfinstert sie sich sofort wieder, und er schiebt trotzig das Kinn vor.

»Theo, ich …« Ich verstumme, unsicher, was ich sagen soll. Es fühlt sich seltsam an, ihn nicht mit einem Kuss begrüßen und mich an seinen Körper schmiegen zu können. Ich will, dass es wieder so wird wie vorher. Fröhlich und sorglos. Ohne die dunklen Schatten, die sich auf uns herabgesenkt haben.

Die Kirchenglocke im Dorf schlägt zehn Uhr. Das metallische

Geräusch in der Ferne hebt die Stille zwischen uns noch mehr hervor. Ich beobachte, wie Theo sich mit der Hand durchs zerzauste Haar fährt; er ist unrasiert und sieht zerknautscht aus. Seine traurige Miene tut mir weh.

»Ich weiß nicht, ob ich das schaffe, Sophie.«

Dass er schon bei der ersten Schwierigkeit aufgeben will, erschreckt mich. Offenbar will er sich vor der Auseinandersetzung drücken. Doch ich habe es satt, Ausflüchte zu suchen und Probleme unter den Teppich zu kehren.

»Theo, bitte, ich möchte, dass du weißt, was los ist. Lass es mich erklären. Ich denke, du hast da etwas falsch verstanden.«

Er kommt näher und streckt die Hand aus, um mir an Bord zu helfen. Als ich danach greife, springt ein Funke über. Ich glaube, er spürt es auch. Rasch ziehe ich die Hand weg.

Dann sitzen wir einander auf den Holzbänken im Heck des Boots gegenüber. Ich sehe, dass das Deck mit Haufen aus ineinander verknoteten und verhedderten Netzen bedeckt ist. Bojen liegen wild herum. Seile sind zerschlissen und nicht aufgerollt. In einer Ecke sammeln sich leere Bierflaschen. Der kräftige Geruch nach salzigem Seetang ruft Erinnerungen wach. Ich hole tief Luft.

»Robert ist der Exfreund, von dem ich dir erzählt habe«, beginne ich. Als Theo den Namen hört, zuckt er sichtlich zusammen. »Und du musst mir glauben, dass es schon seit Monaten aus ist. Aber wie du selbst feststellen konntest, will er das einfach nicht einsehen. Ich empfinde überhaupt nichts mehr für ihn. Ja, er hat mich geküsst, und es war ein Fehler von mir, dass ich das zugelassen habe. Es tut mir leid, dass du es anders gedeutet hast. Doch du musst mir glauben, dass ich nichts mehr mit ihm zu tun haben will. Er ist nur gekommen, um mir Schwierigkeiten zu machen, und das hat er ja offenbar geschafft.«

Ich schaue ihm in die Augen, deren Ausdruck schwer zu lesen ist. Ich fahre fort.

»Du sollst die ganze Wahrheit erfahren. Wir waren sechseinhalb Jahre lang zusammen. In dieser Zeit bin ich schwanger geworden, aber ich habe das Baby nach wenigen Wochen verloren. Es hat mir das Herz gebrochen. Sonderbarerweise habe ich jedoch danach einiges klarer gesehen. Zum Beispiel, dass diese Beziehung toxisch war und mir geschadet hat.

Ich habe dir bis jetzt nichts von dem Baby erzählt, weil es schmerzt, darüber zu sprechen. Es ist kein Thema, über das man so leicht mit anderen redet. Außerdem hast du mir gesagt, dass du nie Kinder oder eine eigene Familie willst. Deshalb dachte ich, du würdest es sowieso nicht verstehen und es würde dich nicht interessieren. Vielleicht fand ich auch, dass du mich sicher ohnehin schon für eine problembeladene Frau hältst, und wollte nicht noch eins draufsetzen.«

Theos Schultern lockern sich ein wenig. Er richtet sich auf und scheint endlich zu ahnen, dass meine Beziehung zu Robert völlig anders ist, als er es sich in seinen wilden Fantasien ausgemalt hat.

»Nach der Trennung von Robert bin ich wieder zu meiner Mum gezogen. Kurz darauf ist sie krank geworden. Den Rest der Geschichte kennst du. Du bist wütend auf mich, weil ich dir nicht alles anvertraut habe, aber ich habe es nicht geschafft. Außerdem wollte ich die Stimmung zwischen uns nicht verderben. Wir hatten so eine wundervolle Zeit zusammen, so eine enge Verbindung. Ich habe befürchtet, du könntest mich für schwach halten und verurteilen, weil ich von so einem schrecklichen Mann schwanger geworden bin, anstatt ihn schon viel früher zu verlassen. Ich habe mir selbst deshalb schon genug Vorwürfe gemacht, das kannst du mir glauben.«

Als er die Hand vom Schoß hebt und widersprechen will, fahre ich einfach fort, fest entschlossen, mir alles von der Seele zu reden.

»Ich bin aber nicht schwach. Und ich werde mich nicht von dem bestimmen lassen, was er mir angetan hat. Doch ich habe eine schwere Lektion gelernt. Ich kann die Vergangenheit oder irgendetwas, das vor unserer ersten Begegnung geschehen ist, nicht ändern. Aber ich werde nicht zulassen, dass sie ihren Schatten auf das wirft, was jetzt kommt. Du musst mir vertrauen, Theo. Ich habe dich weder belogen noch betrogen. Es macht mich traurig, dass du das glaubst. Das ist die Wahrheit.

Der Kuss war ein Fehler, und ich habe ihn nicht erwidert. Ich habe keine Ahnung, wie es jetzt mit uns weitergehen soll. Ich bin nach Methoni gekommen, um das Bild meiner Mutter zu finden, und nichts wird mich daran hindern.«

Theo hat mich, während ich mein Herz ausgeschüttet habe, eingehend beobachtet. Nun habe ich die kostbaren Teilchen eingepasst, deren Fehlen zu diesem entsetzlichen Missverständnis geführt hat, und ich fühle mich befreit, bereit, den nächsten Schritt in die Zukunft zu wagen. Mit Theo oder ohne ihn.

Sein Gesicht liegt im Halbschatten, und seine Augen wirken grüner denn je, als er offensichtlich über meine Worte nachdenkt. In mir regt sich eine neue Kraft – ich bin nicht auf die Zustimmung eines anderen Menschen angewiesen bin. Ich brauche weder Mitgefühl noch Beifall, um den Weg zu gehen, für den ich mich entschieden habe. Wenn nötig, auch allein. All die Tränen, die ich Mums wegen vergossen habe, haben mich hierhergeführt. Auf dieses Boot. Zu diesem Mann, für den ich so viel empfinde. Ich habe mich in ihn verliebt, obwohl ich wusste, dass es unklug war. Doch wenn es nicht sein soll, wird es mir gelingen, auch damit meinen Frieden zu machen.

Langsam stehe ich auf und werfe im Gehen noch einen letzten

Blick auf das Meer. Ich brauche keine Antwort. Mir war es nur wichtig, alles zwischen uns zu klären. Als ich mich noch einmal zu Theo umdrehe, sehne ich mich nach seiner Berührung. Nun bleibt mir nur, mich für meine heftigen Worte zum Abschied zu entschuldigen.

»Außerdem habe ich das, was ich im Zorn zu dir gesagt habe, nicht so gemeint. Ich werde nie bereuen, dass ich hierhergekommen und dir begegnet bin. Meine Vergangenheit hat dafür gesorgt, dass ich jetzt hier bin, und du ahnst nicht, wie viel ich durch deine Hilfe verstanden habe. Dafür werde ich dir immer dankbar sein.«

Mit diesen Worten will ich das Boot verlassen. Ich halte mich an einem Tau fest und versuche, auf den Bootsrand zu steigen, um einen möglichst eleganten und würdevollen Abgang hinzukriegen – was mit einem Fuß auf dem Dollbord, mit dem anderen noch an Deck kein leichtes Unterfangen ist. Hinzu kommt, dass mir der Gedanke an die Trennung von Theo die Tränen in die Augen treibt. Ich gerate ins Rutschen und ziehe mich hoch, um beide Füße auf den Bootsrand zu stellen. Ich will schon auf den Steg springen, obwohl ich Mühe habe, mit tränenverschleierten Augen die Entfernung abzuschätzen, als mir einfällt, dass ich ihn noch gar nicht nach seinem Vater Grigóris gefragt habe. Nur, dass ich gerade weder vor noch zurück kann.

»Sophie, warte.«

Als ich mich umdrehe, verliere ich endgültig den Halt, kippe mit rudernden Armen rückwärts und greife hektisch nach dem Tau. Das Ergebnis ist, dass ich wie eine Zeichentrickfigur zwischen Steg und Boot hänge, mich festklammere und es nicht mehr schaffe, mich aufzurichten. Theos Hände kommen von unten und schließen sich um meine Taille.

»Lass los. Ich fange dich auf.«

Eigentlich wollte ich gar nicht gerettet werden, aber Theo ist offenbar immer da, wenn ich ihn brauche. Dickköpfig wie ich bin, würde ich mich lieber nicht von ihm vor einem Sturz bewahren lassen. Die Situation ist so absurd, dass ich zu lachen anfange. Obwohl das meine missliche Lage noch verschlimmert, kann ich einfach nicht aufhören. Hysterische Lachtränen strömen mir übers Gesicht, und da ich in einem prekären Winkel zwischen Boot und Steg klemme, tun mir allmählich die Bauchmuskeln weh. Als ich höre, wie Theo unter mir auch zu lachen anfängt, gebe ich nach und lasse mich von ihm herunterheben. Er dreht mich um. Als unser Gekicher endlich verstummt, betrachtet Theo mich mit einem unendlich zärtlichen Blick.

»Alles, was passiert ist, tut mir sehr leid, Sophie. Doch im Moment sehe ich dich nur als eine Frau, die mich einfach stehen lassen wollte und deshalb wie eine verunglückte Akrobatin an meinem Boot hing.«

Ein Lächeln breitet sich auf seinem Gesicht aus.

»Manchmal musst du zulassen, dass jemand dich festhält, Sophie. Du hast so viel Schmerz, so viele Verluste erlebt. Wird es für dich nicht langsam Zeit, auch einmal glücklich zu sein? Wieder zu lieben?«

Sein forschender Blick nimmt Verbindung zu etwas tief in meinem Innersten auf. Ja, ich habe es verdient, glücklich zu sein.

»Aber musst nicht auch du lernen, Liebe anzunehmen, Theo?«

Sanft küsst er mich. Sofort meldet sich wieder ein sehnsüchtiges Prickeln in meiner Magengrube.

»Wir müssen beide etwas dazu beitragen, dass es gut wird. Füreinander, ja? Ich empfinde viel für dich. Dagegen bin ich machtlos. Und das ängstigt mich manchmal.«

Ich spüre, wie meine Seele erleichtert aufatmet. Er stößt mich nicht weg und ist bereit, mir Zugang zu seinem Herzen zu gewähren. Ich lege die Arme um seinen Hals und ziehe ihn an mich. Mit Küssen vertreiben wir unseren Schmerz, voller Zuversicht, dass sich alles zum Guten entwickeln wird. Bis ich nach Hause muss.

»Nun, du solltest jetzt fischen gehen. Das Dorf ist am Verhungern, und ich fühle mich irgendwie dafür verantwortlich.«

Sein träges verführerisches Lächeln weist darauf hin, dass Arbeit gerade ganz unten auf seiner Liste steht. Als er mit dem Finger meine Lippen nachfährt, ist seine Berührung wie eine Droge, nach der ich mich verzehre.

»Komm mit mir nach Hause. Ich verspreche, dass ich morgen wieder Fische fange.«

Ich bin machtlos dagegen, dass ich übers ganze Gesicht grinse. Allerdings habe ich noch ein Thema auf dem Herzen, das ebenso dringend und nicht minder heikel ist.

»Da gibt es noch etwas, worüber ich mit dir reden muss.«

»Was ist denn noch?«, fragt er mit einem gespielten Seufzer, denn offenbar kann er es ebenso wie ich kaum erwarten, unsere Versöhnung zu feiern.

Ich schiebe ihn weg, um nicht der Versuchung zu erliegen, in seinen Armen dahinzuschmelzen.

»Vielleicht möchtest du dich vorher setzen.«

Er verzieht zwar das Gesicht, tut es aber. Wieder sitzen wir einander im Heck des Bootes gegenüber.

»Ich glaube, dein Vater kannte meine Mutter.«

Er starrt mich völlig verdattert an. Und ich erkläre ihm alles so ausführlich wie möglich, damit es bloß keine weiteren Missverständnisse gibt.

»Das Bild meiner Mutter, das ich suche und das mich nach Methoni gebracht hat, hat mich auf eine Art Schnitzeljagd geführt. Doch bei meiner Suche bin ich auf einen Hinweis gestoßen. Erinnerst du dich an das Foto, das Tony mir in Kalamáta gezeigt hat?

Das von dem Mann, dem ich schon in Methoni über den Weg gelaufen bin? Nun, wie sich herausstellt, ist dieser Mann dein Vater Grigóris.«

Ich schildere ihm meine Begegnungen mit dem »starrenden Mann« und wie dieser auf mich reagiert hat. Dann hole ich mein Smartphone heraus.

»Das ist das Foto, das Tony Giovinazzi mir geschickt hat. Der Mann ist doch dein Vater, oder?«

Ich halte das Telefon hoch und zeige auf die verschwommene Gestalt. Er nimmt es und zieht mit Daumen und Zeigfinger das Bild auseinander, um das Gesicht näher heranzuholen. Das Licht fällt auf sein Profil, das sich aus der Dunkelheit abhebt. Theos Augen wandern langsam vom Foto zu meinem Gesicht.

»Ich verstehe das nicht, Sophie. Ja, das ist mein Vater. Auf dem Foto ist er zwar einige Jahre jünger, aber er ist es eindeutig.«

Mein Smartphone noch immer zwischen den Fingern, lässt er die Hände auf den Schoß sinken. Dann fährt er sich durchs dichte, dunkle Haar und schaut aufs Meer hinaus, offenbar auf der Suche nach einer Erklärung für diese erneute Überschneidung unserer Welten.

»Wann war das?«

»In Athen vor etwa zwanzig Jahren.«

Theo mustert erneut das Bild.

»Du siehst deiner Mutter so ähnlich, die gleichen grauen Augen und die gleiche Haarfarbe. Und ich sehe aus wie mein Vater. Offenbar sind sie auf diesem Foto so alt wie wir jetzt.«

Die romantische Vorstellung bringt ihn zum Lächeln. Ich wünschte, ich könnte dieses Gefühl teilen. Aber ich bin noch immer durcheinander. Warum ist sein Vater mit meiner Mutter auf einem Foto? Außerdem bleibt die Frage weiterhin offen, ob Grigóris auch der Mann auf dem Gemälde ist. Ganz gleich, wie lange ich die Gestalt auf der Fotokopie betrachte, sie ist und bleibt ein Schatten, unmöglich, die Gesichtszüge klar auszumachen. Bis auf seine Augen, die mehr oder weniger farblich übereinstimmen. Und bei unserem Zusammentreffen vorhin war es, als stelle Grigóris, ohne es zu wissen, die Szene aus dem Gemälde nach.

Theo gibt mir mein Telefon zurück, nimmt meine Hand und küsst sie.

»Sophie, kein Grund, dich zu fürchten. Wir fragen ihn einfach. Sicher ist es nur ein Zufall. Noch ein Zufall mehr, aber bestimmt steckt nichts weiter dahinter. Für deinen Eindruck, dass er Angst vor dir hat, muss es eine einfache Erklärung geben. Ich habe dir ja schon erzählt, dass er schwierig ist. Wir werden der Sache gemeinsam nachgehen, versprochen.«

Er tut diese Laune des Schicksals ab, als sei sie nicht weiter wichtig. Und für ihn ist sie das auch nicht. Schließlich lebt sein Vater noch, und er kann ihn alles fragen, was er wissen will. Ich habe diese Möglichkeit nicht.

KAPITEL 23

Am nächsten Morgen wache ich in Theos Bett auf. Wir haben uns körperlich und auch in unseren Herzen versöhnt. Ich fühle mich so friedlich, als sei die Welt wieder im Lot. Er hat mir einen Zettel hinterlassen, denn er ist schon bei Morgengrauen zum Fischen rausgefahren, während ich noch im Traumland weilte.

Bleib in meinem Bett und verbring den Tag mit mir. Heute gehört uns. Morgen Mittag besuchen wir jiajiá, damit sie dir zeigt, wie man Orangenkuchen bäckt. Anschließend gehen wir zu meinem Vater und fragen ihn nach allem, was wir wissen wollen. T x

Furcht drängt die friedliche Stimmung jäh beiseite, als mir klar wird, dass das morgige Mittagessen die Entscheidung bringen wird. Ich bin nicht sicher, ob ich so lange warten kann. Außerdem habe ich keine Ahnung, wie Grigóris reagieren wird. Aber vielleicht wird diese Verabredung mir die Lösung zu einem der vielen Rätsel liefern, die mich beschäftigen. Auch wenn ich dann noch immer nicht weiß, wo Mums Bild ist.

Ich räkle mich wohlig. Gut, dann spiele ich eben die verruchte Mätresse und warte im Bett, bis Theo von der Arbeit kommt. Obwohl er mich von meiner Mission ablenkt, kann ich nicht genug von ihm kriegen. Allerdings wird selbst er sich mächtig ins Zeug legen müssen, damit ich nicht ständig über den anstehenden Besuch bei seinem Vater nachgrüble. Grigóris' Verhalten hat mir eigentlich schon genügt. Wenn er mich nun zusammen mit Theo sieht, könnte er völlig die Fassung verlieren. In einer Woche muss ich Methoni verlassen. Bis dahin brauche ich Antworten.

Am nächsten Morgen spazieren Theo und ich den Strand entlang zum Haus seiner Großmutter. Immer wieder drückt er meine Hand, denn er weiß, wie nervös ich bin. Der Gedanke an ein Treffen mit Grigóris macht mir große Angst. Theo hat ja noch nie selbst gesehen, wie heftig sein Vater auf mich reagiert. Er wird sein blaues Wunder erleben.

Auf dem Weg hinauf zum Haus, das oberhalb vom Strand steht, hat man einen atemberaubenden Blick aufs Meer. Weiß gekalkte Mauern leuchten in der Mittagssonne, die gnadenlos auf uns herunterbrennt. Für mich, ja, für uns beide, ist es in vielerlei Hinsicht ein wichtiger Anlass, da ich heute seine Familie kennenlernen werde.

Theo öffnet die Tür und ruft eine Begrüßung ins Haus.

»*Kaliméra, jiajiá! Baba. Eínai o Theo kai i* Sophie.«

Aus dem Haus ertönt ein griechischer Wortschwall. Als wir in die Küche kommen, werden wir von einer alten Frau in Witwenkleidung erwartet. Sie ist kaum eins fünfzig groß. Ein goldenes Kreuz um den Hals ist ihr einziger Schmuck. Das graue Haar hat sie im Nacken zu einem strengen Dutt zusammengesteckt, dem kein Härchen zu entweichen wagt.

Nachdem Theo uns einander vorgestellt hat, hält sie mir freundlich lächelnd die Hand hin. Auf mich wirkt sie sehr sympathisch. Allerdings habe ich Theos Warnung im Ohr, dass seine Großmutter sich kein X für ein U vormachen lässt. Auf keinen Fall will ich die Matriarchin verärgern.

Wir sprechen einander mit Vornamen an. Allerdings dürfte Ioulia von meiner Antwort auf ihre Frage nach meinen Sprachkenntnissen enttäuscht sein.

»*Chaíromai pou se gnorízo! Sygnómi, miláo líga Elliniká*«, freue ich mich, sie kennenzulernen, und entschuldige mich gleichzeitig für mein lückenhaftes Griechisch.

»Das sagen Sie schön.« Sie mustert mich neugierig. »Denn ich kein Englisch … Theo spricht.«

»Ist dein Dad zu Hause?«, erkundige ich mich bei Theo. Ich bin nervös und würde die Förmlichkeiten gern rasch hinter mich bringen.

Er fragt seine Großmutter und übersetzt die Antwort.

»Er ist noch nicht zurück. Er musste ins Dorf, kommt aber bald.« Aufmunternd tätschelt er mir die Schulter. Seine kleine *jiajiá* ahnt ja nicht, wie dringend ich ihren Sohn sprechen muss.

Die Küche ist ausgezeichnet ausgestattet. Über der Kücheninsel hängt ein Drahtgestell, an dem unzählige Kupferpfannen in unterschiedlicher Form und Größe baumeln. In einer Ecke stehen ein Tisch mit einer großen Schale voller Orangen und Zitronen und mehrere Holzstühle. Auf dem Gasherd blubbern einige Töpfe, aus denen verlockende Aromen aufsteigen. Die Küche ist von Düften erfüllt, die einem das Wasser im Mund zusammenlaufen lassen. Durch einen Türbogen kommt man in ein großes Esszimmer, wo eine doppelflügelige Tür in den Garten führt. Jenseits des Rasens erstreckt sich unter uns das Meer wie ein Band aus schimmernder Seide.

Ich versuche, die ständige Furcht vor der anstehenden Begegnung mit Grigóris zu verdrängen, und stürze mich ins Backgetümmel. Ioulia winkt mich zu sich an die Kücheninsel, wo sie eine Unmenge frischen Blätterteig vorbereitet hat, ahmt eine Schneidebewegung nach und drückt mir Messer und Brettchen in die Hand. Ich fange an, den Blätterteig zu zerkleinern.

»*Mikró, mikró*!«, weist sie mich an, was, wie ich weiß, »klein« bedeutet. Also schneide ich die Stücke in winzige Vierecke. Offenbar ist sie mit mir zufrieden.

Es ist eine ziemliche Schinderei, denn es muss mindestes ein Kilo von dem Zeug sein.

Unterdessen unterhalten Theo und seine Großmutter sich angeregt. Er bringt sie zum Lachen, und als er ihr Kaffee einschenkt, sehe ich, dass sie ihn liebevoll betrachtet. Ihre Augen funkeln spitzbübisch unter schweren Lidern, während sie beobachtet, wie wir miteinander umgehen, uns berühren und immer wieder einen heimlichen Blick wechseln. Theo grinst seine Großmutter an und fasst ihr Gespräch für mich zusammen.

»Sie sagt, dass sie dich mag. Allerdings macht sie sich Sorgen, wegen deiner Fähigkeiten als Bäckerin, aber das liegt daran, dass du keine Griechin bist. Außerdem findet sie, dass wir gut zusammenpassen.« Er legt mir die Hand in den Nacken, während ich weiterschneide und den Seitenhieb mit einem Lächeln quittiere. Inzwischen tut mir von der Plackerei schon der Arm weh. »Sie sagt, sie spürt, wie verliebt wir sind.«

Vorsichtig lege ich das Messer auf das hölzerne Schneidebrett. Einen Moment lang scheint der Rest der Welt mit seinen Töpfen und Teigbergen um mich herum zu verschwinden. Als unsere Blicke sich treffen, frage ich mein Herz, ob das für mich auch wahr ist.

»Stimmt das?«, er mustert mich forschend und wartet auf die erhoffte Antwort.

Zögernd hebe ich den Kopf, wohl wissend, dass unsere Gefühle für unsere Mitmenschen nicht zu übersehen sind. Werden wir diese wichtigen Worte wirklich zum ersten Mal zueinander sagen, wenn wir nicht allein sind? Ich fühle mich ihm so ganz und gar verbunden, dass es alles andere ausschließt. Die Vorstellung, ohne ihn sein zu müssen, ist unerträglich. Als wir uns heute Morgen geliebt haben, wusste ich, dass ich ihn liebe, obwohl ich Angst hatte, es mir, geschweige denn ihm, einzugestehen. Ich hole Luft, dann trete ich einen Schritt auf ihn zu, nehme ihn an den Händen und flechte die Finger fest in seine.

»Ich liebe dich, Theo.«

Nie hat es sich so richtig angefühlt, diese Worte auszusprechen. Obwohl es völlig unvorbereitet kam, weiß ich, dass es so ist. Mein Herz zieht sich vor Freude zusammen, als er mir einen Finger unters Kinn schiebt und es langsam anhebt, bis meine Lippen seine berühren.

»Ich liebe dich, Sophie *mou*«, raunt er und blickt mir dabei tief in die Augen. Zärtlich küsst er mich ein zweites Mal.

Als ich bemerke, dass seine *jiajiá* uns beobachtet, laufe ich feuerrot an. Sie zieht die Augenbrauen hoch und dreht sich mit einem leichten Schmunzeln zu ihren Töpfen um.

Er küsst mich auf die Nase.

»Ich würde vorschlagen, dass du dich beeilst. Sie ist ziemlich ungeduldig.«

Lachend wende ich mich wieder den endlosen Teigplatten zu und kann gar nicht mehr aufhören zu lächeln. Obwohl mir die Aussicht, dass jeden Moment sein Vater hereinkommen kann, Bauchgrimmen verursacht. Dennoch hoffe ich weiter, dass ich nach unserem Gespräch klüger sein werde.

Ioulia rührt eine Creme aus Joghurt, dem Saft und der Schale von Orangen, Backpulver und Vanilleextrakt zusammen, vermengt sie mit meinen aufgeschnittenen Teigplatten und verteilt alles in einer eingefetteten Backform. Nachdem sie diese ins Backrohr geschoben hat, dreht sie sich zu ihrem Enkel um. Die Szene familiärer Vertrautheit geht mir ans Herz, als sie Theos Kopf zwischen beide Hände nimmt und so tut, als spucke sie ihm – *ffttt, ffttt, ffttt* – dreimal ins Haar, um ihm Glück zu wünschen. Es ist zwar eine eigenartig abergläubische Sitte, doch in diesem Augenblick ist mir alles recht, um die bösen Geister abzuwehren.

»Es dauert eine Weile, bis der Kuchen fertig ist. Wollen wir uns nach draußen setzen?«

Theo geht voran zu der doppelflügeligen Tür, die in den Garten führt. Doch als wir ins Esszimmer kommen, bleibt mein Blick an einem Bild über dem Sideboard hängen. Es stellt einen ans Meer angrenzenden Garten dar.

»Oh, das ist ein wunderschönes Bild, findest du nicht?«

Ich spüre, wie sich Unbehagen in meinem gesamten Körper ausbreitet. Die in kühnen Farben gehaltene Landschaft, die mit unverkennbaren geschwungenen Pinselstrichen gestalteten Blüten, der Stil ... das ist doch unmöglich ...

Ich trete einen Schritt näher heran, um mir die Signatur anzuschauen. M.E.

Wie seltsam. Wieder diese Initialen. Ich könnte schwören, dass ich eines von Mums Bildern vor mir habe. Wer mag wohl diese oder dieser M.E. sein? Jedenfalls ein ausgezeichneter Fälscher, der Mums Arbeiten gekonnt imitieren kann.

»Sophie, was hast du?«

»Entschuldige, ich dachte nur für einen Moment, das Bild wäre von meiner Mutter. Aber das kann nicht sein.« Obwohl mich eine Gänsehaut überläuft, tue ich meine Vermutung mit einem Lachen ab. »Es ist genau ihr Stil. Aber weshalb sollte dein Dad eines ihrer Bilder besitzen? Außer, er hat es gekauft, als er sie vor vielen Jahren kennengelernt hat, denn sie kannten sich, was das Foto beweist. Jedenfalls ist es eindeutig nicht ihre Signatur.«

Stirnrunzelnd mustert er das Bild und kann ebenso wie ich den Blick nicht mehr davon abwenden.

»Er hat noch mehr dieser Bilder. Von demselben Maler. Hier drin.«

Als er mich ins Wohnzimmer führt, sind meine Knie weich wie Gelee. An der Wand hängt ein Bild von einem Olivenhain, ganz ähnlich wie das in Tony Giovinazzis Haus in Kalamáta, nur kleiner. Außerdem steht zwischen den Bäumen eine Gestalt, die hinauf ins Geäst greift. Fast kann ich den Wind spüren, der durch die Blätter streicht, und höre ihr Rascheln. Das Bild ist von Mum. Da bin ich absolut sicher. Ich drehe mich zu Theo um.

»Das ist von meiner Mutter, ich schwöre.«

Ich verstehe die Welt nicht mehr. Vielleicht hat Mum ja unter einem anderen Namen gemalt. M.E. Aber warum sollte sie so etwas tun? Theo nimmt ein Bild von einer anderen Wand und bringt es mir.

»Das ist ein Porträt meines Vaters von demselben Künstler.«

Er reicht mir einen zwanzig mal zwanzig Zentimeter großen Rahmen. Grüne Augen starren mir von der Leinwand entgegen. Genau wie bei unserer Begegnung im Dorf. Mir wird schummerig, so als zöge Nebel in meinen Augenwinkeln auf.

»Komm mit«, sagt Theo. Auf wackeligen Beinen und das Porträt noch immer in der Hand, lasse ich mich von ihm den dunklen Flur entlangführen. »Das ist das Zimmer meines Vaters. Dort hat er noch eines.«

Als Theo die Tür öffnet, stürmen strahlende Farben auf mich ein, und das obwohl ich nur noch verschwommen sehen kann. Beim Anblick der intensiven Blautöne, die sich mit zart schillerndem Azur mischen, gefriert mir das Blut in den Adern. Milchiger Schaum tanzt auf den Kronen der Wellen, die an die schimmernd ockerfarbene Küste plätschern. Ein rostbrauner Felsen ragt aus dem goldenen Sand.

Und da ist er.

Anders als auf meiner schlechten Fotokopie ist die Gestalt auf dem echten Bild nicht nur eine Silhouette, sondern aus kontrastierenden Schattierungen zusammengesetzt, die so typisch für die Arbeiten meiner Mutter sind. Auf den ersten Blick wirkt der Mann wie ein dunkler Umriss, doch bei näherer Betrachtung vereinen sich die voneinander abstechenden Farben zu immer neuen Kombinationen. Nur seine Augen bleiben smaragdgrün und leuchten genauso hell wie die von Theo.

Meine Beine drohen nachzugeben, ich halte mich an einer Stuhllehne fest. Ich kann es noch nicht fassen, dass ich vor dem gesuchten Bild stehe, an einem Ort, an dem ich nie damit gerechnet hätte.

Als die Haustür ins Schloss fällt, drehe ich mich um, in der Erwartung, die Gestalt aus dem Bild ins Zimmer kommen zu sehen. Dann blicke ich Theo in die Augen. Vor Aufregung zittere ich am ganzen Körper.

»Es ist ihr Bild. Dein Vater besitzt das verschollene Bild meiner Mutter.«

KAPITEL 24

Während ich höre, wie Theo im Flur mit Grigóris spricht, klopft mir das Herz bis zum Hals. Langsame Schritte hallen auf dem Holzboden, und im nächsten Moment erscheint Theos Vater in der Tür. Er muss sich am Türrahmen festhalten und betrachtet atemlos die Szene vor seinen Augen.

Mich, mit seinem Porträt in den bebenden Händen.

Mich, vor dem vermissten Bild meiner Mutter. Dem Bild, auf dem er dargestellt ist. Seinem Bild.

Aus unerklärlichen Gründen habe ich eine Todesangst vor dem, was nun geschehen wird. Fragend sehe ich ihn an und warte darauf, dass mir jemand erklärt, was los ist.

»*Babá*, das ist Sophie. Aber ich glaube, du kennst sie schon, ja?«, beginnt Theo mit zweifelnder Miene.

Fast ist es, als mache er seinem Vater Vorwürfe.

Anstelle einer Antwort tritt Grigóris auf mich zu und nimmt mir das Porträt ab, ohne mich dabei aus den Augen zu lassen. Ich bemerke wieder den Schmerz in seinem Blick. Er seufzt tief auf und scheint nach Worten zu suchen. Außerdem ist er den Tränen nah.

»Ich muss … ich muss mich bei dir entschuldigen.«

Sein gestammeltes Bedauern kommt von Herzen.

»Ich wollte dich nicht erschrecken, ich muss dir etwas erklären, Sophie. Du siehst deiner Mutter so ähnlich. Als ich dir im Dorf begegnet bin, war es, als hätte ich ein Gespenst gesehen. Deine Mutter hat mir gesagt, dass du mich irgendwann finden würdest, wenn die Zeit da ist.« Mit einem traurigen Lächeln betrachtet er das Porträt. »Nun weiß ich, dass sie nicht mehr lebt.«

Mit tränenüberströmtem Gesicht lässt er sich in einen Lehnsessel sinken. Theo scheint ebenso verblüfft wie ich, als er sich neben seinen Vater kauert. Er richtet einige rasche Worte an ihn und weist dabei auf mich. Ich wünschte, ich könnte verstehen, was er sagt.

Doch sein Vater schweigt, und ich wage nicht, ihn etwas zu fragen. In meinem Kopf geht es drunter und drüber. Noch immer habe ich keine Ahnung, woher er sie gekannt hat und warum er einige ihrer Bilder besitzt. Und was meint er damit, dass ich ihn finden würde? Warum die Initialen M. E.? Obwohl sich in meinem Kopf die Fragen überschlagen, bringe ich kein Wort heraus.

Grigóris legt das Porträt auf einen Beistelltisch und nimmt ein Taschentuch heraus, um sich die Augen zu trocknen. Dann hebt er den Kopf und richtet wieder das Wort an mich.

»Es tut mir leid. Für mich war es ein Schock, dich zu sehen. Deine Mutter hat mir gesagt, dass sie krank ist und bald sterben wird. Als ich dir in Methoni plötzlich gegenüberstand, wusste ich, dass es geschehen ist. Ich war überrascht und unendlich traurig, weil ich Lyndsey nun verloren habe.«

Das Zittern in seiner Stimme verrät mir, wie niederschmetternd die Erkenntnis für ihn gewesen sein muss.

»Aber als ich erfahren habe, dass du mit Theo zusammen bist ... Wie sagt man? Es ist eine Komplikation.« Sein Lächeln ist gleichzeitig traurig und spöttisch, was ich nicht ganz verstehe.

»Woher ... woher kanntest du meine Mutter?«, frage ich mit dünnem Stimmchen.

»Ich habe Lyndsey vor langer Zeit kennengelernt, vor dreißig Jahren, als sie den Sommer in Methoni verbracht hat. Sie hat mir von dir erzählt, Sophie. Sie hat überhaupt immer nur von dir gesprochen. Als ich ihr zum ersten Mal begegnet bin, hat sie am Strand gemalt. Dieses Bild ...« Er weist auf das Gemälde, um das meine Gedanken kreisen, seit ich die Fotokopie in Mums Wandschrank entdeckt habe. »Sie war die schönste Frau, der ich je begegnet bin. Wir haben uns sofort ineinander verliebt.«

Ich umklammere die Armlehne des Sessels, auf den ich mich gestützt habe, und lasse mich langsam darin nieder. Ein flaues Gefühl breitet sich in meinem Magen aus, und meine Haut ist eiskalt. Theo sieht mich an, und ich erkenne an seiner verständnislosen Miene, dass diese Geschichte auch ihm unbekannt war. Offenbar ist er ebenso neugierig wie ich, denn er nickt seinem Vater auffordernd zu.

»Wir sind einander begegnet, als wir beide glaubten, dass wir nie wieder würden lieben können. Du und Theo, ihr wart noch sehr klein. Allerdings gab es da ein Problem. Obwohl Methoni ein winziges Dorf ist, haben wir es geschafft, unsere Liebe geheim zu halten. Denn offiziell galt ich noch als verheiratet, auch wenn Theos Mutter mich schon Jahre zuvor verlassen hatte. Deshalb durften Lyndsey und ich nicht zusammen sein, wir hätten Schande über uns und meine Familie gebracht.« Bedrückt senkt er den Kopf. »Für junge Leute ist das schwer zu verstehen. Damals ging es noch strenger zu als heute, und so war unsere Beziehung nicht möglich. Auch einige Jahre später nicht.

In all dieser Zeit trafen wir uns jeden Sommer heimlich an verschiedenen Orten in Griechenland. Und in den Monaten dazwischen schrieben wir uns Briefe. Immer nur Briefe. Entschuldige, Theofile, dass ich es auch dir verschwiegen habe.«

Ich spüre, wie mir Tränen über die Wangen strömen. Es macht mich traurig, dass Mum nie den Mut gefunden hat, mir davon zu erzählen. Gleichzeitig bin ich schockiert und zornig. Wie konnte sie mir einen derart wichtigen Teil ihres Lebens vorenthalten? Deshalb also wollte sie mich nie mit hierhernehmen. Anders, als ich immer angenommen habe, hat sie nicht um meinen toten

Vater getrauert. Sie hat gelitten, weil sie von Grigóris getrennt war.

Ich sehe Theo an, der sich auf den Boden gesetzt hat und, die Arme um die Knie geschlungen, reglos dort verharrt. Zwischen uns bestand also bereits eine Verbindung, bevor wir es überhaupt ahnten. Etwas hat uns zueinander hingezogen. Aber warum? Damit wir die Fehler unserer Eltern wiederholen? Oder damit wir es besser machen? Mit einem lauten Seufzer stützt Grigóris die Handflächen auf die Knie, um aufzustehen.

»Deine Mutter sagte, dass du eines Tages vielleicht herkommen würdest, Sophie. Deshalb habe ich etwas für dich.«

Langsam erhebt er sich und geht mit schlurfenden Schritten hinaus. Theo und ich bleiben zurück und starren einander fassungslos an. Ich rapple mich langsam hoch, habe Mühe, diese Informationen zu verdauen. Theo nimmt mich in die Arme. Obwohl ich eigentlich zu benommen bin, um zu weinen, brechen die Tränen sich Bahn.

»Sophie, für mich ändert das nichts, weil ich dich liebe«, sagt er, als habe er meine Gedanken gelesen.

Diese Bestätigung habe ich gebraucht, denn alles andere ist offenbar aus den Fugen geraten. Ich wische mir das Gesicht ab.

»Ich liebe dich auch, Theo. Es ist nur ... als ich mich auf die Suche nach Mums Bild gemacht habe, hätte ich nie damit gerechnet, jemandem wie dir zu begegnen. Und auch nicht, dass unsere Eltern dreißig Jahre lang eine Beziehung hatten.«

Ist das wieder ein Wink des Universums, mit dem Ziel, uns zusammenzubringen? Oder uns zu trennen? Unsere intensive Beziehung scheint vorherbestimmt, gewissermaßen vererbt. Aber heißt das nicht, dass sie zu eng ist? All diese Fragen wirbeln wild durcheinander. Welche soll ich zuerst stellen, wenn Grigóris zurück ist?

Eine Weile verharren wir vor dem Bild, das mir ein Ziel gegeben hat, als ich mich verloren fühlte. Mühsam wende ich den Blick von den wunderschönen Pinselstrichen ab und drehe mich zu Theo um. Er zieht mich wortlos in die Küche. Doch ich halte die Stille nicht aus.

»Was könnte er holen gegangen sein? Außerdem will mir noch immer nicht in den Kopf, warum Mum ihre Bilder mit M.E. signiert hat. Das alles ergibt keinen Sinn.«

Als ich seinen Vater die hölzernen Stufen herunterkommen höre, bemühe ich mich, ruhig zu bleiben. Er tritt ein und hält eine Mahagonischatulle in den Händen, als handle es sich um seinen kostbarsten Besitz. Nachdem er die Schatulle auf den kleinen Holztisch gestellt hat, winkt er mich zu sich. Zögernd durchquere ich den Raum. *Jiajiá* steht ruhig und mit regloser Miene an der Kücheninsel und beobachtet mit undurchdringlichem Blick die Szene.

Vorsichtig nimmt Grigóris kleine Bündel aus der Schatulle und ordnet sie fein säuberlich zu Reihen an. Sie sind mit Bindfaden zusammengeknotet, an den Kanten abgestoßen und häufig auch vergilbt. Als er zu seiner Mutter hinüberschaut, bemerke ich, dass sich Scham auf seinem Gesicht malt.

»Das sind alle Briefe, die deine Mutter mir seit unserer ersten Begegnung geschrieben hat. Manchmal monatlich, manchmal wöchentlich. Kein einziger Tag ist vergangen, ohne dass ich nicht an sie gedacht hätte. Ich habe auf ihre Briefe gewartet, weil sie mir Hoffnung vermittelt haben, obwohl es keine gab. Uns war es nicht bestimmt, unsere Liebe zu leben. Es tut mir leid, dass du es auf diese Weise erfährst. Sie wollte dich schützen. Dich in Sicherheit zu wissen, war ihr wichtiger als alles andere auf der Welt.

Sie hat mir gesagt, dass sie es dir vor ihrem Tod anvertrauen würde, aber wie ich sehe, hat sie das nicht getan. Nicht nur die

Gründe, die ich bereits genannt habe, haben verhindert, dass sie nicht hier bei mir bleiben konnte. Es ging auch deinetwegen und wegen eures gemeinsamen Lebens in London nicht. Sie wollte dich vor Verletzung bewahren und zu zweit mit dir sein. Und ich konnte wegen meines Berufs, der Fischerei, nicht fort. Deshalb mussten wir an getrennten Orten leben.«

Die Vorstellung, dass meine Mutter ihre große Liebe für mich geopfert und auf das Glück verzichtet hat, löst Schuldgefühle in mir aus. Die Liebe, nach der sie sich, wie ich gespürt habe, all die Jahre sehnte, ist in den Briefen, die nun vor mir liegen, auf Papier gebannt. Drei Jahrzehnte voller unerfüllter Wünsche. Es versetzt mir einen Stich. Während sie mich dazu ermutigt hat, meinem Herzen zu folgen, hat sie selbst still gelitten.

»Die Bilder sind mit M. E. signiert, ich verstehe das nicht.«

Liebevoll lacht er auf, als erinnere er sich an etwas, das ihm sehr viel bedeutet.

»Wie du in diesen Briefen feststellen wirst, hat sie sich stets *Me* genannt. Ich war *You.* Als wir uns kennengelernt haben, hatte ich Probleme mit ihrem Namen. Lyndsey. Ich habe ihn immer falsch ausgesprochen. Also hat sie gesagt, ›sey‹ müsse sich auf ›me‹ reimen. Und irgendwann haben wir uns einen Spaß daraus gemacht. Ich nannte sie ›Me‹, und sie nannte mich ›You‹, wie in meinem Nachnamen: Grigoriou. Wenn du dir das Bild in meinem Zimmer genauer anschaust, wirst du sehen, dass sie ihren Namen weggekratzt und durch M. E. ersetzt hat, damit niemand weiß, dass es von ihr ist.«

Wieder eine erstaunliche Übereinstimmung mit einem Gespräch zwischen Theo und mir … nur du und ich – *you and me.* Das Schicksal hat uns zusammengeführt, und zwar ausgehend von einer Verbindung zwischen Mum und Theos Vater, die uns quasi im Blut lag, ohne dass wir davon wussten.

Grigóris schnürt ein Bündel auf, nimmt den obersten Brief und schiebt ihn zu mir herüber.

»Der hier wird dir alles verraten, was du wissen willst.«

Die sengende Nachmittagssonne strömt durch das Küchenfenster herein und beleuchtet das Blatt Papier vor mir. Obwohl Mums Tod schon einige Wochen zurückliegt, fühlt es sich noch immer an, als sei es erst gestern gewesen. Nun werden die Schnüre um die fest zusammengebundenen Briefe gelöst und all ihre sorgfältig unter Verschluss gehaltenen Geheimnisse preisgegeben.

Ich zögere zwar, brenne aber gleichzeitig darauf, mehr zu erfahren. Staubflöckchen tanzen in den Lichtstrahlen, die auf die vertraute Handschrift fallen. Ich hole tief Luft, voller Furcht, dieser Brief könnte nicht nur meine Vergangenheit, sondern auch meine Zukunft verändern.

Unsere Zukunft.

Mit zitternden Händen entfalte ich den Brief und lese.

Geliebter You,

falls meine Sophie tatsächlich in Methoni landen sollte, verlasse ich mich darauf, dass Du ihr unser Geheimnis anvertraust. Vielleicht kommt es ja gar nicht dazu, aber man kann ja nie wissen, wohin das Schicksal uns führt. Es hat mich zu Dir geführt, doch es hat uns wieder auseinandergerissen. Wenn ich auf der anderen Seite bin, werde ich alles tun, um meine Sophie an unseren ganz besonderen Ort zu geleiten, und zwar auf eine Weise, die ihr hilft, ihre Trauer zu verarbeiten. Irgendwann wird sie mich verstehen, und ich kann nur hoffen, dass sie mir verzeiht. Ich weiß, dass sie, so wie ich, ihre Liebe zu Methoni entdecken wird … und ich habe dort die wahre Liebe gefunden. Eine, mit der ich nie gerechnet hätte und für die ich immer dankbar sein werde.

Inzwischen sind die Tage endlos und werden von Schmerzen bestimmt. Das Leben wogt hin und her wie die Wellen des Meeres an unserem Strand. Mit jedem Augenblick, der vergeht, spüre ich, wie es mir durch die Finger rinnt. Ich kann nicht arbeiten und schlafe die meiste Zeit. Das ist kein Leben mehr, und ich habe keine Lust, mich in eine graue Version der Frau zu verwandeln, die ich einmal war. Es war schwer zu akzeptieren, was kommen wird. Noch schwerer wird es für mich deshalb, weil ich meine geliebte Tochter und Dich trauernd zurücklassen muss. Der lange Abschied ist eine Qual für alle, die ich liebe. Ich wünschte, ich könnte einfach die Augen schließen und es hinter mich bringen. Aber es wird sich dahinschleppen. Um Sophies willen bete ich darum, dass es nicht zu lange dauern wird.

Deine Briefe habe ich bei meinem Anwalt hinterlegt, damit Sophie sie erhält, wenn das hier vorbei ist. Hoffentlich versteht sie, warum ich es ihr nicht sagen konnte. Sie hat bereits so viel ausgehalten und in den vergangenen Jahren einige Tiefschläge einstecken müssen. Ich wollte es nicht noch schlimmer machen, indem ich uns die letzten gemeinsamen Tage verderbe. Damals war sie noch zu klein, um ihr von uns zu erzählen, und als sie älter wurde, habe ich nie die richtigen Worte gefunden.

Als sie ihr Baby verlor, wollte ich es ihr sagen. Es wäre der richtige Moment gewesen, doch mich hat der Mut verlassen. Ich wollte sie nicht wütend machen oder gegen mich aufbringen. Sie und ich sollten für immer in einer idyllischen Mutter-Tochter-Blase leben. Bitte hilf ihr, das zu verstehen. Ich werde immer die Mutter sein, die sie gekannt und geliebt hat. Dass ich unsere Beziehung versteckt habe wie ein schmutziges Geheimnis, beschämt mich genauso wie Dich. Doch etwas anderes konnte sie ja auch nie sein, oder?

Nun kann ich nur hoffen, dass sie die Aufgabe, Dich zu su-

chen, annimmt, um zu verstehen, wie die Liebe aussehen kann. Obwohl ich weiß, dass ich nicht mehr erleben werde, wie Sophie ihre große Liebe findet, hoffe ich, dass es eine wie unsere sein wird. Hier, auf dem Sterbebett, ist mein einziger Wunsch, dass meine wunderschöne Tochter all das bekommt, was wir beide niemals haben durften.

Vielleicht ist das mein letzter Brief an Dich, und ich fürchte, dass ich nicht mehr die Kraft haben werde, Deine Antwort zu lesen.

Du sollst wissen, dass ich Deine Hand halten werde, wann immer ich kann. Ich werde an Deiner Seite sein, ganz gleich, wo ich auch bin. Und ich werde Dich von ganzem Herzen lieben und Wege finden, es Dir zu zeigen. Euch beiden. Dir und Sophie.

Wenn keine Briefe mehr kommen, weißt Du, dass ich nicht mehr bin.

Lebewohl, mein Geliebter,
mit all meiner Liebe, für immer Dein,
Me
X

KAPITEL 25

Ich lehne mich zurück, bis die harten Holzsprossen des Stuhles sich schmerzhaft in meinen Rücken graben. Es ist, als hätte meine Mutter sich auch von mir noch einmal verabschiedet. Wie schon so oft stürzt die Trauer über mich herein, nur schwingt diesmal noch etwas anderes mit. Ich trauere um einen Teil von ihr, den sie mir verheimlicht hat. Gleichzeitig bin ich empört und wütend. Sie war doch immer eine leidenschaftliche Romantikerin. Warum hat sie dann nicht die richtigen Worte gefunden, um mir Zutritt zu diesem Teil ihres Lebens zu gewähren? Wie konnte sie mir eine derart bedeutsame und jahrzehntelange Beziehung einfach verschweigen? Das werde ich nie mehr erfahren. Vielleicht ist es das, was mich am meisten schmerzt. Es ist die größte Enttäuschung von allen. Wieso hat sie sich mir nicht anvertraut? Und das, obwohl ich immer dachte, wir stünden uns so nah?

Als ich jeden Sommer bei Tashas Großmutter verbrachte, tat ich das in dem Glauben, Mum sei beruflich verreist. Vorsichtig und mit zitternden Händen lege ich den Brief auf den Tisch neben die anderen Stapel. Als ich aufspringe, scharrt der Stuhl lautstark über den Fliesenboden.

»Entschuldigt mich, ich möchte jetzt allein sein.«

Tränenblind renne ich aus dem Haus und den Abhang hinunter zum Meer. Ich fühle mich elend, weil sie es mir verheimlicht, und schuldig, weil sie sich meinetwegen gegen ihre Liebe entschieden hat. Viele verschiedene Emotionen stürmen auf mich ein. Ich will nicht, dass diese neue Erkenntnis das Andenken an Mum beschädigt. Und auch nicht, dass mir jetzt noch ein Teil von ihr weggenommen wird, obwohl Erinnerungen das Einzige sind, was ich habe.

Am Ufer angekommen, bemerke ich eine Feder, die vom Auftrieb der sanften Brise emporgetragen wird. Sie tanzt durch die Luft und flattert über dem Wellengekräusel auf und nieder, bis sie neben einem Felsen im Sand landet. Ich setze mich auf den flachen Stein. Die Sonne brennt auf meine Schultern, aber ich nehme die Hitze nicht wahr. Ich fröstle, und ich fühle mich leer.

An diesem Ende des Strandes ist der Boden mit winzigen Steinchen bedeckt, bunte Tupfen aus rotem, gelbem, grünem und braunem Seeglas. Ein kleiner Regenbogen im Sand. Wenn Mum mir von Grigóris erzählt hätte, hätte ich sie hierher begleiten wollen, um ihn kennenzulernen. Ich hätte sie ermutigt, ihrem Herzen zu folgen, wie sie es so oft bei mir getan hat.

Ich sehe Grigóris am Rand des Wassers entlanggehen. Tiefe Trauer malt sich in seinen Zügen, denn nun hat er die Bestätigung, dass sie tot ist. Obwohl er es bereits vermutet hat, hat meine Anwesenheit es für ihn real gemacht. Ich weiß nicht, ob ich mit ihm sprechen will. Am liebsten wäre es mir, das alles wäre nie geschehen. Es ist mir alles zu viel.

Langsam stehe ich auf, schaue aufs Meer hinaus und nehme meinen Mut zusammen. Als ich mich zu ihm umdrehe, fehlen mir die Worte. Ich bin es nicht gewöhnt, Mum mit jemand anderem als mit Tasha zu teilen. Und jetzt ist da ein leibhaftiger Mensch, der sie genauso geliebt hat wie ich. Ein Mann, der ihr Doppelleben verkörpert. Und weiß nicht, was ich von ihm oder von ihr halten soll.

Inzwischen steht er vor mir. Seine Augen haben Fältchen in den Winkeln.

»Das ist ziemlich verwickelt, was, Sophie? Aber du darfst nicht vergessen, dass es immer um die Liebe geht. Für dich, mich, Theo und für deine Mutter. Sie wollte es dir erzählen, aber eigentlich gab es dazu nichts zu sagen. Wie ich schon erklärt habe, konnten wir nicht zusammen sein. Wir hatten nur unsere Sommer. Ja, wir haben uns hier in Griechenland getroffen, doch wir konnten nicht so sein, wie wir es uns gewünscht hätten. Unsere Leben waren zu verschieden. In diesem kleinen Dorf ging es viel strenger zu als anderswo, und das ist bis heute so. Diese Beziehung hätte Schande über uns, meine Familie und auch deine Mutter gebracht, denn ich war offiziell noch verheiratet. Die Situation hätte uns entzweit. Also war es das Beste für Lyndsey und mich, getrennte Leben zu führen. Doch ich bereue es sehr. Nun ist es zu spät, und der Schmerz wird mich für immer begleiten. Sie hat es für dich getan, denn sie hat dich mehr geliebt als sonst jemanden. Sie wollte dich vor genau dem Schmerz bewahren, den du gerade empfindest. Das hat sie eigentlich verhindern wollen.«

Bei seinen Worten wird mir klar, welche Mühe es ihn kostet, über sie zu sprechen. Ihre Liebe lebte in all den eindringlichen Briefen weiter. Zwischen ihren jährlichen geheimen Treffen haben diese Briefe ihre Liebe am Leben erhalten. Ich lächle ihn traurig an.

»Heimlichtuerei und Unehrlichkeit sind schuld daran, dass so viele Menschen leiden müssen. Diese Lektion habe ich inzwischen gelernt. Fast wäre es mir lieber, wenn ich nichts von alldem wüsste«, erwidere ich. Der Gedanke daran, was die beiden und auch ich verloren haben, tut weh.

»Können wir uns setzen?«

Er weist auf den Felsen und lässt sich mühsam darauf nieder. Dichte schwarze Locken fallen ihm in die Stirn, als er sich bückt. Sie erinnern mich wieder an Theo.

»Sophie, für dich darf sich dadurch nichts verändern. Deine Mutter hat dich mehr als alles andere geliebt. Allerdings ist da etwas, das ich dir sagen muss. Mit Theo oder selbst mit meiner Mutter kann ich nicht darüber sprechen. Doch es ist mir wichtig, dass du davon erfährst. Natürlich darfst du es Theo erzählen, aber ich selbst schaffe das nicht.«

Mein Puls wird schneller, als bange Erwartung mich ergreift. Zögernd nicke ich und warte darauf, dass er weiterspricht. Er greift in die Tasche, holt eine weiße Zigarettenschachtel heraus, klappt sie auf und zündet sich – unter Schwierigkeiten wegen des auffrischenden Windes – eine Zigarette an. Seine Verzögerungstaktik quält mich. Offenbar hat er dieselbe Angewohnheit wie sein Sohn.

»Als deine Mutter nach einem dieser Sommer, damals waren wir noch viel jünger, nach England zurückkehrte, hat sie festgestellt, dass sie schwanger ist.« Ich will etwas sagen, doch er unterbricht mich mit einer Handbewegung. »Bitte, lass mich ausreden. Leider hat sie das Kind verloren. Schon sehr früh, bereits nach wenigen Wochen.

Wir haben in aller Stille getrauert, denn natürlich durfte es niemand erfahren. Ich habe mich geschämt; ich hatte ja eine Sünde begangen und war unvorsichtig gewesen. Wir hatten uns von unseren Gefühlen mitreißen lassen, aber ich war schuld daran und fühlte mich verantwortlich. So, als habe Gott mich bestrafen wollen, indem er das Baby nicht leben ließ.

Du warst damals noch sehr jung, und sie hat immer versucht, dich zu schützen. Sie fand, das sei noch ein Grund mehr für uns, nicht zusammen zu sein. Und auch, um dem Andenken an deinen Vater nicht zu schaden. Es tut mir leid. Sicher bist du nach dem, was du heute erfahren hast, sehr erschüttert und aufgebracht.«

Als ihm erneut Tränen in die Augen steigen, kann ich nicht anders, als nach seiner Hand zu greifen. Verzweifelt krame ich in meinem Gedächtnis, wann die Fehlgeburt stattgefunden haben könnte, bis mir zu guter Letzt eine vage Erinnerung in den Sinn kommt. Wie immer war ich mit Tashas Familie im Ausland gewesen. Mum war beruflich verreist, und als sie zurückkam, musste sie mit Magenproblemen ins Krankenhaus. Behauptete sie wenigstens. Doch in Wahrheit hatte sie mein Halbgeschwisterchen verloren. Auch das von Theo.

Nach jenem Sommer wurde die Trauer zu ihrer ständigen Begleiterin. Und nun kenne ich den Grund. Sie hat mir zuliebe geschwiegen. Ich wünschte, ich hätte die Erinnerung noch vollständig parat. Gerade erst habe ich angefangen, meine Trauer zu verarbeiten. Und nun ist es, als müsste ich wieder von vorn anfangen. Nur, dass ich nun um eine Frau trauere, die ich vielleicht gar nicht richtig gekannt habe.

Ich breche in Tränen aus und weine um das, was verloren gegangen ist. Liebe. Kinder. Eine Zukunft, die nicht sein durfte. Ich schwanke zwischen Schuld und Zorn, Liebe und Bedauern. Theo und ich wären als Stiefgeschwister aufgewachsen. Diese ein wenig verstörende Vorstellung wird sofort von Erleichterung abgelöst, denn der Verlust unserer Eltern war möglicherweise unser Gewinn. Kein Wunder, dass Mum bei meiner Fehlgeburt so verständnisvoll reagiert hat. Es war nicht nur mütterliche Fürsorge, sondern auch eigene Erfahrung, die ihr die richtigen Worte in den Mund gelegt hat, um mich zu trösten. Und die ganze Zeit über hat sie ihr eigenes Leid stillschweigend noch einmal durchlebt. Grigóris' und ihre ganz persönliche Schande.

Grigóris legt mir fest die Hand auf die Schulter. Die warme Berührung und unsere Tränen vereinen uns, denn wir trauern beide um etwas, das unwiederbringlich verloren ist. Während wir schweigend dasitzen, sammle ich mich wieder und begreife das Ausmaß dessen, was ich heute erfahren habe. Und das alles ausgerechnet an dem Tag, an dem Theo und ich einander unsere

Liebe gestanden haben. Ohne zu ahnen, dass wir in die Fußstapfen unserer Eltern traten.

In gewisser Weise bestätigt mir das, dass diese Reise die richtige Entscheidung war. Es ging nicht nur darum, ein Bild aufzuspüren, obwohl alles damit angefangen hat. Die eigentliche Aufgabe lautete, zu mir selbst zu finden. Deshalb hat Mum mich hierhergeführt. Und auch damit ich erkenne, wer sie wirklich war. Ich schlage ein neues Kapitel unserer Familiengeschichte auf. Erst wenn ich die Vergangenheit akzeptiere, kann ich wirklich in die Zukunft schauen. Doch im Moment bin ich noch viel zu überwältigt.

Grigóris und ich sehen einander an, vereint in einem Wissen und Verständnis, die wir nicht auszusprechen brauchen. Wir beide lieben auf völlig verschiedene Weise dieselbe Frau. Ich habe noch so viele Fragen auf dem Herzen, vermute aber, dass einige davon in ihren Briefen beantwortet werden. Und in seinen, wenn ich wieder zu Hause bin und das Päckchen von ihrem Anwalt öffne, wozu ich nicht in der Lage war. An Grigóris hat sie geschrieben, dass ich sie bekommen soll, um das Puzzle zusammenzufügen. Auch wenn ich die Angelegenheit genau andersherum angefangen habe, als sie es eigentlich geplant hat. Es ist ihre Geschichte, doch ich lese sie entgegen der chronologischen Reihenfolge.

»Das Bild in deinem Arbeitszimmer ist das, nach dem ich die ganze Zeit gesucht habe«, merke ich lachend an. »Und ich bin herumgelaufen und habe Nachforschungen angestellt. Du hast gesagt, sie hätte gerade daran gemalt, als ihr euch am Strand kennengelernt habt.«

»Ja, richtig«, erwidert er.

»Ich würde zu gern wissen, wo das war.«

Ich schaue rechts und links die Küste entlang, bis ich bemerke, dass Grigóris in den Sand starrt. Langsam holt er Luft, als koste ihn schon das Einatmen gewaltige Mühe. Die Muskeln in seinem Hals zucken und spannen sich an. Dann hebt er den Kopf und blickt mich an. Das Sonnenlicht fängt sich auf seiner dunklen Haut, sodass sie fast unwirklich zu schimmern beginnt.

Er tätschelt die Oberfläche des Felsens.

»Auf diesem Stein, wo wir jetzt sitzen. Es war hier. Wir sind in ihrem Bild.«

KAPITEL 26

Theo steht vor der Terrassentür und beobachtet besorgt, wie sein Vater und ich auf das Haus zukommen. Ich bin froh, dass er mir die Möglichkeit gegeben hat, mit Grigóris allein zu sein. Als er forschend mein Gesicht mustert und nach Hinweisen auf meinen Gemütszustand sucht, lächle ich nur angestrengt und schüttle den Kopf. Während Grigóris ins Haus geht, bleibe ich bei Theo stehen.

»Wir können später reden. Nicht hier«, sage ich.

Er legt die Arme um mich. Die Geborgenheit seiner Umarmung umfängt mich. Ich weiß nicht, ob sich etwas für uns verändern und ob das neue Wissen mir die Freude an unserer Beziehung nehmen wird. Doch Theo küsst mich mit Leidenschaft, und seine Lippen sagen mir, dass wir auch diese Krise überstehen werden.

»Du weißt, dass das nicht das Ende ist, Sophie. Es ändert nichts. Unsere Eltern haben auf eine große Liebe verzichtet. Ja, das ist sehr traurig. Und es ist seltsam, dass es ausgerechnet deiner *mamá* und meinem Vater passiert ist. Aber es steckt kein tieferer Sinn dahinter. Ich wünschte nur, sie hätten es uns erzählt. Aber wären wir uns dann je hier begegnet?«

Er hat recht, auch wenn ich das alles erst noch verdauen muss. Ich muss respektieren, dass andere Menschen einen Anspruch auf Privatsphäre haben, falls sie das möchten. Nur, dass Mums Heimlichtuerei Auswirkungen auf meine Gegenwart und womöglich auf meine Zukunft hat. Außerdem steht Theo seinem Vater nicht so nah wie ich meiner Mutter. Es fühlt sich beinahe an wie Verrat; ich bin völlig durcheinander.

Theos Zitrusduft steigt mir in die Nase und erdet mich wieder. »Entschuldige, dass ich einfach zum Strand gerannt bin …«

»Das liegt am Schock. Wahrscheinlich ist es schlimmer für dich, weil du um deine *mamá* trauerst. Für mich ist es zwar eine Überraschung, aber wenigstens habe ich jetzt eine Erklärung dafür, warum es meinem Vater seit so vielen Jahren elend geht. Nun ergibt alles einen Sinn.«

Ich bedauere, dass ich nicht seine Fähigkeit besitze, die Dinge klar und schnörkellos zu sehen. Das würde verhindern, dass Gefühlsduselei und Rührseligkeit mir den Blick auf die Tatsachen verstellen. Obwohl Theo sich nicht unbedingt an seinen eigenen Rat gehalten hat, als es um mich ging. Doch es ist sinnlos, unsere Meinungsverschiedenheit noch einmal durchzukauen. Es zählt nur, was jetzt geschieht. Aus der offenen Tür steigt mir der verlockende Duft von Orangenkuchen in die Nase. Ich muss diesen Kreis schließen. Mir ist es wichtig, dass nichts unvollendet bleibt, und wenn es nur ein Kuchen ist.

»Ist mein Kochunterricht bei *jiajiá* vorbei?«, frage ich. Hoffentlich habe ich keinen schlechten Eindruck bei ihr hinterlassen, weil ich einfach davongelaufen bin.

»Nein, alles in Ordnung. Natürlich ist sie wie immer ungeduldig und wartet darauf, dass du zusiehst, wie sie den Sirup auf den Kuchen gibt.«

Er legt den Arm um mich, und wir gehen zusammen ins Haus. Ioulia steht an der Kücheninsel und wischt sich die Hände mit einem Lappen ab. Bei unserem Anblick nickt sie zufrieden und ruft laut nach Grigóris. Auf ihren Befehl versammeln wir uns um die Kücheninsel. Dann setzt sie wild gestikulierend zu einem Vortrag an und stellt dabei die *portokalópita* mitten auf die Arbeitsfläche.

Sie gießt Sirup auf den heißen Kuchen. Währenddessen redet sie wie ein Wasserfall, worauf die beiden Männer mit einigem

Achselzucken, hängenden Köpfen und Nicken reagieren. Als sie meinen Namen und dann seinen erwähnt, nimmt Theo meine Hand und drückt sie. Allerdings habe ich noch immer keine Ahnung, worum sich ihr Monolog dreht, und ob es sich um einen weisen Rat oder um eine Standpauke handelt.

»Theofile, *parakaló*, sag das Sophia«, meint sie dann in ihrem gebrochenen Englisch. Sie spricht meinen Namen griechisch aus.

Auffordernd drehe ich mich zu Theo um und warte auf Erleuchtung.

Vor Rührung hat er feuchte Augen, als er die Worte seiner Großmutter übersetzt. Sie fuchtelt ungeduldig mit den Händen.

»Sie sagt, sie habe jahrelang zugeschaut, wie Herzen gebrochen werden, ohne etwas dagegen tun zu können, dass Menschen, die sie liebt, leiden müssen. Und wie die Felsen im Wasser gebe es Dinge, die man nicht ändern könne. Manche Menschen fänden die Liebe und verlieren sie wieder. Einige wenige dürften sie für immer festhalten. Wir beide hätten Glück, denn wir hätten die Chance auf eine Zukunft.

Ihr eigener Mann wurde damals von ihrer Familie für sie ausgesucht, und sie habe ihn am Hochzeitstag zum ersten Mal gesehen. Obwohl sie gelernt habe, ihn zu lieben, sei es nicht leicht gewesen. Als sie jung war, hätte es einen Skandal gegeben, wenn sie aus Liebe geheiratet hätte. Es war nicht einmal erlaubt, mit einem Jungen befreundet zu sein, der nicht zur Familie gehörte. In jenen Tagen konnte man sich nicht für eine Beziehung entscheiden. Deshalb seien Menschen, die vom ersten Tag an glücklich sind, klar im Vorteil. Sie haben im Spiel des Lebens gewonnen.

Wir beide können uns jeden Tag unseres Lebens für die Liebe entscheiden, wenn wir das wollen, sagt sie. Die Geschichte wiederhole sich immer, aber wer Mut habe, könne das vom Leben vorgegebene Muster durchbrechen. Das sei der Unterschied zwischen Vorsehung und Schicksal. Die Vorsehung sei die Gelegenheit, die einem das Universum schenke. Schicksal sei das, was man daraus mache, wenn man den Mut habe, im Leben ein Risiko einzugehen.

Sophia und Theo könnten aus dem Kreis der Geschichte ausbrechen und in die Spuren treten, die ihre Eltern im Sand hinterlassen haben. Nur, dass sie einen längeren Weg miteinander gehen können. Sie können neue Spuren bahnen. Und es sei langsam Zeit für neue Spuren am Strand.«

Es dauert einen Moment, bis ich die Tragweite von Ioulias Worten begreife. Der Takt, den die Geschichte schlägt, das Echo der Vergangenheit, aus ihnen allen speist sich unsere Zukunft.

Ich schaue zu Ioulia hinüber, die bestätigend nickt, obwohl sie vermutlich nicht viel von Theos Zusammenfassung verstanden hat. Sie zieht die Augenbrauen hoch und sieht mich aufmunternd an.

Die Anspannung steigt. Schweigend stehen wir um die Kücheninsel herum. Schließlich nimmt Ioulia ein Messer und beginnt, den von Glasur strotzenden Kuchen zu zerteilen. Als sie jedem vom uns ein Stück auf einem Tellerchen aus zartem Porzellan reicht, fühlt es sich an wie ein Ritual, eine Speisung, die uns segnen und heilen soll.

»Sto trapézi!«

Jiajiá scheucht uns zum Tisch und gibt uns kleine Gäbelchen für den Kuchen. Vorsichtig nimmt Grigóris die Mahagonischatulle und stellt sie auf das Sideboard. Die kostbaren Päckchen mit den Briefen meiner Mutter lässt er für mich auf dem Tisch liegen.

Schon beim ersten Bissen erwachen meine Geschmacksknospen schlagartig zum Leben. Der Teig ist so unbeschreiblich locker, dass sich die einzelnen Schichten gar nicht mehr ausmachen lassen, und gleichzeitig ein klein wenig klebrig. Himmlisch. Die Süße des warmen Kuchens vertreibt das Bittere aus meinen Gedanken.

Ich hätte der heutigen Enthüllung vorgreifen und mir den Schock ersparen können, wenn ich das von Mum hinterlassene Päckchen geöffnet hätte. Doch nachdem ich die Karte gelesen hatte, war ich dazu nicht mehr in der Lage. *Die Karte mit dem Haiku.*

Der Gedanke sorgt dafür, dass ich die Gabel mit einem lauten Klappern weglege. Die anderen sehen mich an. Theo hat doch gesagt, Grigóris habe dieselbe Karte besessen, die Vorlage für sein Tattoo war. Doch der Zettel darin habe von *seiner* Mutter gestammt.

»Grigóri, hat meine Mum dir je eine Karte mit einem japanischen Gedicht geschickt?«

Theos Vater nickt begeistert. »Ja, ich hole sie«, erwidert er lächelnd und steht auf.

Zum ersten Mal sehe ich ihn lächeln; es verwandelt sein ganzes Gesicht. Als er zu seiner Kiste mit Erinnerungen hinübergeht, hat er etwas Leichtes im Schritt. Es ist, als habe sein Körper die Last des Geheimnisses abgestreift. Theo und ich wechseln einen Blick. Uns wird klar, dass sein Tattoo offenbar von der Liebesbeziehung unserer Eltern inspiriert wurde. Mums schriftlicher Abschied von mir, unauslöschlich auf seiner Haut und in meinem Herzen verewigt.

Grigóris schiebt die Karte zu mir herüber. Es ist das identische Gedicht, ich erkenne es sofort. Ein Schauder überläuft mich. Als ich Theo in die Augen schaue, wandert seine Hand unwillkürlich zur Herzgegend. In der Karte liegt eine Notiz in der Handschrift meiner Mutter, verfasst vor siebzehn Jahren:

Die hier habe ich kürzlich entdeckt und an uns beide gedacht.
Wenn nur meine Wohnstatt nur bei Dir sein könnte.
Ganz gleich, was auch geschieht, Du und ich werden immer zusammen sein. Schade, dass das nicht in diesem Leben sein wird.

Während Grigóris und *jiajiá* die Teller abräumen, bleiben Theo und ich am Tisch sitzen. Vor uns liegt die Karte, so einzigartig und zufällig zugleich. Als Theo aufblickt, sehe ich, dass ein ängstlicher Ausdruck über sein schönes Gesicht huscht. Er nimmt meine Hand und sieht mich durchdringend an.

»Was ist?«, frage ich besorgt.

»Diese Nachricht. Als ich sie fand, dachte ich, sie sei von meiner Mutter an meinen Vater. Doch es waren unsere Eltern. Eine Liebe, die nicht sein konnte.« Als er mich weiter betrachtet, wird sein Blick drängend. »Du darfst nächste Woche nicht abreisen. Ich will, dass du bleibst. Zieh hierher. Bleib bei mir.«

Dieser spontane Vorschlag bringt das Fass meiner Gefühle zum Überlaufen. Offenbar ist er fest entschlossen zu verhindern, dass uns diese Chance ebenso entgleitet wie unseren Eltern.

Nur, dass es für mich nicht so einfach ist. Ich habe eine eigene Firma und ein Zuhause. Alle meine Freunde wohnen in London. Ich kann nicht einfach alles hinwerfen und nach Griechenland ziehen.

Die vielen Informationen, die ich heute aufnehmen musste, setzen sich allmählich, und mein Körper löst sich langsam aus der Schockstarre. Und Griechenland erscheint mir gerade wie der letzte Ort auf Erden, wo ich derzeit sein möchte.

KAPITEL 27

Als Theo und ich das Haus seiner Großmutter verlassen und Hand in Hand den Strand entlangschlendern, fühle ich mich, als hätte sich alles und gleichzeitig gar nichts geändert. Hier ist unser Strand, wo für Mum und Grigóris alles anfing. Nun treten Theo und ich in ihre Fußstapfen. Die Geschichte scheint, sich zu wiederholen. Es gibt so viele Fragen und so viele wichtige Signale, die gedeutet werden wollen. Und dann ist da noch Theos Bitte, bei ihm zu bleiben. Ich weiß gar nicht, worüber ich zuerst nachdenken soll.

In bedächtigem Schweigen setzen wir unseren Weg fort. Die Bedeutung jeder Handlung, jedes Worts und jedes Gedankens, die uns bis zu diesem Punkt geführt haben, lastet schwer auf uns. Ich wünsche mir eine höhere Macht herbei, die mir sagt, was ich jetzt tun soll. Irgendwann lasse ich Theos Hand los, lege den Arm um seine Taille und schmiege den Kopf an seine Schulter. Unsere Körper sind einander so nah, dass sie zu einem einzigen Umriss verschmelzen. Darauf will ich nicht mehr verzichten. Ich habe mich gegen die aufkeimenden Gefühle gewehrt, weil ich Angst hatte. Angst, jemandem mein Herz anzuvertrauen. Doch nun ist alles ungewiss geworden. Ich will nach Hause und mit Tasha sprechen. Sicher hat sie einen Rat, wie ich weiter vorgehen und die Situation einschätzen soll.

Ich bleibe stehen und drehe Theo zu mir herum, bis er mich ansieht.

»Es gibt zu viele offene Fragen.« Während unseres schweigenden Spaziergangs ist mir einfach keine Lösung eingefallen. »Ich will nicht ohne dich sein. Aber ich bin so wütend auf meine Mum.

Und so entsetzlich durcheinander. Warum hat sie es mir verheimlicht?«

Als er mich fester an sich zieht, passen unsere Körper zusammen wie zwei Puzzleteilchen.

»Es bringt nichts, wütend auf deine Mutter zu sein. Sie hatte ihre Gründe, das Geheimnis wahren zu wollen. Sei stark und akzeptiere es. Ich will auch nicht ohne dich sein, Sophie *mou.* Aber wenn du Zeit zum Nachdenken brauchst, musst du sie dir nehmen.« Er tritt einen Schritt zurück und betrachtet mich ernst. »Du weißt, dass ich wegen meines Berufs unmöglich von hier weggehen kann. Und wahrscheinlich fühlst du dich jetzt unter Druck gesetzt, weil du unseretwegen alles verändern müsstest. Also möchte ich, dass du es dir genau überlegst. Die Menschen, die wir lieben, haben so viel durchmachen müssen. So etwas dürfen wir einander niemals antun. Die Entscheidung liegt allein bei dir.«

Mutlosigkeit ergreift mich, denn er hat genau das ausgesprochen, was ich denke. Wenn diese Beziehung eine Zukunft haben soll, muss ich hierherziehen. Ich muss meine Welt aufgeben und alles opfern, was mir vertraut ist, damit wir zusammen sein können. Falls ich das nicht schaffe, wird es uns beiden das Herz brechen, und das ist dann ganz allein meine Schuld. Und was wird aus *meinem* Beruf? Hier kann ich nicht für die Feierlichkeiten anderer kochen, denn es scheint den Einheimischen im Blut zu liegen, einander zu bewirten.

»Vielleicht können wir ja sechs Monate hier und sechs Monate in London leben«, bemühe ich mich um irgendeine Form von Ausgewogenheit. »Kennst du niemanden, der in dieser Zeit dein Boot übernehmen könnte?«

Er schaut aufs Meer hinaus. Sein Blick folgt dem Verlauf der Klippen, den Felsvorsprüngen, die Zeugen der Menschheitsgeschichte sind.

»Das ist unmöglich. Aber wir werden einen Weg finden.«

Er beugt sich vor, um mich zu küssen, und für einen Moment lösen sich all unsere Probleme in Luft auf. Es gibt nur noch uns beide. Doch als seine Lippen meine berühren, weiß ich, dass ich ihm sagen muss, was ich von Grigóris erfahren habe.

»Als dein Vater und ich am Strand waren, hat er mir etwas anvertraut.« Ich weise auf den Felsen, wo wir gesessen haben.

Wieder schaut er zur Wasserlinie, während ich ihn beobachte und überlege, wie ich ihm das mit dem verlorenen Baby am besten eröffnen soll. Ich will alles mit ihm teilen, und dieses Ereignis ist zu wichtig, um es ihm vorzuenthalten. Keine Geheimnisse mehr. Vorsichtig spreche ich die Worte aus, wohl wissend, dass sie Theos Gefühle für seinen Vater beeinflussen könnte. Immerhin hat er ihm verschwiegen, dass wir beinahe ein Halbgeschwisterchen gehabt hätten. In Theos Augen spiegelt sich Trauer, und er schüttelt bedrückt den Kopf.

»Es tut mir leid für die beiden. Und für uns. Ihnen ist so vieles versagt geblieben. Das ist eine weitere Erklärung dafür, warum mein Vater so lange eine schwere Last mit sich herumgetragen hat. Diese Trauer um alles, was er verloren hat, hat ihn nie wieder losgelassen.«

Seine besonnene Reaktion ist so ganz anders als meine eigene und sorgt dafür, dass ich ihn noch mehr in mein Herz schließe. Obwohl er impulsiv sein kann, lässt er sich im Gegensatz zu mir nicht von extremen Gefühlen steuern. Und diese innere Stärke macht ihn für mich umso anziehender.

»Se avgó, Theo«, sage ich, stolz auf mich, dass ich »Ich liebe dich« auf Griechisch nachgeschlagen habe.

Er beginnt schallend zu lachen.

»Was willst du denn jetzt mit Eiern?«

»Was? Das habe ich doch gar nicht gemeint.«

Als er weiter grinst, muss auch ich über meinen Fehler lachen. »*Avgó* bedeutet Ei. Ich liebe dich heißt *se agapó.*«

Wenigstens habe ich ihn zum Lachen gebracht. Trotz aller Widrigkeiten und in einem unserer schwierigsten Momente schaffen wir es, zusammen albern zu sein.

»Nun, ich liebe *dich*, nicht Eier, obwohl ich Eier natürlich mag. Aber dich mag ich noch mehr.« Mein Fehler ist mir noch immer peinlich.

»Bitte hör auf, über Eier zu reden.« Zum Glück beendet er mein Gestammel mit einem Kuss.

»Oh. Mein. Gott! Wo ist das Popcorn? Ich fühle mich wie in einem kitschigen Liebesfilm!«

Tasha reißt die blauen Augen auf und lauscht, die Hand aufs Herz gepresst, als ich ihr die Ereignisse des vergangenen Tages schildere und von der Affäre zwischen meiner Mutter und Grigóris erzähle. Ich habe es mir auf Theos Terrassensofa gemütlich gemacht und schaue ihm und Chrístos beim Baden im Meer zu. Die beiden unterhalten sich beim Schwimmen und spritzen einander laut lachend nass.

Tasha klatscht begeistert in die Hände und kann die Flut an interessanten Nachrichten kaum fassen.

»Und das Sahnehäubchen ist«, verkündet sie im Singsangton und tutet in eine imaginäre Fanfare, »dass du das Bild gefunden hast. Gott sei Dank! Am liebsten würde ich jetzt ein Lied anstimmen. Kaum zu glauben! Du hast es tatsächlich geschafft.«

»Ja, aber es fühlt sich alles noch ein bisschen unwirklich an. Es tatsächlich zu sehen, war überwältigend, Tasha. Ich bin froh, dass Grigóris es hat. Dort gehört es hin.«

»Und hast du alle Briefe deiner Mum an Theos Dad gesehen?«

»Ja, jeden einzelnen. Allerdings habe ich nur ein paar davon richtig gelesen. Sie sind so romantisch, aber gleichzeitig auch so traurig. Die beiden haben einander wirklich, wirklich geliebt. Trotzdem bin ich wütend und habe beinahe ... einen Hass auf sie, was ich Theo aber nicht sagen kann. Es tut so weh, dass sie mir diese Beziehung verschwiegen hat. War ich denn so eine schreckliche Tochter, dass sie glaubte, ich würde sie nicht verstehen?

In ihren Briefen schrieb sie, sie könne meinetwegen nicht umziehen – nicht, als ich ein Kind und auch nicht, als ich erwachsen war. Sie wolle mir nicht wehtun. Und jetzt ... tut es erst richtig weh! Ich wünschte, sie hätte mir von Grigóris erzählt. Jeden Sommer haben sie sich getroffen, während wir bei deiner Oma waren. Es ist, als hätte ich einen Teil ihres Lebens verpasst. Ich weiß nicht, wie ich wieder Ordnung in meinen Kopf kriegen soll, und bin so sauer auf sie. Du etwa nicht, Tasha?«

Sie denkt einen Augenblick nach.

»Du darfst nicht wütend sein und dir nicht davon das Hirn vernebeln lassen. Haben wir nicht alle ein Recht auf Dinge, die außer uns selbst niemand wissen darf? Schließlich hast du mir die Sache mit Robert auch lange Zeit verheimlicht, um dich selbst zu schützen. Und, was noch unerklärlicher ist, weil du außerdem ihn in Schutz nehmen wolltest. Manchmal tun wir aus Liebe eben verrückte Sachen, für die es keine logische Erklärung gibt.

Mumma Lyns wollte verhindern, dass deine Gefühle für deinen Dad Schaden nehmen. Du hast die Beziehung deiner Eltern romantisch verklärt. Doch ihre wahre Liebe hat sie vor uns allen geheim gehalten, und sicher hatte sie ihre Gründe dafür. Du musst einen Weg finden, das zu respektieren. Sie wollte dir nicht wehtun.

Wenn das, was du mir erzählt hast, stimmt, hätte Grigóris in Griechenland nie mit ihr zusammenleben können. Und nach London hätte er als Fischer auch nicht kommen können. Die beiden aus ihrer gewohnten Umgebung zu reißen, hätte also niemals geklappt, nicht mal aus Liebe.«

Ich schlucke heftig. Ihre Reaktion auf meine nächste Neuigkeit erahne ich bereits.

»Theo hat mich gebeten, hier bei ihm zu bleiben.«

»Was? Ist das dein Ernst?! Was, habe ich dir gerade gesagt, passiert, wenn man Menschen aus ihrer gewohnten Umgebung reißt?«

Ich bitte sie, leiser zu sprechen, denn schließlich soll Theo nichts mitkriegen, und vergewissere mich, dass er noch im Wasser und außer Hörweite ist. Ich vermisse Tasha wirklich ganz schrecklich. Außerdem habe ich gegen das verstoßen, was ich ihr nach meiner ersten Begegnung mit Theo versprochen habe. Mein Versuch, mein Herz zu schützen, ist auf ganzer Linie gescheitert. Ich liebe ihn. So sehr meine Vernunft auch dagegen protestiert. Schließlich ist es zwischen uns Knall auf Fall geschehen, weshalb sie an der Tiefe dieser erst so kurzen Beziehung zweifelt. Nur, dass Liebe auf den ersten Blick eben kein Mythos ist. Oder besser, Liebe auf den ersten Stich, denn es war ja ein Seeigel im Spiel.

»Ich weiß nicht, was ich tun soll, Tasha. Ich will bei ihm sein. Allerdings fühle ich mich im Moment total überfordert, es ist alles zu viel auf einmal. Insbesondere nach dem heutigen Tag. Ich wünschte, du wärst hier. Ich wünschte, ich wäre zu Hause. Ich bin so konfus. Aber ich liebe ihn. Ich weiß, dass es sehr schnell ging, doch es ist eben so.«

»In London wartet so vieles auf dich. Was ist mit deiner Firma, deinen Freunden, deinem ganzen Leben? Kann er nicht umziehen?«

»In London hat man als Fischer keine guten Karten. Das hast du gerade selbst gesagt. Ich komme nach Hause, keine Sorge. Es ist nur … eigentlich hatte diese Reise nur den Zweck, Mums Bild zu finden, damit ich mit meiner Trauer abschließen kann. Und nun ist genau das Gegenteil passiert.«

»Ich habe dich gewarnt und dir geraten, auf dein Herz zu achten. Und trotzdem hast du dich auf eine Schwärmerei eingelassen. Das kann keine Liebe sein. Zurzeit bist du ziemlich angeschlagen und deshalb sentimentaler als sonst. Meiner Ansicht nach solltest du nach Hause kommen, dann wirst du die Dinge wieder realistisch sehen.«

Ihre Worte ärgern mich, schließlich deutet sie an, dass ich mich leichtsinnig verhalte und meine eigenen Gefühle nicht kenne.

»Die mühsame Reise kann ich mir doch eigentlich sparen, denn du erledigst das mit dem Realitätssinn ja gerade ganz wunderbar für mich. Danke für deine Unterstützung, Tasha.«

»Jetzt krieg dich mal wieder ein. Seit Mumma Lyns krank geworden ist, habe ich dich in allem unterstützt. Genau genommen sogar, seit wir uns kennen. Ich will nur verhindern, dass du einen Riesenfehler machst und für ein Luftschloss dein ganzes Leben hinwirfst. Wie kannst du überhaupt auf den Gedanken kommen, wegen eines Kerls, den du gerade erst kennengelernt hast, in irgendein winziges Nest zu ziehen? Genau genommen ist es dreist und egoistisch von ihm, so etwas von dir zu verlangen. Ich kann dir nicht *immer* sagen, was du fühlen und tun sollst, aber in diesem Fall muss ich darauf bestehen, dass du spinnst.«

»Du hast ja keine Ahnung, wie schwierig alles war. Und wie kommst du eigentlich dazu, zu behaupten, dass ich aus einer Laune heraus alles hinwerfe? Du kennst ihn gar nicht und hast keine Ahnung, was wir füreinander empfinden. Bis jetzt habe ich noch keine Entscheidung gefällt, obwohl ich dazu durchaus in der Lage bin. Und was ich momentan überhaupt nicht gebrauchen kann, ist, dass du über mein Leben bestimmst. Aber wenigstens weiß ich jetzt, an wen ich mich wenden muss, wenn ich Lust auf Negativstimmung habe. Vielen Dank auch, liebe Freundin.«

»Hey!«, protestiert sie. »Das heißt doch nicht, dass ich mich nicht über dein Glück freue. Ich möchte nur nicht, dass du dich Hals über Kopf in etwas hineinstürzt und es später bereust. Du hast das Ziel deiner Reise erreicht und den ›fehlenden Teil deiner Mutter‹ gefunden, wie du es ausdrückst. Und jetzt kommst du am besten nach Hause, zurück in die Wirklichkeit, und überlegst dir das alles gründlich.«

»In all diesem Durcheinander habe ich immer gehofft, dass du mich verstehen würdest. Ich musste dieses Bild finden, damit ich richtig um Mum trauern kann. Du hast dich darüber lustig gemacht. Und jetzt habe ich mit dieser Grigóris-Geschichte offenbar die nächste Büchse der Pandora geöffnet.«

»Aber, Soph. Du wirst den Tod deiner Mum nie verkraften, wenn du in der Weltgeschichte herumgondelst und nach Gründen suchst, dich weiter an sie zu klammern. Du musst endlich loslassen.«

»Was, zum Teufel, verstehst du denn davon? Deine Mum lebt noch und interessiert dich nicht die Bohne. Ich habe meine verloren. Du hast keine Ahnung, wie sich das anfühlt, und du wirst es auch nie wissen.«

Keuchend vor Wut, lege ich auf. Wie kann sie es wagen, meine Gefühle für Theo kleinzureden? Außerdem begreift sie anscheinend nicht, wie sehr mir Mums Tod noch immer zu schaffen macht. Nur, weil sie ein gestörtes Verhältnis zu ihrer eigenen Mutter hat, braucht sie meines nicht schlechtzumachen. Ich fühle mich elend. Tasha und ich streiten eigentlich nie. Aber wenn es doch einmal vorkommt, ist es ein wahres Gefühlsgewitter.

Mir geht es so hundeelend, dass ich das Lachen der beiden Männer kaum wahrnehme, die immer noch in der Nachmittagssonne im Meer tollen. Ich lehne mich zurück. Was, zum Teufel, mache ich hier eigentlich? Will ich wirklich alles aufgeben, was mir etwas bedeutet und mich erdet? Und das, obwohl ich schon so viel verloren habe? Andererseits will ich endlich glücklich werden. Bis zu meiner Begegnung mit Theo hatte ich solche Gefühle nicht für möglich gehalten. Und nun will meine beste Freundin mir einreden, dass ich mich egoistisch verhalte.

Ich lasse den Tränen freien Lauf. In Wahrheit bin ich tieftraurig und fühle mich schuldig. Meinetwegen hat Mum sich gegen ein Leben mit Grigóris entschieden und ist in London geblieben, um mich großzuziehen. Also ist alles meine Schuld. Hinzu kommt noch Grigóris' Konflikt mit der konservativ geprägten Kultur, aus der er stammt. Es scheint, als habe sich alles verschworen, um die beiden voneinander zu trennen. Diese unter einem schlechten Stern stehende Romanze zweier gescheiterter Liebender klingt wie eine Mischung aus Märchen und griechischer Tragödie. Und dennoch geht es um zwei echte Menschen, von denen einer nun mit gebrochenem Herzen weiterleben muss, weil der andere gestorben ist. Es ist weder eine Romanhandlung noch ein Fantasiegebilde, sondern Grigóris' Realität. Und was meine eigene Realität betrifft, sehe ich gerade keinen Weg, wie all das ein gutes Ende nehmen soll.

Der Gedanke an meine Abreise macht mich noch trauriger. Doch ich muss pünktlich zu Tashas Eizellenentnahme zurück sein. Nie würde ich sie im Stich lassen oder mein Versprechen brechen, nicht einmal für Theo. Allerdings ist sie sicher noch gekränkt wegen unseres heftigen Streits. Ich für meinen Teil bin es zumindest.

Was soll aus meiner Firma werden, falls ich umziehe? Es ist nicht nur ein Hobby, sondern meine Berufung. Das Kochen ist mein Leben. Tiff hat sich wacker geschlagen und das Alltagsgeschäft übernommen, damit ich Mum pflegen konnte. Sie ist eine ausgesprochen begabte Köchin. Vielleicht könnte ich sie zur Miteigentümerin machen. Sie könnte sich in die Firma einkaufen. Ich könnte dann hin und wieder beratend tätig werden. Aber bin ich wirklich bereit, mein Unternehmen aufzugeben? Schließlich habe ich es mit eigenen Händen aufgebaut.

Das Licht sammelt sich in schimmernden Diamanten, denen die letzte Hitze des Tages entweicht, über dem Meer. Schatten entstehen. Farben verändern sich, und die von der dunstigen Hitze weichgezeichneten Konturen werden schärfer. Diese Aussicht wird mir fehlen.

Auf dem Couchtisch liegt der Stapel Briefe, die Karte mit dem Haiku obenauf. Als ich meinen Koffer für die Reise nach Methoni gepackt habe, war dieser Urlaub eine große Unbekannte. Seitdem wartet das Leben mit immer neuen Überraschungen auf. Auch die tüchtigsten Hellseherinnen hätten diese Wendung der Dinge niemals vorhersagen können.

Theo kommt zu mir auf die Terrasse und schenkt sich aus dem Krug auf dem Tisch ein Glas Wein ein.

»Du bist hergekommen, um ein Bild zu suchen, und du hast es gefunden. In der Zwischenzeit bist du von einem Seeigel gestochen worden, und wir haben uns kennengelernt. Ein Exfreund taucht auf, wir streiten, und ich wage nicht, dir zu vertrauen. Meine *jiajiá* zeigt dir, wie man Orangenkuchen bäckt, und wir finden heraus, dass mein Vater dreißig Jahre lang deine Mutter geliebt hat und die beiden heimlich eine Beziehung hatten. War das alles?«

Diese Liste klingt so absurd, dass ich lachen muss. Wenn man Leid und Trauer abzieht, waren die letzten drei Wochen wirklich die denkwürdigste Zeit meines Lebens. Nichts wird je wieder so sein wie zuvor.

»Ich glaube, das deckt es ungefähr ab. Du hast nur ausgelassen, dass wir uns dabei auch noch ineinander verliebt haben.«

Er beugt sich vor und blickt mir eindringlich in die Augen. »Es ist schon am ersten Tag passiert, und zwar in dem Moment, als ich dich hochgehoben habe. Ich wollte dich nicht mehr loslassen. Und das will ich noch immer nicht.«

Ich schmiege mich an ihn, und unsere Lippen treffen aufeinander. Wie um dieses Augenblicks zu gedenken, hebt er mich in seine Arme und trägt mich nach oben in sein Schlafzimmer. Wo wir uns wieder einmal ineinander verlieren.

Der Abschied wird entsetzlich sein. Er wird mich am Flughafen absetzen, und ich werde sicher den ganzen Flug lang bitterlich weinen. Eigentlich wäre das hier unser Anfang.

KAPITEL 28

Als wir vor der Abflughalle halten, sind die zuvor über den Gipfeln des Peloponnes hängenden Wolken abgesackt, sodass nun ein fasriger Nebel in der Luft liegt. Die Sonne versucht tapfer, ihn zu durchdringen, bis jetzt aber vergeblich. Beim Gedanken, mich nun von Methoni und von Theo losreißen zu müssen, fühle ich mich bleischwer. So viel habe ich verloren und so viel gefunden.

Meine letzten Tage im Dorf sind viel zu schnell vorbeigerast. Ich habe mich in eine Fantasiewelt geflüchtet, alles war mir recht, um bloß nicht an das unausweichliche schreckliche Ende denken zu müssen. Während wir redeten, uns liebten und einander unsere tiefsten Gefühle, Verletzungen und Ängste anvertrauten, gingen die Nächte in die frühen Morgenstunden über. Es war, als wollten wir die Tage anhalten. Abgesehen von Picknicks und Ausflügen mit dem Boot, verbrachten wir den Großteil der Zeit in Theos Bett. Es war so friedlich, frühmorgens draußen auf dem Wasser zu sein. Das Wasser war ruhig, und es regte sich kaum eine Welle. Was für ein schlichtes Vergnügen es war, Sardinen zu fischen, die wir langsam umkreisten und dann das Netz fest zusammenzogen wie einen Beutel. Theo schien mir zeigen zu wollen, wie unser gemeinsames Leben aussehen könnte. Es war ein wortloses Flehen, mich für ihn zu entscheiden.

Tasha und ich haben nach unserem Streit nur ein einziges Mal kurz miteinander telefoniert, doch unser Gespräch verlief nicht locker und ungezwungen wie sonst, sondern steif und gekünstelt. Ich muss mich unbedingt mit ihr treffen, um den Riss zu kitten, der sich zwischen uns aufgetan hat. Als ich versuchte, ihr klarzumachen, dass ich mich wirklich von ganzem Herzen freue, hier zu sein, wimmelte sie mich flapsig mit dem Werbespruch »*Everything's Better With Feta* – Erst Feta bringt Würze ins Leben!« ab. Meine Gefühle für Theo verbucht sie noch immer unter »Urlaubsromanze«. Und leider enthalten ihre lästerlichen Bemerkungen ein Körnchen Wahrheit. Die Frage brodelt in mir: Kann aus meinem Verhältnis zu Theo je mehr werden als ein flüchtiger Flirt?

Tasha hat den Verdacht, dass ich vor lauter Trauer nicht klar denken kann. Und wirklich bin ich einem Ausweg aus meiner Misere keinen Schritt näher gekommen, ganz gleich wie sehr Theo sich auch in unseren letzten gemeinsamen Tagen ins Zeug gelegt hat. Wenn man etwas wirklich will, muss man dafür Opfer bringen und Kompromisse schließen.

Ich schaue zu Theo auf dem Fahrersitz hinüber und greife nach seiner Hand. Sofort treten mir Tränen in die Augen und laufen mir übers Gesicht. Nun ist der gefürchtete Tag tatsächlich gekommen. Ich halte das nicht aus.

»Hey, Sophie *mou.*« Er wischt zwar so viele Tränen weg, wie er kann, doch sie strömen immer schneller. »Das ist nicht das Ende. Wir finden einen Weg. Wir sehen uns in ein paar Wochen, wenn du wieder hierher auf Urlaub kommst.«

Ich schmiege das Gesicht in seine Hand und sauge seine Wärme, den Geruch seiner Haut und seine Berührung in mich auf. Anders als ihm erscheint es mir eher wie das Ende, nicht wie der Neuanfang, den ich mir erhofft habe.

Ich fahre ihm mit den Fingern durchs Haar.

»Du hast mich wieder zum Leben erweckt, Theo. Ich wusste nicht, wie man liebt. Aber du …«, mir versagt die Stimme, »du hast mir so viel gegeben und es mir möglich gemacht, dich zu lieben. Du hast mir dein Herz anvertraut.«

Er betrachtet mich bedrückt, als glaube er nun selbst nicht mehr wirklich, dass ich zurückkommen werde.

»In acht Wochen bin ich wieder da. Das ist gar nicht so lange«, sage ich aufmunternd.

Obwohl mir sogar die Aussicht auf nur einen Tag ohne ihn wie eine Ewigkeit erscheint. Ich habe vor, Ende Juni zurückzukommen, um Griechenland kritisch unter die Lupe zu nehmen und festzustellen, ob ich mir ein Leben hier vorstellen könnte. Vielleicht hilft mir das, eine Entscheidung zu fällen, wie es mit dieser Beziehung weitergehen soll.

Während Theo mein Gepäck aus dem Kofferraum holt, steige ich aus und stehe in der feuchten, nebligen Luft. Ich beobachte ihn, nehme jeden Augenblick in mich auf und präge ihn mir gut ein. Unser erster Kuss auf der Terrasse, unsere erste Liebesnacht in seinem Bett und die unzähligen Male danach. In meiner kleinen Villa auf dem Hügel habe ich mich kaum noch aufgehalten; ich war heute nur kurz zum Packen dort.

Als er die Arme um mich legt, presse ich mich fest an ihn. Es tut so weh, diesen sicheren Zufluchtsort zurücklassen zu müssen.

Wenn ich nicht in Methoni mit Theo zusammenleben kann, wird es für uns keine gemeinsame Zukunft geben, und ich bin nicht sicher, ob es mir möglich ist, ihm diesen Wunsch zu erfüllen. Es ist, als drohe sich die Geschichte unserer Eltern zu wiederholen. Wir werden einander wehtun, vom Schicksal dazu verurteilt, unser Leben lang etwas zu bereuen, was nicht sein durfte.

KAPITEL 29

Mai, London

Die Türglocke holt mich von meinem Laptop weg, wo ich gerade die E-Mails mit Kundenanfragen sichte. Wir bereiten gerade das Catering für eine Buchpräsentation vor, die Tashas Agentur organisiert, und ich habe mich erboten, Tiff die Verwaltungsarbeit abzunehmen. Im Herd backen winzige Tortenböden, die ich später mit meiner von griechischen Festmahlen inspirierten *spanakópita*-Mischung füllen werde, um sie als Kanapees zu servieren. Sie duften köstlich. Nach der Rückkehr vor über einem Monat, habe ich mich sofort in die Arbeit gestürzt. Doch Tasha habe ich noch immer nicht gesehen, was mir schwer zu schaffen macht.

Ein Leben ohne sie, meine ständige Begleiterin und beste Freundin, ist entsetzlich. Noch schrecklicher, als von Theo getrennt zu sein, was ebenfalls eine Qual ist. Tasha hat die Eizellenentnahme und das Einpflanzen der Embryos inzwischen hinter sich. Ich fühle mich elend, weil ich nicht wie versprochen dabei sein konnte, doch sie hat meine Anrufe so lange ignoriert, bis es zu spät war, sie zu begleiten. Sie schließt mich bewusst aus und bestraft mich grausam für unseren Streit. Ich habe ein schlechtes Gewissen, weil ich ihr in meiner Wut so schreckliche Dinge über ihre Mutter an den Kopf geworfen habe. Doch die Funkstille zwischen uns hat wenigstens ein Gutes. Mein Zorn und die Enttäuschung wegen Mums Heimlichtuerei haben sich in Trauer verwandelt. Ohne die Menschen, die mir etwas bedeuten, fühle ich mich elend.

Vom Flur aus schon erkenne ich Tashas Umrisse durch die Glasscheibe. Nachdem ich tief Luft geholt habe, öffne ich die Tür. Wir starren einander reglos an, bis ich es nicht mehr aushalte.

»Es tut mir leid. Ich bin eine fürchterliche Freundin. Ich habe dich so vermisst.« Als ich ihr um den Hals falle, drückt sie mich fest an sich.

»Nein, *ich* bin eine fürchterliche Freundin. Du hast überhaupt nichts falsch gemacht. Ich habe mich egoistisch und albern aufgeführt und war neidisch.«

»Ich bin die Egoistin, schließlich habe ich dir von Griechenland vorgeschwärmt, obwohl ich eigentlich hätte bei dir sein sollen. Und jetzt habe ich den Eizellentag und den Implantationstag verpasst. Es tut mir so leid.«

Sie macht sich los und sieht mich an. »Okay, dann sind wir beide egoistische Zicken, nur dass ich noch schlimmer bin als du, weil ich dich von diesen wichtigen Momenten ausgeschlossen habe. Und jetzt habe ich nichts weiter erreicht, als uns beide traurig zu machen. Kannst du mir verzeihen?«

»Nur, wenn du mir zuerst verzeihst.«

»Abgemacht!« Wieder umarmt sie mich, und die Ordnung der Dinge ist wiederhergestellt. Wenigstens, was unsere Freundschaft angeht. »Ich habe dir so viel zu erzählen. Außerdem bin ich bewaffnet.«

Sie wühlt in einer großen Reisetasche und fördert Klebebandrollen, Seidenpapier und Aufkleber zutage. Neben ihr auf dem Boden liegt ein Bündel zusammengefaltete Luftpolsterfolie.

»Wozu, um alles in der Welt, brauchst du diese Sachen?«, frage ich, nehme ihr die schwere Tasche ab und gehe mit ihr in die Küche.

»Wir räumen jetzt Mumma Lyns' Kleiderschrank aus. Zusammen. Weil ich weiß, dass du es allein niemals tun wirst. Dazu kenne ich dich zu gut.«

Ich seufze erleichtert auf, auch wenn bei dieser Vorstellung Grauen in mir hochsteigt. In den letzten Wochen hätte ich mehr als genug Zeit dafür gehabt. Doch allein habe ich es nicht über mich gebracht.

Seit meiner Landung in England bin ich nur noch ein Häufchen Elend. Ich vermisse Theo so sehr, dass es mich buchstäblich krank gemacht hat. Mein ganzer Körper scheint zu rebellieren. Fast, als wäre die Mageninfektion, die mich in Griechenland geplagt hat, mit Macht zurückgekehrt. Mein Magen will sich nicht beruhigen. Schon nach wenigen Tagen sah ich zum Fürchten aus. All die zusätzlichen Kurven, die ich mir mit leckerem griechischen Essen angefuttert habe, sind inzwischen verschwunden. Meine Haut hat rasch die sonnenverwöhnte Tönung verloren und ist aschfahl. Nachdem ich einige Hektoliter Ingwertee in mich hineingeschüttet habe, scheint sich wenigstens die Übelkeit endlich zu legen.

Trotz der vielen Büroarbeiten und Erledigungen, die nachgeholt werden wollten, habe ich einen Termin bei der Polizei vereinbart, um Robert anzuzeigen. Ich habe Ausdrucke der Textnachrichten, E-Mails und Botschaften abgegeben, eindeutige Beweise dafür, dass er mich nicht nur passiv-aggressiv, sondern auch direkt belästigt. Als ich unseren Schriftwechsel noch einmal las, kamen beängstigende Erinnerungen an sein Verhalten wieder hoch. Doch das ist jetzt ausgestanden, und die einstweilige Verfügung gilt. Dass ich nun die nötigen Schritte unternommen habe, um Robert aus meinem Leben zu löschen, verleiht mir ein Gefühl der Macht. Ich kann tatsächlich selbst Entscheidungen treffen.

Es hat etwas sehr Erhebendes, den Weg in die Zukunft von den Trümmern der Vergangenheit zu befreien. So schwer das Leben ohne Theo auch ist, haben wir unsere täglichen Videotelefonate, die uns helfen werden, die Zeit bis zu meiner Rückkehr im Juni zu überstehen. Ihm in die Augen zu schauen und mit ihm den Sonnenuntergang zu beobachten, war ein kleiner Trost. Inzwischen ist es sehr heiß in Methoni, und Theo arbeitet von früh und spät.

Der Countdown bis zu unserem Wiedersehen hat begonnen. Eigentlich gefällt es mir gar nicht, dass ich mir wünsche, die Zeit möge schneller vergehen. Aber ich kann es kaum noch erwarten, in Methoni zu sein. Die Vorstellung, seine Haut auf meiner zu spüren, löst in mir eine wohlige Ungeduld aus.

Die Pappkartons entlang der Wände enthalten Unmengen bunter Kleidungsstücke. Liebevoll gefaltet und verpackt, ruhen sie zwischen Bögen aus Seidenpapier. Tasha und ich sind beinahe fertig. Nun sitzen wir im Schneidersitz auf dem Boden, trinken Tee und lassen unser gewaltiges Werk auf uns wirken. Leer sieht der Wandschrank riesig aus. Nackte Kleiderbügel hängen an Stangen, wo es nichts mehr zu sehen gibt. Die geisterhaften Hüllen, die Mums Schrank bevölkerten, die nutzlosen, mit Erinnerungen behafteten Kleinigkeiten – sie alle sind ordentlich weggeräumt. Die Kulisse der Verkleidungsspiele unserer Kindheit, die vielen Verstecke sind nun kahl und einsehbar. Dennoch hängt der Duft ihres Parfüms in der Luft, als sei sie hier bei uns.

»Bist du sicher, dass du das tun willst?«, fragt Tasha, als ich das bunt eingewickelte Päckchen betrachte, das Mum bei ihrem Anwalt für mich hinterlassen hat. Direkt nach ihrem Tod hatte ich es nicht über mich gebracht, es zu öffnen.

Ich straffe die Schultern, obwohl ich bereits weiß, was sich darin befindet: Grigóris' Briefe. Die Beweise für ihre dreißig Jahre andauernde Liebesgeschichte.

Das Band um das ordentlich gefaltete Einwickelpapier lässt sich leicht lösen. Die Briefe stecken in der Schachtel wie Karteikarten, ein Index ihrer und Grigoris' Liebe. Ich habe meine eigene Liebe gefunden, Zufall und Umstände haben mich zu Theo hingezogen. Obwohl ich noch immer nicht weiß, wie wir unserer Beziehung eine Zukunft geben können.

»Ganz gleich, ob du nun an höhere Mächte, das Schicksal oder sonst etwas glaubst, Soph, kannst du nicht abstreiten, dass es euch bestimmt ist, zusammen zu sein.« Tasha lächelt zwar, doch im nächsten Moment zeigt sich Bedauern auf ihrem Gesicht. »Ich weiß, dass du ihn liebst. Und ohne ihn geht es dir eindeutig elend. Vielleicht solltest du wirklich hinziehen. Tu zur Abwechslung mal etwas für dich.«

Sie betrachtet mich und weidet sich sichtlich an meiner Reaktion auf ihren Sinneswandel.

»Aber wie? Noch nie habe ich etwa so sehr gewollt, wie mit ihm zusammen zu sein. Doch das würde bedeuten, dass ich alles hier aufgeben muss. Ich weiß nicht, ob ich das schaffe.«

»Du schaffst das. Hör auf zu grübeln, du musst dich endlich einmal für dein eigenes Glück entscheiden.« Sie drückt mir die Hand.

»Aber es läuft alles nach seinen Bedingungen. Ich würde ziemlich viel opfern, genau genommen mein ganzes bisheriges Leben, einschließlich meines Berufs, den ich liebe. Er ist alles, was ich noch habe. Deshalb versuche ich, auf die Stimme der Vernunft, nicht auf die der Romantik zu hören. Nur, dass ich nicht weiß, ob das nicht ein Fehler ist. Ja, ich habe allem Übersinnlichen abgeschworen. Aber ich brauche irgendein Zeichen, das mir sagt, was ich tun soll. Bis jetzt leider Fehlanzeige.«

»Ich will nur, dass du glücklich wirst, und wenn du dazu nach Griechenland ziehen musst, dann ist es eben so. Obwohl ich nicht gerade scharf auf eine Fern-Taufpatin bin.«

Ich lächle sie an. Und im nächsten Moment wird mir klar, was sie mir da gerade mitgeteilt hat.

»Moment mal! Du bist doch nicht etwa …?! Oh, mein Gott!«, kreische ich, worauf sie bestätigend nickt. Dabei strahlt sie übers ganze Gesicht.

Ich falle ihr um den Hals, und wir brechen beide in Freudentränen aus.

Ich sehe sie an. Die gemeinsam durchgemachten Jahre, in denen eine Kinderwunschbehandlung nach der anderen scheiterte, waren selbst für eine geborene Optimistin wie Tasha manchmal zu schwer zu ertragen. Doch sie hat nicht aufgegeben, und nun bekommt sie endlich bald ihr Happy End.

»Es ist natürlich noch sehr früh, erst die sechste Woche. Aber es sind Zwillinge. Ich konnte es dir nicht erzählen. Es war ziemlich schwierig, den Mund zu halten. Doch manche Geheimnisse haben auch etwas Gutes. Angus wollte, dass ich dich sofort anrufe. Doch nach unserem Streit erschien es mir irgendwie nicht richtig. Außerdem wollte ich dir in die Augen schauen und dich ganz offiziell fragen: Willst du die Taufpatin der Kleinen werden?«

Wie lange hatten wir gemeinsam auf diesen Tag gehofft. All die Kerzen, die ich in Methoni angezündet, und all die Gebete, die ich zum Himmel geschickt habe, waren nicht vergeblich. Zwillinge!

»Mum wäre außer sich vor Freude«, stoße ich hervor. »Und in deinem Zustand hast du jetzt die vielen Kisten gepackt. Du solltest auf dem Rücken liegen und dir Walgesänge anhören.«

»Liebes, genau das plane ich, so oft wie möglich zu tun, Aber zuerst musst du mir einen von Grigóris' Briefen vorlesen. Ich bin entsetzlich neugierig.«

»Ich gratuliere dir, meine wundervolle schwangere Freundin«, erwidere ich lachend. »Schade, dass wir nicht mit Champagner darauf anstoßen können. Aber ich habe mich noch nie so sehr darüber gefreut, dass ich keine Flasche mit dir köpfen kann. Denn ab jetzt bist du ja offiziell trocken.«

»Nun, du kannst es ja trotzdem tun, Liebes, und mir erzählen, wie er schmeckt.«

»Besser nicht, sonst spielt mein Magen womöglich wieder verrückt.« Beim bloßen Gedanken an Alkohol überkommt mich ein Würgereiz.

Noch während ich die Worte ausspreche, macht etwas in meinem Kopf *klick*. Und nach Tashas Miene zu urteilen, hatte sie gerade dieselbe Idee.

»Soph, wie lange bist du jetzt zurück? Fünf Wochen? Und drei Wochen warst du weg. Und ausgehend davon, dass du am ersten Zyklustag stets wie Marilyn Monroe das Bett hütest ... vielleicht bin ich ja momentan babyfixiert, aber ... du hattest kurz vor deiner Abreise nach Griechenland deine Tage und ...«

Die Übelkeit, der mangelnde Appetit, der Widerwillen gegen Alkohol in jeglicher Form, der schmerzende Busen, als ich Tasha an mich gedrückt habe ... Fieberhaft rechne ich nach, ob es möglich wäre. Aber ich habe in Methoni doch die Pille genommen. Allerdings habe ich sie, wie ich glaube, einen oder zwei Tage ausgelassen, weil ich bei Theo war und meine Sachen alle in der Villa lagen. Meine Gedanken überschlagen sich. Wie oft könnte ich die Pille vergessen haben? Vor meiner Abreise aus Methoni habe ich mit der Pillenpause angefangen, oder? Ich kann mich nicht erinnern, denn ich hatte einfach zu viel um die Ohren. Die Suche nach Mums Bild hatte mich so vereinnahmt, dass ich geschlampt haben könnte. Möglicherweise bin ich genau zu dem Zeitpunkt nachlässig geworden, als Wachsamkeit angesagt gewesen wäre.

Ich versuche, ruhig zu atmen und die Tage rückwärts zu zählen. Mir wird heiß und kalt, als ich die letzten Wochen Revue passieren lasse. Wann könnte ich geschludert haben? Da gibt es eine ganze Menge Gelegenheiten.

»Als Robert aufgekreuzt ist, war ich so mit den Nerven fertig, dass ich gekotzt habe. Vielleicht hatte ich dadurch keinen Schutz mehr. Und dann hatte ich ein paar Tage lang eine Magen-Darm-

Grippe und habe da die Pille vermutlich auch vergessen. Und dann war da vermutlich noch ein Tag … oder zwei … oder noch mehr. Vielleicht … oh, mein Gott. Aber das muss doch nicht unbedingt heißen …«

Ich wage nicht, es laut auszusprechen. Ich sitze im Wandschrank und höre das Echo der Entdeckung, die Mum gemacht hat, als sie von einem Urlaub mit Grigóris zurück nach London kam. Aber das kann nicht sein. Ich habe einen seiner Briefe in der Hand. Es kann nicht sein, dass sich die Geschichte wiederholt. Oder vielleicht doch?

An meine geliebte Me, an Lyndsey,

aus Methoni gibt es um diese Jahreszeit, so kurz vor dem Frühling, nur wenig Neuigkeiten. Ich wünschte, Du könntest hier bei mir sein. Obwohl die Tage allmählich wärmer werden, wird es noch immer sehr früh dunkel. Wenn wir uns nach unserem Sommer verabschieden müssen, fühlt sich ohnehin alles dunkler an. In meinem Herzen scheint in den Monaten dazwischen kein Licht.

Ich ärgere mich noch immer über mich selbst, weil ich das Urteil anderer Leute und meiner Familie fürchte. Und ich mache sie für das Leid verantwortlich, das von meinem ganzen Körper Besitz ergreift. Warum müssen wir dieses Geheimnis wahren? Immer wieder machen wir unseren Frieden damit, aber das genügt einfach nicht. Wir haben entschieden, dass wir in diesem Leben nicht zusammen sein können. Und ich gebe den Menschen um mich herum die Schuld.

Gibt es vielleicht doch einen Weg, ein gemeinsames Leben zu führen? Das frage ich mich oft, wenn ich mit dem Boot hinausfahre und das Meer nach einer Antwort absuche. Aber ich finde keine. Meine Gebete treiben auf dem Wasser. Es ist, als würden wir bestraft, ohne etwas verbrochen zu haben. Wir haben uns doch nur ineinander verliebt. Ich stelle mir vor, dass wir beide anderswo hingehen. Du bringst Sophie mit, ich Theo, wir gründen eine Familie, und wir suchen uns neue Nachbarn und Freunde, die nichts von alldem wissen. Aber dann würden wir eine Lüge leben. Zu viele Sünden würden mein Herz belasten.

Das Leben ohne Dich ist so schwer. An manchen Tagen halte ich es kaum noch aus und versuche, den Mut zu fassen, mit Gewichten in den Taschen über Bord zu springen. Doch damit würde ich eine unverzeihliche Schande über meine Familie bringen. Außerdem will ich Dir nicht noch mehr Schmerz verursachen. Ich male mir aus, wie unser Leben hätte aussehen können, wenn man uns unser Glück erlaubt hätte. Wie unser Kind groß geworden wäre, wenn Gott es am Leben gelassen hätte. Ich kann mit niemandem darüber sprechen, und ich fühle mich allein.

Ohne Deine Briefe wüsste ich nicht, wie ich weitermachen sollte. Die Schuld hält mich gefangen. Deine Worte sind der einzige Trost, mein einziges Glück. Die Liebe ist nicht genug, doch sie ist alles, was ich habe. Selbst wenn sie nur auf Papier ist …, und Deine Briefe geben mir Hoffnung bis zum nächsten Sommer.

Se agapó, Lyndsey mou, You x

KAPITEL 30

Die zwei dünnen rosafarbenen Striche auf dem Stäbchen werden langsam dunkler. *Positiv.* Ein anderes Stäbchen verkündet: »Schwanger«. Das dritte zeigt zwei blaue Linien.

»Schätzchen, du kannst die nächsten neun Monate alles anpinkeln, was du in die Finger kriegst, aber ich versichere dir, dass das Ergebnis immer dasselbe sein wird.« Tasha wirft die Schwangerschaftstests in den Papierkorb. »Hurra! Wir kriegen Babys!«

Sie fängt an, ausgelassen herumzuspringen. In meinem Körper breitet sich ein warmes Gefühl aus, das aber sofort von Zweifeln überschattet wird. Wie um alles in der Welt wird Theo darauf reagieren? Diese Wendung gefährdet sämtliche Pläne, irgendwann nach Griechenland zu ziehen. Schließlich hat er mir unmissverständlich klargemacht, dass er weder Kinder noch eine Familie will. Vielleicht nimmt er jetzt den Vorschlag zurück, dass ich zu ihm kommen und mit ihm zusammenleben soll.

Doch trotz meiner Panik erfüllt mich Vorfreude, und außerdem ist mir eine weitere glückliche Fügung des Schicksals nicht entgangen: In meinem Bauch wächst das Ergebnis von meiner und Theos Verbindung heran, die Zellen vereint vom Blut unserer Eltern. So währt ihre Liebe weiter. Dieser Gedanke tröstet mich und macht mich froh. Ich kann nur hoffen, dass Theo und Grigóris das genauso sehen.

Ich versuche, die schleichende Angst beiseitezuschieben, die sich plötzlich in meinem Inneren breitzumachen droht: die Vorstellung, ich könnte auch dieses Baby verlieren, dieses kostbare Wesen, dessen Existenz noch am seidenen Faden hängt. Ich will nicht, dass es mir genommen wird. Es ist ihm bestimmt zu leben, und es wird leben, ganz gleich, ob Theo etwas damit zu tun haben will oder nicht.

»Was, wenn ich aus dem Dorf gejagt werde, weil ich in anderen Umständen bin, ohne verheiratet zu sein? Ich weiß, dass wir nicht mehr im Mittelalter leben, aber die Leute dort sind ziemlich konservativ. Außerdem könnte es für Theo ein Grund sein, mit mir Schluss zu machen. Er hat klipp und klar gesagt, dass er keine Kinder will.«

»Theo wird begeistert sein. Er liebt dich doch, oder? Und die Dorfältesten werden stricken und backen wie die Wilden. Wahrscheinlich wird man dich keine Minute in Ruhe lassen. Theo wird seine Meinung ändern, wenn er es erfährt, da bin ich ganz sicher. Vielleicht ist das ja das Zeichen, auf das du gewartet hast«, erwidert sie.

Allerdings ahnt sie nicht, wie dickköpfig Theo ist. Und ich werde bald erfahren, wie weit diese Sturheit geht. Soll ich warten, bis wir uns wiedersehen, oder ihn besser gleich anrufen?

Ich habe mir geschworen, ihm nie wieder etwas zu verheimlichen. Insbesondere seit ich Mums Geheimnis kenne und weiß, wie weh es mir getan hat und manchmal noch immer tut. Nur, dass man jemandem so etwas nicht unbedingt am Telefon sagt. Plötzlich werde ich von Angst ergriffen, die mir so laut in den Ohren gellt, dass ich sie nicht mehr überhören kann. Was, wenn die Geschichte sich tatsächlich wiederholt? Ich sehe Tasha an.

»Das alles läuft genauso ab wie damals bei Mum und Grigóris. Was, wenn es so weitergeht und ich das Baby verliere? Was habe ich nur angerichtet? Ich bin absolut ratlos, Tash.«

Beruhigend legt sie mir die Hände auf die Schultern.

»Wir beide haben zu viel durchgemacht, um jetzt das Handtuch zu werfen. Irgendwann muss einfach Schluss sein mit den negativen Ereignissen. Und wenn du nach Griechenland ziehst, hast du das Muster doch durchbrochen. Ihr könnt zusammen sein. Mumma Lyns und Grigóris hatten diese Chance nicht, aber du und Theo.«

Ich versuche, mich von ihrer Zuversicht anstecken zu lassen. Doch wie ich seit meiner Fehlgeburt weiß, läuft nicht immer alles nach Plan oder entwickelt sich so, wie es sollte. Tasha und ich setzen alle unsere Hoffnung darauf, dass die Natur tatsächlich liefert, und es steht so viel auf dem Spiel. Außerdem kann ich jetzt keine Entscheidung in Sachen Umzug mehr treffen. Das ist erst möglich, wenn ich Theo in zwei Wochen in Methoni wiedersehe.

»Wenigstens sind wir gleichzeitig schwanger«, sage ich, voller Freude, weil ich in dieser Sache eine Verbündete habe. »Wirst du offiziell die Taufpatin dieses Kleinen hier werden?«

»Versuche nur, mich daran zu hindern. Aber solltest du nicht zuerst mit Theo darüber sprechen?«

»Nein! Du bist ein nicht-verhandelbarer Teil des Lebens dieses Babys.«

Wieder fallen wir einander lachend in die Arme.

»Es ist ja so aufregend. Angus wird ausrasten. Ich und du, beide im Griff wahnwitziger Hormone.«

»Ja, und alle werden sich vor Hilfsbereitschaft förmlich überschlagen.«

Ich drücke die Daumen, dass alles gut geht. Aber es macht mich traurig, dass Mum nicht mehr da ist, um Oma zu sein und mich zu beraten. Um mich mit ihren Ammenmärchen zu beglücken, mit denen sie früher ihre schwangeren Freundinnen überschüttete: Iss kein Fleisch, sonst kriegt das Baby einen großen Kopf. Wenn du Orangen isst, wird es ein Junge. Bade bloß nicht zu heiß, sonst blähst du dich auf wie ein Ballon. Obwohl ich weiß, dass sie mir jetzt von irgendwoher zuschaut, vermisse ich ihre Unterstützung mehr denn je.

Ich bin allein, aber trotzdem nicht allein. Ich habe Tasha und Angus und außerdem unsere Clique aus der Schule, die alle schon Kinder haben. Also werde ich mich vor Tipps sicher kaum retten können. Und selbst wenn Theo mich nicht auf dieser Reise begleitet, werden er, Grigóris und Mum immer Teil des neuen Lebens sein, das in mir heranwächst.

KAPITEL 31

Juni, London

»Ich vermisse dich. Diese Woche ist die längste von allen«, sagt Theo. Trotz seines entspannten Lächelns merke ich ihm an, dass die Warterei auch an seinen Nerven zerrt. Die Tage bis zu unserem Wiedersehen scheinen sich förmlich dahinzuschleppen. Hinter ihm geht gerade die Sonne unter. Die Schattierungen des Himmels strahlen noch intensiver als bei meinem Besuch im April. Vielleicht liegt es auch nur am Vergleich mit dem wechselhaften Wetter in London, dass Methoni auf mich so farbenfroh wirkt. In Griechenland ist es offenbar bereits Sommer.

»Fehlt dir etwas? Du siehst so geistesabwesend und müde aus«, fährt er mit besorgter Miene fort.

»Mir geht es gut. Es schlägt mir nur aufs Gemüt, Mums Sachen auszuräumen. Außerdem muss ich bis zu meinem Urlaub nächste Woche noch einiges bedenken. Ich bin wahnsinnig aufgeregt.«

Ein Lächeln breitet sich auf seinem Gesicht aus.

»Ja klar. Und vielleicht bleibst du ja auch länger und reist gar nicht mehr ab?«

»Ich muss wegen der Arbeit zurück nach London. Ich brauche noch mehr Zeit zum Nachdenken, Theo. Es ist eine folgenschwere Entscheidung.«

»Was gibt es da nachzudenken? Willst du hier leben oder nicht? Das ist die einzige Frage? Was gibt es denn sonst noch?«

Was es sonst noch gibt? Zum Beispiel, dass wir am Ende dieses Jahres Eltern sein werden, was für dich ein Grund sein könnte, deine Planung über den Haufen zu werfen.

Allerdings spreche ich das nicht aus, sondern schiebe es zurück in das Knäuel aus zusammengeballten Ängsten, das sich anfühlt wie eine ziemlich scheußliche Form von emotionalem Sodbrennen.

»Ich grüble ständig darüber nach, und ich habe auch viel dazu gelesen, was sich seit dem EU-Austritt in Sachen Aufenthaltsgenehmigung geändert hat. Außerdem muss ich mich um einiges kümmern. Nicht nur um das Haus, sondern auch um meine Firma. Du kannst mich nicht unter Druck setzen und von mir erwarten, dass ich mit einem Fingerschnippen mein ganzes Leben ändere. Das alles dauert seine Zeit, Theo.«

Und außerdem tickt die Uhr. Sobald ich in Methoni bin, muss ich sofort auf den Punkt kommen: Will er mich und unser Baby in seinem Leben oder nicht? Denn jetzt kommen wir im Doppelpack. Alles oder nichts. Der Ansturm von Liebe und Gefühlen ist manchmal übermächtig. Und im nächsten Moment lande ich wieder mit einem lauten Knall auf dem Boden der Tatsachen. Ich erinnere mich an unsere vielen Diskussionen zum Thema Kinder. Anfangs war ich sicher, dass er sich überzeugen lassen würde. Doch er rührte sich keinen Millimeter.

Nun müssen wir nicht mehr lange warten. In nur sieben Tagen bin ich dort. Es freut mich, dass er so glücklich aussieht, wenn er über meine Reise spricht. Doch in meinen dunkelsten Stunden befürchte ich, dass sein Lächeln schlagartig verschwinden wird, sobald ich ihm die Neuigkeit eröffne. Hinzu kommt die ständige Angst, dass ich das Baby verlieren könnte. Falls er sich weigert, habe ich keine andere Wahl, als in London zu bleiben und eine alleinerziehende Mutter zu werden. Aber das will ich nicht. Ich will ihn und das gemeinsame Leben, das ich mir in den letzten Wochen erträumt habe.

KAPITEL 32

»Na, das ist zur Abwechslung mal was anderes. Jetzt bin ich endlich mal nicht diejenige, die mit den Beinen in der Luft daliegt.«

Ich habe es geschafft, vor dem morgigen Abflug nach Methoni einen Termin zum Ultraschall zu ergattern. Meine Hausärztin hielt das vor einer Reise für ratsam. Da ich schätzungsweise in der achten Woche sei, sei es empfehlenswert nachzuprüfen, ob sich alles nach Plan entwickele.

Ich fühle mich sehr angreifbar und nackt und versuche, die Erinnerung an den Tag beiseitezuschieben, an dem ich das letzte Mal so dagelegen habe. Das war nach meiner Fehlgeburt, und die Furcht umklammert weiter mein Herz, so sehr ich mich auch bemühe, mir einzureden, dass alles gut wird, weil es einfach gut werden muss. Die Angst ist meine ständige Begleiterin geworden.

In Gedanken spiele ich Theos Reaktion in allen möglichen Varianten durch. Nur noch vierundzwanzig Stunden, dann werde ich mehr wissen.

Das Geräusch der Tür reißt mich aus meinen Gedanken. Eine Krankenschwester kommt herein.

»Sophie Kinlock?«

»Ja, hallo«, erwidere ich und winke ihr nervös zu, obwohl der Grund meines Hierseins mehr als offensichtlich ist, denn schließlich liege ich halbnackt auf dem Rücken, die Beine in Halterungen nach oben.

Als die Untersuchung beginnt, versuche ich, mich zu entspannen. Auf dem Bildschirm erscheint ein winziger, zappelnder Umriss in verschwommenem Schwarzweiß. Ich sehe nichts als Formen und Schatten, aber irgendwo da drin ist der wichtigste kleine Mensch der Welt, der gerade heranwächst. Tasha hält meine Hand, sie spürt meine Angst, während ich auf das Untersuchungsergebnis warte.

»Sieht alles bestens aus«, beginnt die Schwester, weist auf den Bildschirm und fängt an, Einzelaufnahmen zu machen und Maß zu nehmen. »Hier ist das Herz, da der Kopf, und das sind die Hände.«

Auch mit größter Mühe hätte ich die meisten dieser Körperteile nicht erkannt. Inzwischen nimmt der kleine pulsierende schwarze Punkt die Mitte des Bildschirms ein, und das unverwechselbare Geräusch des Lebens erfüllt den Raum. Tasha und ich sehen einander an und brechen in Tränen aus.

»Glückwunsch an Sie beide«, meint die Schwester lächelnd. »Sie werden bestimmt wundervolle Mütter sein.«

Unser Schluchzen geht in Gelächter über, als uns klar wird, dass sie uns für ein Paar hält.

»Ich denke auch, dass wir tolle Eltern abgeben werden, aber wir sind nur beste Freundinnen. Der Daddy ihres Babys ist ein hinreißender griechischer Fischer. Morgen fliegt sie hin, um ihm die gute Nachricht zu überbringen.«

Ich starre Tasha entgeistert an und fordere sie mit einem strafenden Blick auf, den Mund zu halten. Aber sie lässt sich nicht bremsen und erzählt die ganze Geschichte von Anfang an. Die Krankenschwester lauscht gebannt. Zum Glück hat sie wenigstens die Ultraschall-Sonde herausgezogen und hält sie nun in der erhobenen Hand. Ihre Augen weiten sich, als Tasha ihre Version der Ereignisse zum Besten gibt. Zum krönenden Abschluss zeigt sie der Schwester noch heimlich aufgenommene Screenshots aus unseren Videotelefonaten, worauf beide Theo seufzend anschmachten.

»Wenn ihr fertig seid«, mische ich mich ein, als die Schwester anfangen will, Fragen über Theo zu stellen, »würde ich gern mein Höschen wieder anziehen.«

Die Krankenschwester reißt sich zusammen, wird wieder professionell, entschuldigt sich und reicht mir die Ultraschallbilder.

»Ihr errechneter Geburtstermin ist der 26. Dezember. Nichts für ungut …« – sie hält inne – »aber ich glaube, Ihre Mum wäre sehr stolz auf Sie.«

Mit den kostbaren Ausdrucken bewaffnet, marschiere ich zu Arabelles Büro in Notting Hill. Sie hat mir schon einige Textnachrichten geschickt und sich so oft nach Mums Bild erkundigt, dass es schon fast an Belästigung grenzt. Bis jetzt ist es mir gelungen, ihr aus dem Weg zu gehen, denn ich hatte keine Zeit und Wichtigeres zu tun. Doch nun werde ich sie endlich von ihren Leiden erlösen und ihr berichten, wie ich es gefunden habe. Was sicher Pfund-Zeichen in ihren Augen aufleuchten lassen wird. Allerdings steht ihr eine Enttäuschung bevor, denn das Bild gehört Grigóris. Mum hat es ihm geschenkt, und bei ihm wird es auch bleiben.

Die frische Luft hilft mir, den Krankenhausmief aus meinen Gedanken zu vertreiben. Da mein Geburtstermin zwei Wochen vor Tashas ist, werden unsere Babys wie Geschwister und beste Freunde aufwachsen können. Mein Kleines wird die Zwillinge zu Drillingen machen, das Timing hätte nicht besser sein können.

Es ist später Nachmittag, und der Autoverkehr fließt in Wellen wie eine Londoner Version der Meeresbrandung. Nur dass zwischen der grauen, verschmutzten Luft hier und den strahlenden Technicolor-Farben in Methoni ein himmelweiter Unterschied besteht. Beim Gedanken, dass ich morgen um diese Zeit dort und in Theos Armen sein werde, ergreift mich Aufregung. Allerdings wird er *uns beide* umarmen, ohne es zu ahnen. Automatisch lege ich die Hand auf meinen noch nicht sichtbaren Babybauch.

Wir schaffen das, Kleines. Das weiß ich genau.

Ich ermahne mich, endlich aufzuhören, mir seine möglichen Reaktionen in sämtlichen Nuancen auszumalen. Gefolgt von verschiedenen Szenarien, wie mein späteres Leben im jeweiligen Fall aussehen könnte. Zurzeit steht nur eines fest, nämlich, dass ich Ende dieses Jahres ein Baby bekommen werde, ganz gleich, was sonst noch geschieht. Tiff wird so oder so in der Firma das Ruder übernehmen müssen.

Ich drücke auf die Taste der Gegensprechanlage und werde von Arabelles Assistentin begrüßt. Als die Tür hinter mir zufällt, verstummt der Geräuschpegel von Notting Hill schlagartig. Im Wartezimmer wandert mein Blick automatisch zu Mums Bild. *She's Leaving Home.* Es ist, als sei das Gemälde zu neuem Leben erwacht. Nun hat das Motiv Abschied darin eine zusätzliche Bedeutung gewonnen.

»Liebes, du siehst zum Fürchten aus, bist du krank?« Arabelle küsst mich auf beide Wangen und bietet mir einen Platz an. »Möchtest du einen Brandy oder Champagner?«

»Nein, mir geht es gut. Ich bin nur müde.«

Sie mustert mich, hebt eine nachgezogene Augenbraue und setzt sich hinter ihren Schreibtisch.

»Also, Sophie, ich sterbe fast vor Neugier, und du enthältst mir sämtliche Neuigkeiten vor. Erzähl mir von dem geheimnisvollen Bild.«

Ich zögere einen Moment, wohl wissend, dass gleich ein Strom von Überredungsversuchen und Fragen auf mich einstürmen wird. Dann bestätige ich ihr mit einem zufriedenen Lächeln, das, was sie hören will.

»Ja, ich habe es gefunden. Aber bevor du jetzt Luftsprünge machst: Es bleibt, wo es ist, und wird niemals auf den Markt kommen.«

Offensichtlich verärgert, klopft sie mit einem Bleistift auf die Tischplatte und lehnt sich in ihrem Ledersessel zurück.

»Das wundert mich nicht, auch wenn es natürlich *très* enttäuschend ist. Verrätst du mir wenigstens, wo und wie du es gefunden hast? Wie sieht es in Wirklichkeit aus?«

Ich berichte ihr von meiner zunächst vergeblichen Suche nach dem Bild, den vielen Sackgassen und falschen Hoffnungen und der unerwarteten Entdeckung. Zur Rettung des unbefriedigenden Ergebnisses will Arabelle unbedingt wissen, welche Künstler Tony Giovinazzi sonst noch sammelt und ob er womöglich an anderen Arbeiten meiner Mutter interessiert wäre. Obwohl sie sich während meines Berichts bemüht, keine Miene zu verziehen, habe ich bemerkt, dass sie die Drehungen und Wendungen in der Handlung höchst spannend findet. Ich versuche zwar, mich an die Tatsachen zu halten, kann aber nicht anders, als auch Teile meiner Reise zu erwähnen, die nichts mit dem Bild zu tun haben. Dann zeige ich ihr ein Foto von *Methoni V* auf meinem Smartphone, worauf sie in Tränen ausbricht. So einen Gefühlsausbruch habe ich bei ihr noch nie erlebt – sie selbst vermutlich auch nicht.

»Oh … *c'est … magnifique*! Genau, wie ich es mir vorgestellt habe, und noch viel mehr«, sagt sie lächelnd und tupft sich die Tränen ab. »Und was jetzt? Du denkst doch nicht etwa ernsthaft daran, nur wegen der Liebe zu einem Mann dorthin zu ziehen?«

Es erschreckt mich, dass sie so schnell auf den Punkt kommt.

»Natürlich habe ich lange und gründlich darüber nachgedacht. Offen gestanden denke ich an nichts anderes mehr, und es könnte tatsächlich passieren. Abhängig davon, ob einige Dinge sich in die richtige Richtung entwickeln.«

Ich möchte ihr nicht erklären, dass die Entscheidung, ob ich mein Leben auf den Kopf stellen werde, einzig und allein von Theos Reaktion auf das Baby abhängt. Arabelle seufzt tief auf. Ihre scharlachrot geschminkten Lippen erzeugen ein schmatzendes Geräusch.

»Tja, das ist eine verrückte Idee. *Tu abandonne ta vie et ton monde juste pour l'amour. Qu'en est-il ton travail et comment peux tu laisser tout ce que tu sais? J'espère juste que tu suffiras quand vous y sera.*«

Da ich ein bisschen Französisch spreche, kommt mir das eine oder andere Wort aus meiner Schulzeit bekannt vor. Dennoch verstehe ich nicht wirklich, was sie mir sagen will oder warum sie in ihre Muttersprache verfallen ist.

»Tut mir leid, Arabelle, bei mir ist nur etwas mit einem verlassenen Leben angekommen, viel mehr aber auch nicht.« Ich lache verlegen auf.

»Das, Sophie, war ein Vorgeschmack darauf, wie du dich in einem anderen Land fühlen wirst. Du sprichst die Sprache nicht, oder? Ich mache mir Sorgen, denn du müsstest auf alles verzichten, was dir vertraut ist. Das sage ich dir deshalb, weil ich dich kenne, seit du ein *bébé* bist und weil deine Mutter nicht da ist, um dir diesen Rat zu geben.«

Es ärgert mich, dass sie glaubt, mir Sprachunterricht erteilen zu müssen. Allerdings werde ich von einem leichten Unbehagen ergriffen, sie hat einen wunden Punkt getroffen.

»Ich spreche ein bisschen Griechisch und kann daran arbeiten. Und ohne dir zu nahe treten zu wollen, weiß ich genau, dass meine Mutter mir geraten hätte, mich für die Liebe zu entscheiden. Was jetzt noch mehr Gewicht bekommen hat, da sie selbst nicht die Chance dazu hatte. Zum ersten Mal seit Mums Tod freue ich mich auf die Zukunft. Außerdem geht es nicht nur um einen Mann, sondern darum, etwas nur für mich zu tun, und das habe ich mir verdient.« Automatisch wandert meine Hand wieder zum Bauch. »Und falls es scheitern sollte, habe ich es wenigstens versucht und muss nichts bereuen. Wie viele Menschen können das von sich behaupten? Nur sehr wenige. Und um es so auszudrücken, dass auch du es verstehst: *Je ne regrette rien!*«

Arabelle lacht aus voller Kehle und betrachtet mich kopfschüttelnd.

»Tja, wenigstens in diesem Fall sprechen wir dieselbe Sprache. Ich will, dass du glücklich wirst, Sophie. Ich schulde deiner Mutter so viel, und ich fühle mich ihretwegen verpflichtet, dir diese Fragen zu stellen. Aber du hast wieder Feuer in den Augen. Du bist Lyndsey so ähnlich. Ich wünsche dir Glück. Es scheint dich auf diesen Weg geführt zu haben, und es wäre vermessen, sich dagegen zu wehren.«

»Danke, Arabelle.«

Ich stehe auf und umarme sie so fest, wie das trotz ihrer sonst so kühlen Art möglich ist. Sie küsst mich auf beide Wangen. Dann umfasst sie meine Schultern und blickt mich an.

»Falls dieser Grigóris jemals beschließen sollte, das Bild zu verkaufen, rufst du mich an, ja? Ich habe einen Blankoscheck in siebenstelliger Höhe von einem Interessenten vorliegen. Es hat sich herumgesprochen, dass das Bild möglicherweise wieder auftauchen könnte. Also schlag es ihm vor. Wir könnten auch versuchen, die fünf *Methoni*-Bilder in einer großen Ausstellung zu vereinen. Gib mir Bescheid, ob er das Angebot annimmt. Es ist sehr wichtig, dass er den Wert des Bildes kennt, bevor er sich entscheidet.«

Ich kann mir ein Schmunzeln nicht verkneifen. Wenn es um ihren Beruf geht, verbeißt sie sich wie ein Terrier und lässt sich nie lange von Gefühlen leiten.

»Das wird nicht passieren. Die Ausstellung vielleicht, aber verkaufen wird er es nie. Es gehört zu ihm.«

Ich kehre zu Fuß zurück zu Mums Haus. Nach Hause. Mein Haus. Ich weiß nicht mehr, wie ich es nennen soll. Ein weiterer Punkt auf der Liste der vor der Abreise zu erledigenden Dinge ist abgehakt. Vielleicht breche ich ja morgen tatsächlich in meine Zukunft auf. Im nächsten Moment vibriert mein Telefon. Auf dem Display erscheint Angus' Name.

»Ach, hallo zukünftiger Vater.«

»Soph, du musst sofort ins Krankenhaus kommen. Tasha geht es schlecht. Sie verliert die Babys.«

KAPITEL 33

Ich halte ein Taxi an. Während der Fahrt klopft mir das Herz bis zum Hals. Ich fühle mich elend und werde den Gedanken nicht los, dass der Flug aus Griechenland, den ich bis jetzt als Katzensprung abgetan habe, mir an einem Tag wie diesem endlos erscheinen würde, falls ich wirklich dorthin hinziehen sollte. Die sich im Schneckentempo durch die Krankenhausflure schiebenden Menschen stellen meine Geduld auf eine harte Probe. Im Weg herumstehende Besucher schnalzen missbilligend mit der Zunge, als ich an ihnen vorbeihaste.

Leise und mit einem bangen Gefühl poche ich an die Tür von Tashas Zimmer. Was mag mich wohl drinnen erwarten?

Als ich zögernd eintrete, sitzt Angus auf dem Stuhl neben Tashas Bett. Ihr langes blondes Haar breitet sich auf dem Kissen aus, ihre Augen sind geschlossen. Sie sieht aus wie ein gebrochener Engel. Ich bemühe mich, ruhig zu atmen, und rechne mit dem Schlimmsten. Mit abgrundtiefer Verzweiflung.

Langsam schlägt Tasha die Augen auf. Bei meinem Anblick verzieht sie schmerzerfüllt das Gesicht und fängt laut zu schluchzen an. Erst jetzt bemerkt mich Angus. Er lächelt mir traurig zu und flüstert »hallo«. Ich nähere mich dem Bett und umarme ihn so fest ich kann, bevor ich mich ebenfalls setze und nach der Hand meiner Freundin greife.

Fragend blicke ich Angus an, streichle Tashas Wange und schiebe ihr das feuchte Haar aus der Stirn. Dabei umklammere ich weiter ihre Hand.

»Wir haben einen der Zwillinge verloren«, beginnt Angus mit bebender Stimme. »Aber der andere …« Er verstummt.

Ich drehe mich zu Tasha um. Es bricht mir das Herz, und ich habe tiefes Mitgefühl mit den beiden. Sie putzt sich die Nase und schnieft laut.

»Dem anderen geht es gut.« Ihr Atem zwischen den Wörtern kommt stoßweise. »Und sie halten es für überflüssig, irgendeinen Eingriff vorzunehmen. Ich muss mein totes Baby in mir behalten. Mein Körper löst es von selbst auf, und bis das andere geboren wird, wird es verschwunden sein.«

Sie fängt hemmungslos zu weinen an. Es ist ein Gefühl, das bis zu den Ursprüngen der Menschheit zurückreicht: die Trauer einer Mutter, die ihr Kind nicht beschützen kann. Etwas Schrecklicheres kann ich mir kaum vorstellen als das Wissen, dass das eigene Baby in einem gestorben ist, und nichts dagegen tun zu können. Dass die Schwangerschaft noch nicht weit fortgeschritten war, bedeutet für Tasha und Angus keinen Unterschied. Für sie war es bereits ein vollständig ausgebildetes Menschenwesen, auf das ein eingerichtetes Kinderzimmer, ein Vorname und eine hoffnungsfrohe Zukunft warteten.

»Es tut mir so leid«, schluchze ich. »So leid für euch beide.«

Tasha umfasst meine Hand fester. Ich kann den Anblick des Leids in ihrem Gesicht kaum ertragen. Trotz der guten Nachricht, dass ein Zwilling überleben wird, wird es einige Zeit dauern, bis sie diesen Verlust verarbeitet hat. Bei Angus auch.

»Danke, dass du gekommen bist …« Ihre Stimme bricht.

Es gibt nichts mehr zu sagen, und ich kann nichts weiter tun, als für sie da zu sein, solange sie mich braucht. Was bedeutet, dass ich morgen nicht nach Griechenland fliegen kann.

Als ich später durch die langen Flure gehe, um das Krankenhaus für einige Stunden zu verlassen, höre ich durch die geschlossenen Türen gedämpftes Babyweinen. Verwandte mit Glückwunschballons und Geschenken strömen an mir vorbei, ohne zu ahnen, welch stille Trauer sich, abseits der festlichen Stimmung, in einem der Räume verbirgt.

Draußen warte ich auf ein Taxi und halte dabei die Hand von Angus, der mich nach draußen begleitet hat. Ich verspreche ihm, in ein paar Stunden wiederzukommen, und bitte ihn, mich anzurufen, wenn ich irgendetwas mitbringen soll. Wir umarmen einander zum Abschied. Unser bedrücktes Lächeln sagt mehr als alle Worte. Schützend bedecke ich meinen Bauch mit der Hand, als ich die abgasgeschwängerte Luft einatme. In London herrscht eine stickige Schwüle, ein himmelweiter Unterschied zu der trockenen Hitze in Methoni. Ein Klima wie dort findet man sonst nirgendwo auf der Welt.

Methoni. Ich bin hin und her gerissen. Ich kann Tasha unmöglich allein lassen, sie braucht mich jetzt mehr denn je. Ich schicke Theo eine SMS und verspreche ihm, ihn anzurufen, sobald ich zu Hause bin. Dann werde ich ihm mitteilen, dass sich meine Pläne geändert haben und ich morgen nicht kommen kann. Ich weiß nicht, ob ich jemals so weit sein werde. Tashas Verlust frisst sich tief in meine Erinnerungen, und sämtliche Ängste um meine eigene Schwangerschaft steigen wieder in mir hoch. Und nun muss ich mir auch noch Sorgen um die von Tasha machen.

Es kostet mich Mühe, nicht in Trauer und Selbstmitleid zu versinken. Aber schließlich will ich meinem Baby nur Schönes vermitteln und verhindern, dass es mein Leid über die Placenta aufnimmt. Deshalb wehre ich mich mit Macht dagegen, in der Vergangenheit zu wühlen. Stattdessen konzentriere ich mich auf die Gegenwart, damit sich das Gleichgewicht in Richtung Zukunft verschiebt.

Nur, dass es mir einfach nicht gelingen will.

Trotz der drückenden Hitze draußen ist es kalt in Mums Haus. Als ich durch die Zimmer gehe, erscheint es mir leer, leblos und ohne Kraft.

Ich schließe Mums Atelier im Garten auf. Scharfer Terpentingeruch schlägt mir entgegen. Mit Farbe verkrustete Pinsel kleben an den Böden von Marmeladengläsern fest. In zerknüllten Lappen haben sich Bröckchen trockener Ölfarbe gefangen. Als ich einige Schubladen öffne, stoße ich auf Stapel von Kohleskizzen, Entwürfen in Wasserfarbe und Bleistiftzeichnungen. Alle großen vollendeten Werke wurden zu Arabelle geschickt. Das hier sind nur Kritzeleien und Studien.

Ich blättere die Skizzen durch, um mir die Zeit zu vertreiben. Dabei muss ich ständig an Tasha denken, die mit gebrochenem Herzen auf der Wöchnerinnenstation liegt, wo jedes Geräusch auf dem Flur ihr vor Augen hält, was sie verloren hat. Sie hat zwar ein überlebendes, gesundes Kind, und doch wird dieser Verlust jeden Gedanken an ihre Schwangerschaft trüben. Das Ereignis, das sie so sehr herbeigesehnt hat, die Freude, die wir alle uns erhofft haben, ja, über allem liegt nun auch der Schatten des Todes. Obwohl es doch eigentlich um das Leben gehen sollte. Oder ist das eine ohne das andere vielleicht gar nicht möglich?

Als ich die Skizzenblöcke wieder zusammenschichte und die Zeichnungen zurück in die Schublade lege, lugt der Umriss eines rotbraunen Kreuzes unter einem Papierbogen hervor. Ich zupfe daran und stelle fest, dass das Symbol ein Türmchen krönt, das wiederum aus einem Kuppeldach aufragt. Die einzelnen Etagen des Turms sind kunstvoll dargestellt und schichten sich aufeinander wie die Unterröcke eines Kleides. Die Bleistiftzeichnung wurde mit Ölkreide in verschiedenen Schattierungen von Herbstbraun koloriert. Unten auf der Seite befindet sich Mums Signatur. Der Text daneben lautet: *Russische Kirche nahe Methoni, ein Tag mit You.*

Offenbar war sie mit Grigóris dort. »You«. Erneut steigen Trauer, Schuld und Wut in mir auf und vermischen sich miteinander. Am liebsten würde ich die Zeichnung in kleine Stücke zerreißen.

Warum hast du es mir nicht gesagt, Mum?

Ich muss an den Grund meiner Reise nach Methoni denken. Das Bild, um das sich alles drehte, der Strand ihrer ersten Begegnung, auf Leinwand gebannt. Eine Vielzahl von Blautönen und Gelbschattierungen. Meer und Sand. Eine einsame Gestalt, die den Strand entlanggeht und bei der es sich, wie ich nun weiß, eindeutig um Grigóris handelt.

Mum hat das magisch zarte Licht in Griechenland eingefangen. Die Liebe der beiden ist in die Farbe eingebettet. Sie treibt im Meer und zieht sich mit jedem einzelnen Pinselstrich über den Himmel. Zwischen zwei Pinselstrichen haben sie zueinandergefunden.

Ich beschließe, Grigóris die Skizze von der russischen Kirche zu schicken. Durch Tashas Tragödie hat sich für mich alles geändert. Ich weiß nicht, wann ich Gelegenheit haben werde, sie ihm persönlich zu geben.

Während ich warte, dass der Lieferdienst mein Abendessen bringt, rufe ich Theo per Videoschalte an. Ich giere nach scharf gewürztem Essen und habe einen Riesenappetit auf Curry. Als die Verbindung hergestellt wird, und sein Gesicht auf dem Bildschirm erscheint, empfinde ich nichts als Liebe. Im nächsten Moment folgt die Furcht, weil ich ihm gleich das Herz brechen werde. Er sitzt draußen auf dem Terrassensofa, während ich mich auf der Couch in Mums gemütlichem Wohnzimmer niedergelassen habe. Fast kann ich den heißen Abend in Methoni durch das Display spüren.

»Sophie *mou*, wie geht es dir?«

»Ich bin ziemlich müde, weil ich den ganzen Tag bei Tasha im Krankenhaus war.«

»Warum? Was ist passiert?«

»Sie hat einen ihrer Zwillinge verloren. Mit dem anderen Baby ist alles in Ordnung, es droht keine Gefahr.«

»Es tut mir leid, dass ich nicht bei dir sein kann. Sicher bist du in Sorge um deine Freundin und wirst an deine eigene Fehlgeburt erinnert. Aber morgen kann ich dich in die Arme nehmen, *agápi mou.*«

An so viel Anteilnahme und Einfühlsamkeit bin ich nicht gewöhnt. Er spürt den Schmerz, den ich nicht einmal mir selbst, geschweige denn Tasha eingestehen konnte, da mir das so beschämend egoistisch erschien. Tasha ist die Letzte, der ich meine Gefühle jetzt anvertrauen könnte, sie leidet schon genug. Ich lächle traurig, bin aber erleichtert, dass er genau das Richtige gesagt hat. Abgesehen von dem Satz, dass wir uns morgen wiedersehen werden.

»Es hat alles wieder hochgekommen lassen. Das Gefühl, dass der eigene Körper versagt hat. Und außerdem lebt man in ständiger Angst, dass es wieder passieren könnte. Und dann der arme Angus. Männer werden in dieser Situation gern vergessen. Sicher ist er völlig verzweifelt.«

»Du musst jetzt stark sein, Sophie. Wir schaffen das gemeinsam. Und das werden deine Freundin und ihr Mann auch tun.«

»Ja, aber ...« Ich hole so tief wie möglich Luft. »Ich kann morgen nicht nach Griechenland kommen.«

Er sieht mich durch den Bildschirm zweifelnd an. So gern würde ich seine Haut berühren und die Sorgenfalten glattstreichen, die ich gerade verursacht habe.

»Was hat sich dadurch geändert? Du hast doch gesagt, dass es ihr gut geht und dem Baby auch.«

»Ich muss für sie da sein. Sie ist außer sich vor Trauer, und so kann ich sie nicht allein lassen. Sie ist wie eine Schwester für mich.«

»Aber kommst du, wenn alles in Ordnung ist?«

Ich seufze. Vor dieser Frage hat mir gegraut. Wann komme ich dann? Im Moment kann ich das nicht beantworten.

»Ich bin noch nicht sicher. Vielleicht in ein paar Wochen. In einem Monat oder so. Es tut mir leid, Theo. Ich weiß, dass es nicht das ist, was du hören willst. Es hängt davon ab, wie es Tasha geht. Kannst du nicht für eine Weile herkommen?«

Er schüttelt den Kopf und weicht ein wenig vom Bildschirm zurück. »Das ist nicht möglich. In den Sommermonaten habe ich am meisten zu tun. Ich fische von morgens früh bis zum Dunkelwerden.« Er senkt den Kopf, und ein trauriger Ausdruck breitet sich auf seinem Gesicht aus. »Du hast es dir anders überlegt und willst lieber doch nicht herkommen, richtig?«

»Theo, ich weiß es einfach nicht ...« Ich breche in Tränen aus. So ein Gespräch sollte man nicht per Video und getrennt von halb Europa führen. »Wir haben ja beide keine Geschwister. Aber Tasha ist meine Familie. Ich kenne sie schon mein Leben lang, genau wie du Chrístos. Es ist nicht so einfach.«

»Es ist einfach, wenn du es nur willst, Sophie. Du hast entschieden, mich zu besuchen, ohne dich festzulegen, ob du hierherziehen willst oder nicht. Und jetzt wirfst du alles, was du versprochen hast, wieder um.«

»Ich brauche einfach noch mehr Zeit hier, Theo. Bitte.«

Als er schweigend die Achseln zuckt, weiß ich, dass er dabei ist, sein Herz wieder zu verschließen. Er fühlt sich von mir genauso verraten wie von allen anderen Frauen in seinem Leben.

»Theo, ich liebe dich. Aber ich muss sicher sein, dass alles geregelt ist, bevor ich England verlasse. Bitte gib mir etwas Raum.«

»Sophie, ich liebe dich auch. Das weißt du. Aber bitte sag mir jetzt, wann du dich endlich entscheiden wirst.«

Ein bitterer Unterton schwingt in seiner Stimme mit.

»Bitte, Theo, sei nicht so.«

»Ich muss jetzt los. Guten Appetit.«

Er hängt auf, bevor ich mich richtig von ihm verabschieden kann. Schluchzend sitze ich in Mums Haus, umtanzt von den Geistern der Trauer und der verlorenen Liebe. Tief in meinem Herzen ist mir klar, dass ich einen Fehler gemacht habe. Ich hätte nicht den leisesten Zweifel daran wecken dürfen, dass ich ganz bestimmt nach Methoni komme.

Doch wenn ich dort bin, habe ich nicht die Möglichkeit, Tasha über ihren Verlust hinwegzuhelfen.

Und wenn ich hierbleibe, um meiner Freundin beizustehen, breche ich Theo das Herz. Obwohl ich ihm hoch und heilig versprochen habe, das niemals zu tun. Nun ist der Schaden geschehen, und ich weiß nicht, wie ich ihn wiedergutmachen soll.

KAPITEL 34

»Warum bringst du mir Weintrauben mit und lässt mich dann dabei zuschauen, wie du sie selbst aufisst? Los, her damit.«

Als ich die eigentlich für uns beide gedachte Obstschale zu ihr hinüberschiebe, greift sie hungrig zu.

»Tasha, du kannst dir nehmen, was du willst.«

Seufzend beißt sie in einen Apfel. »Offenbar nicht. In Sachen Schwangerschaft bin ich anscheinend zum Scheitern verurteilt. Ich habe schon wieder versagt.«

Ich lege ihr die Hand auf den Arm. Sie muss aufhören, sich Vorwürfe zu machen. Es trifft niemanden irgendeine Schuld.

»Aber du hast nicht versagt. Du bist noch immer schwanger, und du wirst Mutter werden. Und ich bin hier bei dir. Angus auch. Du schaffst das. Wir schaffen es zusammen.«

»Es ist, als wäre alles verdorben. Ich weiß, dass ich wie eine verwöhnte Göre klinge, und vielleicht stimmt das auch. Doch das ist mir egal. Ich habe zwei Kinder erwartet, und dass ich nun nur eins bekomme, war nicht so geplant.« Sie beißt noch einmal kräftig in den Apfel und kämpft mit den Tränen. »Ich bin eine undankbare blöde Kuh, richtig?«

»Nein, bist du nicht. Könntest du jetzt endlich aufhören, dich selbst fertigzumachen? Du darfst um dein Baby weinen. Ja, so hattest du es nicht geplant. Aber du hast eine zweite Chance gekriegt, und alles wird gut. Nur anders, als du es dir vorgestellt hast. Du hast ein Recht darauf, wütend zu sein und dich betrogen zu fühlen. Natürlich hast du das. Ich verurteile dich nicht.«

»Danke, dass du hier bist. Du bist die beste Freundin, die ich mir wünschen kann. Wie soll ich ohne dich klarkommen, Soph?«

»Hey, nicht weinen.« Ich wische die Träne weg, die ihr aus dem Augenwinkel aufs Kopfkissen rinnt. »Ich bin hier, und ich gehe auch nicht weg.«

Sie sieht mich zweifelnd an und richtet sich dann vorsichtig auf.

»Was soll das heißen, du gehst nicht weg? Moment mal, solltest du nicht schon seit zwei Tagen in Griechenland sein?«

»Wie kann ich dich jetzt allein lassen oder gar verreisen? Du brauchst mich. Die Fahrt quer durch London hierher hat schon eine Ewigkeit gedauert. Nicht auszudenken, wie lange ich von Methoni aus unterwegs wäre. Ich habe die Reise abgesagt. Ein Umzug kommt jetzt unmöglich in Frage. Siehst du! Ich habe mich entschieden.«

»Ja, es hat bei dir wirklich eine Ewigkeit gedauert, Soph.« Sie packt mich am Arm und blickt mir unverwandt in die Augen. »Du hast ziemlich lange gebraucht, um zu erkennen, dass du eine Liebe verdient hast, die einfühlsam ist und geben kann. Dass du dich nicht verbiegen musst, um geliebt zu werden. Wenn du jetzt glaubst, ich lasse zu, dass du dein Leben auf Eis legst und dich um mich kümmerst wie um deine Mum, hast du dich geschnitten. Ich will, dass du in den nächsten Flieger zu diesem wundervollen Mann steigst, der dir alles bietet, was du dir wünschst. Und noch viel mehr. Das ist ein Befehl. Und jetzt verschwinde.«

»Befiehl, so viel du willst. Ich kann jetzt nicht weg. Schließlich hattest du Zweifel und Bedenken ... und vielleicht sogar recht damit. Ich war leichtsinnig und bin einem Traum nachgejagt. *Du* bist meine Familie. Ohne dich kann ich nicht sein, vor allem nicht jetzt.«

»Hör zu, wir können stundenlang so weiterreden. Nur will ich jetzt zum Ende kommen, weil ich ziemlich erledigt bin. Dich in meiner Nähe zu haben, bedeutet mir unbeschreiblich viel. Doch trotz meiner anfänglichen Befürchtungen steht inzwischen für mich fest, dass Theo dich anbetet. Und du ihn auch. Mitten in diesem ganzen Drama hat er Zugang zu deinem Herzen gefunden und dich verändert. Du hast angefangen, Entscheidungen zu fällen, und weißt endlich, was du willst. Wenn ich schuld daran wäre, dass das scheitert, könnte ich nicht mehr in den Spiegel schauen.

Ganz gleich, was euch nun zusammengeführt hat – sei es Schicksal oder Vorsehung –, kenne ich dich inzwischen gut genug, um zu wissen, wie tief du empfindest. Bitte geh und führ das Leben, das Mumma Lyns nicht führen konnte.« Sie holt tief Luft und zeigt auf meinen Bauch. »Benutz mich bloß nicht als Ausrede, warum du Theo nichts von eurem Baby erzählen kannst, nur weil du Angst vor seiner Reaktion hast. Du bist viel mutiger, als du glaubst. Es geht um alles oder nichts, und deshalb schlage ich in meiner *grenzenlosen* Weisheit vor, dass du die Chance nutzt. Werde glücklich, wenn nicht deiner Mutter oder mir zuliebe, dann für Theo und dein Baby.«

Als ich widersprechen will, beharrt sie auf ihrem Standpunkt und will kein Wort mehr hören. Ich weiß, dass sie sich von dem Schock erholen wird. Sie wird sich in Gedanken dem überlebenden Zwilling zuwenden und Frieden mit dem Verlust ihres Babys machen und sich auf das zukünftige Glück freuen. Denn sie ist stärker, als ich es je sein werde.

Da sie mir ihren Segen gibt und mich unterstützt, habe ich keinen Grund mehr zu zögern. Außerdem hat sie recht: Ich habe Angst. Theo ahnt nämlich noch immer nicht, dass er Vater wird.

KAPITEL 35

Theo reagiert nicht auf meine Videoanrufe. In den letzten Tagen haben wir einige Textnachrichten ausgetauscht. Sie klangen zwar liebevoll, doch ich weiß nicht, ob er mit dem Herzen noch bei der Sache ist. Oder ob ich es bin. Tasha muss auf unabsehbare Zeit das Bett hüten und wird nach einigen weiteren CTs und Untersuchungen in ein paar Tagen nach Hause entlassen. Im Moment läuft alles nach Plan.

Ich bin emotional und körperlich erschöpft. Die Entdeckung, dass ich schwanger bin, das Kofferpacken für den Besuch bei Theo, Tashas Tragödie und die Absage der Reise haben mich ausgelaugt. Immer wieder lasse ich Tashas Reaktion am Vortag Revue passieren. Sie hat mich zwar bestärkt zu gehen, doch ich ringe noch mit der Entscheidung.

»Einen großen geeisten koffeinfreien, zuckerfreien Vanillekaffee mit Mandelmilch, bitte.«

Das Café gleich um die Ecke vom Krankenhaus ist zur Mittagszeit gut besucht.

Angus hat Schichtdienst in der Notaufnahme und stürzt sich in die Arbeit, um sich von seiner Trauer abzulenken. Vielleicht hätte ich nach Mums Tod auch wieder zur Arbeit gehen sollen, anstatt krampfhaft nach Dingen zu suchen, um die klaffende Lücke zu füllen, die sie in meinem Leben hinterlassen hat. Anstatt mich auf die Suche nach dem Bild zu versteifen. Allerdings hätte ich Theo ohne diese Mission niemals kennengelernt. Und ich wäre heute nicht schwanger.

Ich kaufe eine Auswahl an Kuchen und Sandwiches für Tasha und ihr Lieblingsgetränk: geeister Grüntee mit Pfirsicharoma.

Auf der sonst so geschäftigen Fulham Road ist gerade nicht viel los. Ich sehne mich nach meinem kleinen Winkel Griechenland und nach Theo. Die Schwere Londons und die Schatten der Vergangenheit lasten auf meinen Schultern. In Methoni lasse ich nur die Schultern hängen, um sie zu lockern und mir von der griechischen Hitze und der Liebe die Knochen wärmen zu lassen.

Als ich die Straße entlanggehe, bin ich in Gedanken in Griechenland. Mein Herz schwebt zwischen hier und dort in der Luft. Auf den letzten Metern vor dem Krankenhaus werden die Passanten auf dem Gehweg weniger. Plötzlich habe ich das unangenehme Gefühl, dass mich jemand beobachtet. Ich bleibe stehen und versuche, mich zu beruhigen. Sicher bilde ich mir das nur ein. Es muss an der Sorge um Tasha liegen.

Automatisch schaue ich mich um. Und mein Blick bleibt an einer vertrauten Gestalt hängen. Am liebsten würde ich die Flucht ergreifen. Doch meine Muskeln sind vor Schreck wie erstarrt. Vor mir sehe ich den letzten Menschen, mit dem ich gerechnet hätte. Den Menschen, den ich niemals wiedersehen wollte. Rein juristisch betrachtet dürfte er eigentlich gar nicht in meine Nähe kommen. Und dennoch steuert Robert zielstrebig auf mich zu.

Ich recke das Kinn und mache mich auf die unsinnigen Anschuldigungen gefasst, mit denen er mich sicher gleich überhäufen wird. Leider bin ich nicht bewaffnet.

Als er wenige Meter vor mir stehen bleibt, wird mein Puls schneller. Ich will, dass er mir aus dem Weg geht und aus meinem Leben verschwindet, und bin nicht mehr bereit, mir seinetwegen Schwierigkeiten einzuhandeln.

»Soph ... ich freue mich so, dich zu sehen«, beginnt er und errötet. »Das hier ist nicht optimal für das, was ich tun muss, doch offenbar hatte das Schicksal seine Hand im Spiel und gibt mir eine Chance. Denn schließlich darf ich dich ja nicht kontaktieren.«

Er wirkt nervös und redet zu viel, was ungewöhnlich für ihn ist. Seine großspurige Art ist wie weggeblasen. Doch wenn man bedenkt, wie er sich in Griechenland aufgeführt hat, ist Verlegenheit wohl das Mindeste, was man erwarten kann.

»Bist du mir gefolgt?«, schreie ich laut und in der festen Absicht, ihm auf offener Straße eine Szene zu machen. »Ich rufe die Polizei.«

»Bitte nicht, ich muss mich mit dir aussprechen.«

»Lass mich einfach in Ruhe. Es interessiert mich nicht, was du zu sagen hast.«

»Nein, du verstehst mich nicht. Dass ich mich entschuldigen muss, ist Teil meiner Therapie. Ich muss mich bei allen entschuldigen, die unter mir gelitten haben.«

Ich bin überrascht, und es dauert eine Weile, bis ich verstehe, was er meint. Offenbar nimmt er nach all den Jahren endlich Hilfe in Anspruch. Ich traue meinen Ohren nicht. Will er tatsächlich darüber sprechen, wie er unsere Beziehung ruiniert hat?

»Wegen meiner Sucht habe ich dir großes Leid zugefügt. So, jetzt ist es heraus. Ich bin Alkoholiker.« Er holt tief Luft und nimmt sichtlich allen Mut zusammen, um fortzufahren. »Ich kann die Jahre, in denen ich dir wehgetan und dich mit meinem Kontrollzwang terrorisiert habe, nicht ungeschehen machen. Ich kann mich nur von ganzem Herzen bei dir entschuldigen. Was niemals reichen wird, um die Folgen meiner Fehler aus der Welt zu schaffen.

Ich fürchte, ich kann den Schaden nicht mehr gutmachen. Aber ich stehe dazu, dass ich dich mit meinem Verhalten emotional und körperlich gequält habe. Inzwischen bin ich in Therapie. Seit ich aus Griechenland zurück bin, habe ich keinen Tropfen mehr getrunken.

Als ich gesehen habe, wie glücklich du dort bist, wollte ich alles zerstören und verhindern, dass ein anderer Mann bekommt, was ich nicht haben kann. Es ist mir peinlich, wie ich mich aufgeführt habe. In der Therapie habe ich verstanden, wie schrecklich ich mit dir umgesprungen bin. Ich verlange nicht, dass du mir verzeihst. Nur, dass du mir zuhörst, wenn ich dir sage, wie leid mir das alles tut. Ich will, dass du glücklich wirst. Das weiß ich jetzt, und ich akzeptiere, dass du dieses Glück nicht bei mir gefunden hast. Es tut mir so leid, Soph.«

Ich kann kaum fassen, was ich höre. Doch die Worte, nach denen ich mich jahrelang so gesehnt habe, haben inzwischen für mich an Bedeutung verloren. Ich freue mich, dass er Hilfe annimmt. Vielleicht bewahrt das eine andere Frau davor, dasselbe durchzumachen wie ich.

»Ich weiß gar nicht, was ich sagen soll. Du kannst mich von deiner Entschuldigungsliste streichen. Auch wenn du dein Sprüchlein losgeworden bist, ändert das nichts an dem Schaden, den du angerichtet hast, und es rechtfertigt nicht dein Verhalten. Ich bin froh, dass du nicht mehr trinkst, und ich hoffe, dass du dein Glück findest. Und jetzt musst du mich meines finden lassen.«

Ich drehe mich um und gehe davon. Es wundert mich, wie viel Unerwartetes, Unbekanntes und Unvorhergesehenes Methoni in den Menschen in meinem Leben wachgerufen hat. Und während ich weiter einen Fuß vor den anderen setze, ohne mich umzuschauen, fegt eine reinigende Klarheit endlich die Zweifel hinweg.

»Es war, als hätte er alles gesagt, was ich mir vor Jahren von ihm gewünscht habe. Wenn er es damals schon getan hätte, wären wir vielleicht noch zusammen.« Der Gedanke lässt mich erschaudern. »Jetzt weiß ich, dass dieser Teil meines Lebens aus und vorbei ist. Schön für ihn, wenn er nüchtern bleibt. Wenn nicht, ist das nicht mein Problem, und das wird es auch nie wieder sein.«

»Na, das ist ja eine tolle Neuigkeit. Wie sah er denn aus?«

Ich beiße in ein Plunderteilchen mit Zimt und denke über Tashas Frage nach.

»Unbeholfen. So, als sei er in einem neuen Körper gelandet und müsse erst ausprobieren, wie er funktioniert.«

»Und was hast du dabei empfunden?«

»Nichts. Nicht einmal Mitleid. Einfach nur ›tschüss, es ist aus‹.«

»Wow.« Sie schüttelt den Kopf und ist über seinen mutmaßlichen Sinneswandel genauso überrascht wie ich. »Ich freue mich für dich. Offenbar ist es nun wirklich ausgestanden. Jetzt ist der Weg frei für das, was kommt.« Sie hält inne und zieht die Augenbrauen hoch. »Apropos …«

Als sie mir die Hälfte ihres Zitronenteilchens hinhält, versetzt mich der Geruch zurück nach Griechenland und in Theos Arme.

»Was kommt? Bis vor zehn Minuten hatte ich noch keine Ahnung. Spannenderweise hat mir die Begegnung mit Robert klargemacht, dass ich meinem Herzen folgen und an die Zukunft denken muss. Unsere Zukunft.«

Ich lege die Hand auf meinen Bauch und halte mir vor Augen, was ich und dieses Baby bereits durchgemacht haben.

»Soll das heißen, dass mein großer Monolog von gestern ungehört verhallt ist?!«, meint sie lachend und beißt kräftig in ein Stück Biskuitkuchen.

»Natürlich nicht. Doch heute habe ich den letzten Schubser gekriegt, den ich noch gebraucht habe. Ich werde immer für dich da sein, egal, wo ich bin. Doch ich darf mein Leben nicht damit verbringen, zu bedauern und mich zu fragen, was hätte sein können. Mum hatte nie die Chance, ihren Traum und ihre Liebe wahr werden zu lassen. Aber ich kann es tun. Es wäre bescheuert von mir, wenn ich diese Gelegenheit nicht beim Schopf packen würde. Sobald ich kann, fliege ich nach Griechenland und erzähle Theo von dem Baby. Und wenn das gut geht, ziehe ich hin.«

Tasha stößt einen Jubelschrei aus. Dann schnieft sie ein bisschen und nimmt mich in die Arme.

»Das ist das Beste, was ich je gehört habe. Und wir beide sollten so gut wie möglich auf uns achten.«

»Sei ehrlich, Tash, wie geht es dir?«

Sie seufzt und löst sich aus der Umarmung.

»Ich hatte viel Zeit, um nachzudenken und mich mit dem zu arrangieren, was passiert ist. Wenn man keine perfekte Schwangerschaft hinkriegt, fühlt man sich, als hätte man alle enttäuscht. Auch sich selbst. Nur, dass ich es satthabe, mich nach irgendwelchen eingebildeten Normen beurteilen zu lassen. Die peinlich berührten Mienen und das missbilligende Zungeschnalzen, als ich von meiner Kinderwunschbehandlung erzählt habe, kannst du dir gar nicht vorstellen. So, als müsste ich mich deswegen schämen. Kein Wunder, dass so viele Leute ein Geheimnis daraus machen. Und schließlich wissen wir ja beide, welche schädlichen Folgen Heimlichtuerei haben kann, oder?«

»Ach, wissen wir das?«, spöttle ich. »Wenn wir uns daran gewöhnen sollen, getrennt zu sein, müssen wir einander versprechen, offen über alles zu reden. Keine Geheimnisse.«

Sie nickt. »Natürlich. Es wird nur dadurch erträglich, dass du glücklich bist. Und mehr können wir nicht verlangen, richtig? Dass wir im Dunklen die Lichtpunkte finden. Wie eine ganz wundervolle Person einmal zu uns gesagt hat: ›Ohne Regen gibt es keinen Regenbogen, aber danach scheint wieder die Sonne.‹«

Ihr Zitat bringt mich zum Lachen. »Wer hat dich so weise gemacht?«

»Deine Mummy und das Christkind!«

Später in dieser Nacht fülle ich Mülltüten mit Mums Lotionen und Tinkturen. Es fühlt sich an wie Großreinemachen. Falls ich umziehe, werde ich dieses Haus vermieten und mich freuen, wenn andere Menschen über diese Dielenbretter gehen, hier ihr Leben führen und es als ihr Zuhause betrachten. Doch im Moment möchte ich, dass alles so bleibt, wie es ist. Nicht als Schrein oder als Mausoleum der Erinnerungen, sondern nur als leere Hülle, die auf ihre neue Bestimmung wartet, bis die Zeit reif ist.

Gleich nach meiner Rückkehr aus dem Krankenhaus habe ich Theo eine Nachricht geschickt.

Ich sitze hier, und mache die Kühle
Zu meiner Wohnstatt. Doch es ist nicht kühl.
Sondern glühend heiß, denn
Meine Wohnstatt ist bei dir in
Methoni. Wenn Du mich noch sehen willst?

Eigentlich wollte ich ein elegantes Haiku schreiben, als Ergänzung für das ganz besondere Gedicht, das uns verbindet. Aber da ich zu ungeduldig war, habe ich meine unpoetische Nachricht abgeschickt, sobald ich zu Hause war. Sofort rief er an, überglücklich, dass ich mich endlich – wieder – entschieden hatte. Im Moment hat sich die Anspannung zwischen uns gelegt.

In wenigen Tagen werden wir uns wiedersehen. Eine ziemlich entnervte Mitarbeiterin der Airline hat meinen Flug umgebucht. Was dann geschieht und wie er auf meine Nachricht reagiert, liegt in der Hand der Götter.

Ich stehe vor dem bodenlangen Spiegel in Mums leerem, begehbarem Kleiderschrank, lege die Hand auf den Bauch, wo sich bald eine Wölbung zeigen wird. Kurz male ich mir aus, wie es wäre, wenn ich blinzle, und dann wäre Mum da und würde mir aus dem Spiegel entgegenlächeln. Ich beschwöre ihr Bild herauf, bis ihr Gesicht vor meinem geistigen Auge erscheint. Ich weiß, was sie mir raten würde, nämlich dasselbe wie immer. Meinem Herzen zu folgen, wohin es mich auch immer führt.

Danke, dass du die beste Mum warst, die ich je haben konnte, meine Freundin, meine Inspiration, meine Kumpelin beim Essengehen und Shoppen. Aber du hast mir noch so viel mehr gegeben. Du hast für mich eine Welt voller Geborgenheit und Freude geschaffen, in der ohne dich bis ans Ende aller Tage etwas fehlen wird.

Ich gebe mir Mühe, in all dem Durcheinander meinen Weg zu finden, und ich weiß, dass du bei mir bist. Ich wünschte nur, ich könnte dich noch einmal sehen, nicht nur in meinen Träumen oder in meinen Fantasien. Nur, um dir in die Augen zu schauen und um dir zu sagen, dass es mir gut geht. Und um zu wissen, dass du dich glücklich fühlst, dort, wo du jetzt bist.

Danke, dass du mich zu Theo geführt hast. Du wärst begeistert von ihm und würdest sagen, dass er schön ist. Ich habe nie verstanden, was du gemeint hast, wenn du sagtest, ein Mann sei schön. Doch du hast ihn mit den Augen einer Künstlerin gesehen. Nun verstehe ich dich. Er ist schön, von innen und von außen, und er liebt mich.

Und dann ist da noch das Kleine. Du bist Teil dieses Babys. Ich wünschte, ich könnte miterleben, wie du die weltbeste Großmutter wirst. Doch mein Kind wird von seiner Oma Lyndsey hören, alles über dich erfahren und deine Bilder an unseren Wänden sehen. Auch das ganz besondere Bild, das bei Grigóris hängt. Egal, wie es mit mir und Theo weitergeht, wird Grigóris immer eine Rolle im Leben meines Babys spielen. Das verspreche ich dir.

Es macht mich traurig, und ich bedauere es, dass du mir nie von ihm erzählen konntest. Ich gebe mir Mühe, nicht enttäuscht oder zornig zu sein. Aber ich weiß, dass du ihn wirklich geliebt hast.

Auch er hat dich von ganzem Herzen geliebt. Es tut mir in tiefster Seele weh, und ich fühle mich so schuldig und verantwortlich, weil ihr meinetwegen nicht zusammen sein konntet. Du hast dich für mich entschieden, anstatt unser Leben hier aufzugeben. So lange hast du still gelitten. Inzwischen ist mir klar, dass ich ohne dieses Leid jetzt nicht in eine wundervolle Zukunft aufbrechen könnte. Ich nehme deine Liebe und die Opfer mit, die du für mich gebracht hast. Und die Kraft der Mutterschaft, die stärker ist als alles andere.

Ich liebe dich, und ich werde immer dein kleines Mädchen sein. Und du meine geliebte Mum.

Unzählige Szenen laufen in meinem Gedächtnis ab: sie und ich, wie wir lachen, tanzen und einander fest umarmen. Ich hänge meine Erinnerungen an die leeren Kleiderbügel im Wandschrank und fülle die Stangen mit aus der Vergangenheit gepflückten Momenten. Gemeinsame Mahlzeiten, Ausflüge, Urlaube. Gerüche und Oberflächenstrukturen stürmen auf mich ein. Sonnencreme. Wiesen. Ein Glas mit eiskaltem Champagner. Die knusprige Haut eines Brathähnchens. Das Saccharinpulver aus einem Süßstoffbehälter für die Handtasche.

Ein letzter Blick, der Schrank ist leer. Lächelnd, mit Tränen in den Augen, verlasse ich den kleinen Raum. Und schließe endlich die Tür des Kleiderschranks meiner Mutter hinter mir.

KAPITEL 36

Juni, Flughafen Kalamáta

Ich sehe ihn sofort, als ich zwischen den automatischen Türen hinaus in die Sommerhitze trete, die mir wie eine Wand entgegenschlägt. Er unterhält sich gerade mit Jannis, dem Taxifahrer, der mich vor so vielen Wochen nach Methoni gebracht hat. Theo ist lässig gekleidet, trägt Jeans und ein schwarzes T-Shirt. Seine Haut schimmert im Sonnenschein. Am liebsten würde ich die Hand ausstrecken und ihn berühren. Doch zuerst nehme ich mir die Zeit, ihn in Vorfreude auf seine Umarmung aus der Ferne zu bewundern.

Der Geruch von wildem Oregano, Thymian und Hitze liegt schwer in der Luft. Alle Konturen treten messerscharf hervor, als habe jemand einen Filter über das Bild gelegt. In einiger Entfernung ragt der Peloponnes auf, um dessen Gipfel sich Schäfchenwolken sammeln. Ich stehe da, schnuppere, lasse alles auf mich wirken und bemühe mich, ruhig zu bleiben.

Theo schaut in Richtung Terminal und macht bei meinem Anblick förmlich einen Satz. Ihn nach so vielen Wochen der Trennung leibhaftig vor mir zu haben, raubt mir den Atem. Er entschuldigt sich bei Jannis und läuft mir, ein frohes Lächeln im Gesicht, entgegen. Sobald sich seine unverwechselbaren grünen Augen auf mich richten, ist es, als verschwänden die anderen Reisenden um mich herum in einem Nebel. Ich sehe nur noch ihn.

Seltsamerweise sind wir beide schüchtern, als wir uns endlich gegenüberstehen. Doch nach kurzem Zögern hebt er mich hoch und drückt mich fest an sich. Ich lasse mein Gepäck fallen und schmiege mich an ihn. Wie habe ich den Duft seiner Haut und die

Berührung seiner Hände vermisst! Es ist, als könne mein Herz erst jetzt wieder richtig atmen. Nach einer Weile stellt Theo mich auf die Füße und küsst mich.

»Kalós írthate, Sophie mou«, sagt er und schließt mich noch einmal in die Arme.

Offenbar bin ich willkommen. Mal sehen, ob das auch so bleibt.

Mir wird flau.

Obwohl ich erst zum zweiten Mal hier bin, erscheint mir dieser Ort so vertraut. Meine Nähe zu Mum und die Liebe, die ich hier gefunden habe, spiegeln sich in der Landschaft, als hätte ich mein ganzes Leben an diesem Ort verbracht. Theo nimmt meinen Koffer. Ich hebe meine Tasche auf. Als er den Arm um mich legt und ich mich an seine Schulter kuschle, fühlt es sich an, als wäre alles gut.

Aber mein Geheimnis brennt mir auf den Nägeln. Ich muss ihm so bald wie möglich reinen Wein einschenken.

Auf der Fahrt die gewundene Bergstraße entlang nach Methoni hält Theo meine Hand. Zu den Wagenfenstern weht ein warmer Wind herein, und eine atemberaubende Landschaft gleitet vorbei. Hier leben zu können, erscheint mir wie ein Traum – der sich allerdings innerhalb der nächsten Minuten in einen Albtraum verwandeln könnte. Theo wendet für einen Moment den Blick von der Straße ab und sieht zu mir herüber, als habe er meine Gedanken gelesen.

»Sophie *mou*, was hast du?«

Ich schüttle den Kopf, denn ich befürchte, dass meine Worte mich verraten könnten. Doch er lässt sich damit nicht abspeisen und stoppt an einem Aussichtspunkt, von wo aus man das Panorama von Pylos bewundern kann. Die Gebäude leuchten bunt im Sonnenschein. Theo mustert mich mit forschender Miene.

Um ihn abzulenken, bestaune ich die Landschaft. »Wow, schau dir das an!«

Bemüht, das Thema zu wechseln, steige ich aus und strecke mich. Mein Herz hämmert in der Brust. Ich muss es ihm sagen. Wenn er uns nicht will, kann er direkt umkehren und mich zurück zum Flughafen fahren. Vielleicht ist es besser, wenn ich es hier und jetzt hinter mich bringe.

Ich stelle fest, dass ich bereits wütend auf ihn werde, obwohl er doch noch keinen Mucks von sich gegeben hat. Sein Atem streift meinen Nacken. Ich lehne den Kopf an seinen warmen Körper und genieße den friedlichen Moment, der gleich zerstört werden könnte. Langsam drehe ich mich um und kann ihm nicht in die Augen sehen, worauf er zärtlich mein Kinn anhebt. Er wartet auf eine Erklärung. Sofort bekomme ich ein schlechtes Gewissen, so besorgt und ängstlich wirkt er.

Also nehme ich all meinen Mut zusammen. Und gerate trotzdem ins Stottern. »Theo ... ich ... ich ...« Der Satz, den ich so oft geübt und mir Tag und Nacht vorgesagt habe, erstirbt mir auf den Lippen.

»Sophie, was ist? Du machst mir Angst. Ist etwas mit Tasha? Bist du krank? Bitte antworte mir.«

Ich spüre, dass er anfängt, innerlich eine Mauer hochzuziehen, einen Schutzwall gegen das, was ich ihm seiner Vermutung nach mitteilen werde. Die mit vereinten Kräften mühevoll geschleifte Barriere richtet sich wieder auf. Gewiss hat er all die Verletzungen vor Augen, die Frauen ihm im Lauf der Jahre zugefügt haben. Er weicht zurück und wartet darauf, dass ich fortfahre. Sein Stolz verbietet es ihm, mich anzuflehen, endlich den Mund aufzumachen.

»Als Robert damals im April in meiner Villa aufgetaucht ist ...«

Sein Ärger ist nicht zu übersehen, und er verschränkt die Arme.

Warum, um alles in der Welt, erwähne ich ausgerechnet jetzt meinen Ex? So steht es doch gar nicht im Drehbuch!

»An diesem Nachmittag ist mir im wahrsten Sinne des Wortes kotzübel geworden, solche Angst hatte ich vor ihm. Und während unserer Funkstille war ich krank. Und danach … und …«

»Hör auf, Sophie. Ich will das nicht hören. Wenn du es dir, was uns beide angeht, anders überlegt hast und lieber mit ihm zusammen sein willst, sag es einfach. Dann ist es ausgestanden.«

In ihm brodelt stille Wut, und er entfernt sich ein paar Schritte. Er hat alles völlig falsch verstanden. Und ich kann ihm das nicht zum Vorwurf machen. Ich rede wirres Zeug und bin gerade dabei, die Sache fulminant in den Sand zu setzen.

Unter uns erstreckt sich das Meer. Auf den Anhöhen rauschen die Bäume im Wind, und auf dem Wasser kreuzt ein Segelboot in der auffrischenden Brise. Die von der Sonne ausgedörrten braunen Grasbüschel unter unseren Füßen reichen bis zur Felskante. Ich stehe hinter Theo, der sichtlich angespannt auf die, wie er glaubt, schlechte Nachricht wartet. Ich habe mir für meine Beichte einen denkbar ungeeigneten Ort ausgesucht: eine etwa zehn Meter hohe schroffe Klippe.

»Theo, ich bin schwanger. Du wirst Vater.«

Nur das Meer zeigt eine Reaktion. Das Brausen der Wellen, die sich in der Tiefe an den Felsen brechen, scheint sogar den Felsen unter uns zu erschüttern. Wie gern würde ich nach Theos Hand greifen, sein Gesicht sehen und wissen, was er dazu sagt. Denn sein Rücken liefert mir keinerlei Hinweise. Seine Schultermuskeln unter dem T-Shirt spannen sich an, und er hebt mit geballten Fäusten die Augen zum Himmel.

Dann fährt er sich mit der Hand durch das volle, dunkle Haar und geht noch ein paar Schritte in Richtung Kante. Inzwischen steht er so dicht am Rand, dass mir schwindelig wird, und ich befürchte fast, er könnte in den Abgrund gezogen werden. Mein Blick wandert über die Umrisse der Felsen rings um Methoni. Sie und die Mauern der Burg habe ich stets als Beschützer empfunden, die mich in diesen unruhigen Zeiten bewachen. Nun schützt mich nichts mehr. Nach einer langen Zeit dreht Theo sich um wie in Zeitlupe. Ich mustere ihn forschend und warte verzweifelt darauf, dass er etwas sagt. Seine wundervollen Augen leuchten durchdringend grün, seine Wangen sind tränennass.

»Sophie *mou.* Wir sind … ich kann nicht …« Seine Stimme erstirbt.

Ich stehe da und hoffe, dass er dem etwas hinzufügen wird, das ich verstehen kann. Aber da kommt nichts. Stattdessen herrscht nur Schweigen, bis mir allmählich ein Licht aufgeht: Er will das alles nicht.

Ich blicke ihm in die Augen, aus denen weiter Tränen fließen.

»Ich weiß, dass du nie Kinder wolltest. Natürlich war es nicht geplant. Aber jetzt ist es eben passiert, und ich will das Baby. Du offenbar nicht. Ich hätte nicht herkommen sollen.«

»Selbstverständlich bin ich froh, dass du hier bist. Ja, wirklich. Aber das hier … es macht es sehr schwierig. Ich bin … ich begreife nicht, wie … wir …«

Er sieht mich beinahe vorwurfsvoll an, als sei ich diejenige, die alles kaputtgemacht hat. Doch während wir einander, beide gefangen in unserer eigenen Lebensgeschichte, gegenüberstehen, bin ich bestärkt in der Gewissheit, unser Baby zu bekommen. Mums Erbe anzutreten und die Mutter zu werden, die ich immer sein wollte. Es läuft zwar nicht wie erhofft, doch das Schicksal hat mir diese Aufgabe zugeteilt, und je bedrückter Theo dreinschaut, desto mehr wächst meine Entschlossenheit.

»Könnten wir vielleicht wenigstens von dieser verdammten Klippe weggehen?«, sage ich schließlich, in der Hoffnung, dass er sich endlich von der Felskante entfernt. »Und dann fährst du mich am besten gleich zurück zum Flughafen. Schließlich hast du mir deine Einstellung unmissverständlich klargemacht.«

Und ich habe mit dem Gedanken gespielt, für ihn mein ganzes Leben auf den Kopf zu stellen! Doch infolge von Umständen, die sich meinem Einfluss entziehen, ist unsere gemeinsame Geschichte wohl hiermit zu Ende.

»Bitte komm mit zu mir, dann können wir reden. Natürlich ist es ein Schock. Aber ich habe es dir doch klipp und klar gesagt, oder etwa nicht? Ich habe schon vor sehr langer Zeit entschieden, dass ich keine Kinder in meinem Leben will.«

Als er zum Auto marschiert, ist seine eigentlich karamellfarbene Haut so bleich, wie ich sie noch nie gesehen habe.

»Es wird immer nur um dich und mich gehen, Theo. Daran wird sich nichts ändern.«

Ich weiß nicht, ob der Wind meine Worte verweht oder ob sie nicht zu ihm durchdringen. Jedenfalls schweigt er.

Ich sitze auf seiner Terrasse und starre aufs Meer hinaus. Trotz der sengenden Hitze fröstle ich. Seit unserer Ankunft haben wir kaum ein Wort miteinander gewechselt. Auch die restliche Autofahrt verlief in Grabesstille. Er war im Meer schwimmen, und als er vom Strand zurückkommt, ist es, als wollten mich die drei eintätowierten Zeilen auf seiner nackten Brust und das, was sie bedeuten, verhöhnen.

Die Vorstellung, Mutter zu werden, hat mich so froh gemacht, und daran hat sich auch nichts geändert. Nur Theos Starrsinn versetzt meiner Freude einen Dämpfer. In allen Szenarien, die ich mir ausgemalt habe, war ich davon ausgegangen, dass ich wütend auf ihn sein würde. Doch es ist, als hätte ich ihm verziehen. Die Endgültigkeit und das Wissen, wo ich jetzt stehe, geben mir Frieden.

Ich werde nach London zurückkehren und es allein durchziehen. Ohne ihn.

Heute ist der Tag unseres Abschieds.

Auf die grausamste Weise habe ich meine Lektion gelernt. Besser denn je verstehe ich, warum meine Mutter ihr altes Leben nicht aufgegeben hat, um zu Grigóris zu ziehen. Es ist zu riskant, alle Zelte abzubrechen und die Zukunft eines Kindes aufs Spiel zu setzen. Wenn Theo sich nicht von Herzen auf das Baby freuen kann, will ich ihn auch nicht dazu überreden. Lieber verzichte ich auf ihn.

»Kann ich dir etwas bringen?«, erkundigt er sich und berührt mich liebevoll an der Schulter.

»Nein, danke.«

Er setzt sich neben mich. Wassertröpfchen hängen wie winzige Kristalle an seinen Wimpern und kullern ihm über die Wangen. Ich kann nicht feststellen, ob es Meerwasser oder Tränen sind. Wir wissen beide, dass es vorbei ist. Ich beuge mich vor, um ihn zu küssen und richtig Abschied von ihm zu nehmen. So bittersüß es auch sein wird, sehnt mein Körper sich nach ihm. Der Kreis muss sich schließen, damit ich diesen Moment nie vergesse. Er erwidert meine Küsse, unsere Hände berühren unsere Körper und sagen mit Lippen und Fingerspitzen jedem Zentimeter Haut Lebewohl. Worte sind überflüssig; es gibt nichts mehr zu sagen.

In seinem Bett verschlingen sich unsere Körper ineinander. Ich spüre, dass mir eine einsame Träne aus dem Auge rinnt, mir die Wange hinunterläuft und ihm schließlich auf die Schulter tropft. Es ist entsetzlich ungerecht, dass es nicht sein kann, obwohl alles andere so wundervoll passen würde. Wie schon bei unseren Eltern ist es unser Schicksal, voneinander getrennt zu sein. Von uns wird es keine neuen Fußspuren im Sand geben.

Durch die offenen Balkontüren wehen kühle Nachtluft und das leise Plätschern der Wellen herein. Als mir vor Hunger der Magen knurrt, durchbricht das unfreiwillig komische Geräusch die Stille. Wir müssen beide lachen, und die Anspannung legt sich ein wenig. Ich habe schon seit Stunden nichts mehr gegessen.

»Du musst etwas essen, Sophie. Bleib liegen, ich hole dir etwas. Was möchtest du denn?«

»Hast du Pita da?«, frage ich, denn plötzlich habe ich unbeschreiblichen Heißhunger darauf.

»Klar.« Als Theo aufstehen will, halte ich ihn zurück.

»Und vielleicht auch Tsatsiki und Gurke?«

Er beugt sich über mich und küsst mich so liebevoll, dass es beinahe wehtut. Tränen brennen mir in den Augen. Dieser Mann ist in fast jeglicher Hinsicht perfekt. Wenn nur diese eine unabänderliche Sache nicht wäre.

Als er nach unten geht, versuche ich, mir selbst Mut zu machen. Ich werde eine alleinstehende Mutter sein, genau wie meine eigene. Ich kann ein Kind ohne Mann großziehen. Ja, das kann ich. Und das werde ich. Also werde ich meinen Heimflug buchen und mich auf die einsame Reise machen.

»Theo, kannst du auch Oliven mitbringen?«, rufe ich nach unten. Doch im nächsten Moment springe ich aus dem Bett und bedecke mich mit einem locker umgewickelten Laken, weil ich es nicht mehr erwarten kann. »Kein Problem, ich komme runter.«

Ich trete hinaus auf den Flur und raffe das Laken um mich zusammen. Als ich den Fuß auf die erste Stufe setze, knurrt lautstark mein Magen.

Noch während ich mir die Häppchen vorstelle, die ich mir gleich machen werde, spüre ich, wie sich mein Fuß mit dem hinter mir her schleifenden Laken verheddert. Es ist, als hätte jemand auf die Pausentaste gedrückt. Ich verharre mitten in der Bewegung.

Und dann bricht plötzlich ein Gewitter von Momentaufnahmen in höchster Blenden-Verschlusszeit über mich herein.

Klick.

Gleich falle ich.

Klick.

Ich greife in die leere Luft.

Klick.

Meine Stimme schreit.

Klick.

Poliertes Holz rast auf mich zu.

Klick.

Schwarzes Nichts.

Das grelle Licht blendet. Mum sitzt auf der mittleren Stufe einer weiß glänzenden Treppe, die bis hinauf in den Himmel reicht. Nur, dass es nicht der Himmel ist, sondern nur eine gewaltige Helle.

Plötzlich ist sie neben mir. Sie lächelt mich liebevoll an. Sie streckt die Arme aus, und ich lasse mich von ihr umarmen. Nun bin ich in Schichten eines hauchzarten Stoffes gehüllt, der sich in der nicht vorhandenen Brise bauscht. Ein goldener Kranz umgibt sie wie ein riesiger Heiligenschein. Der Duft ihres Parfüms erfüllt die Luft. Als sie mich fest an sich drückt, spüre ich Wärme.

Hinter ihr erkenne ich ein leeres Weidenkörbchen. Ich blicke Mum ins Gesicht und löse mich aus ihren Armen.

»Wo ist sie?«, frage ich und suche die Leere um mich herum ab.

Aber da ist nichts. Nur Licht und Liebe.

»Bei dir, mein Schatz. Sie ist bei dir, Sophie.«

Sie streichelt mein Gesicht und verströmt eine überwältigende Liebe, die in meinem Herzen widerhallt.

»Genau wie ich. Immer bei dir. Wenn du Ausschau nach mir hältst, wirst du mich finden. Und jetzt musst du gehen.«

Sie ist fort, ebenso wie die Treppe. Ich bleibe stehen, inmitten einer Kugel aus Licht, und fühle mich wie auf der Oberfläche eines Sterns, der um mich herum pulsiert. Immer stärker wird das Flackern, bis ich die Augen schließen muss, weil ich die gleißende Helle nicht mehr ertrage.

Wieder umfängt mich Dunkelheit.

Deckenstrahler, der Geruch nach Desinfektionsmittel, schwere Augenlider, die ich kaum öffnen kann. Schmerzen. Jede Faser meines Körpers tut so unerträglich weh, als habe mich eine Dampfwalze überrollt.

Einen Moment lang halten sich Bruchstücke des Traums. Ich liege da, reglos und von einem Nebel umwogt. Offenbar hat jemand meine Seele auf meinem zerschundenen Körper abgelegt, und nun warten die beiden, Körper und Seele, darauf, sich wieder zu vereinen. Als mein Verstand endlich in der Gegenwart ankommt, höre ich ein elektronisches Piepen. Wie einen Puls. Einen Herzschlag. Meinen.

Ich kann den Arm nicht heben. Langsam dämmert es mir, dass ich an Kabel und Schläuche angeschlossen bin. Eine Maske bedeckt mein Gesicht, mein Atem beschlägt das Plastik. Als ich versuche, mich aufzusetzen, ergreift mich Panik. Die winzigste Bewegung lässt mir einen unerträglichen Schmerz mitten in den Schädel schießen.

Ich fange an zu weinen. Sprechen kann ich nicht. Meine Kehle ist staubtrocken und wie zugeschnürt. Das Schlucken tut weh. Es gelingt mir, noch einmal die Augen zu öffnen. Ich bin in ein rings um mich festgestecktes Laken gewickelt. Mein linker Arm ist eingegipst.

Theos dunkler Haarschopf ruht neben meinem anderen Arm. Die Hand ist bandagiert, und eine Kanüle steckt darin. Als ich dem Schlauch mit den Augen folge, landet mein Blick bei einem Infusionsständer. Es ist eine fast unmenschliche Anstrengung, die Finger zu bewegen, um Theo zu berühren.

»Theo ...«, stoße ich hervor. Doch fast hoffe ich, dass er nicht aufwacht, denn ich will lieber nicht hören, was los ist. Ich weiß es nicht, und ich will es auch gar nicht wissen.

Erschrocken hebt er den Kopf. Er hat dunkle Ringe unter den grünen Augen und Bartstoppeln am Kinn.

»Sophie *mou.*« Er hebt meine Hand ans Gesicht und presst die Lippen in meine Handfläche. Er hat Tränen in den Augen.

Vorsichtig streckt er die Hand nach meinem Gesicht aus und hat offenbar Angst, mir wehzutun, so als bestünde ich aus Porzellan. Selbst die winzigste Erschütterung des Bettes sorgt dafür, dass mir Schmerzsalven bis tief in die Nervenenden schießen.

Theo steht auf, öffnet die Tür und ruft etwas in den Flur hinaus. Dann kehrt er rasch wieder zu meinem Bett zurück. Bitte keine ärztlichen Befunde. Lasst mich einfach hier liegen und leiden. Denn solange es nur körperlich ist und ich sonst nichts weiß, ist es auszuhalten.

Ich nehme wahr, dass ich eine Halskrause trage, die sich eng und klebrig um meinen Hals legt. Darunter ist es unangenehm heiß und juckt. Die Verschlüsse ziepen an meinen Haaren. Auch mir kommen die Tränen. Theo streichelt mein Gesicht. Da die Maske mich fast erstickt, schiebe ich sie zur Seite. Wieder treffen sich unsere Blicke, und ich erkenne die Angst in seinen Augen. Ich muss ihn fragen, sosehr ich mich auch vor der Antwort fürchte. Doch in diesem Moment betritt ein Arzt selbstbewussten Schrittes das Zimmer.

»Sophie«, beginnt er in freundlichem, aber professionellem Ton. »Ich bin Doktor Galanós. Wie fühlen Sie sich?«

»Alles tut weh«, krächze ich mühsam.

Nachdem er eine Taschenlampe aus der Kitteltasche zutage gefördert hat, leuchtet er mir damit in die Augen, worauf sich meine Pupillen schmerzhaft zusammenziehen. Wie angewiesen, folge ich mit dem Blick seinem Finger, was ihn zufrieden zu stellen scheint. Dann entfernt er die Sauerstoffmaske, nimmt mir die Halskrause ab und bewegt meinen Kopf hin und her.

Doktor Galanós hat schütteres Haar und eine karamellfarbene Haut. Auf seinen Handrücken zeigen sich einige Leberflecke. Im Moment ist es mir lieber, mich auf Kleinigkeiten zu konzentrieren.

»Erinnern Sie sich, was passiert ist?«

Als ich den Kopf schüttle, zucke ich wieder vor Schmerzen zusammen. Er stellt etwas auf dem Monitor neben dem Infusionsständer ein. Hoffentlich verabreichen sie mir etwas Starkes, ich will mich einfach nur betäuben.

Theo und der Arzt beobachten mich, während ich anfange, mir die Ereignisse wieder ins Gedächtnis zu rufen.

»Ich bin die Treppe hinuntergefallen.«

Doktor Galanós nickt ernst. »Und Sie sind in der zehnten Woche schwanger?«

Ich spüre, wie Theos Hand meine fester umklammert, doch ich kann ihm nicht in die Augen schauen. Ich weiß ja, dass er dieses Baby nicht will. Aber ich will es. Unbedingt. Nicht meiner Mutter wegen, nicht Theos oder Grigóris' wegen, sondern für mich selbst. Ich protestiere nicht, als Theo meine Hand so fest drückt, dass sich die Infusionsnadel tiefer in meine Haut bohrt. Stattdessen warte ich darauf, dass das Urteil fällt, damit diese Stille endlich aufhört. Sosehr ich auch die Augen zukneife, die Tränen wollen einfach nicht aufhören zu fließen.

Bitte, bitte, gebt mir mein Baby zurück.

Papier raschelt, als der Arzt meine Krankenakte konsultiert. Das Schweigen ist unerträglich.

»Ihrem Baby geht es gut. Sie haben großes Glück gehabt«, sagt der Arzt endlich.

Ruckartig reiße ich die Augen auf, schnappe laut nach Luft und sehe Theo an. Sein Kopf fährt zu mir herum, und ich erkenne, dass er genauso erleichtert ist wie ich. Er bekreuzigt sich, ein klarer Hinweis darauf, welche Sorgen er sich gemacht hat. Und auch auf seine vielen Gebete, während ich bewusstlos war.

»Sie hatten leichte Blutungen. Doch Sie haben beim Sturz instinktiv Ihren Bauch geschützt.« Doktor Galanós weist auf den dicken weißen Gipsverband, der meinen gebrochenen Arm schient. »Außerdem haben Sie eine leichte Gehirnerschütterung. Wir sind froh, dass Sie und Ihr Baby außer Gefahr sind. Sie haben fast vierundzwanzig Stunden mehr oder weniger durchgeschlafen. Ihr Kopf ist ein wenig verbeult, doch es gibt keinen Grund zur Sorge. Jetzt brauchen Sie nur Ruhe.«

Wieder schaue ich zu Theo hinüber. Während ich im Traumland war, muss er Höllenqualen ausgestanden haben. Ich drücke noch einmal seine Hand, eine unzureichende Entschuldigung für die Ängste, die er meinetwegen ausgestanden haben muss.

»Wann darf ich nach Hause?«, frage ich, denn ich will nur raus aus dieser Krankenhausatmosphäre.

Außerdem weiß ich, dass es wenig bringt, länger als nötig, in Griechenland zu bleiben. Leider kann ich mich auch daran noch sehr gut erinnern. Traurige Dinge vergisst man offenbar nicht so leicht.

Der Arzt wirft einen Blick in meine Akte und hängt sie klappernd ans Fußende meines Bettes.

»Nach England?«, erkundigt er sich.

»Ja«, erwidere ich. Aus dem Augenwinkel nehme ich wahr, dass Theo mich beobachtet.

Der Arzt zuckt unverbindlich die Achseln. »In einer Woche

sind Sie vielleicht wieder reisefähig. Aber bis dahin müssen Sie sich ausruhen. Dann sehen wir weiter. In etwa zwei oder drei Tagen können wir Sie voraussichtlich entlassen. Wir behalten Sie zur Beobachtung hier. Außerdem möchte ich noch einen Ultraschall durchführen, um nach dem Baby zu schauen.«

Ich bin erleichtert. Der Arzt geht hinaus, um den Ultraschall zu veranlassen. Ich sehe Theo an, auf dessen ausdrucksvollem Gesicht sich widerstreitende Gefühle malen.

»Es tut mir leid. Bestimmt habe ich dir einen Riesenschrecken eingejagt, Theo.«

Er tut das mit einer Handbewegung ab und steht auf, geht ans Fenster. Eigentlich müsste er gar nicht hier sein. Obwohl ich seine Hilfsbereitschaft zu schätzen weiß, zögert er die Sache damit nur unnötig hinaus. Er hat mir seinen Standpunkt mehr als deutlich mitgeteilt. Wir haben uns bereits voneinander verabschiedet.

Er dreht sich um, und als er langsamen Schrittes zu meinem Bett zurückkehrt, ist seine Miene ernst.

»Nein, Sophie *mou*, ich bin es, der sich entschuldigen muss. Noch nie hat mir etwas so leidgetan.« Stockend spricht er weiter. »Ich hatte noch nie solche Angst. Als ich dir beim Schlafen zugesehen habe, habe ich befürchtet, dass vielleicht gerade unsere Zukunft zerstört worden ist. Ich habe an unser Baby gedacht. Daran, wie leicht man alles verlieren kann. Ich kann nicht ohne dich sein, Sophie. Du bist das Wichtigste in meinem Leben. Das hier ist unsere Familie.

Nach allem, was passiert ist, will ich dich nie wieder hergeben. Ich habe einen großen Fehler gemacht, und ich schäme mich dafür. Ich habe mir vorgestellt, dass mir all das im Handumdrehen genommen werden kann. Und da ist mir klar geworden, dass ich mein Leben mit dir verbringen will. Mit dir und mit dem Geschenk, das wir beide bekommen haben. Ich will dich und unser

Kind. Auch wenn ich große Angst davor habe, kann ich nicht leben ohne euch zwei. Kannst du mir verzeihen?«

Sanft legt er die Hand auf meinen Bauch und starrt darauf, als könnte er hineinschauen. Während ich beobachte, wie er mit sich ringt, ist es, als passe sich das letzte Teil eines Puzzles endlich ein.

»Ich kann verstehen, dass es dir schwerfällt, mir zu glauben, Sophie. Aber ich werde dir den Rest meiner Tage beweisen, dass ich dieses Leben für uns will. Bleib bei mir. Falls du das noch möchtest.«

Als er mich anblickt, steht ihm die Frage, ob ich seine Entschuldigung annehme, ins Gesicht geschrieben.

»Wirklich? Aber du hast doch immer darauf beharrt, dass du keine Kinder willst. Ich möchte dich nicht unter Druck setzen. Zu dieser Art von Frauen gehöre ich nicht. Ich schaffe das auch allein. Du musst nicht bei mir bleiben, wenn du es nicht ernst meinst.«

Liebevoll betrachtet er wieder die Stelle, wo sich bald eine Wölbung zeigen wird. Ich muss sicher sein, dass seine Entscheidung feststeht.

»Ich werde dir nie einen Grund liefern, an mir zu zweifeln. Dieses Geschenk wurde uns beiden gegeben. Wie damals, als du nach Methoni gekommen bist und etwas gefunden hast, ohne danach zu suchen. Genauso ist es auch bei mir. Ich hätte nie gedacht, dass ich ein Kind will. Aber jetzt bekomme ich die Chance dazu, und ich wünsche es mir so sehr wie sonst nichts auf der Welt. Weil es dein Kind ist. Und meins. Und weil ich dich von ganzem Herzen liebe.«

Trotz der Schmerzen, die meinen Körper bearbeiten wie mit Trommelschlegeln, fange ich an, mich zu entspannen. Ich bin unbeschreiblich erleichtert. Und ich glaube ihm. Wir beide haben einander verloren und wiedergefunden. Das Puzzle fügt sich zusammen.

»Es ist seltsam, so viele Dinge auf einmal zu empfinden. Zum Beispiel, dass ich dieses Baby jetzt schon liebe.« Ungläubig schüttelt er den Kopf, als begreife er die Macht der Gefühle nicht, die ihn plötzlich durchströmen. »Als ich hier an deinem Bett saß, habe ich erkannt, was es für mich bedeutet, Vater zu werden. Ich hatte Angst davor.

Früher, als ich noch ein dummer Junge war, habe ich Selena das Herz gebrochen. Ich hatte nie lange Beziehungen, weil ich nicht riskieren wollte, ein Kind so zu enttäuschen, wie ich von meinen Eltern enttäuscht worden bin. Heute schäme ich mich dafür, wie ich mit diesen Frauen umgesprungen bin. Und auch dafür, wie ich dich behandelt habe.

Mir ist klar geworden, wenn ich dich verlassen würde, wäre ich auch nicht anders als meine Mutter. Ja, die Geschichte von Lyndsey und meinem Vater wiederholt sich, aber im Gegensatz zu ihnen wissen wir, was geschehen ist. Dieses Baby ist ein Teil von uns, von unserer Liebe, und somit der Anfang unserer eigenen Geschichte. Dieser kleine Mensch, den wir zusammen geschaffen haben, hat mich verändert. Unser Baby ist aus Trauer und einer schmerzlichen Vergangenheit entstanden. Doch vor uns liegen eine schöne Zukunft und eine wundervolle Liebe. Ihr beide seid die wichtigsten Menschen in meiner Welt.«

Es ist eine gewaltige Befreiung, als Ängste und Sorgen endlich von mir abfallen. Seine Gewissheit ist Balsam für meine Seele. Und für mein geschundenes Herz.

»Wir schaffen das zusammen. Du und ich«, sage ich voller Überzeugung.

»Jemand hat dich und ihn gerettet, da bin ich ganz sicher«, sagt er.

»*Ihn*? Woher weißt du, dass es ein Junge wird?«

»Ich weiß überhaupt nichts, nur dass ich dich und unser Baby liebe«, antwortet Theo lachend.

Als er mich vorsichtig küsst, erwidere ich den Kuss, ohne darauf zu achten, dass ich einen schlechten Geschmack im Mund habe und mir der ganze Kiefer wehtut.

Wir betrachten einander, und die Welt richtet sich wieder auf ihrer Achse aus. Doch wirklich glücklich werde ich erst sein, wenn ich das winzige Herz auf dem Monitor des Ultraschallgeräts schlagen sehe.

Bruchstücke des Traums, den ich während meiner Bewusstlosigkeit hatte, fallen mir wieder ein. Eigentlich war es eher eine Vision.

»Hoffentlich bist du nicht enttäuscht«, meine ich, worauf er mich zweifelnd ansieht. »Denn ich vermute stark, dass es ein Mädchen wird.«

Ein glückseliges Lächeln breitet sich auf seinem Gesicht aus, und seine Augen funkeln vor Freude.

»Ist jetzt endlich Schluss mit den Katastrophen?«, frage ich nicht nur ihn, sondern auch das Universum, das Schicksal, die Geister, die Götter ... sie alle mögen mir gewogen sein.

Theo legt den Kopf vorsichtig auf meinen Bauch und blickt mich an.

»In den letzten Stunden habe ich mehr gebetet als in meinem ganzen bisherigen Leben. Irgendwann muss doch jemand zuhören und ja sagen.«

Plötzlich erschöpft, nicht nur von den letzten Minuten, sondern vom ganzen vergangenen Tag, schließe ich die Augen. Während ich schlief, hat mein Körper unser ungeborenes Baby beschützt. In dieser Zeit hat Theo Zwiesprache mit dem Allmächtigen gehalten und sich allmählich an den Gedanken gewöhnt, ein

Kind zu bekommen. Ich hatte den Warnschuss des Universums nicht nötig, um zu erkennen, wie vergänglich das Leben ist. Theo offenbar schon.

Vielleicht hat Mum ja unser Baby vor Schaden bewahrt. Oder wir hatten einfach nur Glück. Ich weiß genau, welche dieser möglichen Erklärungen mir lieber ist. Meine Welt ist wieder heil, und ich werde dafür sorgen, dass das so bleibt.

KAPITEL 37

Nach einer gefühlten Ewigkeit in einem Krankenhausbett endlich wieder im Meer zu paddeln, ist eine unglaubliche Wohltat für meinen geschundenen Körper. Allein das Gefühl meiner Zehen im Sand und das Geräusch der ans Ufer plätschernden Wellen haben eine heilsame Wirkung auf meine lädierten Knochen und auf meine Seele. Ich habe allen Grund, mich glücklich zu schätzen, bin ich doch um Haaresbreite um einen weiteren tragischen Todesfall herumgekommen. Und wie durch ein Wunder scheint sich mein Hang zum Schwarzmalen gelegt zu haben. Stattdessen bin ich erfüllt von einer unbändigen Zuversicht, deute das Unglück als hilfreichen Fingerzeig und bin fest entschlossen, jede Minute dieser Schwangerschaft zu genießen. Und jeden Moment mit Theo zu etwas Besonderem zu machen.

Ich weiß, dass Methoni mich verändert hat. Und nun müssen wir beide uns von Grund auf umgewöhnen.

Während Theo arbeitet, habe ich meine Bemühungen verdoppelt, Griechisch zu lernen. Häufig trinke ich Kaffee mit *jiajiá*, ein Intensivsprachkurs gewissermaßen, auch wenn ich noch sehr auf Zeichensprache und meine Übersetzungs-App angewiesen bin. Obwohl sie mich immer mehr ins Herz zu schließen scheint, bemerke ich eine gewisse Ungeduld, was meine mangelnden Fähigkeiten in der Kunst der Blätterteigzubereitung angeht. Da ich derzeit einarmig operieren muss, könnte man doch ein wenig Mitgefühl von ihr erwarten. Ich habe keine Ahnung, was sie zu unserem Familienzuwachs sagen wird, doch wir sind fest entschlossen, die alten Verhaltensmuster zu durchbrechen. Niemand wird uns daran hindern, mit unserem Baby zusammenzuleben.

Nun sitze ich vor Theos Haus, das bei meiner nächsten Rückkehr auch mein offizielles Zuhause sein wird, und rufe Tasha an. Während ich im Krankenhaus lag, hat Theo sie über meinen Zustand auf dem Laufenden gehalten. In ihren langen Telefonaten hat sie ihn strengen Verhören unterworfen und Beweise dafür eingefordert, dass er mir niemals wehtun wird.

Sobald die Videoschalte hergestellt ist, lässt sie einen aufgeregten Wortschwall auf mich los.

»Ich war fast wahnsinnig vor Sorge! War das etwa ein Vorgeschmack darauf, wie es wird, wenn du erst richtig dort wohnst? Also dass du dich tagelang nicht meldest und stattdessen Theo damit beauftragst, mich anzurufen und auch sonst alles für dich zu erledigen? Dann nehme ich alles Positive zurück, was ich je über deinen Umzug gesagt habe.«

»Entschuldige, aber dieses Thema lassen wir in Zukunft lieber. Und nur, damit du es weißt: Ich liege, wie du sehen kannst, nicht mehr im Krankenhaus.«

Als ich zum Beweis für die dramatischen Ereignisse meinen schweren Gipsarm schwenke, macht sie sofort ein schuldbewusstes Gesicht.

»Tut mir leid, aber du weißt ja, wie sehr ich es hasse, wenn mir die Hände gebunden sind. Dass ich nicht mit dir reden konnte, hat mich fast verrückt gemacht. Wenn mein Arzt mir erlaubt hätte zu fliegen, wäre ich sofort gekommen. Ist bei dir alles in Ordnung? Geht es dem Baby gut?«

»Würdest du dich bitte beruhigen?! Ja, alles bestens, bis auf den Arm und eine Sammlung schicker blauer Flecke. Und dem Baby geht es absolut prima.«

»Oh, mein Gott, Soph, sicher hast du Todesängste ausgestanden. Es tut mir so leid.«

»Weißt du, was seltsam ist? Seit dem Treppensturz habe ich

viel weniger Angst, dass es mit meiner Schwangerschaft nicht klappen könnte. Es soll einfach sein.«

Sie verzieht anteilnehmend das Gesicht, als male sie sich den Aufprall bildlich aus, an den ich mich zum Glück nicht erinnern kann.

»Wir müssen beide lernen, lockerer zu werden. Das ist zwar leichter gesagt, als getan und eigentlich unmöglich. Aber wenigstens können wir uns per Schnellwahltaste unterhalten und uns gegenseitig aufmuntern. Natürlich nur, wenn du nicht gerade mal wieder bewusstlos im Krankenhaus rumliegst. Bitte tu so was nie wieder. Theo scheint dich ja wirklich zu vergöttern, doch sein Englisch ist mehr als fragwürdig. Ich glaube, er hat nur die Hälfte von dem verstanden, was ich ihm am Telefon erzählt habe.«

»Hör auf! Sein Englisch ist ausgezeichnet, und du bist eine blöde Kuh. Schau, ich will mich nicht wieder mit dir streiten, also sage ich es dir jetzt zum allerletzten Mal.« Ihre lästerlichen Sprüche waren zwar witzig gemeint, haben mich aber dennoch ein wenig verärgert. Allerdings hat sie ein Recht darauf, mir so auf den Zahn zu fühlen. Schließlich ist sie meine älteste Freundin, und ich würde es umgekehrt genauso tun. »Ich habe schon mit dem Gedanken gespielt, nach Methoni zu ziehen, bevor ich überhaupt wusste, dass ich schwanger bin. Denn ich habe nichts zu verlieren und alles zu gewinnen.

Ich kann dich nicht länger bei jeder Entscheidung um Rat fragen. Ja, ich war ziemlich durch den Wind und habe wegen der Geschichte mit Robert an meinem eigenen Urteilsvermögen gezweifelt. Doch ich war mir einer Sache noch nie so sicher wie jetzt und habe die Dinge noch nie klarer gesehen. Außerdem hast du mich ja gedrängt, hierher zu ziehen, bevor ich selbst zu diesem Schluss gekommen war. Also wirst du meine Beziehung von nun an nie wieder als Urlaubsflirt bezeichnen.

Falls das Schlimmste eintritt, habe ich noch immer Mums Haus in London und könnte jederzeit wieder bei Tiff in der Firma einsteigen. Und wenn nicht, fange ich eben etwas Neues an. Schließlich bin ich nicht auf den Kopf gefallen und kann anpacken. Ich weiß, welches Glück ich habe, dass Mum mir ein finanzielles Polster hinterlassen hat und ich deshalb nicht von Theo abhängig bin. Das gibt mir die nötige Freiheit.

Tasha, ich liebe ihn mehr, als ich in Worte fassen kann. Er macht mich so glücklich. Es geht nicht darum, dass ich meine berufliche Zukunft für einen Mann opfere. Nein, ich mache einen Traum wahr, von dem ich gar nicht wusste, dass ich ihn hatte. Schwarz auf weiß würde es sich lesen wie der größte Schwachsinn, aber ich weiß, was ich tue, das musst du mir einfach glauben. Falls es scheitert, erteile ich dir hiermit die Erlaubnis, ›Ich habe dich gewarnt‹ zu sagen. Nur, dass das nicht passieren wird. Thema erledigt.«

Ich kann es ihr nicht verübeln, dass sie diesen Punkt zu Anfang unseres Telefonats noch einmal angesprochen hat, auch wenn es scherzhaft gemeint war. Sie will sich nur vergewissern, dass ich vernünftig entscheide. Allerdings weiß ich, dass sie, falls es schiefgeht, die tausend Scherben aufsammeln wird, die dann von ihrer Freundin geblieben sind.

Offenbar stellt sie meine Antwort zufrieden, denn sie tut, als zöge sie an ihrem Mund einen Reißverschluss zu. Dann lästern wir über eine ehemalige Mitschülerin, die unbedingt als Food-Influencerin erfolgreich sein will.

Ich fühle mich stark und sicher. So habe ich nicht mehr empfunden, seit ich denken kann. Noch erscheint es mir ungewohnt, mein Leben selbst in die Hand zu nehmen. Doch das ist mein neues Ich. Ich werde Tiff zur Leiterin meiner Firma machen, ihr die Geschäftsführung übertragen und stille Teilhaberin sein. Nun muss ich mir nur noch überlegen, womit ich hier in Griechenland meine Brötchen verdienen kann.

Während meines Aufenthalts in Methoni spielt sich zwischen Grigóris und mir eine entspannte Herzlichkeit ein. Inzwischen starrt er mich nicht mehr entgeistert an, auch wenn ich ihn gelegentlich dabei ertappe, dass er mich nachdenklich betrachtet. Doch ich weiß, dass er dann an Mum denkt. Ungezwungen plaudernd sitzen wir auf ihrem gemeinsamen Felsen und beobachten Theo mit seinem Boot in der Bucht. Er erzählt mir von seiner Zeit als Fischer, von historischen Seeschlachten, von der Geschichte Griechenlands und von den Ausflügen, die er und Mum unternommen haben.

Die Einblicke in ihre gemeinsame Zeit und die lange geheim gehaltenen Anekdoten, die er mit so viel Poesie erzählt, erfreuen mich, und ich entdecke völlig neue Seiten an meiner geliebten Mutter.

Nur noch ein Flug nach Hause, dann werde ich in Griechenland leben. Bei der Vorstellung muss ich schlucken. Ich habe bereits eine Spedition beauftragt, damit ich gleich nach meiner Landung in London tätig werden kann. Nach den Tagen im Krankenhaus vergeht die Zeit hier wie im Fluge. Doch mein Trost ist, dass ich noch vor Ende des Sommers zurück sein werde. Für immer.

Ich gewöhne mir einen neuen Tagesablauf an, und bald ist alles so vertraut, als sei ich schon immer hier gewesen. Christina und ich laden uns gegenseitig zum Mittagessen sein. Manchmal kommt Chrístos zum Abendessen, und wir grillen fast jeden Abend auf der Terrasse. Ich bin überglücklich und fange an, mir ein Nest einzurichten. Wenn Theo vom Meer nach Hause kommt, gibt es für ihn immer etwas Neues zu entdecken. Ein Kissen oder einen

Überwurf aus einem Antiquitätenladen in Pylos. Eine Sammlung alter Gläser oder Bettwäschegarnituren. Allmählich bekommt sein Junggesellenhaushalt eine weibliche Note. Außerdem schaffe ich die nötigen Küchenutensilien an, denn ich plane, jede Menge Gäste einzuladen.

Und ich beginne, Theos Garten zu pflegen. Ich lege Beete für Kräuter und Gemüse an, die ich mit hohen Bambusstangen markiere, streue Samen aus und züchte Setzlinge, was wegen des Gipsarms allerdings alles noch etwas schwierig ist. Da man in diesem Klima das ganze Jahr über ernten kann, wird unsere Speisekammer bald mein ganzer Stolz sein.

Als ich das Unkraut auf einem vernachlässigten Stück Brachland neben dem Haus jäte, lege ich eine kleine Pause auf einer Steinbank ein und lasse mir von der Sonne die Haut bescheinen. Inzwischen ist es jeden Tag sengend heiß, und das wird bis in den Herbst hinein so bleiben. Auch im Winter ist es hier warm. Mein Blick wandert über die Mauern der verfallenen Schuppen und Scheunen rings um das Grundstück. Wir könnten hier mühelos Selbstversorger werden, Gemüse anbauen und Hühner und vielleicht eine Ziege halten. Theo würde den Fisch beisteuern. Die Nebengebäude werden kaum genutzt. In einigen werden Netze und Krabbentöpfe aufbewahrt, doch im Rest stapelt sich nur Gerümpel. Bestimmt sind sie ein wahres Paradies für die Ratten und die Eidechsen, von denen die streunenden Katzen sich ernähren.

Ich lehne mich mit meinem ganzen Gewicht an eine der Holztüren und stemme mich mit der Schulter dagegen, bis sie einen Spalt weit aufgeht. Mit nur einem Arm ist eine ziemliche Plackerei, außerdem sind die Scharniere stark verrostet. Dennoch schaffe ich es, mich hindurchzuzwängen. Das Flattern von Flügeln verrät mir, dass einige Tauben in den Deckenbalken nisten, und ihre Hinterlassenschaften sind auf dem Steinboden deutlich zu sehen. Dem Dach fehlen einige Ziegel, doch das Gebäude als solches scheint solide zu sein. Als ich in dem kühlen, luftigen Raum stehe, nimmt allmählich eine Idee Gestalt an.

Ich habe nicht vor, hierherzuziehen, um Hausfrau zu werden. Meine innere Kritikerin, die ständig an mir herumnörgelt, weil ich erst eine teure Ausbildung absolviert und dann ein Unternehmen gegründet habe und jetzt alles aufgebe, verstummt schlagartig. Denn in meinem Kopf köchelt buchstäblich ein Plan.

Als meine Kreativität in den höchsten Gang schaltet, durchströmt Adrenalin meine Adern. Ich kann es kaum erwarten, Theo zu fragen, was er davon hält. Denn der scheint sich daran gewöhnt zu haben, dass ich wie eine brave Ehefrau zu Hause auf ihn warte, wenn er von der Arbeit kommt. Das würde sich ändern, wenn ich meinen Plan in die Tat umsetze. Hoffentlich lockt meine Idee nicht den Spießer und Höhlenmenschen in ihm hervor. Bitte nicht. Aber es gibt nur einen Weg, das herauszufinden.

Ich stelle die Auflaufform mit dampfendem *pastitsio*, einem griechischen Nudelauflauf, auf den Tisch, und Theo beginnt, das Essen zu verteilen. Ich hole den Salat aus Rucola und roter Beete an den Tisch. Er ist mit einem leichten Balsamicodressing und gehobeltem Parmesan angemacht. Wenn Theo mich ansieht, bekomme ich noch immer Schmetterlinge im Bauch, und trotz der sich überstürzenden Ereignisse knistert es noch genau so wie zu Anfang unserer Beziehung. Es ist wie bei einem Ganztages-Date, wir entdecken ständig Neues aneinander.

Mein Blick fällt auf mein unverletztes Handgelenk mit dem Achatarmband, das Mary Vasiliou mir »zum Schutz« geschenkt hat. Das gibt mir den Mut, Theo von meiner Idee zu erzählen. Ich hebe die Gabel zum Mund und lege sie wieder auf den Teller.

Dann hole ich tief Luft. Hoffentlich gelingt es mir, ihn von meinem Plan zu begeistern.

»Theo, mir ist heute etwas Tolles eingefallen.«

»Hmmm ...«, nuschelt er zwischen zwei Bissen. »Ja?«

»Es geht um den Schuppen und die große Scheune. Ich habe mich gefragt, ob ich sie vielleicht später dafür benützen könnte, um mich selbständig zu machen. Nach der Geburt natürlich.«

Er nimmt sich eine große Portion Salat. Als er fragend die Stirn runzelt, erkläre ich ihm genauer, was ich vorhabe.

»Ich dachte, wir könnten die große Scheune und möglicherweise auch die kleineren zu Unterkünften umbauen. In dem langen Schuppen könnte ich eine Lehrküche einrichten und Kurse geben. Die Teilnehmer dieser Kochkurse könnten hier übernachten. Mir ist klar, dass ich in Methoni keine Catering-Firma aufmachen kann. Also bringe ich *Sophie's Kitchen* in Form einer Kochschule nach Griechenland. Ich würde mich so freuen, wieder arbeiten zu können, und ein eigenes Ziel vor Augen zu haben.«

»Das hier wird dein Zuhause sein, Sophie, und wenn du das möchtest, weil es dich glücklich macht, dann tun wir es natürlich. Es war schon immer dein Traum, eine Kochschule zu eröffnen. Ich erinnere mich daran, dass du es mir erzählt hast. Also lassen wir deinen Traum jetzt wahr werden.« Seine Augen funkeln. Offenbar wirkt meine Begeisterung ansteckend. »Ich könnte deinen Schülern Fisch bringen, und du kochst dann. Wie bei unserer ersten Verabredung, nur mit Gästen.«

Ich lächle übers ganze Gesicht und stehe auf, um ihn zu umarmen. Dabei muss ich aufpassen, damit ich ihm keine mit meinem Gipsarm überziehe, was mir schon einige Male passiert ist.

Ich küsse ihn erleichtert. »Danke, dass du an mich glaubst.«

Er erwidert meinen Kuss leidenschaftlich und greift mir ins Haar.

»Deinetwegen glaube ich an die Liebe, Sophie *mou.* Ich glaube, dass du alles schaffen kannst, was du dir wünschst.«

Die Vorfreude auf ein gemeinsames Leben mit ihm und nun auch auf eine neue berufliche Zukunft sorgt dafür, dass ich endlich eine Perspektive habe. Meine Bestimmung ist es nicht nur, Mutter zu sein, obwohl ich das kaum noch erwarten kann. Ich habe jetzt auch die Möglichkeit, mir eine Nische zu schaffen und ein neues Projekt zu gründen. In meinem Bauch brodelt es vor Aufregung. Doch im nächsten Moment sorgt eine Hungerattacke dafür, dass ich mich von Theos Seite löse und zu meinem Teller zurückkehre. Seit ich schwanger bin, denke ich noch öfter ans Essen als ohnehin schon. Und auch das macht mich froh. Nun bleibt nur zu hoffen, dass Theos Familie ebenso begeistert von unserem Nachwuchs ist wie wir.

KAPITEL 38

Das nervöse Flattern in meinem Magen ist keine Folge von Verdauungsstörungen, obwohl ich die inzwischen fast ständig habe. Wir kommen gerade vom Zwölf-Wochen-Ultraschall in Kalamáta und gehen über den Strand zu Grigóris und *jiajiá*, um mit ihnen zu Mittag zu essen und ihnen die frohe Nachricht zu überbringen.

Das Baby entwickelt sich gut, und das Geräusch seines schnellen Herzschlags und seiner Lebensäußerungen auf dem Bildschirm zu sehen, war für uns beide eine große Erleichterung. Wir haben uns entschieden, dass wir das Geschlecht nicht wissen wollen. Doktor Galanós, der meine Schwangerschaft sorgfältig überwacht, hat unsere Befürchtungen zerstreut. Nun gilt unsere einzige Sorge der Frage, wie Theos Vater und *jiajiá* die Nachricht aufnehmen werden.

Theo ist sehr nervös. Abgesehen davon, dass er nicht mit mir verheiratet und seine Familie sehr religiös ist, befürchtet er, seinen Vater in eine erneute emotionale Krise zu stürzen.

Es ist ein ungewöhnlich bewölkter Tag, aber trotzdem warm. Da ich mich inzwischen daran gewöhnt habe, jeden Morgen von gleißendem Sommersonnenschein und sengenden Temperaturen geweckt zu werden, fühlt es sich seltsam an. Hand in Hand schlendern wir am Ufer entlang.

Am Horizont ballen sich Wolken zu einer Linie zusammen. Theo bleibt stehen und weist in den Himmel.

»Ich nenne sie Postbotenwolken, denn sie bringen einen Wetterwechsel.«

Die dunkelgrauen Gebilde formieren sich in Reih und Glied und erstrecken sich über die ganze Bucht. Ich schiebe das mulmige Gefühl beiseite und versuche, sie nicht als schlechtes Omen zu sehen. Der Sand unter unseren Schuhen knirscht.

»Bringen sie gutes Wetter oder schlechtes?«, erkundige ich mich.

Theo zuckt die Achseln.

»Na, das war ja sehr aufschlussreich«, spöttle ich. »Vielen Dank auch.« Er bleibt stehen. »Was, wenn sie dich enterben oder das Baby nicht anerkennen?«

Er legt die Hände auf meine Schultern und blickt mir tief und selbstbewusst in die Augen.

»Sophie. Mein Vater hat viel aus der Vergangenheit gelernt und *jiajiá* ebenfalls. Vergiss nicht, dass sie diejenige war, die uns geraten hat, neue Fußspuren im Sand zu hinterlassen. Und genau das tun wir gerade. Richtig?« Er mustert mich forschend. »Hör auf zu grübeln, Sophie *mou*. Sie werden unsere Entscheidung, hier zusammenzuleben, akzeptieren.« Als er mir über den Kopf streichelt, werde ich ruhiger.

Inzwischen haben wir das Ende des Strands und den Weg erreicht, der hinauf zum Haus führt. Als ich zu Mums und Grigóris' Felsen hinunterschaue, sitzt dort ein Schmetterling. Er öffnet und schließt die Flügel und gibt immer wieder einen Blick auf seine bunte Zeichnung frei.

»Schau.« Ich zeige mit dem Finger. Als Theo sich umdreht, erhebt sich das Tierchen in den Himmel, flattert über dem Meer auf und nieder und schwebt gefährlich dicht an der Wasseroberfläche. »Glaubst du, das ist ein Omen?«

Er beugt sich vor und küsst mich. »Ja, ein Omen. Ganz gleich, was heute auch geschieht, wir sind nicht allein.«

Der Zeitpunkt für Schwangerschaftsübelkeit ist ausgesprochen schlecht gewählt. Vor allem, wenn man bedenkt, dass es nicht Morgen, sondern schon Mittag ist. Ich stochere auf meinem Teller herum und kämpfe mit dem Brechreiz. Während ich Bissen um Bissen hinunterzwinge und dabei Appetit vortäusche, stelle ich fest, dass Ioulia mich argwöhnisch mustert. Schließlich ist sie es gewöhnt, dass ich futtere wie ein Scheunendrescher. Offenbar sagt ihr der weibliche Instinkt, dass da etwas im Busch sein muss.

Theo versucht, meine Einsilbigkeit wettzumachen, was ihm bei Grigóris recht gut gelingt. Doch *jiajiá* kann er nicht täuschen. Ich nehme die gesunde Hand vom Tisch und tätschle ihm auffordernd das Bein, damit er es endlich hinter sich bringt. Inzwischen haben alle außer mir einen leeren Teller vor sich, und ich sitze wie auf glühenden Kohlen. Mir ist klar, dass ich nicht alles verstehen werde, was Theo sagt, weil er es in seiner Muttersprache tun muss. Also warte ich geduldig und halte seine Hand.

Als ich ihm zuhöre, schnappe ich die Wörter *éngyos* – schwanger – und *haroumenos* – glücklich – auf und riskiere einen Blick in die Runde. Ioulia lauscht ihrem Enkel gebannt und mit so unbewegter Miene, als hätte sie den Begriff *Pokerface* erfunden.

Grigóris sackt zurück wie nach einem Magenschwinger. Niemand sagt ein Wort.

Ich starre auf die Überreste meines Mittagessens, glänzende Salatblätter und Stückchen flockiger Seebrasse, die noch an den Gräten kleben.

Plötzlich zerreißt Ioulias lautes Gelächter die Stille. Sie schlägt die Hände vor die Brust, bekreuzigt sich und lässt eine Hand auf dem Herzen liegen. Dann erhebt sie sich mühsam von ihrem Stuhl, packt Theo an den Schultern und küsst ihn auf beide Wangen. Ich bin als Nächste an der Reihe. Erleichtert atme ich auf und sehe diese energiegeladene kleine Frau an, die in ihrer

Familie das letzte Wort hat. Auf Griechisch richtet sie das Wort an uns:

»Ihr habt einander erwählt, um gemeinsam ein neues Leben hervorzubringen. Ich danke Gott für dich, Sophia, und dafür, dass du meinen Theofilos gesegnet hast.«

Sie umfasst mein Gesicht, küsst mich auf beide Wangen, und dann folgt die traditionelle Geste, so zu tun, als spucke sie mir ins Haar. Obwohl ich das ein wenig übergriffig finde, weiß ich, dass es von Herzen kommt, und zwinge mich zu einem Lächeln. Ich bin froh, dass sie uns ihren Segen gibt.

»*Evcharistó polí, Ioulia*«, sage ich.

Sie packt mich am Arm, dass sich ihre mageren Finger in meine Haut graben. Als sie auf Griechisch antwortet, ist ihre Zuneigung so aufrichtig, dass es ans Herz geht: *»Sophia, du gehörst jetzt zur Familie. Also heißt es für dich jiajiá.«*

Ich fühle mich, als hätte ich während des ganzen Mittagessens die Luft angehalten. Offenbar habe ich Gnade vor den Augen des Familienoberhaupts gefunden. Nur am anderen Ende des Tisches bleibt es still. Theo und ich strahlen einander an, während *jiajiá* vor Begeisterung über das Urenkelchen einen Freudentanz aufführt. Dann jedoch drehen wir drei uns zu Grigóris um. Er hat die Hände vors Gesicht geschlagen und die Ellbogen auf den Tisch gestützt. Hilfesuchend sehe ich Theo an. Obwohl es nicht Grigóris' Reaktion war, vor der ich die größte Sorge hatte, macht sie mir plötzlich Angst.

Zögernd umrundet Theo den Tisch und beugt sich über den Stuhl seines Vaters, um ihn zu fragen, ob alles in Ordnung ist. *»Óla endáxi?«*

Dabei ist mehr als offensichtlich, dass da etwas ganz und gar nicht stimmt. Doch als Theo seinem Vater die Hand auf den Rücken liegt, scheint dieser aus seiner Erstarrung zu erwachen.

Langsam hebt er den Kopf von den Händen, und ich erkenne Tränenspuren in seinem Gesicht. Seine grünen Augen schimmern feucht. Im nächsten Moment lächelt er seinen Sohn an. Er zieht ein Taschentuch heraus, wischt sich die Augen ab und steht auf.

»*Nai, gie mou, óla einai endáxi! Kalítera apó endáxi! Syncharitíria!*« Ich verstehe seine freudige Reaktion: »Ja, mein Sohn, alles ist gut. Besser als gut. Glückwünsche!«

Mir zuliebe fährt er auf Englisch fort: »Sophia, Theofile, ihr macht mich zum *pappoús*.«

Er schüttelt seinem Sohn kräftig die Hand und drückt ihn dann fest an sich. Ich merke Theo an, dass er damit nicht gerechnet hat. Vermutlich handelt es sich um die erste körperliche Zuneigungsbekundung seit Jahren. Die beiden lösen sich wieder voneinander, und Grigóris klopft seinem Sohn stolz und dankbar auf den Rücken. Er mustert mich eindringlich, als müsse er sich seine Worte genau zurechtlegen. Dann umfasst er mit beiden Händen meine Hand. In seinem Gesicht malt sich Freude, aber auch ein Hauch von Schmerz.

»Sophia, du trägst ein kostbares Geschenk in dir. Das was in deinem Herzen und in dem des Babys liegt, macht es noch wertvoller.« Sein Kinn beginnt zu zittern, da ihn die Rührung zu überwältigen droht. »Deine Mutter würde sich so darüber freuen. Ich weiß, dass sie sehr stolz auf dich wäre.«

Es ist, als habe sich unser Kreis geschlossen. Der Lauf der Geschichte ist auf einen neuen Kurs eingeschwenkt. Ich weiß, dass Grigóris weiter um das trauern wird, was er verloren hat. Aber er gibt der Veränderung Raum. So wie wir alle.

Theo kommt zu mir, legt mir stolz den Arm um die Schultern und drückt mich, voller Freude und erleichtert, dass seine Familie begeistert von unserem Nachwuchs ist. Ioulia sagt etwas, das ich aber nicht verstehe, weshalb ich Theo bitten muss zu übersetzen.

Lachend schüttelt er den Kopf. »Sie sagt: ›Könnte Sophie jetzt endlich etwas essen?‹«

»Also ist es jetzt offiziell. Da sie bestimmt Rauchsignale losgeschickt haben, sobald wir aus dem Haus waren, brauchen wir nicht mehr die Runde zu machen, um es allen zu erzählen. Das ist bestimmt schon erledigt«, meine ich zu Tasha, als ich ihr das mittägliche Gipfeltreffen und den Sturm der Gefühle schildere. Dann vergleichen wir unsere Bäuchlein und berichten einander das Neueste über die ständigen Veränderungen in unseren Körpern. Und zu guter Letzt zeigen wir beide die aktuellen Ultraschallbilder vor.

»Soph, wir müssen einen Pakt schließen. Auf gar keinen Fall dürfen wir uns in dämliche Muttertiere verwandeln, die online nur noch Babyfotos posten und keine anderen Themen mehr haben als ihre Kinder. Abgemacht?«

»Abgemacht«, erwidere ich, proste ihr mit meinem Saftglas zu und trinke einen Schluck. »Obwohl ich inzwischen nachvollziehen kann, wie sehr es einen vereinnahmt. Im Moment denke ich an nichts anderes mehr. Allerdings ist meine größte derzeitige Herausforderung der Kampf gegen den Aberglauben. Hier gilt nämlich der eherne Grundsatz, dass es Unglück bringt, etwas für das Baby anzuschaffen, bevor es geboren ist. Aber ich muss ein Kinderzimmer einrichten. Also verrate mir bitte, wie ich das hinkriegen soll, ohne den bösen Blick oder finstere Dämonen heraufzubeschwören.«

»Das bezieht sich bestimmt nur auf Geschenke. Du musst doch wenigstens ein Bettchen und einen Wickeltisch kaufen dürfen.«

Als sie aufsteht, um ihr Glas zu holen, stelle ich fest, dass sich ihr Oberteil straff über dem knospenden Babybäuchlein wölbt. Es ist ein wundervoller Anblick. Obwohl die Trauer über den toten

Zwilling immer bleiben wird, haben wir so viel Grund zum Feiern. Dass es sogar wunderschöne eigene Bezeichnungen für die beiden Babys gibt, die wir nun erwarten, macht sie zu etwas ganz Besonderem. Meines nennt man als Geschwister eines Sternenkinds ein »Rainbow-Baby«, ihres als überlebenden Zwilling ein »Sunrise-Baby«.

»Schau dich nur an, Tash, du erblühst regelrecht.«

»Bald bin ich aufgeblasen wie ein Ballon«, erwidert sie. »Und es wird immer schlimmer werden. Ein Hoch auf die zickigen Elefantenkühe!« Sie hebt ihr Glas mit Fruchtsirup. »Theo und Angus, zieht euch warm an. Wir werden euch noch das Fürchten lehren!«

»Schwörst du mir, dass es dir wirklich gut geht, Tash?«, frage ich leise, als sie endlich aufhört zu lachen.

Sie stellt ihr Glas weg und betrachtet mich eine Weile, bevor sie antwortet.

»Ja. Ich habe etwas von dir gelernt. Nämlich, das Ruder dem Schicksal zu überlassen. Es hat uns zu guter Letzt unsere Babys gebracht. Wir mussten nur fest daran glauben.«

Ich weiß, dass sie daran denkt, was hätte sein sollen, aber nicht ist.

Mit einem traurigen Lächeln fährt sie fort. »Und ich bin froh, dass wir es getan haben. Obwohl ich immer eine Mutter von zwei Kindern sein werde, die nur eines vorzuweisen hat. Bei dir ist es ja das Gleiche, Soph. Aber wenigstens hat jede von uns nun ein Kind. Manche Menschen sehnen sich ein Leben lang vergeblich danach. Unser kleines Sonnenaufgangsbaby ist wie ein Wunder. Unsere Babys haben so hart darum gekämpft, bleiben zu können. Und ich bin dafür sehr dankbar. Die beiden werden einander haben, so wie wir uns in der Kindheit hatten. Und immer noch haben.«

KAPITEL 39

Dezember, Methoni

Ich schlafe und träume von festlichem Grün, kräftig duftendem Eukalyptus und Stechpalmenzweigen mit leuchtend roten Beeren. Sie sind die Dekoration für eine Party, deren Gastgeberin ich bin. Die Sonne strömt durch die Fenster herein, und der ganze Raum strahlt in einem sonderbaren Licht. Der köstliche Duft von Zimt und Nelken liegt in der Luft, Musik spielt. In meiner Fantasie herrscht eine ausgelassene Feierstimmung.

Als ich mich umblicke, sehe ich, dass Mum mit Grigóris tanzt. Lachend legt sie den Kopf in den Nacken. Draußen rauscht laut das Meer. Doch jemand hat die Tür geöffnet, sodass es ins Haus schwappt. Erst fließt es nur langsam, aber es wird immer schneller und überflutet bald den Raum. Wasser umspült meine Knöchel, meine Beine, meine Schenkel. Schließlich stehe ich bis zur Taille darin und bin klatschnass.

Ich halte Ausschau nach Hilfe, aber alle anderen sind verschwunden. Nur Mum nicht. Sie steht mir gegenüber. Doch das Meer erreicht sie nicht. Sie nickt und lächelt.

Als ich jäh aus dem Schlaf hochschrecke, fühle ich mich noch immer durchnässt von meinem Traum. Im nächsten Moment wird mir klar, dass ich tatsächlich in einer immer größer werdenden Pfütze liege. Ich bin völlig durchweicht.

»Theo, wach auf.« Ich versetze ihm einen Rippenstoß, weil er sich nicht rührt, unternehme ich einen zweiten Versuch und rufe noch lauter. »Theo, meine Fruchtblase ist geplatzt.«

Sofort ist er hellwach und fährt hoch.

»Was? Jetzt? Es ist zu früh! Das Baby kommt doch erst in sechs Tagen! Soll ich Doktor Galanós anrufen?«

Als sich alles in mir zusammenkrampft, trifft es mich völlig unvorbereitet, sodass ich zusammenschrecke.

Die erste Wehe durchströmt mich, und ich beiße mir vor Schmerz auf die Lippe. Es fühlt sich an, als zerre etwas an sämtlichen inneren Organen. Als es wieder aufhört, bin ich so erleichtert, als hätte man mir eine Dosis Morphium verabreicht.

»Ich würde mich gern säubern. Könntest du mir ein Bad einlassen und die Bettwäsche wechseln? Und mach Türen und Fenster auf.«

Ich fühle mich absolut ruhig. Eine pragmatische Einstellung hat Besitz von mir ergriffen, während Theo kopflos herumläuft und offenbar nicht weiß, welche meiner Anweisungen er zuerst ausführen soll. In der Morgensonne sieht er aus wie ein kleiner Junge mit schläfrigen Augen und wild zu Berge stehenden Haaren.

»Theo, sieh mich an.«

Als er zu mir herüberkommt, stehen ihm Furcht und Aufregung deutlich ins Gesicht geschrieben.

»Jetzt holen wir erst mal tief Luft und beruhigen uns, *endáxi*?«

Er atmet lautstark aus und ein. Eigentlich bin ich sicher, dass das mit dem Atmen eigentlich andersherum gedacht ist. Doch seine Panik ist eine gute Ablenkung von der nächsten Wehe, die noch heftiger ist als die erste. Glühender Schmerz umklammert meine untere Rückenpartie und krampft sich um meinen Magen. Ich versuche, mich auf meine Atemtechnik zu besinnen.

»Okay, ruf Doktor Galanós an und frag ihn, was wir tun und wann wir ins Krankenhaus fahren sollen.«

Ehe ich Gelegenheit habe, mir sämtliche Horrorszenarien auszumalen, überkommt mich die nächste Wehe. Sie ergreift mich mit solcher Wucht, dass mein Bauch unter dem Nachthemd in Erschütterung gerät. Mein Körper macht sich an die Arbeit. Während ich warte, bis die Wanne voll ist, trete ich auf den Balkon hinaus, atme die Meeresluft ein, in der Hoffnung, dass sie mir Gelassenheit bringen wird.

Dieser Strand hat Theo und mir so viel gegeben. Außerdem hat er meiner Mutter Grigóris geschenkt.

Und nun verlasse ich mich darauf, dass seine Zauberkräfte mein Baby wohlbehalten ans Licht der Welt holen werden.

Plötzlich durchströmt eine Erkenntnis meinen Körper. Deshalb also hat Mum ihr Geheimnis bewahrt: um mich zu schützen. Das ist die Macht der Mutterschaft, neben der alles andere verblasst. Ich würde Berge versetzen, um dieses kleine Wesen zu behüten und von allem fernzuhalten, was ihm schaden könnte.

Mum hat es für mich getan, und ich werde – nein, *wir* werden – es auch für unser Baby tun.

EPILOG

Tag acht mit dir

Nachdem ich vier Tage im Krankenhaus verbracht habe, wie es die griechische Sitte verlangt, bin ich nun wieder zu Hause, was gleichzeitig eine Wohltat und beängstigend ist. Wir sind jetzt als Eltern ganz auf uns gestellt. Sosehr ich auch darauf gedrängt habe, entlassen zu werden, war es ein Segen, dass ich mich in den ersten Tagen meiner Mutterschaft, unterstützt vom Pflegepersonal, erholen, schlafen und eingewöhnen konnte.

Trotz meiner Auseinandersetzung mit der Treppe ist unser kleines Mädchen kerngesund und ein zufriedenes Kind. Ich kann es noch gar nicht fassen, dass sie hier ist. Nichts hätte mich auf die überschäumende Liebe vorbereiten können, die mich ergreift, wenn ihr winziges Händchen sich um meinen Finger schließt und ihn mit Leibeskräften festhält. Ihr Überleben hängt ganz von uns ab. Sie liebt das beruhigende Rauschen des Meeres, das ihr offenbar beim Einschlafen hilft.

Seit wir an Heiligabend aus dem Krankenhaus gekommen sind, reißt der Strom der Gratulanten, die uns traditionell mit Gold beschenken, nicht ab. Außerdem haben sie Unmengen von Essen mitgebracht, sodass ich in den nächsten Wochen nicht kochen muss.

Heute ist der achte Tag im Leben unserer kleinen Tochter. Vater Klitou, der Dorfpriester, ist gerade bei uns. Denn der Volksglaube besagt, dass heute das Schicksal dem Baby einen Besuch abstattet, um seine weitere Zukunft vorherzubestimmen. Obwohl die Taufe erst im neuen Jahr stattfinden wird, wollen wir unsere Tochter segnen lassen und ihr einen Namen geben. Wenn es nach den Bräuchen der orthodoxen Kirche ginge, dürfte ich sie in den nächsten Wochen nur »Baby« nennen, aber das kommt für mich nicht in Frage.

Ich habe sie ganz in Weiß gekleidet, und sie trägt wunderschöne seidene Pantöffelchen, die ich im Namen meiner Mutter gekauft habe. Denn laut Tradition müssen die ersten Schuhe ein Geschenk der Großmutter sein.

Die Wintersonne malt Schatten in den Raum, als Vater Klitou mich und das Baby mit heiligem Öl salbt und uns segnet. Aus dem Augenwinkel stelle ich fest, dass Theo sich eine Träne abwischt, und ich frage mich, ob ich mich je daran gewöhnen werde, dass mein Magen jedes Mal einen Satz macht, wenn ich ihn ansehe. Er ist fest entschlossen, unserer Tochter alles zu geben, was ein Kind sich wünschen kann. Bedingungslose Liebe, Geborgenheit und Lebensfreude.

Tasha und Angus sind per Video zugeschaltet. Der Bildschirm lehnt in einem Regal, damit sie an der Zeremonie teilnehmen können. Meine allerliebste hochschwangere Freundin strahlt übers ganze Gesicht.

Ich schaue zu Grigóris hinüber, der mit den Tränen kämpft. Er ist der stolzeste *pappoús*, den man sich denken kann. Als unsere Blicke sich treffen, sind Wärme und Liebe in seinen Augen. Der finstere Ausdruck, mit dem er mich bei meinem ersten Besuch im April angestarrt hat, gehört längst der Vergangenheit an. Auf unserer gemeinsamen Entdeckungsreise sind wir sehr weit gekommen. Wir haben nicht nur den Segen des Priesters, sondern auch seinen, und daran ist nicht zu rütteln.

Während der Strom von Gebeten über mich hinwegbrandet, hänge ich meinen Gedanken nach.

Eigentlich war ich davon ausgegangen, dass mir die Feiertage für immer verdorben sein würden, weil ich sie von jetzt an ohne Mum durchstehen muss. Doch fühlt sich dieses erste Weihnachten nach ihrem Tod an wie etwas Besonderes. Außerdem ist sie bei uns, das weiß ich genau. Theo und mir ist es gelungen, die Verletzungen des anderen zu heilen und trotz widriger Umstände einen wundervollen kleinen Menschen hervorzubringen, der jetzt zu uns gehört.

»*Na sas zísi!*«, verkünden alle, was mich aus meinen Gedanken reißt. Sie wünschen unserem Baby ein Leben in Gesundheit.

»Vater Klitou, wir haben einen Namen für unsere Tochter ausgesucht«, sage ich zu ihm, als seine Gebete beendet sind.

»Ja, bitte nennen Sie ihn mir, damit ich sie in der Kirche in meine Gebete einschließen kann.«

Sein Schnurrbart und sein langer Bart zucken erwartungsvoll. Offenbar freut er sich darauf, ein neues Schäfchen in seiner Gemeinde willkommen zu heißen. Grigóris und *jiajiá* beugen sich neugierig vor.

»Nun«, beginne ich und fordere Theo mit einem Blick auf, für seine Großmutter zu übersetzen. »Wir würden gern meine verstorbene Mutter und Theos *jiajiá* mit diesem Namen ehren. Deshalb haben wir den Namen meiner Mutter, Lyndsey, mit dem von Ioulia kombiniert. Wir möchten unsere Tochter Lynlia nennen. Mit dem zweiten Vornamen benennen wir sie traditionell griechisch nach der heiligen Theodora.«

Ich lächle, denn so ist es uns gelungen, die alten Sitten umzudeuten und gleichzeitig der Matriarchin von Theos Familie und meiner geliebten Mum Tribut zu zollen. Grigóris kommt auf mich zu, nimmt meine Hand und küsst sie väterlich. Dann betrachtet er liebevoll das kleine Mädchen in meinen Armen.

»Danke, Sophia, dass du Theofilos die Liebe gebracht hast. Und auch mir, du hast mir eine Enkelin geschenkt. Lynlia ist ein wundervoller Name. Ich wünschte nur, dass …« Seine Stimme erstirbt.

»Ich weiß.« Aufmunternd drücke ich seine Hand. »Ich weiß. Mir geht es genauso.«

Trauer ist der Preis, den wir beide dafür zahlen müssen, dass wir meine Mutter geliebt haben. Doch mit Lynlia haben wir einen Neuanfang gemacht, von dem Mum immer ein Teil sein wird.

Jiajiá wischt sich die Augen und bekreuzigt sich. Als ich ihr mein wundervolles Baby reiche, platzt sie fast vor Stolz und Freude und ist offenbar von unserer Namenswahl begeistert. Sie geht hinaus auf die Terrasse, wo sie unsere Tochter leise vor sich hin summend wiegt und dabei Koseworte murmelt.

Die kleine Lynlia schläft, geborgen in Ioulias Arme gekuschelt. Lange, dunkle Wimpern ruhen auf ihren Wangen, und nur ein gelegentliches *Ffftt, Ffftt* auf ihr kleines Köpfchen könnte ihre Träume stören.

Als Theo den Arm um mich legt, blicke ich überglücklich zu ihm auf. Ich stelle fest, dass seine Augen wieder feucht werden, und umfasse seine Wange. Er lacht auf, wohl wissend, dass ich mich über seine Rührseligkeit amüsiere. Inzwischen brodeln seine Gefühle dicht unter der Oberfläche, und dennoch hat es so lange gedauert, sie hervorzulocken.

»Du bist ein schlimmeres Heulbaby als Lynlia«, necke ich ihn und recke den Kopf, um ihn zu küssen. »Und ich finde es wundervoll, dass du uns so sehr liebst.«

Er wischt sich die Tränen weg. »Ich wusste gar nicht, dass es so eine Liebe gibt. Wir haben eine Zukunft, weil du so viel aufgegeben hast.«

Ja, er hat recht, ich habe viel aufgegeben – aber ich habe auch viel gewonnen.

»Lynlia ist ein Teil von uns und ein Teil der Liebe unserer Eltern, Theo. Niemand kann uns das nehmen. Weder jetzt noch irgendwann.«

Unsere Tochter streckt sich gerade im Schlaf. Dann greift sie mit ihrer winzigen Hand nach dem Gesicht ihrer Urgroßmutter. Als Ioulia vor Freude über diese unerwartete Berührung lächelt, entstehen Lachfältchen um ihre Augen. Lynlia schlägt die Augen auf und betrachtet ihre *jiajiá* aufmerksam. Die sonst so undurchdringlich dreinblickenden Augen der alten Dame füllen sich mit Tränen. Theo und ich beobachten unser kleines Mädchen und empfinden eine Liebe, die wir nicht in Worte fassen können.

Unser Kreis hat sich geschlossen. Wir haben neue Fußspuren im Sand hinterlassen.

Lynlia reckt den kleinen Arm hoch in den Himmel. Auf ihrer Handfläche liegt eine winzige weiße Feder.

Meine Geliebte, Me, Lyndsey,

ich habe keine Adresse, an die ich diesen Brief schicken könnte, aber ich will Dir trotzdem schreiben. Sicher kannst Du sehen, was wir beide hervorgebracht haben. Aus großem Leid und Hoffnungslosigkeit ist ein Neuanfang für die Menschen entsprungen, die wir lieben.

Sophia und Theo sind wundervolle Eltern. Du wärst stolz auf sie. Obwohl es mir manchmal wehtut, sie zu beobachten, denn sie sind eine jüngere Version von uns beiden, bestätigt es mir, dass der Kreislauf der Schmerzen durchbrochen wurde. Sie haben das Glück gefunden, das uns verwehrt geblieben ist.

So eine Liebe wie die zu unserer Enkelin habe ich noch nie zuvor empfunden. Lynlia ist ein wundervolles Kind und bereits der gleiche nicht zu bändigende Freigeist wie Du. Außerdem liebt sie die Farben des Meeres. Sie hat meine grünen Augen, die Du so liebst, und Deine Locken, allerdings sind sie so dunkel wie meine.

Sophias Freundin Tasha ist gerade mit ihrer Familie zu Besuch. Ihr Baby ist ein Junge und genauso alt wie Lynlia. Sie haben ihn Ripley genannt, nicht etwa nach seinem Großvater oder nach seinem Vater. Das ist wirklich ein sonderbarer Name. Ich weiß, Du würdest Dich sehr freuen, die neue Generation zu sehen, die Kinder der Kinder, die ein Teil Deines Lebens waren.

Wie schade, dass Du Lynlia nie in den Armen halten wirst. Wie sehr hättest Du sie geliebt!

Inzwischen gibt es Tage, an denen ich beinahe glücklich bin, und zwar, wenn ich sie im Arm habe und weiß, dass wir zwei Teil dieses Kindes sind. So fühle ich mich Dir noch näher.

Dann wieder kehrt die Dunkelheit zurück, und manchmal frage ich mich, ob mein Zweck hier auf Erden erfüllt ist. Denn Du und ich werden keine gemeinsamen Sommer mehr erleben.

Oft sitze ich mit Lynlia auf unserem Felsen am Strand und erzähle ihr von Dir, ihrer jiajiá. Ich schildere ihr, wie wir uns kennengelernt haben, und sage ihr, dass sie sich von nichts daran hindern lassen darf, die Liebe zu finden, wenn sie erst einmal erwachsen ist. Sie soll immer ihrem Herzen folgen, genau wie Du es Sophia geraten hast. Und ich bin so froh, dass sie auf Dich gehört hat.

Die Trauer wird mich nie wieder loslassen. Und dennoch muss ich mir stets vor Augen halten, dass Theo, Sophia und Lynlia jetzt nicht zusammen hier wären, hätten wir beide unsere Liebe nicht geopfert.

Ohne Leid, keine Liebe. Ich weiß, dass ich Dich eines Tages wiedersehen werde. Und ich bete dafür, dass unserer Familie von nun an nur noch Schönes widerfahren wird.

Aber das ist Sache des Schicksals.

Und dazwischen gibt es einfach nur das Leben und die Liebe.

Der Rest ist Vorsehung.

Für immer Dein, mein Liebling, in Liebe,
You x

DANKSAGUNG

Dieses Buch ist Jan, meiner geliebten Mum gewidmet. Ich vermisse dich jeden Tag so sehr. Es ist zwar ein Roman, aber streckenweise auch ein Liebesbrief von mir an dich, der wirklich von Herzen kommt. Was bleibt, ist die traurige Gewissheit, dass es diese Geschichte nicht gäbe, wenn du noch bei mir wärst. Ich wollte, dass du stolz auf mich bist. Wenn das Leben dir Zitronen schenkt, mach ein Buch daraus.

Außerdem kenne ich so viele wundervolle Frauen, denen ich in diesem Roman ein Denkmal setzen wollte. Einige sind nicht mehr bei uns, sondern veranstalten mit Jan, meiner hinreißenden Mum, im Himmel eine niemals endende Cocktailparty: meine Großmutter Margaret Kinloch Lloyd und Lindsay Barnwell, die beste Freundin meiner Mutter.

Danke an meinen Dad Martin, der von Anfang an immer an mich geglaubt hat, ganz gleich, was ich auch in Angriff nahm. Wie sehr bedauere ich es, dass Mum das alles nicht mehr mit uns teilen kann.

Hoffentlich werden die Menschen in Griechenland Nachsicht mit mir haben, weil ich ihre Städte und Dörfer rings um Messenia geografisch durcheinandergewürfelt habe. Ihr wunderschönes Land inspiriert mich immer wieder aufs Neue, und ich bin dankbar für die zahlreichen Freundschaften, die wir im Lauf der Jahre dort schließen durften. Außerdem Dank an die vielen unbeschreiblich talentierten Hobbyköchinnen und Küchenchefinnen für ihre Geduld mit mir und die köstlichen griechischen Rezepte.

Ich danke auch meiner Agentin Kate Burke, die mich stets beim Schreiben unterstützt und außerdem denselben sonderbaren Geschmack in Sachen Film und Reality-TV hat wie ich. Ich bin ja so froh, jemanden zu haben, mit dem ich um die Wette aus *Grease 2* zitieren kann. Weiterhin Dank an alle Mitarbeitenden bei Blake Friedmann für den warmherzigen Empfang in der Welt der Literatur.

An Lucy Frederick, ein Energiebündel von einer Lektorin, und das geniale Team bei Avon, HarperCollins: Danke für die aufrichtige Begeisterung und für die Liebe zu dieser Geschichte, die mich so oft zu Tränen gerührt hat. Ihr habt einen Traum wahr werden lassen, und ich kann euch gar nicht genug dafür danken, dass ihr meinem Debütroman so ein schönes Zuhause bereitet habt.

An meine Freundinnen, die ihre Erfahrung mit Fehlgeburten, mühsamen Kinderwunschbehandlungen und ihren Kleinen, denen zu früh Engelsflügel gewachsen sind, mit mir geteilt haben – ebenso wie ihre Erlebnisse in toxischen Beziehungen. Ich danke euch allen für eure wichtigen Beiträge.

So viele Menschen haben mich auf diesem Weg begleitet und mir Unterstützung, Freundschaft und bedingungslose Liebe geschenkt. Lee und meine Sophie, das ausgelassene Abendessen in Charlestown hat den Keim zu der Idee gelegt, die Geschichte im Wandschrank meiner Mutter beginnen zu lassen. Attie und Abe, eines Tages verraten wir euch, was sonst noch bei diesem Essen erörtert wurde.

Alexandra, Danke an dich, Nick und all die Burnells dafür, dass ihr uns vor mehr als zehn Jahren in eure griechische Welt eingeladen habt. Es war Liebe auf den ersten Blick; wir haben so viele unvergessliche magische Momente erlebt und werden zusammen noch mehr davon erleben. Ebenfalls danke ich Princess Bee, Brittany, Benny Bear und Leonidas, Jossy und Lucy.

Adriana Trigiani, ich habe mich vor Jahren schon in deine Bücher verliebt, und irgendwann sind wir Freundinnen geworden.

Ohne dich kann ich mir das Leben nicht mehr vorstellen, und das nicht nur deshalb, weil deine Shrimpssauce unschlagbar ist, sondern auch wegen deiner Großzügigkeit und weil du immer für mich da bist. Ich liebe dich.

Santa Montefiore danke ich für ein Interview bei der BBC und eine zufällige Begegnung in einem Klo auf Mauritius, die zu einer jahrelangen Freundschaft und einer gemeinsamen Liebe zum Gruseligen und Übersinnlichen führte. Danke dafür, dass du so unbeschreiblich viel gibst und nicht müde wirst, mich anzufeuern. Ich bin dir ja so dankbar.

Weiterhin danke ich meiner Familie und meinen Freunden: David, Darcy, Dylan und Jennifer, Luke, Claudia, Lucas, Antonio und Amelia Arabella, Nicholas, Katie, Georgia Dor Dor und Harrison. Julie Cowell, wir vermissen dich so. Simon, Lauren und Eric. Emma Barton, gute Nacht! Erika und Eddie Farwell, Liz Kessler und Laura Tonge, Abi und Will Wason, Claire und Tony Hawke, Sarah und Dick Stephens (danke für die Postbotenwolken!) und Nancy Noodle. Dishcloth/Ehtelcloth, mein Liebling Neil von Wigan. Barbara »Baba« Hutton, den Webbers, den Barnwells, Emily Ball, Jane und Len, den Bennetts, Challiss, Fairbanks and Gunns, den Baileys, den Cowells, Graham Rebak und meinem Disney-Prinz Adam Wilkie. Tiffany, Paddy und meinen herzallerliebsten Patenkindern Tristan und Patrick. Matt Cardle, Matie und John MacNeill, Lewis Coles, Nicky Johnston, Kay und Alan Moss, Jamie Mossy Moss, Peter und Emily Andre, Hot Toddy und Grandpa Rogers. Louis Walsh, Mike Dalton, Patch, Kasia und Indy Elenora. Jackie Hatton, wir vermissen dich so. Papoushka Cowell, meinem Fellbaby mit dem niedlichen Gesicht. Den Mitarbeitern des Little Harbour Kinderhospizes. Jeffry Archer, vielen Dank für die aufmunternden Worte in meiner Halbzeit-Manuskriptkrise. Den unglaublichen Leuten von »Together for Short Lives«, die so tapfer und unermüdlich für das Recht kämpfen, offen über verlorene Babys und zu früh verstorbene Kinder zu sprechen. Sie sind ein Rettungsanker für Familien, deren Kinder an lebensverkürzenden Krankheiten leiden und deshalb sehr viel durchmachen müssen. Außerdem bedanke ich mich beim Fischer von Cadgwith Cove und wünsche immer gespannte Leinen und günstigen Wind.

Dank auch an Sie, die Sie dieses Buch lesen, dafür, dass Sie sich für meinen Roman entschieden haben. Hoffentlich haben Sie Freude daran.

Und zu guter Letzt danke ich meinem Tony. Ich kann gar nicht in Worte fassen, wie dankbar ich dir dafür bin, dass du in all den Jahren mein Fels in der Brandung warst und mich zum Schreiben ermutigt hast. Ohne deine Unterstützung und deinen geschulten Blick wäre das alles nicht möglich gewesen. Geduldig hast du mein Auf und Ab zwischen himmelhochjauchzend und zu Tode betrübt ertragen, als ich den Lockdown nutzte, um dieses Buch zu schreiben. Vielleicht hätte ich mich wie die meisten meiner Mitmenschen damit begnügen sollen, in dieser Zeit Sauerteigkulturen zu pflegen, aber ich hatte zum Glück etwas Besseres vor. Du bist einfach fantastisch und ahnst ja gar nicht, was für ein Traummann du bist. Dein Vertrauen und dein Glaube an meine Fähigkeiten haben mir den Mut gegeben, mich in diese für mich neue Welt vorzuwagen. Ich liebe dich so sehr, TC. Ohne dich hätte ich es nie geschafft.